Richard Kirshenbaum

Rouge – Rivalinnen der Schönheit

TINTE & FEDER

Das Buch

Drei starke Frauen, die sich auf der Suche nach dem Geheimnis der Schönheit ihren Weg zum Erfolg erkämpfen.

Als die junge Jüdin Josiah in den 30er-Jahren nach Australien flieht, muss sie alles hinter sich lassen. Sie ahnt nicht, dass sie als Erfinderin der modernen Mascara einmal die reichste Frau der Welt sein wird. Doch sie ist nicht die Einzige, die ganz nach oben will. Constance Gardiner, Josiahs größte Rivalin, verbirgt entschlossen ein gefährliches Geheimnis. Währenddessen entwickelt ihre engste Mitarbeiterin CeeCee ihre ganz eigenen Pläne.

Zwischen Macht, Liebe und Glamour sind die Leben dieser drei Frauen unwillkürlich verbunden. Wie weit gehen sie für den Erfolg? Was sind sie bereit zu opfern?

Der Autor

Richard Kirshenbaum ist Geschäftsführer von NSG/SWAT, einer renommierten Marketingagentur. Er war Dozent an der Harvard Business School, wurde in die Advertising Hall of Fame aufgenommen und ist Kolumnist im New York Observer. Kirshenbaum lebt mit seiner Frau und den drei Kindern in New York City.

Richard Kirshenbaum

Rouge

Rivalinnen der Schönheit

Roman

Aus dem Amerkanischen
von Tanja Lampa

TINTE & FEDER

Die amerikanische Ausgabe erschien 2019 unter dem Titel »Rouge. A Novel of Beauty and Rivalry« bei St. Martin's Press, New York.

Deutsche Erstveröffentlichung bei
Tinte & Feder, Amazon Media EU S.à r.l.
38, avenue John F. Kennedy, L-1855 Luxembourg
März 2020

Die Übersetzung dieses Buches wurde durch Amazon Crossing ermöglicht.

Umschlaggestaltung: bürosüd° München, www.buerosued.de
Umschlagmotiv: © Bernadette Newberry / ArcAngel;
© bomg / Shutterstock
Lektorat: Media-Agentur Gaby Hoffmann, www.profi-lektorat.com
Gedruckt durch:
Amazon Distribution GmbH, Amazonstraße 1, 04347 Leipzig /
Canon Deutschland Business Services GmbH, Ferdinand-Jühlke-Str. 7,
99095 Erfurt /
CPI books GmbH, Birkstraße 10, 25917 Leck

ISBN: 978-2-49670-324-5

www.tinte-feder.de

Für Dana, meine Zelda

Rouge war etwas anderes, Eigenständiges. Ein Stoff, der eine stärkere Wirkung besaß als die damals üblichen Pasten, Pulver und Cremes. Rouge war durchtränkt von einer tieferen Bedeutung – der Naturzustand einer verführerischen Frau. Rouge war die Farbe der Verlockung, der Erregung kurz vor, während und nach dem Sex. Und aus diesem Grund galt das stärkere Auftragen von Rouge – der kräftige rosafarbene oder sogar rote Glanz der Wangen einer Frau – zunächst als das Reich einer anrüchigen Frau.

Prolog

New York City, 1983

Der Morgen war wolkenverhangen, ein totes Grau in Grau, das schrecklich passend war, als ob Gott wüsste, dass der einzige Lichtblick in meiner Welt verschwunden war. Oder als hätte der Himmel ohne ihr kritisches Auge jede Vorsicht aufgegeben, um uns mit seinem trübsten Farbton zu langweilen.

Madame verabscheute die Farbe Grau und meinte oft: »Sie ist weder Fisch noch Fleisch. Und Unentschlossenheit kann ich nicht ertragen.« Das Wort »Unentschlossenheit« betonte sie mit ihrem üblichen Elan und zog dabei die nachgemalte Augenbraue hoch. Sie würde dieses Wetter definitiv nicht billigen, insofern ging ich davon aus, dass es sich rechtzeitig zur Beerdigung besinnen würde.

Vor der Beisetzung spülte ich ein Beruhigungsmittel mit meinem Mimosa-Cocktail herunter, nicht, weil mich sonst die Trauer überwältigt hätte, sondern einfach, weil Madame tatsächlich gestorben war. Es war unvorstellbar, dass die Lebenskraft sie verlassen hatte oder dass sie »*kaput!*« war, wie sie immer rief, wenn sie den Nachruf eines Freundes oder Bekannten in der Zeitung entdeckte und mit ihrem großen, geschliffenen Smaragd auf den marmorbedeckten Guéridon schlug.

Seit dem Tag, an dem ich sie kennengelernt hatte – ich war damals ein siebenundzwanzigjähriger Jungspund gewesen –, hatte ich sie für unbesiegbar gehalten. Unzerstörbar, unsterblich und übergroß. In meinen Augen war sie eine Riesin, obwohl sie kaum mehr als einen Meter fünfzig maß. Die schwarzen Haare trug sie zu einem strengen Chignon geknotet, der ihre feurigen Augen und die markant gebogene Nase betonte. Ihre Schönheit war noch beeindruckend gewesen, als sie die achtzig längst hinter sich gelassen hatte. Seltsamerweise sehe ich sie stets im Profil vor mir, und selbst von der Seite wirkte sie erhaben. Ein Leben ohne sie konnte ich mir nicht vorstellen – ohne ihre Tiraden, Forderungen, Aufgabenlisten, die großen und kleinen Details und die seltenen liebevollen Geschenke, die sie mir jedes Mal machte, wenn ich glaubte, sie keine Sekunde länger mehr ertragen zu können. Ihre Zärtlichkeiten waren häufig schroff, ihre – wenigen – Aufmerksamkeiten dagegen überraschend großzügig. Sie waren mir oft peinlich – von den teuren emaillierten Manschettenknöpfen von David Webb, die wilde Tierköpfe zierten, bis zu den Slips von Calvin Klein, die sie mir schenkte, wenn sie erkannte, dass ein neuer Mann am Horizont auftauchte.

»*Babisiu*«, würde sie in ihrer polnischen Muttersprache rufen. »Schatz, bring mir eine Tasse Tee, die *Times* und die Illustrierten.« Wenn sie melancholisch gestimmt war, streichelte sie mir über die Wange und sagte: »Du erinnerst mich an meinen ersten Ehemann. Möge er in der Hölle schmoren.« Und sie würde die Zeitungen lesen, um herauszufinden, ob sie in den Klatschspalten abgelichtet war, und um beim Anblick ihrer eigenen Hochglanzanzeigen mit der Zunge zu schnalzen.

***

Ich heiße Bobby De Vries. Das ist nicht immer mein Name gewesen. Geboren wurde ich als Joe Bob Devereaux. Ich bin ein Südstaatler, ein Hinterwäldler aus Louisiana. Dank meines reichlich vorhandenen Charmes, meines jungenhaften Aussehens, meiner versteckten Talente und einiger, sagen wir mal, »Gefälligkeiten« kam ich vom Bayou nach New York, wo ich auf das Stellengesuch einer Agentur für Hausangestellte antwortete und Josephines *Maison* zugeteilt wurde. Mir wurde gesagt, sie stelle nur »gut aussehende junge Leute ein, die keine Familie und kein eigenes Leben hätten«. Diesen Anforderungen entsprach ich voll und ganz.

Nachdem ich es mir *chez Josephine* gemütlich gemacht hatte, hatte ich das große Glück, die Universität von Madame Josephine Herz besuchen zu dürfen. Dort machte ich meinen Masterabschluss in den Bereichen Wirtschaft und Lebensführung, und sie bereitete mich auf alle anstehenden Aufgaben vor. Sie war harte Generalin und erbitterte Professorin in einer Person, zerriss mich tausendmal in Stücke und formte mich neu. Eines Nachts, als ich ihr die berühmte »Reißverschlusskette« von Van Cleef abnahm und in den Wandtresor legte, ruhte sie in einer Luxusrobe von Mainbocher auf den Satinkissen ihres Betts, die dunklen Augen nach oben gerichtet, und taufte mich in Bobby De Vries um.

»Erzähl ihnen, du stammst von Charleston De Vries ab«, meinte sie. »Dann zollt man dir mehr Respekt.«

»Wer ist Charleston De Vries?«, wunderte ich mich.

»Woher soll ich das wissen?« Sie lachte.

Sie sprach meinen neuen Namen sehr gern aus, wobei sie das »De« besonders betonte: »Bobby De Vries, bring mir eine Tasse Tee – mit einem Zuckerwürfel« oder – »Bobby De Vries, mein *Babisiu*, hol mir meine Schmuckschatulle. Ich möchte die Smaragde tragen«. Ich war von ihr von dem Moment an fasziniert, in dem ich ihr Hilfsbutler wurde. Und ich war es noch, als ich nach vielen Jahren, in denen ich meine unermüdliche Loyalität bewiesen hatte, zu ihrem persönlichen Assistenten aufstieg.

Am Vortag hatte ich dem Bestattungsunternehmen ihren schwarzen Bouclé-Anzug von Chanel und ihre Lieblingsbrosche ausgehändigt, ein mit Diamanten besetzter Stern. Ich saß mit der Familie im Salon. Ich hatte von jeher das Gefühl, dass mich Jonny Blake-Herz, ihr Enkel, verabscheute. Doch seine neue Ehefrau, Charlene, war klug genug, um zu ahnen, dass ich viele der größten Geheimnisse Josephines – ihre wertvollsten Besitztümer – in mir trug. Charlene sorgte dafür, dass ich in den Limousinen auf dem richtigen Platz und in der Synagoge Emanu-El in der ersten Reihe saß. Natürlich existierte ein letzter Wille, und aus meiner zwanzigjährigen Dienerschaft hatte sich meine Ernennung zum Treuhänder ergeben. Viele von Madames Verfügungen und Wünschen waren mir bereits bekannt, ich hatte sie zu meinen gemacht. Wie Madame stets leicht sarkastisch bemerkt hatte: »Wo ein Wille ist, ist auch ein Verwandter!«

Die lange schwarze Limousine hielt vor der imposant verzierten Kalksteinfassade der Synagoge, vor der sich die allgegenwärtigen Fotografen drängten, die das Kommen und Gehen der Reichen und Berühmten festhielten. Schließlich hatte Madame Josephine Herz, geborene Josiah Herzenstein und spätere Prinzessin Orlove (nachdem sie mit Mitte vierzig wieder geheiratet hatte), eine breite Schneise durch die internationale Gesellschaft geschlagen. Mit dreiundachtzig Jahren war sie mächtiger denn je gewesen. Ihr Tod löste eine regelrechte Druckwelle in der Wirtschafts- und Klatschpresse aus. »DER TOD DER SCHÖNHEIT«, schrieben sie. »EINE IKONE STRAHLT NUN AM FIRMAMENT.« Josephine wurde die Erfindung der Kosmetikindustrie zugeschrieben, was sie ihrerseits zur reichsten »Selfmadewoman« der Welt gemacht hatte. Josephine hatte mich ständig daran erinnert, dass dies zu einer Zeit gewesen war, in der man »*Veibern* keinen Kredit gab!«. Wenn sie aufgeregt oder wütend war, kam ihr wahrer Akzent durch: Die »Ws« wurden zu »Vs«. Und sie würde natürlich mit ihrem Smaragd-Cabochon oder dem burmesischen Rubin auf den Tisch schlagen, wenn sie diese Geschichte zum wiederholten Mal erzählte.

Sonnenbrillen von Chanel und Blumen waren in der hoch emporragenden Synagoge ebenso im Überfluss vertreten wie Pelze aller Arten – Chinchilla, Nerz, Zobel. Die Menschenmenge wartete auf die erste Welle wichtiger Gäste: Barbara, Frank, Lauren und Pamela. Diese Leute mussten weder der Presse noch untereinander vorgestellt werden. Die beachtliche Deckenhöhe war vielleicht das Einzige, was deren Egos übertraf. Der übrige Teil der Synagoge war gefüllt mit dem, was ich »professionell Trauernde« nenne – die gesellschaftlichen Aufsteiger, die auf ihrem Begräbnis gesehen werden wollten. Es war für die New Yorker High Society vielleicht das wichtigste Ereignis der Saison und natürlich eine einmalige Gelegenheit, um Kontakte zu knüpfen.

»Es geht nichts über eine gute Beerdigung«, hatte die große Komikerin Alice Stark oft gesagt. Sie hatte ihrer Freundin Josephine häufig von den Geschäftsbeziehungen erzählt, die sie während der Trauerfeier einer Berühmtheit geknüpft hatte. Heute würde es nicht anders sein. Sie würden alle erscheinen: Freunde, Kollegen, entfernte und nahe Verwandte und natürlich Rivalen und Feinde. Viele dieser Menschen hatten in Madames Jahrhundert in der ersten Reihe gesessen. Diejenigen, die Madame sehr nah gestanden hatten, kamen persönlich auf mich zu, um mir ihr Beileid auszusprechen. Viele übersahen die Familie, die nach allem, was man hörte, stets etwas distanziert gewesen war. Das Privileg der Kinder und Enkelkinder wurde groß zur Schau gestellt. Die Nachkommen, die inzwischen erwachsen, reich, selbstbewusst, gut ausgebildet und reserviert waren, waren das Ergebnis großen Reichtums. Diese subtile, unterschwellige Arroganz mutete so wirkungsvoll an wie eines ihrer unverkennbaren Parfums. Als Abschluss dieser beeindruckenden Gästeliste – dieser stetig wachsenden Armada von Schmuckträgern – trafen schließlich die übrigen Pioniere der Kosmetikbranche ein, um ihr die letzte Ehre zu erweisen: Mickey Heron von Heron Cosmetics und – sofern die hartnäckigen Gerüchte stimmten – seine Geliebte, CeeCee Lopez, die Gründerin von Queen CeeCee's Hair Relaxer, die nicht nur Mickeys Mädchen, sondern auch die reichste afroamerikanische Unternehmerin der Welt war.

***

Die Beerdigung entsprach in allen Belangen einem Staatsbegräbnis. Schließlich hatte Madame jahrelang mit mir sämtliche Details geplant. Ihr Favorit, Senator Lautenberg, hielt die Laudatio: die dramatische Geschichte ihres unglaublichen Lebens und ihres unbezwingbaren Erfolgswillens. Die Tochter jüdisch-polnischer Apotheker, die neue Kontinente erobert und das größte Kosmetikunternehmen der Welt aufgebaut hatte. Sechstausend Mitarbeiter weltweit, Umsätze in Milliardenhöhe, zahlreiche Häuser, Kunstsammlungen und Stiftungen, die sie kaufte und verkaufte, um sie dann während der Kriegsjahre und der Wirtschaftskrisen für einen Apfel und ein Ei zurückzukaufen. Ihre Geschichte las sich wie ein Roman oder ein Märchen. Ihr Sohn, Miles, der inzwischen Mitte fünfzig war, tupfte sich wirkungsvoll die Augen, als er sich daran erinnerte, wie seine Mutter den Nazis und der englischen sowie französischen Gesellschaft getrotzt hatte. Einzig Picasso war nicht ihrem Charme erlegen und hatte sich nur dazu herabgelassen, sie zu zeichnen, nicht zu malen – der einzige Künstler des zwanzigsten Jahrhunderts, der sich ihrem Geld und ihrem Willen widersetzt hatte.

Als nächste Rednerin trat ihre wunderschöne Großnichte Jennifer vor. Als sie die legendäre rosa-grüne Lashmatic-Wimperntusche aus ihrer Tasche zog und meinte, dass es nicht die gleichen Auswirkungen auf die Augen – und das Leben – der Frauen gehabt hätte, hätte ihre Großtante die Kontaktlinse erfunden, mussten alle lachen.

Am Ende des Gottesdienstes, nachdem drei Rabbiner, ein Erzbischof und die Ehefrau des Vizepräsidenten der Vereinigten Staaten ihre überschwänglichen Trauerreden gehalten hatten, ging schließlich ein Raunen durch die Reihen.

Sie war eingetroffen.

Wir hatten alle gewusst, dass sie kommen würde. Eingehüllt in einen Zobel und Diamanten. Strahlend, selbstbewusst und hochmütig. Sie spielte die Rolle der Siegerin, und ihr eisig blonder Hochmut passte eher ins Locust Valley als in diese Zitadelle des jüdischen Gebets.

***

Sie nahm einen diskreten, aber sichtbaren Platz genau in der Reihe ein, die Josephine vorhergesagt hatte, was zu einer hörbaren Bewegung in der Menge führte. Constance Gardiner war erschienen, um ihren Triumph über Josephines Ableben zu feiern – wenn schon über sonst nichts. Constance, die First Lady der Gesellschaft, die Pferdeliebhaberin, die Schönheit von New York. Die *andere* Pionierin der Kosmetikbranche. Ihre Rivalität war nicht nur legendär, sondern skandalös. Constance hatte Josephine überlebt! Und auf diese Weise hatte Constance … gewonnen. Selbst in der Lebensdauer waren sie noch Konkurrentinnen.

Mir persönlich war Constance seit jeher etwas zu maskulin gewesen. Ich hatte sie stets als ein wenig *beängstigend* empfunden. Ich wusste, dass sie zu mir kommen und zu ihrem letzten Schachzug ausholen würde. Das Beruhigungsmittel hatte die Angst und Vorfreude auf diesen Moment nicht gedämpft. Ich tippte mit meinen englischen Budapestern auf den Boden und schaute auf meine roségoldene Patek-Uhr, die Madame mir zu meinem vierzigsten Geburtstag geschenkt hatte. Sie hatte gewusst, dass für einen Mann wie mich das Alter nichts war, das Kosmetik beheben konnte.

***

Der Rabbiner stimmte das Gebet an und ließ die Menge wissen, dass die Familie nach der Beerdigung in Josephines großem sagenumwobenem Haus in der Fifth Avenue zum Empfang lud. Die Menschen starrten immer auf die riesigen Räume, hohen Decken und Dubuffet-Malereien an den Wänden. Sie wiederholten auch die Geschichte, dass Josephine, nachdem sie in den 1930er-Jahren von der renommierten Gebäudeverwaltung abgewiesen worden war, das Haus mit allem Drum und Dran einfach unter einem Firmennamen gekauft hatte. Nach der Scheidung von ihrem ersten Ehemann hatte sie mit ihrem jüngeren russischen Prinzen zusammengelebt und die New Yorker Gesellschaft im Sturm erobert. Manch einer behauptete, das Ganze sei ein Marketingtrick gewesen, als sie ihn heiratete und ihre Prinzessin-Orlove-Linie mit Lippenstiften, Rouge und Parfum auf den Markt brachte. Doch sie hatte auch ihn überlebt! Die Beerdigung war vielleicht das einzige Mal, dass Constance überhaupt in Erwägung gezogen hatte, sich im selben Raum wie Josephine aufzuhalten. Und sie schien die Gelegenheit zu genießen, den Reichtum von Josephines Leben und, was noch wichtiger war, dessen Trümmer zu begutachten.

Nach dem Gottesdienst stand ich auf und zog meinen marineblauen Kaschmirmantel an. Ich spürte den Trost des samtweichen Materials, als ich sah, wie sie sich ihren Weg durch die Menge bahnte. Constance war stets unfassbar von sich überzeugt.

Plötzlich stand sie vor mir und trug ihre Südseeperlen, jede von der Größe einer riesigen Murmel, herausfordernd zur Schau. Ihr Gesicht war immer noch schön, starr, aber trotzdem hübsch. Und sie trug nach wie vor diesen Kate-Hepburn-Stil und den Hochmut genauso lässig wie ihre lange Hose. Es war, als hätte Constance beschlossen, den Filmstil der 1930er-Jahre für immer beizubehalten.

Sie nahm sich einen Moment Zeit, um den Berühmtheiten zuzunicken und diejenigen zu grüßen, die ihr ihr Beileid aussprachen, als wären die beiden Pionierinnen der Kosmetikbranche trotz ihrer fünfzigjährigen Auseinandersetzung Kampfgenossinnen gewesen.

Schließlich sagte sie mit schriller Stimme: »Es tut mir so leid, Robert« – sie benutzte meinen offiziellen Namen –, »ich weiß, wie sehr du dich ihr verschrieben hattest. Es muss sehr schwer sein zu wissen, dass sie fort ist.« Sie schwieg einen Moment. »Und nicht mehr zurückkommt.« Sie sprach mit abgehacktem mittelatlantischem Akzent.

»Ja, wir alle bewunderten sie sehr«, antwortete ich. »Die Frau, die die Kosmetikbranche erfunden hat.« Ich hatte diesen Satz unentwegt mit Madame geübt. Ich hatte ihr versprochen, ihn als Abschiedsgeschenk zu sagen, und ich hatte mein Versprechen gehalten.

»Darüber lässt sich streiten, je nachdem, mit wem man redet und wer den Gehaltsscheck unterschreibt«, spottete sie. »Also, wirst du nun für mich arbeiten? Ich werde dein Gehalt natürlich verdoppeln.«

»Madame hat mich reich und damit unabhängig gemacht. Außerdem würde ich nur für ein Haus mit Prestige arbeiten.« Ich äußerte das etwas kleinlauter als gedacht.

»Ach du je! Du hast wirklich von der alten Ziege gelernt«, rief sie lachend.

»Bitte, Constance. Das ist schließlich ihre Beerdigung.« Ich hatte mein Selbstvertrauen wiedererlangt.

»Okay.« Sie wühlte in ihrer Hermès-Tasche aus schwarzem Krokoleder. »Lass uns das Ganze nicht unangenehmer machen als nötig. Ich dachte, du solltest das hier sehen. Jetzt, wo der alte Drache vor seinen Schöpfer getreten ist, klage ich auf Patentverletzung.« Sie drückte mir die Papiere in die Hand. Die alte Sache. Vielleicht die erbittertste Schlacht, zu der es je zwischen den beiden Frauen gekommen war.

»Du kannst das Patent nicht aufheben lassen«, widersprach ich ihr.

»Sie hat mir Lashmatic vor all den Jahren gestohlen. Und ich bin bereit, erneut zu kämpfen.«

Miles, den schon ihre bloße Anwesenheit ärgerte, kam mit Jonny zu uns herüber und mischte sich in das Gespräch ein. Bald schloss sich Charlene der stetig wachsenden Gruppe an. »Constance«, sagte Miles, »meinst du nicht, du hättest warten können, bis ihre Leiche kalt ist, bevor du wie ein Geier hereinstürzt?«

»Ich dachte, die Privatschulen und die Familienehre hätten dir vielleicht ein wenig mehr Schliff verliehen. Aber du bist so direkt und unverblümt wie deine Mutter, möge sie in Frieden ruhen. Ich bin nur hier, um Anspruch auf das zu erheben, was mir zusteht.«

»Ich denke, du solltest jetzt gehen«, beschied sie Charlene und nahm dabei eine hoheitsvolle Haltung ein.

»Ich brauchte nur die Gelegenheit, dir die Papiere zu übergeben, da ihr ja so viele *Schutzwälle* habt. Ich hätte es lieber nicht auf einer Beerdigung gemacht, aber … mir blieb keine andere Wahl.« Sie sah mich an, als wäre das eine ausreichende Entschuldigung.

»Constance, glaubst du nicht, dass Josephine davon ausgegangen ist, dass du kommst?«, gab ich zu bedenken und zog einen zweiten sauberen Umschlag aus der Tasche. »Wir reichen Gegenklage ein, gegen dein Unternehmen und gegen dich persönlich. Du weißt genau, dass du auch unsere Anwaltskosten bezahlen musst, wenn wir gewinnen.«

»Nun, wir werden sehen, wer wessen Kosten bezahlt.« Der Gegenangriff, so gut geplant und perfekt ausgeführt, hatte sie überrascht.

»Constance, wenn du diese Klage weiterverfolgst, müssen wir CeeCee in den Zeugenstand rufen«, drohte ich und machte meinen letzten Schachzug. Schachmatt!

Sie errötete. »Was weißt du über CeeCee?«

»Alles.« Das war die letzte Karte, die Josephine mir gegeben hatte. Die Reißleine, wenn man so will. Ich hatte sie gezogen.

»Überlass es Josephine, rücksichtlos zu spielen, selbst noch im *Tod*.«

»Du irrst dich. Ihr Unternehmen ist ziemlich sauber und ihre Familie sehr lebendig.«

»Miles.« Constance blickte zu Josephines Sohn und ihrem hübschen Enkel Jonny hinüber.

»Ja?«

»Ich habe vielleicht deine Mutter gehasst, aber sie war tatsächlich eine würdige Gegnerin.« Ihre Stimme brach, bevor sie sich auf ihren Chanel-Pumps umdrehte und in der Menge der Trauernden und Mitläufer verschwand.

»Bobby, das hast du sehr gut gemacht«, lobte mich Miles und klopfte mir auf die Schultern.

Selbst Jonny erwiderte das Lächeln. Wir schauten uns kurz an, eine seltsame kleine Sippe, bevor wir uns umdrehten, um uns um die zahlreichen Freunde und Geschäftspartner zu kümmern, die begrüßt werden wollten.

Als ich später an den Blitzlichtern vorbei zu den wartenden Autos ging, sah ich zu einem sich teilenden Himmel auf. Die Sonne hatte den grauen Wolkenfilm durchbrochen und schuf ein schönes, einzigartiges rosafarbenes Leuchten. Rosa, natürlich! Exakt der Farbton der Lashmatic-Verpackung. Ich lächelte in dem Wissen, dass Madame wie eh und je einen Weg gefunden hatte, um ein Hindernis zu überwinden.

Und, noch besser, um sich durchzusetzen.

Kapitel 1

EINE NEUE HERAUSFORDERUNG

Sydney, 1922

Die ständige Hitze war unerträglich, fiebrig und offensichtlich entschlossen, ihre Haut zu ruinieren. Wie hart die Reise war, kam einer Ironie gleich, wenn man bedachte, dass man mit ihr einem brutalen Gegner zu Hause entkommen wollte. Während sie sich an die Reling des Schiffs klammerte, kam ihr der Lieblingsspruch ihrer Mutter in den Sinn: »Wohin du auch gehst, du bleibst immer du.« Wäre sie jetzt hier, würde sie ihre Tochter ermahnen, ihre Haut zu schützen und einen Hut aufzusetzen. Stattdessen starrte Josiah in einem Anflug von Rebellion genau in die Sonne, als wäre die Sonne ihr Feind und als könnte sie die Konfrontation gewinnen, solange sie ihre Angst nicht zeigte.

Oy vey ist mir. Das jiddische Klagelied drängte sich ihr auf, als sie an die Entfernung dachte, die zwischen ihr und ihrer geliebten Mutter lag. Diese Entfernung nahm wie der Schmerz in ihrem Herzen mit jeder Sekunde zu. Sie konnte fast ihren Duft riechen: süß, erdig wie Kasha – der Buchweizenbrei – und die süßen weißen Zwiebeln, die auf dem Herd kochten. Die wohlige Erleichterung, die sie sofort überkam, wenn sie in ihren weichen Armen lag und ihrem Singsang lauschte. Sie brauchte die Augen nicht zu schließen, um die Umrisse ihres Hauses zu sehen: eine mittelalterliche Stadt, die an drei Seiten von Wasser umgeben war, und die roten, übereinandergestapelten Ziegelsteine, die sie vor Interventionen und Ausbrüchen bewahrten. Dort hatte Josiah ihre Kindheit verbracht, in Sicherheit, gleichzeitig aber auch eingesperrt. Ihr Zuhause war nicht perfekt gewesen, doch für den, der sie kennt, besitzt die Behaglichkeit des Vertrauten eine starke Anziehungskraft. Sie konnte sich in diesem Augenblick nur mit Mühe erinnern, warum sie überhaupt gegangen war.

Natürlich wusste sie, warum.

Sie hatten die schrecklichen Geschichten gehört, und ihre Eltern wollten nicht mit diesem Risiko leben. Geschichten über die Pogrome, über betrunkene Soldaten, die nachts kamen, über Soldaten, die Häuser plünderten und Geheimfächer durchwühlten, Uhren und Juwelen, Habseligkeiten und Bücher mitnahmen; Soldaten, die Väter und Söhne terrorisierten und schlugen und in den schlimmsten Geschichten die Töchter in den Schlafzimmern einsperrten und sie zwangen, unaussprechliche Dinge zu tun; über das Lachen und Stöhnen der Soldaten, das durch die Türen hörbar war – und die Schreie der Töchter. Ihre Eltern hatten diese Berichte aus zuverlässigen Quellen, zuerst von Frauen, die auf dem Markt tratschten, von den Leuten, die sich beim Metzger versammelt hatten und die Zufuhr für die Milch blockierten. Und dann von ihrem verehrten Rabbiner, der es von den Männern selbst gehört hatte.

Und obwohl diese Gräueltaten in Lemberg stattgefunden hatten, nicht zu nah und nicht zu weit weg von ihrem Zuhause, war die Gefahr zu groß. Nach und nach durchdrang die Angst den Alltag. Sie war spürbar, wenn die betrunkenen polnischen Bauern anzüglich grinsten. Sie wuchs immer mehr, bis sie schließlich ihr ständiger Begleiter war – wenn sie in die

Stadt ging, einen Brief an die Tante schrieb und sogar, wenn sie abends badete. Es gab stets einen unsichtbaren Gast, der ihr lautlos folgte. Also wurde nach vielen Familienmahlzeiten und Gesprächen beschlossen, dass sie und die Schwestern, die alt genug für einen Umzug waren, an einen Ort reisen würden, an dem keine Gefahr drohte. Australien, ein entfernter Kontinent, schien eine gute Wahl zu sein. Es hätte genauso gut ein anderer Planet sein können, so grundverschieden war dort alles zu dem, was sie aus ihrer Heimat Polen kannte.

Andere waren natürlich schon vor ihr ausgezogen, und ihr Onkel Salomon und ihre Tante Masha hatten viel Gutes über das Pionierleben geschrieben. Trotzdem war es schwierig, sich Australien als nächstes logisches Ziel vorzustellen. Diese riesige, weit entfernte Insel, übersät mit Hügeln, Gras und Schafen. Und das weite, unergründliche Meer, eine unverständliche Kraft, ein eigener Planet. Josiah war in ihrem Leben nur wenige Male geschwommen – in einem kleinen See nahe ihrem Zuhause. Trotzdem wurde der Plan geschmiedet: Sie würde bei ihrem Onkel und ihrer Tante wohnen. Sie würde in deren kleinem Laden arbeiten, in ihrem Haus leben und ihnen abends bei der Brut von Nichten und Neffen helfen, bis sie sich etwas Eigenes leisten konnte. Sie würde Englisch lernen, die Sprache, von der sie geträumt hatte, sie eines Tages zu studieren. Zunächst würde sie mit den wenigen Wörtern anfangen, die sie in den Zeitungen im Büro ihres Vaters gelesen hatte.

Auf diesem hellen, heißen Planeten wartete ein neues Leben, ein besseres Leben, das es zu finden und zu leben galt. Sie glaubte ihrer Mutter. Sie wollte dieses Leben. Doch in diesem Moment konnte sie diese strahlende Zukunft nicht sehen, weil das Sonnenlicht sie blind machte.

Josiah war mit ihren 22 Jahren eine ungewöhnliche Schönheit, zierlich, aber eindrucksvoll. Die helle Haut und das schwarze Haar, die großen ovalen onyxfarbenen Augen und die kräftige, schnabelförmige und doch elegante Nase verliehen ihr ein königliches, wenn auch harsches Aussehen. Ihre Augen waren ihre größte Waffe. Sie erkannten die wahren Beweggründe der anderen, während sie die eigenen verbargen. Dieses Aussehen war Vor- und Nachteil zugleich, da es ihre Schwestern und Freunde einlud, sich ihr anzuvertrauen, während es die Männer in ihrem Alter vergraulte, die sich irgendwie ihrer Kritik sicher waren. Doch schließlich setzten sich Intuition und Intelligenz durch und brachten ihr die Bewunderung der Schwestern, Freunde und in den letzten Jahren auch einiger junger Männer ein.

Leider sagte ihr ihre Intuition im Moment nur eins: *Geh zurück.*

Doch dafür war es zu spät. Sie war mit einer Welle hierhergekommen, mit der ersten Welle polnischer Einwanderer, der ersten von dem, was bald zu einer Flutwelle anwachsen würde. Eine Welle von Frauen, die Sicherheit suchten, Familien, die ihre Überzeugungen frei zum Ausdruck bringen wollten, Menschen, die nach Reichtümern und einem neuen Leben suchten, Menschen, die vor einer großen und schrecklichen Gefahr flohen. Die verlockenden Aussichten waren zwar faszinierend, doch erst die Bedrohung hatte die Reise so dringend gemacht. Sie hatte die Menschen aus ihren Häusern vertrieben, was die Aussichten noch lohnenswerter erscheinen ließ. Diese Bedrohung war es, die sie zu diesem fremden Ort brachte, zwei Ozeane und drei Kontinente von ihrer Heimat entfernt, in engen Kojen, die sie sich mit zwei anderen jungen Frauen teilte, und in der salzigen Luft, die den Geruch von so viel Schweiß kaum verdeckte.

Verzagt schaute Josiah über das Deck zu einem großen, verschwommenen Berg hinüber. Der Berg war üppig und weiß. Doch plötzlich war er grün und mit weißen Punkten gespickt.

Warum die plötzliche Verwandlung? Kurz darauf verstand sie es: Die Punkte waren keine Wolken, sondern Schafe.

»Was habe ich nur getan?«, murmelte sie.

Soniya, eine andere Passagierin in ihrem Alter, mit der sie während der Reise zusammen gegessen hatte, antwortete: »Wenn alles andere schiefgeht, können wir ja stricken.«

Josiah lächelte. Das Gefühl von Kameradschaft tröstete sie. Doch genauso plötzlich rollte eine Welle von Rufen und Schritten auf sie zu, und sie spürte, wie sie an die Vorderseite des Schiffes gedrückt wurde. Sie griff nach ihrem platten Koffer und dem cremefarbenen Strohhut mit dem blau-weißen Band – er wirkte zu der Zeit so kosmopolitisch –, schielte in die Sonne und ließ sich von der Welle in Richtung Kai schieben.

Kapitel 2

EINE NEUE WELT

Greenwich Village, 1922

Constance Gardner schleppte sich die Stufen eines staubigen Treppenhauses hinauf. Die braune Farbe, die bereits abblätterte, verlieh ihm ungefähr so viel Charme wie ein heftiger Sonnenbrand einem Arm. Doch das war ihr egal. Es sah so aus, wie sie es sich erhofft hatte. Weit entfernt vom vergoldeten Gefängnis des Martha Washington Hotels und anderer reiner Frauenhotels war dies das wahre New York. Was machte es da, dass sie auf dem Sofa in der Studiowohnung ihres Bruders *lebte*. Genau genommen war James ihr Stiefbruder. Ihre Mutter hatte seinen Vater, McCalister, geheiratet, nachdem ihr eigener mit einer reichen, älteren Witwe abgehauen war und sie und ihre Mutter sich selbst überlassen hatte. James und sie waren zwar mit verschiedenen Nachnamen, aber unter demselben Dach aufgewachsen und hatten den Unterschied nie bemerkt. James, der Sensiblere der beiden, kümmerte sich immer um seine jüngere, mutigere Schwester und umgekehrt – trotz des Altersunterschieds.

Seine Couch aus zweiter Hand war ebenfalls braun – genoppter, kratziger Mohair, der an manchen Stellen zerschlissen war. Trotzdem konnte sie bei den Geräuschen vom Washington Square Park und der Musik aus Greenwich Village an den Freitagabenden einschlafen – Rufe, Gelächter und ein Saxofon, wo in der Nacht zuvor noch Grillen gezirpt hatten. Der wohlklingende Lärm der Künstler, die sich ihre Kunst ausdachten. Und wenn sie aufwachte, würde sie zur neuen Arbeiterschaft gehören und wie die Männer und Frauen ihre Schuldigkeit tun, die in eng geschnittenen Anzügen und beim Marschieren schwingenden Röcken zur Arbeit gingen. Eine Armee der Produktivität. Deswegen war sie gekommen. Der Klang der New Yorker, die in New York lebten. Für sie war das Musik.

Innerhalb weniger Minuten hatte sie den Raum völlig umgestaltet. Notfalls konnte eine Frau ein Zimmer schon mit einfachen Dingen verändern: mit einem Seidenschal, der zum Wandteppich umfunktioniert wurde – ihrer war ein klassischer Schal von Poiret mit einem babyblauen Lavendelstrauß als Motiv –, einer rosafarbenen Vase mit frischen Blumen und dem angenehmen Duft von Räucherstäbchen oder wenigen Stößen ihres Lieblingsparfums von Jean Patou.

Genauso würde sie auch ihren Namen verändern, indem sie ihm ein »i« beifügte. Gardener mit einem »e« bedeutete »Gärtner«, was für sie unterwürfig klang und Bilder von der Rasenpflege heraufbeschwor. Gardiner mit einem »i« dagegen beschrieb ein Leben an der Goldküste mit Debütantenbällen und Gartenpartys. Es erinnerte an die vornehme Familie, die seit 1639 offiziell über Gardiner's Island herrschte. Das Leben der Gardiner, nicht der Gardener, war es, wonach sie strebte. Auf diese Weise verwandelte sie sich selbst und den Raum. Noch bevor ihr Bruder die wässrige Kohlsuppe, die er für sie aufgehoben hatte, aufwärmen konnte, hatte sie den Alkoven eines alleinstehenden Mannes in ein schickes Zweizimmer-Boudoir verwandelt.

Das Wochenende nutzte sie, um sich einzuleben, durch ihre neue Nachbarschaft zu schlendern und die »Ausrüstung« zusammenzutragen, die sie brauchen würde, um ihr Leben als berufstätige Frau in New York zu beginnen.

Ausrüstung! Allein bei dem Wort wurde ihr bereits schwindelig.

Constance, eine androgyne, klassische Schönheit mit rotblondem Haar und einem aufsässigen Grinsen, war ein Chamäleon. Sie war eine in Kanada aufgewachsene Engländerin und nun eine Kanadierin in New York. Von Natur aus blond – zumindest als Kind – war sie zu einer hübschen Frau herangewachsen. Sie war durchaus attraktiv genug, um einen passenden Mann an einer der angesehenen privaten Universitäten zu finden und auf ein Berufsleben zu verzichten. Doch das faule Leben reizte sie kaum. Sie gehörte zur wachsenden Gruppe der Flapper – jener jungen Frauen, die in den 1920er-Jahren knappe Röcke und kurze Haare trugen, sich über die Regeln des guten Benehmens selbstbewusst hinwegsetzten und das College besucht hatten. Diese Frauen strebten – zum Teil gewollt, zum Teil zwangsläufig – nach mehr als dem Eheglück.

Sie hatte sich für einen angesehenen Job in New York beworben und die Stelle als Sekretärin für ein Gesundheits- und Pharmaunternehmen, Dr. Osborne's Health and Vitality, Inc., in der Lower Fifth Avenue bekommen. Die glänzenden Büros wirkten ebenso einladend wie der Firmenname.

Constances neuer Look war perfekt für den neuen Job: ein frisch geschnittener, goldblond gefärbter Bob im Stil von Marilyn Miller, ihrem Lieblingsstar am Vaudeville-Theater in New York. Natürlich dauerte es etwas länger, bis der Lockenstab aufgewärmt, die Wellen gelegt und die Nadel so gesteckt war, dass die Frisur ihr herzförmiges Gesicht betonte. Doch es war sinnvoll genutzte Zeit. Vor allem zusammen mit der neuen Lippenfarbe, die sie sich von ihrer älteren Freundin Lisette

»geliehen« hatte, und dem dunklen, kräftigen Strich, den sie über ihre Augen zog. Sie hatte Marilyns Augenbrauen auf einem Foto im *Photoplay* studiert, dem führenden Hochglanzmagazin für Kinofilme, und stundenlang geübt, damit ihre Brauen genauso aussahen. Was machte es also, dass es sie eine Stunde Schlaf kostete? Eine Stunde Schlaf verblasste im Vergleich zu den Vorteilen eines wohlproportionierten Gesichts. Was ihre Figur betraf, war sie zum Glück mit guten Genen gesegnet, auch wenn die Perfektionierung ihres Aussehens etwas länger dauerte.

Sie dachte über den krassen Gegensatz zwischen ihrem vergangenen und ihrem gegenwärtigen Leben nach. Constance hatte Kanada hinter sich gelassen, das Land, in dem sie ihre Kindheit verbracht und es geliebt hatte, unter den weißen Wattewolken über die saftigen Felder zu laufen. Von dort aus war sie auf die geschützten Grashügel einer privaten Hochschule für Frauen gezogen. Sie war ein schlankes, athletisches Kind gewesen – einen »Wildfang« hatte man sie genannt – und war durch ihre prägenden Jahre gestürzt und gerannt und so glücklich gewesen wie die Wolken weiß waren. Doch all das hatte sie ohne Bedauern zurückgelassen. Kanada war lediglich ein hinterwäldlerischer Campingplatz für Constances wahre Ambitionen gewesen. Schon mit fünf oder sechs Jahren hatte sie gewusst, dass sie ein Stadtleben, ein bedeutsames Leben führen wollte. Sie wollte so sein wie die Menschen, die sie sah, als ihre Eltern sie nach Montreal brachten, und die über die Bürgersteige schritten wie moderne Statuen. Sie wusste es in dem Moment, in dem sie diese Leute erblickt hatte. Sie wollte dieses Leben. Eine Kindheit in Gras und Sonnenschein war ein perfekter Übungsplatz gewesen. Nicht nur, weil sie ihr einen unerschütterlichen Geht-nicht-gibt's-nicht-Schneid eingeflößt hatte, sondern weil sie die Grundlage für ihre Freude an der Natur schuf, deren Erforschung ihr Erwachsenenleben in Anspruch nehmen würde.

Schwesternschule und ein Leben aus Perlen und Kaschmir sollte es für sie nicht geben. Nicht jedoch, weil es ihr an Interesse gemangelt hätte. Sie hatte in gewisser Weise zu viele Interessen, um gut darin zu sein. Sie wollte lieber mit dem Blut und den Leichen arbeiten, anstatt freundlich grinsend neben dem Arzt zu stehen und die Instrumente bereitzuhalten. Während des Krieges war sie ein Jahr lang in einem Armeekrankenhaus tätig gewesen und hatte alles gelernt, was sie wissen musste. Es gab Menschen, die Hilfe brauchten, und sie besaß die Mittel, ihnen diese zu geben. Natürlich wünschten sich ihre Eltern eine traditionellere Beschäftigung für ihr kleines Mädchen, doch Constance war sowohl hartnäckig als auch überzeugend. Also bewarb sie sich gegen deren Willen um die Stelle und verließ die Schwesternschule an dem Tag, an dem sie eine Antwort erhielt. Wenn sie Jahre in einem Laboratorium üben musste, würde sie lieber als Chemikerin enden denn als Köchin eines anderen.

Und so frönte sie diesem Interesse an Alkoholkunde in Form eines dringend benötigten Drinks. Nachdem sie die Suppe hinuntergeschlungen hatte, die ihr Bruder aufgewärmt hatte, bestand sie darauf, dass sie feierten, und zog ihn wieder die heruntergekommene, klapprige Treppe hinunter. Sie hatte von einer Flüsterkneipe in ihrer Straße gehört, in der trotz Prohibition illegal Hochprozentiges ausgeschenkt wurde.

»Du bist der perfekte Flapper«, lobte und schimpfte James gleichzeitig, während er ihren Glockenhut aus moosbeerenfarbenem Samt begutachtete. »Wie hast du bloß von diesem Ort erfahren?«

»Nur weil es die Prohibition gibt, heißt das nicht, dass wir nichts trinken dürfen. Wenn du es unbedingt wissen musst, ich tanze auch gern und liebe Jazz. Und wir wollen doch nicht dorthin gehen, wo es dir gefällt, liebster Bruder«, neckte sie ihn.

Doch sobald die Worte aus ihrem geschminkten Mund gekommen waren, bemerkte sie die Verzweiflung in seinem Blick. Sie war mit ihrem Hinweis auf seine Neigung, spät am Abend ältere und manchmal auch jüngere Männer zu treffen, zu weit gegangen. »Keine Angst«, meinte sie und streichelte seine Hand. »Wir mögen beide, was uns gefällt.« Danach hielten sie sich an eine stillschweigende Übereinkunft und vermieden Diskussionen über ernsthafte persönliche Themen. Das war die kanadische Art.

Sie schaute sich in der Bar um, während ihr Bruder den ersten Schluck des illegalen Gins trank. Der säuerliche Geruch, das Nachmittagslicht, die erhitzten Gespräche der anderen Gäste. Es war, als hätten sie alle die gleiche berauschende Droge eingeatmet, einfach, indem sie durch die Tür hereingekommen waren.

»Ist es immer so wunderschön?«, fragte sie leise.

Er sah sich um und zuckte mit den Schultern.

Sie erhob ihr Glas und stieß mit ihrem Bruder an. »Auf das Leben.« Sie kicherte. »Auf mein neues Leben.«

Er lächelte. Ihre Begeisterung war ansteckend. Er gab ihr einen brüderlichen Klaps und meinte: »Du wirst neue Kleider brauchen.«

»Was?«, fragte sie.

»Die berufstätigen Mädchen ziehen sich für die Arbeit anders an«, antwortete er.

Sie holte tief Luft, blickte nach unten und taxierte ihren langen Rock, die geschnürte Taille, das passende Mieder und die hohe Knopfreihe. Ihre Kleidung war angemessen, aber alles andere als gewagt. »Ich schätze, ich muss einkaufen gehen.«

»Ich helfe dir«, versprach er. »In diesem Luxuskaufhaus, Lord and Taylor, soll es ein paar reizende Sachen geben.«

Kapitel 3

DIE KUNST DES ZUHÖRENS

Melbourne, 1923

Hinter dem Ladentisch zu stehen war nicht das Schlechteste, denn diese Arbeit verband zwei von Josiahs Lieblingsbeschäftigungen: Menschen beobachten und sich unterhalten. Und vor allem zuhören. Sie konnte ihr Englisch verbessern und sich gleichzeitig von ihrem Zuhause in Polen ablenken, das sie schmerzlich vermisste. Außerdem konnte sie so aus dem hinteren Teil des Ladens flüchten, in dem ihre Vettern und ihr Onkel die meiste Zeit des Tages damit verbrachten, Waren in die vollgestopften Regale zu stapeln. Sie konnte stundenlang Kunden über die Dinge beraten, derentwegen sie angeblich gekommen waren, und gleichzeitig mit ihnen über das sprechen, was ihnen in Wirklichkeit am Herzen lag. Sie selbst. Sie machte sich ein Spiel daraus, vorherzusagen, was ihnen auf der Seele brannte, während sie den Anschein des Small Talks bewahrte. Dank ihrer Intuition entwickelte sie bald ein besonderes Verständnis für die Sorgen und Probleme ihrer Kunden.

Josiahs Onkel und Tante waren kein Ersatz für die Herzlichkeit ihrer eigenen Familie. Onkel Solomon war streng und machte sich ständig Sorgen. Seine Frau, Masha, war dagegen ewig unzufrieden und engstirnig. Trotz des Verhaltens ihres Onkels war der Laden ein fröhlicher Ort, den er quasi in zwei verschiedene Bereiche aufteilte: Vorn war er eine Art Begegnungsstätte für Melbournes fleißige Arbeiterschaft und hinten ein Lagerraum für Arzneimittel und Salben. Jeder von ihnen besaß seine eigene Heilkraft. Und Reden war vielleicht das beste Heilmittel von allen.

Die australischen Sommer und Winter waren kaum voneinander zu unterscheiden. Beide Jahreszeiten stellten gewisse Anforderungen, um das harte Klima ertragen zu können. In diesem Jahr kam es zu Überschwemmungen biblischen Ausmaßes. Auf das Wasser folgte eine lange, sengend heiße Hitzewelle, die jeden an seine Grenzen brachte und den Frauen ein Stück weit erlaubte, weniger einengende Kleidung zu tragen und die Spitzenkorsetts etwas zu lockern. Extreme Bedingungen waren in Melbourne normal und gaben einen eigenen Takt vor.

Der rege Zustrom an Ausländern und die aufblühende Bauernschaft machten Melbourne zu einer betriebsamen Stadt, weshalb viele Einwohner sie liebevoll als »Paris des Südostens« bezeichneten. Der Laden bot Josiah zwei ungleiche Biotope: einen geschäftigen Arbeitsplatz mit vielen Aufgaben, die ihre Aufmerksamkeit verlangten, und einen endlosen Strom von Kunden am Tresen, der dauernd neue Abwechslung bot, weil hier die Probleme anderer Menschen »auf den Tisch kamen«. Beides empfand sie als überraschend faszinierend: das Hinterzimmer, das die Wissbegierde ihres Forschergeists befriedigte, und den Ladentisch, der für einen unbekümmerteren Zeitvertreib sorgte. Im Hinterzimmer erlangte sie die Grundkenntnisse des Einzelhandels – Lagerbestände verwalten, Preise kalkulieren, Bestellungen ausführen –, während sie vorn im Laden ihr Talent schärfte, die Sorgen der Menschen zu lindern. Hier lernte sie, mit den Kunden umzugehen und deren wahre Nöte hinter den vorgeschobenen Bedürfnissen zu durchschauen.

Die weibliche Kundschaft beschwerte sich immer über dasselbe: Die Blicke ihrer Männer würden ständig abschweifen. Es gab zu viele Frauen, auf die sie fallen konnten. Das waren vor allem jene »Damen«, die wegen der sengenden Hitze lediglich spärliche Kleidung trugen, wozu auch die neueste Bademode gehörte, die nur wenig bedeckte. Die Ehefrauen waren also doppelt betroffen. Nicht allein, dass ihre Haut unter der australischen Sonne brannte, die Einsamkeit und die Konkurrenz ließen ihre Seelen verdorren.

Die Arbeit hinter der Theke im Laden ihres Onkels ermöglichte Josiah einen Blick aus der Vogelperspektive. Sie wurde mit den Eigenheiten dieser neuen Welt vertraut und konnte sich gleichzeitig – in ihrem begrenzten Rahmen – profilieren. Sie lernte, sowohl die Kundinnen zu besänftigen als auch zu verkaufen.

Eine Dame betrat den Laden. Sie seufzte schwer, das angegraute Haar hatte sie zu einem unordentlichen Dutt zusammengebunden. Sie ging zum Tresen und sah sich an einem Brillenständer um. Josiah erkannte sofort, dass sie nicht auf die Brillen starrte, sondern auf Josiahs nackte Arme und ihr gerötetes Gesicht.

»Sie können sich wirklich glücklich schätzen«, meinte die Kundin. »Sie haben einen strahlenden Teint. Er ist so perfekt und so hell.«

»Unsinn«, widersprach Josiah und fächerte sich Luft zu. »Das liegt bloß an dieser verdammten Hitze.« Sie versuchte zu lächeln.

Die Dame seufzte und nickte zustimmend.

»Aber offen gesagt«, fuhr Josiah fort, »ohne Fleiß kein Preis.«

Die Frau schaute sie aufmerksam an und stellte ihre Tüten ab.

»Ich hätte da etwas für Sie.« Josiah griff in eine der unteren Schubladen. Dort bewahrte sie einen Cremetopf auf, den sie – fast wie ein Souvenir – von zu Hause mitgebracht hatte, ein Andenken, das die Erinnerungen an ihre Mutter wachhielt. Die milchig-weiße Flüssigkeit schimmerte wie eine Perle. Sie füllte etwas davon in ein leeres himmelblaues Glasgefäß für Arzneimittel. »Tragen Sie das nach dem Baden auf und massieren Sie es in kleinen, sanften Kreisbewegungen ein.« Sie machte die Bewegung vor. »Drücken Sie nicht zu fest. Sie wollen die Haut ja nicht belasten. Sie muss vielmehr mit Feuchtigkeit versorgt und angeregt werden.«

Die Dame stierte sie mit offenem Mund an.

Josiah hätte ihr ebenso gut Opium verkaufen können, so wertvoll war das Versprechen dieses Elixiers.

»Machen Sie sich keine Sorgen«, beruhigte sie die Kundin. »Es dauert eine Woche oder zwei, bis es wirkt.«

Die Dame lächelte und nahm Josiahs Geschenk mit ernstem Blick an. Einem Blick tiefer Dankbarkeit.

Es dauerte keine Woche, bis sie wiederkam, damit Josiah das Glas nachfüllte. Als sie darauf bestand, akzeptierte Josiah dieses Mal einen geringen Preis.

»Sie müssen sich von mir bezahlen lassen«, erklärte sie. »Diese Creme rettet vielleicht meine Ehe.« Sie drückte Josiah eine Ein-Pfund-Note in die Hand.

Die Erleichterung der Frau ließ Josiah lächeln. Sie steckte das Geld in ihre Tasche und beschloss, das Geschäft ihrem Onkel gegenüber zu erwähnen. Wenn die Zeit dafür gekommen war.

Kapitel 4

LEHRSTUNDEN IM GESCHÄFTSWESEN

New York City, 1923

Das Büro war nicht gerade das Wirtschaftszentrum, das Constance sich vorgestellt hatte, als sie sich um die Stelle beworben hatte. An ihrem ersten Arbeitstag wurde ihr ein klappriger Holzstuhl in einem kleinen Hinterzimmer als Platz zugewiesen, das von Empfangshalle und Laboratorium gleich weit entfernt war. Dieses Büro teilte sie sich mit einer schlecht gekleideten und vom Wetter gegerbten Empfangsdame, die beim Sprechen keuchte, und mit einer Schreibmaschine, die bei jedem Buchstaben, den sie drückte, klapperte. Diese Mängel ließen sich kaum ignorieren. Doch sie zwang sich, an die Vorteile zu denken. Schließlich bot ihr dieser Job die wichtigsten Dinge: ein regelmäßiges Gehalt und ein Dasein in New York. Vielleicht konnte sie im Unternehmen aufsteigen, sobald sie Dr. Osbornes Vertrauen gewonnen hatte.

In der Mittagspause fragte sie ihre Kollegin geschickt aus. »Lassen sie auch schon einmal die Sekretärinnen ins Laboratorium?«, erkundigte sich Constance.

»Oh, nein, wir dürfen da nicht rein«, antwortete ihre Kollegin, ohne von ihrer Frauenzeitschrift, dem *Ladies' Home Journal*, aufzusehen.

»Warum nicht?«

Ihre Kollegin zuckte mit den Schultern.

»Wer darf denn rein?«

»Nur Mitarbeiter mit Sondergenehmigung.«

Constance nickte. Für einen kurzen Augenblick öffnete sich die Tür, und sie warf einen kurzen, sehnsüchtigen Blick ins Labor. In diesem Moment beschloss sie, einen Rundgang zu bekommen, koste es, was es wolle. Sie sollte nicht mehr als einen Monat dafür brauchen.

Das Labor hätte ebenso gut ein Süßwarenladen sein können. Es war vollgestopft mit Röhrchen und Gläsern in den verschiedensten Farben, und in jedem von ihnen sprudelte ein anderes Gebräu. An einer Wand floss etwas Rotes durch eine Reihe von Verbindungsschläuchen. Daneben köchelte in einem abgedeckten Fass eine braune Flüssigkeit. Im angrenzenden Raum schlug ihr schon an der Tür ein starker Geruch entgegen. An der hinteren Wand türmten sich vom Boden bis zur Decke Behälter mit verschiedenen Pulvern, die sie an einen persischen Gewürzladen erinnerten, den sie als Kind in Montreal besucht hatte.

Feine Puder – rote, weiße und schwarze – stapelten sich deckenhoch in Gläsern, die so dicht gepackt waren, dass die Wand einem Schachbrett glich.

Es gibt Momente im Leben, in denen sich Träume herauskristallisieren, in denen verschiedene Gedanken – Hoffnungen und Pläne – zu einer Idee verschmelzen. Einen solchen Moment erlebte nun Constance. Ihre Sinne wurden von Möglichkeiten regelrecht überflutet.

»Das ist Aspirin. Der Verkaufsschlager.« Dr. Osborne zeigte lieblos auf eine Wand. »Das ist ein Erkältungsmittel. Sehr beliebt. Ist gut für uns.« Er blieb vor einem Fass mit sprudelndem Schmalz stehen, dessen braune Farbe eine Spur von Gold besaß. »Das ist die *Ladies' Beauty Cream*, unsere Schönheitscreme.«

»Schönheitscreme?«, echote Constance und versuchte, ihre Aufregung zu verbergen.

Sie beugte sich vor und atmete den fauligen Geruch von Zitrone und Schmalz ein. Das war die Schönheitsquelle für die treuen Kundinnen von Dr. Osborne? »Und die da?« Sie deutete auf die Pulver.

»Oh, die. Wir wissen noch nicht genau, was wir mit ihnen machen.«

»Warum nicht?«

»Wir experimentieren mit verschiedenen Gerüchen für die *Ladies' Beauty Cream*, aber momentan bin ich ein wenig ratlos.«

»Wieso?«, wollte Constance wissen.

»Ich weiß es nicht«, entgegnete Dr. Osborne. »Vielleicht, weil ich keine schönen Frauen kenne.«

»Ich verstehe.« Sie lehnte sich gegen ein Regal und bemerkte, wie Dr. Osborne näher kam.

»Vielleicht könnten Sie mir etwas darüber beibringen.«

»Worüber?«

»Über Schönheit.«

»Oh, ich weiß nicht.« Constance trat instinktiv einen Schritt zurück.

»Sie sind wunderschön«, keuchte er und rückte noch näher.

Sie trat einen weiteren Schritt zurück, doch er sprang auf sie zu und packte sie am Arm.

»Wollen Sie mir etwas über Schönheit beibringen?«

»Hm.« Constance hielt seinem Blick stand. »Das kommt darauf an, was Sie mir Ihrerseits über das Geschäft beibringen wollen.«

Und so schloss Constance ihr erstes Geschäft ab: Arbeitszeit im Labor gegen Informationen für Dr. Osbornes *Ladies' Beauty*

Cream und verschiedene andere Gefälligkeiten. Nicht zum ersten Mal trieb sie mithilfe ihres Aussehens ihre Karriere voran. Mit zweiundzwanzig Jahren waren Constance unerwünschte Annäherungsversuche junger Männer nicht fremd. Doch sie hatte gelernt, die Auswirkungen zu ignorieren. Wollte man seine Ziele erreichen, waren gewisse Opfer notwendig. Sogar für einen solchen Blödmann, der nicht zuletzt ein Mann war.

Kapitel 5

DIE ARBEIT HINTER DEM LADENTISCH

Melbourne, 1923

Josiah starrte in den Spiegel und konzentrierte sich auf ihre Augen. Eine Frau kennt instinktiv bestimmte universelle Wahrheiten. Lenke die Aufmerksamkeit auf das Positive und spiele die Makel herunter! Bei sich selbst wandte Josiah diese Strategie schon lange an. Sie gehörte nicht zu den Frauen, die man als natürliche Schönheit bezeichnete, besaß aber die dominante Präsenz einer Kaiserin. In Wahrheit fehlte ihr Zeit für die Schönheitskuren, die sie anpries. Obwohl sie klein war, war sie eine imposante Erscheinung. Ihr Blick war durchdringend, die großen, dunklen Augen, die ihren slawischen Ursprung verrieten, nahmen einen Großteil ihres blassen, runden Gesichts ein. Trotzdem entwickelte sie sich im Laufe der Zeit zu einem lebendigen Beweis für die Redensart, dass Schönheit von innen kommt und mit Vertrauen beginnt. Ihre größte Herausforderung lag in der Erschöpfung nach den vielen Arbeitsstunden und dem wenigen Schlaf. Das konnten selbst Josiahs Cremes und Elixiere kaum verbergen.

Die Mädchen, mit denen sie in Polen aufgewachsen war, teilten sich in zwei Kategorien auf: in die raffaelitischen Schönheiten mit langen, schwermütigen Gesichtern, hellen Augen und rosigem Teint, die an die Engel der Deckengemälde italienischer Kirchen erinnerten, und die dunkleren, hageren Frauen mit den schwarzen Haaren und Augenbrauen, die den alten russischen Zarinnen glichen. Josiah zählte zur letzten Gruppe. Sie alle waren Jüdinnen. In ihrem Volk kam es immer wieder zu Inzucht, und manche Frauen besaßen die blasseste Haut sowie einen leichten Überbiss und sahen aus, als könnten sie sich jederzeit verflüchtigen oder dem leichtesten Anflug einer Grippe erliegen. Trotzdem waren einige dank einer einzigartigen, wundersamen Verwandlung ihrer sephardischen Vergangenheit und osteuropäischer Glanzlichter wahre Schönheiten. Doch oft gefiel Josiah das Gesicht nicht, das ihr im Spiegel entgegenstarrte, und sie registrierte nur die Extreme: die riesigen Augen, die lächerlich hohen, fast scharfkantigen Wangenknochen. Sie betrachtete die übermäßig blasse Haut, wegen der ihre Mutter sie »*Zwoki*« genannt hatte, was auf Polnisch »Leiche« bedeutet. Aber sie merkte, wie ihr Aussehen ihr im Laufe der Jahre Macht verlieh – wie sich ihr Gesicht veränderte, von einzigartig im Kindesalter über markant als Teenager und schließlich zu schön als Frau. Es zog die Blicke der anderen auf sich und entsprach im Zeitalter der Stummfilme – wie das von Theda Bara – dem bezaubernden Vamp. Theda Bara war seit jeher Josiahs Lieblingsschauspielerin gewesen und war es noch mehr, seitdem sie wusste, dass sie mit bürgerlichem Name Theodosia Goodman hieß und als Tochter eines jüdisch-polnischen Schneiders von gleicher Herkunft war.

Während sie allein vor dem Spiegel stand, versuchte sie herauszufinden, warum dieses ungewöhnliche Gesicht die Aufmerksamkeit der anderen auf sich zog. Sie arbeitete hart.

Das stimmte. Und ihr lag etwas an den Menschen. Sie interessierte sich tatsächlich für die Frauen, die im Laden ihres Onkels vorbeischauten, wie grasende Kühe vor dem Tresen standen und so taten, als beäugten sie die Waren. In Wirklichkeit wollten sie jedoch ihren Rat. Ihr lag etwas an diesen Menschen, und ihnen lag etwas an ihr. Sie wusste, wonach sie tatsächlich fragten und was sie hören wollten. Nicht nur, dass es sie nichts kostete, ihnen das zu geben, ihre Übersetzungen erwiesen sich auch als äußerst nützlich.

»Haben Sie etwas gegen Magenschmerzen?«, bedeutete: »Glauben Sie, mein Mann betrügt mich?«

»Haben Sie etwas gegen spröde Haut?«, hieß eigentlich: »Bin ich noch immer hübsch?«

»Haben Sie etwas für die Nerven?«, war ein Code für: »Mein Mann hat mich verlassen.«

»Was kann ich gegen trockene Hände tun?«, meinte: »Ich mache mir furchtbare Sorgen.«

Sie besaß nicht nur das Talent, die Hinweise ihrer Kundinnen zu entschlüsseln, sondern konnte sie gleichzeitig beruhigen, indem sie die Dinge sagte, dank denen sie mit strahlenderem Gesicht wieder nach Hause gingen. Sie wusste, dass ihr Aussehen ihre Worte unterstrich. Also stellte sie zwei Dinge zur Verfügung: ein Produkt und eine Dienstleistung, eine Gesichtscreme für die Haut und einen Ratschlag für die Seele.

Achtzehn Tiegel der Gesichtscreme, verborgen unter ihren zwei Paar Seidenstrümpfen und ihren wollenen Büstenhaltern, hatte sie heimlich von Polen über den Ozean hierher geschmuggelt. Ihre Mutter hatte darauf bestanden, dass sie eben jene Creme jeden Abend nach dem Baden im noch heißen feuchten Badezimmer auftrug, damit sie gut einziehen konnte, solange die Poren noch geöffnet waren.

In ihrem ersten Winter in Melbourne begann Josiah, diese Creme in kleine Glasbehälter abzufüllen, die sie sich aus dem Lager ihres Onkels »geliehen« hatte.

Die braven Frauen von Melbourne brauchten ein wenig Aufmunterung, Bestätigung und eine Freundin. All das konnte Josiah ihnen hinter dem Tresen der Kurzwarenhandlung ihres Onkels bieten. Und das Beste war, es kostete jeweils nicht mehr als zehn Penny.

Kapitel 6

DIE GARDINER GIRLS

New York City, 1925

Die Idee war ungewöhnlich, wenn nicht sogar neu, und Constance war entschlossen, sie umzusetzen. Kurz gesagt, Frauen würden Kosmetik kaufen – und das in Hülle und Fülle –, wenn eine Freundin sie empfehlen würde. Wie könnte man den Verkauf besser anregen, als den vertrautesten Austausch nachzuahmen, also ein Gespräch unter Nachbarinnen an der eigenen Haustür? Der Trick dabei war, dass der Verkäufer nicht einschüchternd, sondern einladend wirkte, nicht fordernd auftrat, sondern charmant. Er musste wie ein Freund der Hausdame daherkommen. Aber nicht wie irgendein Freund – sondern wie die Freundin oder Nachbarin, die die Dame des Hauses am meisten bewunderte. Der Verkäufer durfte kein Mann sein, sondern eine Frau! Und sie musste schön, stilvoll und selbstsicher sein – »die drei S«. Und nachdem sie zwei Jahre lang mit einem Labor vor Ort an der Entwicklung einer eigenen Produktlinie gearbeitet hatte, die die wichtigste Farbkosmetik umfasste, und eigenhändig ein schlichtes Etikett mit Blumen sowie dem Schriftzug der »Constance Gardiner Beauty« entworfen hatte, war Constance bereit. Ihr Bruder würde die Produkte von Apotheke zu Apotheke verkaufen, und sie würde die erste weibliche Armee von Haus-zu-Haus-Verkäuferinnen gründen, die schlicht als »Gardiner Girls« bekannt werden sollten.

Eines Montagmorgens um elf Uhr stand Constance in Bronxville vor der Tür eines großen, im Kolonialstil erbauten Hauses. Mit seinen gelben Schindeln und dem weißen Zierstreifen zählte es zu den eindrucksvollsten Gebäuden in diesem Viertel. Es war Anfang Mai, und dank der Kirschblüten, die sich im Wind wiegten, wirkte es sehr einladend. Constance strich ihr Kleid mit dem sauberen Kragen, dem engen Mieder und dem verspielten, aber dennoch seriösen Rock glatt, klingelte und räusperte sich, als eine Frau ihr die Tür öffnete. Die Größe des Hauses wirkte irgendwie einschüchternd, doch an diesem Tag befolgte Constance den Rat ihres Vaters: »Fang ganz oben an.«

»Was kann ich für Sie tun?«, fragte die Dame des Hauses. Sie war sehr hübsch und offensichtlich stolz auf ihr ziemlich großes Eigenheim.

»Ich heiße Constance Gardiner«, stellte Constance sich vor und begann ohne Umschweife mit ihrem Vortrag, wobei sie den Fuß ein wenig vorschob, sodass die Frau die Tür nicht mehr schließen konnte. »Ich freue mich, Ihnen die wunderbarsten Neuigkeiten für jede Frau in dieser Gemeinde mitteilen zu können. Heute ist ein schöner Tag, nicht wahr?«

Die Frau nickte.

»Ich kam nicht umhin zu bemerken, dass diese Kirschblüten, dieses wunderbare Rosa, die prächtigste Farbe für einen Lippenstift sein würde. Und das Rosa dieser Orchidee.« Sie reichte der Frau einen kleinen Zweig, der so aussah wie jener, den sie an ihrem Revers trug.

»Nun ja, vielen Dank.« Die Frau entspannte sich. Eine Kriminelle würde ihr doch keine Blumen schenken. Constance hatte den Trick eines Tages nach zu vielen zugeschlagenen Türen in ihr Repertoire aufgenommen.

Sie musterte Constance von oben bis unten und taxierte unverhüllt ihr hübsches Kleid und ihre Schuhe. Constance strich über ihre Orchidee und lächelte.

»Ich verkaufe Kosmetik der Constance Gardiner Beauty Collection und würde Ihnen sehr gern mehr über unsere Produkte erzählen, falls Sie einen Moment Zeit haben.« Constance warf den Kopf ein wenig zurück, um ihre blonden Locken zu betonen, und schob das Knie ein wenig vor, um die Tür zu blockieren. »Sie haben wirklich einen wunderbaren Teint«, fuhr sie fort. »So rosig-frisch wie junge Frühlingsknospen.« Komplimente funktionierten immer. Komplimente und Blumen. Frauen waren so ein leichtes Ziel.

»Das ist sehr freundlich von Ihnen.« Die Frau errötete und musste unwillkürlich lächeln.

»Die Farbe des Lippenstifts, den ich trage«, fuhr Constance ebenfalls lächelnd fort, »würde an Ihnen einfach großartig aussehen. Obwohl Sie angesichts Ihres natürlich strahlenden Teints eigentlich kaum Make-up benötigen.«

Die Frau errötete abermals.

»Aber wenn ich einen Farbton empfehlen sollte, würde es dieser sein.« Sie zog ein Kästchen mit Mustern aus der Tasche und öffnete es. »Dieser herrliche Farbton heißt ›Sunday Picnic‹. Und dann vielleicht einen Hauch von ›Turquoise Sky‹ auf den Lidern, um das Strahlen auszugleichen.«

Die Frau schaute nach unten und beugte sich ein wenig vor, als wollte sie einen Blick in Constances Tasche erhaschen.

»Möchten Sie mehr über unsere Produkte erfahren?«, fragte Constance.

»Heute Morgen habe ich wirklich keine Zeit. Ich habe gerade erst den Tisch gedeckt und muss mich um das Abendessen kümmern, da mein Mann einige Kollegen eingeladen hat. Aber trotzdem vielen Dank.« Wieder wollte sie die Tür schließen.

Dieses Mal reagierte Constance sehr schnell und schob ihren ganzen Körper in den Türrahmen. »Ein Grund mehr«, meinte sie. »Wenn er heute Abend seine Kollegen mitbringt, könnten Sie den einen oder anderen Kunstgriff in petto haben. Er wird voller Stolz mit Ihnen angeben.«

Die Hausherrin kicherte. »Vielleicht hätte er nichts dagegen, wenn ich mir in seinem Namen etwas mehr Mühe gebe.«

»Natürlich hätte er nichts dagegen. Er wird es sehr zu schätzen wissen! Und ich bin mir sicher, dass er sich Ihnen gegenüber äußerst dankbar zeigen wird.« Sie grinste vielsagend. Für den Bruchteil einer Sekunde befürchtete sie, dieses Lächeln wäre zu vielsagend gewesen, doch die Frau schien überzeugt. »Er wird glauben, Sie sähen wie auf Ihrer Hochzeitsreise aus!«

»Wirklich?« Die Augen der Frau funkelten bei dem Gedanken.

»Dürfte ich für einen kurzen Moment hineinkommen? Es ist einfacher, Ihnen diese Produkte drinnen zu zeigen, wo die Sonne nicht so hell scheint.«

Die Frau spähte erst nach rechts, dann nach links, als wolle sie sichergehen, dass nirgends Spione lauerten. Schließlich gab sie Constances – und ihrer eigenen – Versuchung nach und ließ sie hastig ein.

Drinnen nutzte Constance den geräumigen, auf Hochglanz polierten Esstisch und breitete ihre Produkte wie ein Händler auf dem Basar von Istanbul aus. Regenbogenartig fächerte sie die Farben auf, wie ein Tropenkäfer, der versuchte, ein Weibchen anzulocken. Kein Lippenstift, Lidschatten oder Rouge hatte den gleichen Farbton: Rougetöne von Rosé bis Violett, Lidschatten von Taubenblau über Himmelblau zu Lavendel und Smaragdgrün, und Lippenstifte in sämtlichen rosafarbenen und roten Nuancen, von Koralle bis Tomate.

Das Konzept der Gardiner Girls – einer besonderen Gruppe von Arbeiterinnen, die Verkäuferin, Schwester, Herbergsmutter und Filmstar in einem waren – beruhte auf der Bequemlichkeit des eigenen Hauses einer Kundin. Constance Gardiner war die perfekte Verkäuferin für ihr eigenes Produkt, nicht nur, weil sie die ultimative Vertreterin ihrer Marke war – schlank, gut gebaut, tadellos gekleidet –, sondern weil sie die ultimative Repräsentantin war. Mit ihrem blonden Haar sowie dem vornehmen Aussehen und Verhalten lag Constances Herausforderung darin, die Frauen aller Schichten zu beeindrucken. Nicht nur die feinen Damen mit Herrenhäusern und Mahagonimöbeln, sondern auch die Frauen, die mit winzigen Spülküchen in kleinen Häusern und Wohnungen vorliebnehmen mussten. Denn das waren die Frauen, die die Versprechungen der Gardiner Girls am nötigsten hatten. Das waren die Frauen, die – dessen war sich Constance sicher – ihre eigenen hochfliegenden Träume hatten. Das waren die Frauen, die ihre Produkte scharenweise kaufen würden.

Kapitel 7

DER COTTON CLUB

Harlem, 1927

»Du bist so wunderschön und so was von zartbraun. Mädchen, du musst zu meinem Freund in den Cotton Club gehen!«

Diese Bemerkung hatte CeeCee ständig gehört, seitdem sie vom schlaksigen Teenager zur schönen jungen Frau herangewachsen war. Und obwohl sie keine Tänzerin oder Sängerin werden und reizlose Pailletten und Federn tragen wollte, beschloss sie, auf ihren erfolgreichen und weltmännischen Cousin zu hören und es zu versuchen. Sie würde sich die Füße in der Revue wund tanzen, wenn sie so ihren »zartbraunen Hintern« in den berühmten Cotton Club in New York bekommen würde. Als »zartbraun« galten hellhäutige Schwarze von gemischter Abstammung. Das bedeutete angeblich, dass sie zur Elite der afroamerikanischen Gemeinschaft zählte. In Wirklichkeit hieß es jedoch, in einer Art Niemandsland zu leben, ausgeschlossen von den Schwarzen, weil sie zu hellhäutig war, und ausgeschlossen von den Weißen, für die sie noch immer zu schwarz war. Trotzdem wusste CeeCee Jones, dass ihr kaum eine Wahl blieb. Die Standardoptionen waren klar. Entweder als Dienstbotin mit einem Mann zu leben, der mit etwas Glück einen festen

Job als Gepäckträger am Bahnhof hatte, und mit ihm eine große Familie zu gründen. Oder vielleicht auf der Bühne zu stehen und im Cotton Club zu tanzen. Ihr Verstand arbeitete weiß Gott anders, und New York City bot Möglichkeiten, die es im ländlichen Virginia nicht gab. Sie verschlang die entsorgten Zeitungen regelrecht wie Eiscreme, nachdem sie sich angewöhnt hatte, die Lokalblätter bei den Hewitts zu lesen. Sie redete sich ein, dass ihre Zeit und die Hochschulbildung noch kommen würden – damit tröstete sie sich. Sie würde das Angebot ihres Cousins annehmen und ihr Glück im Cotton Club versuchen.

Ihr war nicht entgangen, dass das erste Lied, das sie hinter der Bühne hörte, »Creole Love Call« hieß, gespielt von Adelaide Hall und dem Orchester von Duke Ellington. Sie beschwerte sich auch nicht, als man ihr ein Kostüm für die brasilianische Nummer gab, das aus einem mit Rüschen besetzten Rock, der vorn an ihre Unterwäsche gesäumt und hinten bodenlang war, und einem Hut bestand, der aussah, als balancierte sie eine Obstschale auf dem Kopf. Die Stoffbanane hatte sich offensichtlich gelöst, sie würde sie wieder annähen müssen. CeeCees verstorbene Mutter war die Tochter einer Sklavin gewesen, eine Farmpächterin, die ein Kind mit einem weißen Mann bekommen hatte, den sie selbst nie kennengelernt hatte. Die Ironie entging ihr nicht.

»Was sitzt du hier herum, Mädchen?« Gladys Potter, ein anderes Mädchen vom Land, beobachtete, wie CeeCee zwischen zwei Nummern in der Ecke saß und nähte. »Wir sind gleich dran.« Gladys setzte sich ihren eigenen Obsthut auf.

»Ich nähe die Banane an«, antwortete CeeCee.

»Mädchen, der Laden hier ist Banane!« Gladys nahm ihren Platz in der Reihe der anderen Mädchen ein, die sich auf der Bühne auf ihre Rumba-Nummer vorbereiteten, den »Riot in Rio«.

CeeCees Fahrt zum Cotton Club hatte ihr älterer Cousin Rudy bezahlt, der inzwischen in New York City lebte. Rudy war ein talentierter Jazz-Trompeter im Orchester von Duke Ellington. Ellington war ein Pionier des »Jungle Style« für das weiße Publikum, das sich auf der Suche nach exotischem Geschmack und feiner Lebensart in Harlem unter das Volk mischte. Der Cotton Club, der gegen alle Gesetze der Prohibition verstieß, war überlaufen von Gangstern und Prominenten, was ihm einen Hauch urbaner Raffinesse und subtiler Rebellion verlieh. CeeCees Cousin Rudy stand im Mittelpunkt des Ganzen. Er spielte für den adretten Ellington, der ihn spielen gesehen und ihn mit einer Gehaltserhöhung von fünf Dollar pro Woche aus seiner früheren Band gelockt hatte.

»Ich spiele lieber ›Someone to Watch Over Me‹ von George Gershwin als Hits aus diesem Schwarzen-Musical ›Shuffle Along‹.« Er zuckte mit den Schultern und verzog das Gesicht angesichts manch unverhohlener falscher Anspielungen des Textes und des Blackfacings auf der Bühne. Doch die Musiker hatten nur wenig Einfluss auf die Stücke, die sie spielen mussten. Und er wusste, dass er Glück hatte, einen fest bezahlten Job in einem populären Orchester zu haben.

»Cee, du bist wunderschön«, hatte Rudy gesagt. Sie hatten sich auf einer Beerdigung im Familienkreis in Virginia getroffen, als er sie in der Wellblechhütte seiner Tante zur Seite nahm. Er musterte sie und war erstaunt, dass dieser einst schlaksige Teenager zu einer unglaublich schönen Frau herangereift war. »Du musst zu meinem Freund in den Cotton Club gehen.«

»Ich will keine Tänzerin werden. Und auch keine Sängerin«, lehnte sie ab.

»Mädchen, das ist viel besser, als Dienstmädchen bei den Hewitts zu sein. Du bist viel zu hübsch, um Silber zu polieren. «

»Ich führe den Haushalt und sie zahlen mir den Sekretärinnenkurs. Damit ich studieren kann.«

»Ja, aber du bist immer noch in Virginia und wartest doch nur darauf, nach« – er blies mit seinen eleganten, spitz zulaufenden Händen eine imaginäre Trompete – »New York zu kommen!« Er lachte, und eine Reihe strahlend weißer, übergroßer Zähne blitzte auf. »Harlem ist total angesagt, und dort nennt man dich nicht hochmütig, wenn du dich so anziehst. Nur hier.« Er zog an seinen verstärkten, umgeschlagenen Manschetten mit den goldenen Knöpfen. »Ich kann es kaum erwarten, wieder im Norden zu sein.«

Und obwohl CeeCee zufrieden war, erwies sie sich auch als klug genug, um eine Gelegenheit zu erkennen, wenn sie sich bot. Nach wenigen Tagen hatte sie bei den Hewitts gekündigt, eine freundliche und moderne Familie, die sie nur ungern gehen ließ, ihren Schritt aber unterstützte. Sie fuhren sie zum Bahnhof, wo sie in den Wagen für die Farbigen steigen musste. Sie gaben ihr vierzig Dollar als Bonus für die vier Jahre, die sie für sie gearbeitet hatte. Sie umarmte jedes der Hewitt-Mädchen und versprach zu schreiben, bevor sie in den Zug stieg.

Dann saß sie da, sah aus dem Fenster, umklammerte ihren ramponierten Koffer und betrachtete den Süden, der an ihr vorüberglitt. Sie hielt sich an ihren Sachen und an der Adresse der Pension fest, die Rudy ihr genannt hatte. Sie war auf dem Weg.

***

»Also, deine Cousine ist wirklich so hübsch, wie du gesagt hast, Jonesy.« Herman Stark, der beleibte Inspizient des Cotton Clubs, musterte CeeCee wie einen reifen Apfel und grinste dann in Richtung seines Talentmanagers Lou Savarese. Lou hatte die beste Nase im Geschäft, wenn es um neue Talente ging. Er konnte die Starqualität förmlich riechen. Beim Anblick ihrer schönen Gesichtszüge und ihres schlanken, wohlgeformten Körpers warfen sie sich einen wissenden Blick zu.

»Normalerweise sehen sie aus wie Kartoffelsäcke, wenn sie auftauchen, aber die nicht.« Lou hob eine buschige Augenbraue.

»Das habe ich euch doch gesagt.« Rudy nickte stolz.

»Sie ist nicht zartbraun«, meinte Lou. »Eher zartweiß.« Nur ihr hellbrauner Teint deutete auf ihren afroamerikanischen Hintergrund hin. Der Cotton Club war bekannt für seine strengen Regeln. Die Showgirls mussten alle »groß, sonnengebräunt und grandios« sein – also hellhäutig, über eins siebzig groß und unter 21 Jahren.

»Mensch, sie hat sogar lange glatte Haare. Das habe ich noch nie zuvor gesehen.« Lou streckte die Hand aus und griff nach einer Haarsträhne, als wäre sie ein lebloses Objekt, und zog daran, um zu sehen, ob es echt war.

»Das ist eine geheime Rezeptur«, erklärte CeeCee. Sie zog sich wie eine Dame zurück und richtete sich auf.

»Ja, wer war dein Daddy?«, fragte Lou. »Das ist die geheime Rezeptur!« Er brach in schallendes Gelächter aus.

»Kannst du tanzen?«, wollte Herman wissen.

»Sie kann alles. Sie ist wie ich. Sie singt, sie tanzt und sie poliert Silber. Mann, sie spielt vielleicht sogar Posaune. Unsere Familie ist sehr musikalisch«, schwärmte Rudy strahlend.

»Du behauptest also ernsthaft, sie kann blasen …?« Lou feixte.

»Das reicht, Lou. Die hier scheint eher eine Lady und direkt vom Land zu sein. Du musst sie nicht gleich am ersten Tag versauen.« Herman schüttelte den Kopf. »Bist du dir sicher, dass du in diesem Schnapsladen arbeiten willst, Mädchen? Du siehst feiner aus als die anderen Mädchen hier.«

»O ja.« CeeCee schenkte ihm ihr strahlendstes Lächeln. »Ich habe immer davon geträumt, im Cotton Club zu tanzen.« Sie war froh, dass Rudy sie auf die Fragen vorbereitet hatte.

»Ja, klar. Okay, du siehst wirklich gut aus, und da du Rudys Cousine bist, werden wir es mit dir versuchen.«

»Du musst trotzdem dem Choreografen noch deine Nummer zeigen.«

»Mit ihrem Aussehen nehme ich sie sogar mit zwei linken Füßen«, schnaubte Stark.

»Alles klar.« Lou nickte zustimmend.

»Du bekommst dreizehn Dollar pro Woche, außerdem stellen wir Schuhe und Mahlzeiten, die du zusammen mit den anderen Mädchen in der Garderobe einnimmst. Für das Make-up und die Frisur bist du selbst verantwortlich. Und du musst pünktlich sein. Ohne Wenn und Aber. Verspätungen tolerieren wir nicht. Selbst wenn du die Königin von Saba bist und zu spät kommst – bist du r-a-u-s!«

»Natürlich, ich habe verstanden. Danke. Das klingt toll«, erwiderte CeeCee.

»Du weißt, dass der Cotton Club vor einem reinweißen Publikum spielt. Du mischst dich nicht unter das Volk, es sei denn, irgendein Verehrer will eine der Frauen sehen. Aber das ist deine Sache, Schwester.«

»So etwas macht sie nicht. Dafür werde ich schon sorgen«, sagte Rudy.

»Klar, warte mal ab, bis die Wölfe die hier sehen.« Herman zeigte mit seinem Diamantring am kleinen Finger in ihre Richtung. »Süße, wenn dein Cousin nicht wie Kleber an dir hängen wird, würdest du dich darin wälzen. Wie die anderen Mädchen.«

CeeCee lächelte. »Ich bin nicht wie die anderen Mädchen.«

»Das behaupten sie alle«, bremste Lou sie. »Bis zur zweiten Woche und einem Zehndollarschein. Und jetzt geh in die Garderobe und zieh dich um. Das Motto dieser Woche lautet ›That Night in Rio‹.«

»Im Moment stehen alle auf lateinamerikanische Tänze. Das schafft sie mit links«, prophezeite Herman ohne jede Ironie, als ob er es tatsächlich als Kompliment meinte. Er gähnte und schnippte die Asche seiner Zigarre ab.

Die zweite Woche kam und ging. Das galt auch für die ständigen Annäherungsversuche und Kniffe der Musiker, die sie bezirzten, für das Management, das sie einschüchterte, und für einen Schlagzeuger, der sie gegen die Garderobentür gedrückt hatte. Sie schaffte es, sich sämtlichen Versuchen zu entziehen. Bald hielten die anderen Mädchen sie für hochmütig, die sie zu Doppelverabredungen mit den Horden gut erzogener weißer Männer eingeladen hatten, die für eine Verabredung hinter der Bühne auftauchten. CeeCee lehnte alle Angebote ab und ging nach Hause, um zu lesen. Bald nannte man sie »Queen CeeCee«, doch sie wusste, dass es verächtlich gemeint war.

»Oh, da kommt sie ja, mit ihren Büchern und der Nase in der Luft … Queen CeeCee.« Sie gab ihr Bestes in der Tanzgruppe, doch sie wusste, dass sie zwei linke Füße hatte. Nach zwei Wochen studierte sie die Rubrik »Hilfe gesucht« in der *New York Times*. Sie war nicht für diese Art von Arbeit geschaffen. Sie wusste, dass sie einen anderen Job brauchte. Und zwar schnell.

Kapitel 8

PERSONALAUFBAU

New York City, 1927

Obwohl sie eine echte Promenadenmischung war und englisches, französisches und kanadisches Blut in ihr floss, vermittelte Constance mühelos den Eindruck, sie sei »hochwohlgeboren«. Und sie unternahm nichts dagegen, wenn sie diesen Eindruck erweckte, sobald sie einen Raum betrat. Dank dem blonden Bob, dem geschmeidigen Körper und dem klassischen ovalen Gesicht wäre sie die Idealbesetzung für das *Mayflower Girl* in einem New Yorker Musical gewesen. Einer Frau mit diesem Aussehen und einem guten Namen wurde ein gewisser Luxus gewährt – einschließlich einer ausgezeichneten Auswahl an potenziellen Ehepartnern, angesehenen und glamourösen Freunden, die in die höhere Gesellschaft hineingeboren worden waren, und all den Möglichkeiten, die sich daraus ergaben. Hierzu gehörten neben Einladungen auf Partys, in Klubs, zu Sommer- und Winterurlauben auch die verschiedensten Freizeitbeschäftigungen der Reichen, die diese Bindungen festigten, also Reiten, Tennis spielen, Ski fahren, Strand- und Dinnerpartys und, in späteren Jahren, Kartenabende besuchen. Constances Weg von der East Side Manhattans zu den besten

Vierteln der Hamptons, also Southampton, den beliebtesten Treffpunkten in Palm Beach und den verschiedenen Skigebieten garantierte ihr eine Gemeinschaft auf Lebenszeit. Sie erkannte schnell, dass diese Gesellschaft und dieser turnusmäßige Wechsel die Grundlagen und Konturen ihres Gesellschaftslebens bilden würden. Doch sie hätte nie gedacht, dass sie auch die Basis sein würde, auf der ihr Geschäft gründete.

Ohne jemals direkt an ihre Freundinnen zu verkaufen, nutzte Constance ihr soziales Netzwerk, um ihr Unternehmen aufzubauen. Sie waren nicht nur ihre ersten Käuferinnen, sondern auch ihre Aushängeschilder. Sie dienten als Botschafter ihrer Marke in den Salons und in der Presse, wobei einigen von ihnen die Magazine und Zeitungen sogar gehörten. Constance wusste, dass sie umso mehr *umsonst* haben wollten, je reicher sie waren. Und sie war klug genug, einer reichen Erbin, die sie im Breakers, dem Luxushotel in Palm Beach, oder auf einer Dinnerparty in der Park Avenue traf, ein paar Feuchtigkeitscremes zu schenken. Oder den Reportern, die über die gesellschaftlichen Ereignisse berichteten, in die sie zunächst hineinplatzte, bevor sie später dazu eingeladen wurde, Proben ihrer Lippenstifte für die Ehefrauen und Freundinnen zuzustecken.

Constance begriff rasch, dass die Frauen dieser Gesellschaftsklasse nicht ihr Hauptgeschäft werden würden. Die Frauen, die Constances Kosmetikprodukte unbedingt haben wollten und auch brauchten, waren die Frauen ohne Privilegien, die sich keine Häuser, Pferde oder Ferien leisten konnten. Constance spürte, dass die Frauen ihre Produkte am nötigsten hatten, die vom Luxus nur träumen konnten. Ihre Kosmetikserie schuf nicht bloß einen Raum für diese Tagträume, sondern auch eine Möglichkeit, durch die diese Frauen sie verwirklichen konnten. Das Prestige mochte aus ihrem sozialen Netzwerk resultieren, ihre Käuferinnen waren die Durchschnittsfrauen, die ein langweiliges Leben führten und eine kleine und – was noch wichtiger war – erschwingliche Aufmunterung wollten oder brauchten.

Natürlich erfüllte der Ehemaligenklub einen bestimmten Zweck in Constances Welt. Was sie weder erkannte noch voraussehen konnte, war, dass sie einen neuen Klub gründen würde, aber keinen für die Damen der oberen Zehntausend. Diese waren an ihre Mitgliedschaften, Damenklubs und die jeweiligen Vorzüge der Saison gewöhnt, die ihr Lebensstil mit sich brachte. Stattdessen gründete Constance ungewollt einen Klub, dem anzugehören sie sich vielleicht nie herabgelassen hätte. Die Kundinnen der Constance Gardiner Beauty Collection, die inzwischen offiziell »Gardiner Cosmetics« hieß, besaßen viel weniger als Constances Freundinnen und diejenigen, mit denen sie befreundet sein wollte. Doch Constance wusste instinktiv, dass diese einfachen Frauen ihre Stammkundinnen und ihr Hauptgeschäft werden würden. Also machte sie sich langsam und leise auf, diese Frauen zu erreichen. Sie anzusprechen, ohne ihren eigenen Klub zu verlieren, würde die gefährlichste und wichtigste Herausforderung für ihr Geschäft sein. Sie wusste, dass sie Mitarbeiterinnen brauchte, die sich mit ihnen identifizieren konnten. Also stellte sie Molly Simpson ein, eine junge blonde Frau, die gerade von einer Farm aus Minnesota kam, damit sie ihr auf Schritt und Tritt folgte und das erste offizielle Gardiner Girl wurde.

Molly war hübsch, ohne einschüchternd zu wirken, und zu Constances Freude bodenständig und sehr aufgeweckt. Constance unterhielt sich eines Abends mit ihr, als sie als Zigarettenmädchen in einem Nachtklub arbeitete, und fand sie sympathisch und temperamentvoll. Später entschuldigte sie sich für einen Moment von ihren gesellschaftlich hochgestellten Freunden und bot Molly einen Job an. Molly war perfekt: Sie war hübsch, ohne bedrohlich zu wirken, und von Natur aus gesprächig, ohne zu redselig zu sein. Constance wusste, dass jemand wie Molly sich leichter in die Häuser hineinreden konnte als sie selbst, da sie selbst eine dieser Frauen war. Ihr blonder, kurzer Pagenkopf und die süße Stupsnase verliehen ihr ein freundliches, einnehmendes Äußeres. Ihre Wortgewandtheit hätte ihr den Weg in den Tresorraum von Tiffany's und wieder hinaus öffnen können, ohne dass es aufgefallen wäre. Sie war perfekt für den Job.

Constances erster Firmensitz war bescheiden. Die Verkäufe waren konstant genug, dass James seine Stelle als Buchhalter aufgeben und Vollzeit für sie arbeiten konnte. Nun brauchte sie ein richtiges Büro. Sie vertrat die Einstellung, dass die laufenden Kosten niemals schneller steigen sollten, als ein Unternehmen wuchs, und entschied sich für ein entsprechendes Büro. Sie mietete einen Raum im fünfzehnten Stock eines seriösen Gebäudes in der Fifth Avenue, weil sie um das Renommee dieser Adresse wusste. Es hatte einen Portier, elegante massive Marmorfliesen im Eingangsbereich, feine bronzene Aufzugtüren und eine respektable Lage. Obwohl das Gebäude lediglich wenige Blocks vom Central Park entfernt lag, wählte sie ein Büro ohne Aussicht, oder besser gesagt mit Blick auf den Innenhof, in dem man den Hausmüll lagerte. In Wirklichkeit war es kaum mehr als eine Abstellkammer mit angeschlossenem Warenlager und hatte nicht mehr als einen Holzschreibtisch, einen Stuhl und eine schwarze Schreibmaschine aufzuweisen. Doch sie hängte voller Stolz ihr Firmenschild auf und strich gemeinsam mit James die Innenwände lila.

Sie brauchte keine Aussicht, um Auftraggeber zu beeindrucken. Sie hatte keine Auftraggeber, zumindest bisher nicht. Sie hatte Kundinnen. Sie brauchte einen ruhigen, sauberen Ort, von dem aus sie die Geschäfte anrufen konnte, die ihr Produkt auf Lager hatten oder bald haben würden, und an dem sie die Produkte testen und lagern konnte, sobald sie aus dem Labor kamen. Molly hielt sich nur selten dort auf, da sie die meiste Zeit auf der Straße war, von Tür zu Tür Produkte verkaufte und zukünftige Gardiner Girls anlernte. Alles, was Constance brauchte, waren ein Buchhalter und ein Assistent, der die Bestellungen der Geschäfte kontrollierte und bei den endlosen Fahrten zur Post, dem Versand und der Abholung von Lieferungen half. Als Erstes kaufte sie einen offiziell aussehenden Aktenschrank aus Metall, in dem die Bestellungen der unzähligen kleinen Apotheken aufbewahrt wurden, die James und sie jeden Tag unter die Lupe nehmen würden. Er war für den Verkauf an die Apotheken vor Ort und später an die Kaufhäuser zuständig, Molly für den Haus-zu-Haus-Verkauf und Constance für die Produktentwicklung. Als das Unternehmen allmählich wuchs, beschloss sie, dass sie eine fähige Assistentin brauchte.

Also veröffentlichte sie eine Anzeige in der *New York Times* und in den *Daily News*: »Fleißige Assistentin für wachsendes Kosmetikunternehmen gesucht. Sie muss tippen können und bereit sein, bis spätabends zu arbeiten.« Neunundvierzig Frauen antworteten auf die Annonce. Alle verfassten ein wohlüberlegtes Anschreiben, dem sie einen sorgfältig erstellten Lebenslauf beilegten. Während sie die Lebensläufe und wohldurchdachten Briefe der Krankenschwestern, Stenografinnen, Assistentinnen und Hygienikerinnen las, die für die Stelle in Betracht kamen, konnte Constance die Botschaft nicht ignorieren, die zwischen den Zeilen dieser maschinengeschriebenen Schreiben stand: *Ich will arbeiten*. Diese Frauen suchten begierig und verzweifelt nach Arbeit. Es war, als stünde eine Revolution bevor: andere Frauen wie sie selbst, die ein hartes Arbeitsleben wollten und brauchten. Jede von ihnen war fest entschlossen, etwas Neues zu wagen.

Die erste Bewerberin war eine ältere Dame mit einer rundlichen Figur. Sie wirkte zwar freundlich, wäre aber vielleicht nicht die wirkungsvollste Botschafterin der Marke. Die zweite war zierlich, seit Kurzem geschieden und musste eine vierköpfige Familie durchfüttern. Die dritte, vierte und fünfte waren allesamt Frauen, die im Familiengeschäft oder während des Krieges als Krankenschwestern gearbeitet hatten und sich nicht vom Geschmack der Freiheit – und dem eigenen Geld – verabschieden wollten. Die meisten anderen Bewerberinnen waren Mischungen aus dem Obengenannten: ältere Witwen, die ihre Familien unterstützen, jüngere Frauen, die Geld verdienen wollten, bis sie einen Ehemann fanden, und Frauen, die während des Ersten Weltkriegs die Freiheit und die Macht erfahren hatten, die ein zusätzliches Gehalt bot.

Doch keine schien Constance all diese Tugenden so sehr in sich zu vereinen wie CeeCee Jones, eine einundzwanzigjährige, alleinstehende junge Frau, die nach ihrer Arbeit als Dienstmädchen für eine wohlhabende Familie in Virginia nach New York gezogen war. CeeCee hatte kein College besucht, aber Kurse belegt, in der Hoffnung, eines Tages doch noch auf das College zu gehen. Sie erwähnte, dass sie medizinische Texte gelesen hatte, die sie in einem Gebrauchtwarenladen gefunden hatte, um sich auf ihr letztendliches Ziel, die medizinische Fakultät, vorzubereiten. In dem Moment, in dem sie durch die Tür trat, wusste Constance einfach, dass diese junge Frau eine Gewinnerin war und dass sie ohne sie an ihrer Seite keinen Erfolg haben würde. Gleichzeitig war sie eine dunkle, exotische Schönheit, die ihren Drang und ihre innere Kraft zu teilen schien. Es war, als tanzten zwei gleich gesinnte Motten um die gleiche Flamme.

***

CeeCee Jones war in der Tat eine hellhäutige Afroamerikanerin. In ihrem Lebenslauf stand, sie habe als Haushälterin für die Familie Hewitt gearbeitet. Im Laufe der Jahre, zunächst als

Enkelin einer befreiten Sklavin und eines weißen Mannes, den sie nie kennengelernt hatte, hatte CeeCee viel über das Geschäfts- und Privatleben gelernt. Sie wusste, wie man eine Küche führte und zehn Angestellte in ein tadelloses Regiment verwandelte. Sie wusste, wie man feines Porzellan, Besteck und Silber pflegte und für jede Art von Anlass auswählte. Sie wusste, wie man Kleidung wusch, mangelte, bügelte und faltete und gleichzeitig pflegte. Sie hatte einen Stenografiekurs besucht, den Mr Hewitt bezahlt hatte, um ihn bei seiner Büroarbeit zu unterstützen. Die Hewitts waren eine freundliche und liberale Familie, die davon überzeugt war, dass jeder durch Bildung und harte Arbeit seine Bestimmung erreichen konnte und sollte. Und CeeCee hatte die Möglichkeiten und ihre Großzügigkeit genutzt, weil sie wusste, dass Bildung eine Notwendigkeit für jede Frau war, die Erfolg haben wollte.

Dank ihres eigenen Einfallsreichtums und aus eigenem Interesse hatte CeeCee viel Zeit in das Studium der Haare investiert. Sie neigte nicht nur zur Selbstvervollkommnung, sondern hatte aus erster Hand die Gefahren einer mangelnden Selbstpflege erfahren. Afroamerikanische Frauen, die mit den kräftigsten und schwärzesten Haaren gesegnet und gleichzeitig gestraft waren, verstanden die Mühen, die eine farbige Frau auf sich nehmen musste, damit ihr Haar so aussah, wie sie es wollte. Lange Zeit war sie der Idee verfallen gewesen, eine schwarze Frau müsse ihr Haar »zähmen« und glätten, und hatte sämtliche Mittel ausprobiert und untersucht, die ihresgleichen zur Verfügung standen.

Mithilfe von Kalilauge – einer giftigen Substanz, die bei der Herstellung von Seife verwendet wurde – versuchte man, das Haar zu glätten oder zu »entspannen«. Die Methode war zwar effektiv, aber zeitaufwendig sowie aggressiv und führte zu Reizungen auf der Kopfhaut. Wie viele schwarze Frauen hatte CeeCee bemerkt, dass ihr Haar immer dünner wurde, und hatte entsetzt zusehen müssen, wie es ihr büschelweise ausfiel. Laugen und andere Chemikalien verursachten Schuppen, Juckreiz und Glatzenbildung. Doch CeeCee gehörte nicht zu den Frauen, die sich beschwerten, sondern suchte nach einer besseren Lösung.

Auch die Hewitt-Frauen hatten lange schwarze Haare, und CeeCee hatte ihnen oft beim Waschen und der täglichen Pflege geholfen. Also stellte sie sich nach längerer Überlegung einen eigenen selbst gemachten Haarglätter und eine Pomade zusammen, wobei sie sich von den Methoden inspirieren ließ, die sie bei den Hewitt-Frauen gesehen hatte. Sie kannte den Nutzen von Lanolin und befeuchtete die Kopfhaut mit Sheabutter. CeeCee begann, ihre geheime Rezeptur bei sich selbst anzuwenden. Nachdem sie erkannte, wie effektiv sie war, gab sie sie mit Bedacht an andere Frauen aus ihrem Bekanntenkreis weiter.

Die Resonanz war überwältigend. Die schwarzen Frauen, die sie kannte, brauchten ein gutes Produkt. Sie waren fest entschlossen, dieses Produkt alle acht bis zwölf Wochen zu verwenden, und wünschten sich eines, das sanfter war als jene Mittel, die ihnen bisher zur Verfügung standen. Mit den bescheidenen Einnahmen aus ihrer ersten Ladung Pomade, bei der die negativen Auswirkungen ausblieben, und mithilfe ihres Cousins Rudy machte sie sich auf den Weg nach New York und suchte sich ein Zimmer in einer Pension in Harlem.

Sie erwähnte Constance gegenüber, dass sie in der Revue im Cotton Club Ecke Hundertzweiundvierzigste Straße und Lenox Avenue arbeitete, aber dass das Leben im Theater nichts für sie sei. Constance lächelte. Sie wusste, dass die meisten jungen Frauen das Gegenteil wollten: ein Leben auf der Bühne anstelle eines Bürojobs. Das passte zu ihren Grundwerten. Constance erkannte auf den ersten Blick, dass CeeCee anders war.

Als CeeCee die Anzeige von Gardiner Cosmetics las, zögerte sie keinen Augenblick. Sie antwortete prompt mit einem sorgfältig verfassten Schreiben und überlegte, welche Kleidung angemessen sei, noch bevor sie eine Antwort erhalten hatte. Sie traf vor der vereinbarten Zeit zum Bewerbungsgespräch ein und wartete fünfzehn Minuten, bevor man sie einließ. Das warme orangefarbene Licht, das durch das Fenster ins Büro drang, ließ erkennen, dass es kurz vor sieben Uhr am Abend war. Doch angesichts der Betriebsamkeit im Büro hätte es auch neun Uhr morgens sein können.

Constance verzichtete zu Beginn ihrer Einstellungsgespräche gern auf Small Talk. »Laut Ihrem Lebenslauf haben Sie als Haushälterin in einem großen Haushalt gearbeitet.«

»Ja«, bestätigte CeeCee. »Ich hatte die Aufsicht über zehn Angestellte. Ich habe als Dienstmädchen angefangen und mich dann nach oben gearbeitet.«

Constance nickte und bemerkte die großen, leuchtenden Augen der jungen Frau. »In Ihrem Lebenslauf steht außerdem, dass Sie in der Küche dieses Hauses tätig waren. Wissen Sie, dass diese Stelle neben den Bürotätigkeiten auch Arbeiten im Labor beinhaltet? Die Temperaturen können dort sehr hoch sein.«

»Das wusste ich nicht«, antwortete CeeCee, »aber es klingt faszinierend. Ich interessiere mich sehr für die Herstellung von Kosmetik und habe auf diesem Gebiet bereits einige Erfahrungen gesammelt.«

»Inwiefern?« Constance besah sich die wohlgeformten Lippen und die großen ovalen Augen der jungen Frau genauer.

»Mein Haar. Es braucht sehr viel Zeit und eine bestimmte Technik, um es zu bändigen und zu glätten. Die Haare der meisten farbigen Frauen, die ich kenne, erfordern sehr viel Pflege.«

Constance nickte und betrachtete CeeCees Haare. Es war glatt und geschmeidig und zu einem großen, ordentlichen Knoten zusammengebunden. Es verlieh ihr das Aussehen einer weißen oder lateinamerikanischen Frau.

»Für uns gibt es nur wenige Produkte«, fuhr CeeCee fort. »Also musste ich mir Alternativen ausdenken.«

Constance lächelte. Die Offenheit und der Einfallsreichtum der Frau gefielen ihr. Sie lehnte sich vor und sah sie aufmerksam an. »Ja, ich verstehe …«

***

CeeCees Äußerungen überraschten sie. Noch überraschender war jedoch, dass sie sofort von einem jungen afroamerikanischen Mädchen begeistert war, das neu in der Stadt war. Constance erkannte zwei Dinge: In CeeCee brannte ein inneres Feuer und – was noch wichtiger war – CeeCee war hellhäutig genug, um »durchzukommen«. Aber sie spürte noch etwas anderes: die magische Anziehungskraft, die sie schon oft versucht hatte zu verbannen. Sie breitete sich in ihrer Brust und zwischen ihren Knien aus. Der Gedanke, das Büro mit dieser jungen, karamellfarbenen Schönheit zu teilen, reizte sie. Also bot sie CeeCee die Stelle im »Innendienst« an und stellte sie sofort ein.

»Vielen Dank, Mrs Gardiner. Sie werden es nicht bereuen.« CeeCee schenkte ihr ihr strahlendstes Lächeln.

»Miss. Miss Gardiner. Obwohl es eines Tages vielleicht Mrs sein könnte. Das hängt davon ab, ob ich den Antrag eines bestimmten Gentlemans annehme. Doch das gehört jetzt nicht hierher.« Das war eine altbekannte Notlüge. Obwohl ihr eine Reihe junger geeigneter Männer nachstellten, fühlte sie sich zu keinem Mann hingezogen, der sie unter seiner Fuchtel und zu Hause halten wollte und ihren Beruf nicht akzeptierte. Egal, wie reich oder gut aussehend diese Männer waren, sie hatte alle Angebote abgelehnt. Trotzdem wollte sie nicht für eine alte Jungfer gehalten werden. Oder Schlimmeres.

»Natürlich«, entgegnete CeeCee.

»Sie melden sich am Montagmorgen um halb neun zur Arbeit, und ich gebe Ihnen etwa eine halbe Stunde Mittagspause.

Außerdem arbeiten wir am Abend und am Wochenende. Dafür zahle ich mehr als die meisten anderen – acht Dollar fünfzig die Woche.«

»Das ist sehr großzügig.« CeeCee nickte. Sie dachte an das leckere Steak-Sandwich im Cotton Club, das ein Dollar fünfundzwanzig kostete. Das war das Einzige, was sie vermissen würde. Sie gaben sich die Hand, um die Übereinkunft zu beschließen. Dann stand CeeCee auf und glättete ihren Rock.

»Oh, eine Sache noch …« Constances Blick glitt über sie.

»Ja?« CeeCee sah auf.

»Wir sollten niemandem gegenüber erwähnen, dass Sie eine Farbige sind. Wir erzählen den Leuten einfach, Sie wären Spanierin oder so. Brasilianisch oder irgendetwas Exotisches. Abgemacht?« Die Idee war Constance gekommen, als CeeCee erwähnte, dass sie für die brasilianische Show auf der Bühne im Klub stand.

»Abgemacht«, stimmte CeeCee zu. Sie war daran gewöhnt, weder von den Schwarzen noch von den Weißen vollständig akzeptiert zu werden.

»Wir nennen Sie einfach CeeCee … Lopez.« Constance lächelte angesichts ihrer Kreativität. »Das müsste reichen.«

»Ja, das sollte es.« CeeCee schaute auf den Boden, doch sie wusste, dass sie besser schwieg. Sie war jetzt CeeCee Lopez. Und sie hatte einen richtigen Job.

Kapitel 9

DER AMI

Melbourne, 1924–1929

Josiah sah sich mit einer steigenden Nachfrage nach ihren Cremes konfrontiert und suchte fieberhaft nach einer Lösung. Außerdem sorgte ihr Zusammenleben mit Tante und Onkel für mehr als nur unterschwellige Spannungen. Dank ihres leidenschaftlichen Drangs, ihre Meinung lautstark zu äußern, und ihrer starken Persönlichkeit gerieten sie und ihre Tante Masha bereits wenige Wochen nach ihrer Ankunft immer wieder aneinander. Nachdem sie heftig darüber gestritten hatten, wie der Tisch zu decken sei, waren sich schließlich alle einig, dass eine Pension die beste Lösung sei. Ihr neues Mansardenzimmer zeigte in Richtung der Berge und endlosen Weiden, ganz zu schweigen von dem scheußlichen Schafbestand. Meilenweit nichts als Schafe. Doch als sie aus dem Fenster blickte, kam ihr ein Gedanke und damit die Lösung ihres Problems. Schafe produzierten Wollwachs. Das war ein notwendiger Inhaltsstoff für ihre Cremes, denn ihr Vorrat aus Polen wurde langsam knapp. Und Not macht erfinderisch. In diesem Moment erkannte sie, dass sie den unangenehmen Geruch des Wollwachses mit Pflanzen wie Lilien und Lavendel übertünchen könnte, die vor

Ort wuchsen und dadurch kostenlos, frei verfügbar und reichlich vorhanden waren.

Es dauerte nicht lange, bis Josiahs eigenes Geschäft neuen Ärger mit ihrem Onkel auslöste. Als er sie erwischte, wie sie ihre Produkte im Laden verkaufte, entließ er sie fristlos. Zuerst war sie verzweifelt, fing sich aber gleich wieder und mietete einen Tresen im Laden auf der anderen Straßenseite an. Natürlich sprachen ihr Onkel und sie nun nicht mehr miteinander. Er warf ihr vor, undankbar zu sein und nicht zu schätzen, was Tante Masha und er für sie getan hatten. Josiah wäre zu stark, zu rechthaberisch, zu hochmütig. Kein Mann würde sie je wollen. Sie wäre ein schlechtes Beispiel für ihre Nichten, die ihr streitsüchtiges und widerspenstiges Verhalten übernähmen. Josiah lachte angesichts dieser Heuchelei.

Doch ihr blieb kaum Spielraum: Sie brauchte Geld, um die Cremes für die eingegangenen Aufträge herzustellen, hatte aber keines mehr übrig, nachdem sie die Miete und das Essen in der Pension bezahlt hatte.

Also machte Josiah in den kommenden Wochen Überstunden als Kellnerin in einem Melbourner Teehaus. Sie konnte hart arbeiten, war aber nicht gut darin, Befehle anzunehmen, weshalb man sie fast gefeuert hätte. Doch der Inhaber des Teehauses bemerkte eine steigende Zahl männlicher Kunden, wenn Josiah Dienst hatte, da sie nicht davor zurückschreckte, an schwülen Tagen ihr üppiges Dekolleté zu zeigen. Also biss er sich auf die Zunge und begann, auf ihren Vorschlag hin Bier auszuschenken.

Innerhalb weniger Tage hatten Josiah und ihre kecke Art ein unrentables Teehaus in eine profitable Tee- und Bierhalle verwandelt. Dabei wusste sie genau um ihren Wert.

Eines Tages kam ein gut aussehender junger Mann mit rotblonden Haaren herein, als sie sich gerade bei einer Kollegin über ihre Geldsorgen beklagte. Er setzte sich an einen ihrer

Tische. Er sprach mit einem ungewöhnlichen Akzent, und jemand nannte ihn einen Ami.

»Miss, kann ich noch etwas Kaffee und einen Donut haben?« Jon Blake war fasziniert von der lebhaften Kellnerin und ihren wohlüberlegten Bewegungen. Sie goss selbst den Kaffee auf eine verführerische, europäische Art ein. Er bewunderte ihre langen, eleganten Arme, ihre schönen Hände und ihren blütenweißen, samtenen Teint, ganz zu schweigen von ihren schimmernden Nägeln.

»Kaffee ja. Donut nein. Ich bringe Ihnen einen Plunder«, meinte Josiah, ohne von ihrem Block aufzuschauen.

»Ich will aber einen Donut, keinen Plunder«, widersprach er. Verwirrt starrte er auf ihr samtenes Dekolleté.

»Der Donut ist für mich. Den hebe ich mir für mein Schichtende auf. *Vas*?« Sie sah ihn streng an. »Halten Sie nichts von ›Ladies first‹?« Sie stemmte die Fäuste in ihre weiche, runde Hüfte.

»Doch, natürlich. Das wusste ich nicht. Ich hätte gern einen Plunder«, lenkte er sofort ein, was ihr gefiel.

»Hier, Sie werden lieben, *vas* ich Ihnen gebe.« Sie knallte fast den Teller mit dem Plunder vor ihn auf den Tisch, als fordere sie es heraus, dass er widersprach.

Während er aß, wunderte er sich über die willensstarke junge Frau und war fasziniert von ihrem verführerischen Akzent, den er nicht einordnen konnte.

»Und, *vie var* es?«, stichelte sie.

»Es hat sehr gut geschmeckt.« Er grinste sie an, und eine hellblonde Strähne fiel ihm in die Stirn.

»Wie Sie sehen, habe ich immer recht.« Sie lächelte zum ersten Mal. »Woher kommen Sie? Aus London?«

»Nein, aus New York City.«

»Amerika? Wirklich?« Plötzlich war sie sehr charmant. Ein echter Yankee! »Kann ich sonst noch etwas für Sie tun?«, flötete sie.

»Ich würde gern mit Ihnen ausgehen.« Sein Blick wanderte von ihren Augen zu ihrer Brust hinunter.

»Wann?« Josiah schob den Busen auf forsche, aber dennoch sehr weibliche Weise vor.

»Morgen Abend zum Dinner?« Er fuhr sich mit den Fingern durch das Haar.

»Heute Abend, Yankee. Ich möchte heute Abend ausgehen.«

Innerhalb weniger Tage waren Jon Blake und Josiah Herzenstein unzertrennlich. Sie mied die missbilligenden Blicke ihres Onkels und ihrer Tante, als sie gemeinsam die Straße entlangschlenderten.

»Nichts als ein *Shaygets*«, rümpfte ihre Tante Masha lautstark die Nase. »Du musst deiner Schwester schreiben und ihr vom Fall deiner Nichte erzählen.«

Josiah drehte ihr den Rücken zu und lachte. »Das sind meine hinterwäldlerischen Verwandten. Du wirst sehen, eines Tages kommen sie angerannt.« Sie hängte sich bei ihm ein.

Jon war Journalist in der australischen Außenstelle der *New Amsterdam Times* und wusste um die Macht der Presse – ebenso wie um die Macht der Zeitungsleute. Nach einigen heißen Küssen bot er ihr an, die Zeitung zu nutzen, um Josiahs neues Geschäft voranzubringen. Er entwarf eine verlockende Anzeige, in der eine glamouröse Josiah den Frauen erzählte, warum sie ihre Kosmetik brauchten – eine Kombination aus romantischem Rat und Wissenschaft. Langsam, aber sicher wandelte sich der Journalist vom Verehrer zum Mitarbeiter, dann zum Gleichgesinnten und schließlich zum Ehemann.

Begeistert von der viertelseitigen Anzeige, die Jon Josiah als Geschenk gekauft hatte, schrieb ein lokaler Zeitungsredakteur über Josiahs Produkt. Es war Josiahs erste Lektion im Bereich

Werbung und Pressewesen: Obwohl man angeblich zwischen dem Informations- und dem Anzeigenteil differenzierte, war es sehr wahrscheinlich, dass man nach einem großformatigen Inserat einen Bericht, einen Leitartikel oder eine Erwähnung bekam. Das würde Josiah während ihrer gesamten Berufstätigkeit ausnutzen. Innerhalb einer Woche nach Erscheinen der Anzeige erhielt sie fünfundzwanzig Bestellungen. Ein Foto ihrer strahlenden Augen und der blütenweißen Haut, das sie hinzugefügt hatten, schien das Zaubermittel gewesen zu sein. Die Bestellungen stiegen erst auf hundert, dann auf zweihundert. Als sie schließlich eine halbseitige Anzeige mit einem Foto ihres Dekolletés veröffentlichte, stieg die Zahl der Aufträge auf fünfhundert und schließlich auf siebenhundertfünfzig. Sie kündigte ihren Job als Kellnerin und arbeitete achtzehn Stunden am Tag, um die Bestellungen auszuführen. Eine Pause machte sie nur, um Jon zum Abendessen zu treffen, wo sie weiter über ihr Geschäft sprachen. Dank der angemieteten Ladentheke verbreitete sich die Nachricht über Josiahs erstes Produkt aus Wollwachs und lokalen Kräutern. Sie war die Erste, die einer Creme den heimatlichen Lavendel und Düfte hinzufügte. Stolz nannte sie sie ihren »Miracle Moisturizer«. Ihre Schwester Shayna, die sie aus Polen geholt hatte, war eine talentierte Künstlerin und kreierte ihr erstes Etikett für »Herzensteins Miracle Cream and Moisturizer«. Es war schwarz-weiß gehalten und über den Worten »Europäisches Geheimnis« prangten eine Blumenkrone und zwei Tauben.

»Was ist das Geheimnis?«, drängten sich die Kundinnen um Josiah.

»*Venn* ich Ihnen das verriete, wäre es kein Geheimnis, nicht wahr?«, antwortete Josiah lachend. »Alles, was Sie wissen müssen, ist, dass es ein europäisches Geheimnis ist. Sehen Sie sich Theda Bara an.« Sie zeigte ihren Kundinnen ein altes, zerknittertes Foto aus dem *Photoplay*. »Ihr Vater und mein

Vater wurden im selben Dorf in Polen geboren. Theodosia Goodman. Theda Bara. Das Gleiche. Wir haben beide das polnische Hautgeheimnis. Auch Anna Held. Ein anderes jüdisches Mädchen aus *Varschau*. Sie wurde das berühmteste *Mädchen im Rampenlicht*. Ich sage Ihnen, wir benutzen alle das gleiche Geheimmittel.« Die Frauen staunten bei diesen Geschichten und hatten schon die Geldbörsen geöffnet, bevor sie zu Ende gesprochen hatte.

Der Klang der Registrierkasse war Musik in Josiahs Ohren. Jons in US-Dollar ausgezahltes Reportergehalt bedeutete Mahlzeiten und Luxus, mit denen er sie überschüttete. In der Zwischenzeit konnte sie noch mehr von ihren Gewinnen in ihr florierendes Geschäft investieren.

Es war noch kein Jahr vergangen, als Josiah ihr erstes Geschäft in der Collins Street in Melbourne eröffnete. Sie war eine geborene Verkäuferin, die die aktuelle Lage erfasste, die Haut der Frauen beurteilte und die Cremes verschrieb, die sie »brauchten«, um wieder schön zu sein. Placebo oder Wundermittel – egal. Josiah verwandelte eine Frau nach der anderen und wurde schnell zu Melbournes Rattenfängerin. Und als sie herausfand, dass Jon in Wirklichkeit Jonathan hieß und seine Mutter Jüdin war, beschloss Josiah, dass die Ehe mit ihm vorherbestimmt war. Er war gut aussehend, großzügig und glücklich, ihre selbstgefälligen Befehle entgegenzunehmen. Die Kombination war verlockend.

Ein wütender Brief ihrer Mutter über ihren »tiefen Fall« und die Wichtigkeit jüdischer Nachkommen bestärkte sie womöglich noch in ihrer Entscheidung. Josiah antwortete ihrer verzweifelten Mutter in sachlichem Ton. Sie habe einen hübschen amerikanischen Juden getroffen – was nur zum Teil stimmte, da er lediglich mütterlicherseits Jude war –, sie würde bald einen amerikanischen Pass besitzen und eines Tages, versprach sie, ein jüdisches Kind bekommen, das nach ihrem Vater Menachim benannt werden sollte. Sie wollte ihrer Mutter nicht gestehen, dass es Miles oder Morton heißen würde, aber sie verfolgte ihre eigenen Pläne. Sie organisierte mit einer Tüchtigkeit, die eines Generaldirektors würdig war, eine standesamtliche Hochzeit.

Jon war gleichermaßen verwirrt wie erfreut, als Josiah Vorkehrungen für den anwesenden Rabbiner traf, obwohl Jons Vater Presbyterianer war, und ein Hochzeitsessen im Teehaus organisierte, zu dem sie einige entfernte Verwandte einlud, mit denen sie noch nicht zerstritten war. Ihre Hochzeitsreise führte in die winzige Wohnung, die sie in der Elizabeth Street gefunden hatte. Sie prahlte mit der Adresse, wann immer sie konnte, da ihre beiden Gehälter es ihnen erlaubten, sich im vornehmeren Teil der Stadt niederzulassen. Sie würde seinen Scheck alle zwei Wochen beschlagnahmen. Er war durchaus bereit, ihn nach einigem süßen Flehen abzugeben. Schließlich war sie stolz auf ihren smarten Mann und seinen regelmäßigen, garantierten Gehaltsscheck.

»In meinem Haus läuft es so«, erklärte Josiah ihm, während sie ihm im Bett Vergnügen bereitete. »Dein Geld ist mein Geld, und mein Geld ist mein Geld. Abgemacht?« Sie hielt inne, kurz bevor er zum Höhepunkt kam.

»Ja, ja, abgemacht«, rief er lachend. »Du verhandelst ziemlich hart.«

»Manchmal ist es so leicht wie jetzt.« Sie frischte ihren Lippenstift auf und strich ihre Dessous glatt. Obwohl er Bedürfnisse hatte, blieb Josiah kaum Zeit für Romantik, da sie beide in verschiedenen Schichten arbeiteten. Im Gegensatz zu ihr war er faul und ging häufig in den Herrenklub, um Squash und Kricket zu spielen, während Josiah überall in der Stadt agierte. Trotzdem genossen sie die Gesellschaft des anderen, und er gab sich wirklich Mühe, ihr zu gefallen.

Eines Tages blieb sie vor dem Juweliergeschäft Katz stehen. »Ich *vill* diesen Rubinring. Ich habe mit Katz gesprochen. Du kannst ihn anzahlen und zurücklegen lassen.«

Jon lächelte. Er würde später zurückkommen und den Ring als Überraschung für Josiah kaufen.

Angesichts der beständigen Arbeit und des andauernden Erfolgs in Melbourne beschloss sie, dass der Zeitpunkt gekommen war, um zu expandieren. Sie wollte in ihrem ersten Geschäft neue Produkte anbieten und vielleicht ein zweites in Sydney eröffnen.

Allen, einschließlich ihrem eifersüchtigen Onkel, war klar, dass Josiah Herzenstein, inzwischen eine verheiratete Frau, ihren Weg ging.

Kapitel 10

FAMILIENGEHEIMNISSE

New York City, 1929

Achtundfünfzigste Straße.

Der Stork Club. Constance holte tief Luft und nahm schweigend den schicken und angesagten neuen Klub in sich auf. Sie konnte nicht glauben, dass sie tatsächlich auf dem Weg in dieses berühmte Restaurant war, um im VIP-Bereich zu Abend zu essen. Ein wenig eingeschüchtert schob sie sämtliche Ängste beiseite und tat so, als sei sie Stammgast.

Glaube es, sei es! Ihr Motto hatte immer funktioniert, warum nicht auch dieses Mal? Sie beugte sich hinunter und erlaubte ihrer Verabredung, Van Wyke, das Privileg, sie als offensichtliche Gegenleistung für die Einladung kurz auf den Mund zu küssen. Van stammte aus einer der ältesten und angesehensten New Yorker Familien, weshalb sie ihm bereitwillig gestattete, sie von der Garderobe zum Tisch und durch den Abend zu führen. Wie die meisten Normalsterblichen hatte sie in den Klatschspalten über den Klub und seine Stammgäste gelesen und die exklusive Luft förmlich riechen können, die ihr aus den Zeitungen entgegenwehte. Es war der Treffpunkt der Schickeria – Prominente, Filmstars und Sportasse, die alle kamen, um zu sehen und gesehen zu werden. Dieser Glamour war für sie nun im Stork Club greifbar nah.

Und tatsächlich wurde ihre satinbehandschuhte Hand vom Inhaber höchstpersönlich geküsst, Sherman Billingsley. Sie wusste, dass ihr Satinkleid von Poiret, das aus der letzten Saison stammte, Lichtjahre von dem entfernt war, was die Frauen in New York trugen. Trotzdem war sie froh, diese Investition während ihres Aufenthalts in Paris getätigt zu haben.

Der Stork Club war im Stil eines traditionellen Herrenklubs gehalten und besaß eine lange Holztheke, die von innen heraus zu leuchten schien, weshalb die grünen und bernsteinfarbenen Flaschen wie Weihnachtslichterketten strahlten. Samtvorhänge in dunklem Rot verhüllten die vorderen Fenster und sorgten für eine geheimnisvolle Stimmung. Die Tische waren mit frischen, sauberen Tüchern und funkelnden Gläsern eingedeckt, die zweifellos erschöpfte Kellner poliert hatten, die schon für den kleinsten Schmutzfleck gerügt wurden. In der Mitte jedes Tisches zog ein Bukett von Pfingstrosen und Gardenien wie funkelnde Sterne die Blicke auf sich und versetzte die herbere Note von Zigarettenrauch und perfekt gebratenen Steaks mit einem dezenten Blumenduft. Die prächtigste Dekoration traf allerdings stets am Abend im Stork Club ein: eine Reihe wunderschöner weiblicher Gäste, die stärker glitzerten als ein Filmset in Hollywood und sich wie seltene exotische Vögel um die Tische mit den Gardenien in ihrer Mitte niederließen.

Es war allgemein bekannt, dass Sherman berühmte Gesichter der Gesellschaft den Filmstars vorzog, und angeblich war die Wyke-Familie so adelig, dass ihr Blut fast schon lila war. Da Billingsley, ein bekannter Snob, um den Stammbaum seines Vaters wusste, hofierte er Van Wyke wie einen König. Sie wurden zu einem der besten Tische in der Mitte geführt, um dort Freunde zu treffen, die bereits Platz genommen hatten und an ihren schwarzgebrannten Martinis nippten. Mit viel Tamtam stellte Van Wyke Constance seinem besten Freund, Topper Stanton, und dessen Verlobter, Lally Seward, vor. Die beiden passten perfekt zusammen. Sie verhielten sich so unbeteiligt, dass sie fast schon gelangweilt wirkten, was nur sehr reichen, sehr angesehenen oder gänzlich höherstehenden Menschen gelang.

Constance bemerkte, wie Lally sie von Kopf bis Fuß taxierte, um festzustellen, ob sie ihrer würdig war. Constance konnte instinktiv die Hinweise in den Gesichtern lesen und erschrak ein wenig, als sie das – wenn auch schwache – Anzeichen eines Grinsens entdeckte, das bestätigte, dass ihre Kleiderwahl ein wenig zu kühn für ein erstes Dinner war. Im Gegensatz zu ihr trug Lally ein schlichtes schwarzes Abendkleid aus Samt mit einem herzförmigen Ausschnitt. Ihre dezente Perlenkette erinnerte eher an eine würdige ältere Dame oder eine in Purpur geborene Debütantin. Lally gehörte zu Letzteren. Sie war schick, aber unaufdringlich zurechtgemacht, und ihr entsprechender, irgendwie nichtssagender Modestil verkündete: »Ich bin zu reich, um mir große Mühe geben zu müssen.«

Constance wusste, dass das Dinner ein Test war, den zu bestehen nicht einfach werden würde. Während der Vorspeise, die angenehm, aber anstrengend war, beschloss sie daher, die Taktik zu ändern. Sie würde diejenige sein, die früh ginge. Damit würde sie die anderen überraschen und gleiche Bedingungen für alle schaffen. Diese kluge Taktik hatte sie schon öfters bei geschäftlichen Treffen angewandt.

»Darling«, meinte Constance mit ihrem gewinnendsten Lächeln, »ich muss gleich nach dem Dinner gehen. Mein Bruder, James, ist krank«, erklärte sie. »Keine Angst, es ist keine Grippe. Er neigt zu Migräne.« Nervös erinnerte sie sich daran, ihren Suppenlöffel unter der Schale auf dem Teller abzulegen, wie sie es gerade bei Lally wahrgenommen hatte. Sie ließ ihn normalerweise einfach in der Schüssel liegen. Constance war froh, dass sie eine scharfe Beobachterin war und sich Dinge merkte, sodass sie denselben Fehler nicht zweimal machte. Keiner schien ihren Schnitzer bemerkt zu haben. Der Löffel hatte nur kurz im Teller gelegen, bis sie ihre Beobachtung in die Tat umgesetzt hatte. Sie war umsichtig genug gewesen, zur Vorbereitung den Knigge zu studieren, aber wenn sie Teil dieser Leute werden wollte, musste sie noch mehr lernen. Die vielen Messer und Gabeln verunsicherten sie nach wie vor. »Arbeiten Sie sich einfach von außen nach innen vor«, hatte in dem Buch gestanden. Es hatte aber keine Sonderregeln für Suppenlöffel erwähnt. Nächstes Mal würde sie vielleicht keine Suppe bestellen.

»Ist es nicht wunderbar, wie mütterlich sie ist, Topper? Ist sie nicht einfach großartig?«, schwärmte Van Wyke, Erbe des Bankenimperiums Wyke and Co., gegenüber seinem alten Schulfreund, Topper Stanton von Stanton Munitions. Er schüttelte sein zur Glatze neigendes Haupt, während er Topper kumpelhaft auf den Rücken klopfte.

Van und Topper. Topper und Van. Sie waren inzwischen eher Brüder als Freunde, nachdem man sie mit sechs Jahren erst nach Milton und später nach Groton geschickt hatte, wo sie im elitären Kreis weißer Amerikaner in Internaten, Squash-, Polo- und Segelklubs und an den Wochenenden in Old Westbury zusammen erwachsen geworden waren. Van hoffte auf Toppers Zustimmung bei der Wahl seiner Begleiterin. Constance war schön, ja, aber sie war eine berufstätige junge Frau aus Kanada und stammte nicht wirklich aus ihren Kreisen.

»Warum ist sie noch nicht verlobt, wo sie doch so hübsch ist?«, hatte Topper etwas misstrauisch vor dem Dinner gefragt.

»Sie ist ein Flapper und arbeitet. War bei Smith, ein Jahr lang, glaube ich. Hat einen Beruf. Ist ziemlich anders als die Debütantinnen, die wir kennen«, hatte Van ihm erklärt.

Topper war ein wenig überrascht gewesen, als sie den Stork Club betreten hatte. Sie war einen Kopf größer als Van und eine ziemlich auffallende Erscheinung. Von Natur aus blond und in gewissem Sinne schön. Was hatte diese Amazone mit dem netten, aber sanftmütigen Van vor? Irgendetwas passte da nicht.

»Nun, dann frage ich lieber nicht nach einem Kuss, Connie. Ist Migräne ansteckend?« Van lachte nervös und stupste Topper sowie Lally, die Erbin von Seward Oil, an, dasselbe zu tun.

Constance wusste, dass ihre Einladung zum Dinner in den Stork Club ein wichtiger Fortschritt in ihrer Beziehung war. Sie trafen sich seit weniger als einem Jahr und inzwischen regelmäßig einmal in der Woche. Constance fühlte sich zwar nicht zu Van hingezogen, weder zu seinem langweiligen Humor noch zu seinem beleibten Körper, doch sie wusste genau, wo Van Wyke in der sozialen Hackordnung stand – und vor allem schien es ihn nicht zu stören, dass sie berufstätig war. Sie war clever genug zu wissen, dass alleinstehende Frauen, obwohl sie selbst völlig unabhängig war, nicht einfach in den Stork Club »gingen«. Trotzdem war sie hier, und das in bester Gesellschaft an einem der besten Tische des Klubs, und bekam von allem das Beste geboten. Das verstärkte nur ihre Gründe, warum sie mit ihm zusammen war.

Sie hatten sich ein Jahr zuvor am Kapitänstisch kennengelernt, als sie mit dem Schiff aus Frankreich zurückkehrten. Van hatte sich in Paris aus geschäftlichen Gründen mit seinem Vater getroffen und den Sommerurlaub dort verbracht, während Constance für Gardiner Cosmetics die französischen Schönheitsgeheimnisse erforscht hatte. Auf dem Schiff entstand eine zweckmäßige, wenn auch platonische Freundschaft, die er offenbar fortsetzen wollte. Er war fasziniert von ihrem Geschäft und ihrem einzigartigen Stil.

»Keine Angst, ich bin ziemlich gesund«, meinte Constance und küsste ihn auf die Wange.

»Nun, es muss sehr aufregend sein, im Schönheitsgeschäft zu arbeiten. Sie entwickeln wirklich all Ihre Produkte selbst?«, fragte Topper fasziniert.

»Ja, dieser Bereich meiner Arbeit gefällt mir am besten. Die Ideen, die Rezepturen, das Erfinden.« Constance sprach mit leiser Stimme. Sie war schlau genug, nur über sich selbst zu sprechen, wenn sie gefragt wurde, und den anderen Frauen am Tisch ein Kompliment zu machen, die sich von ihren Erfolgen bedroht fühlen könnten.

»Van, du hast eine hübsche Version der Madame Curie gefunden. Wie faszinierend.« Toppers blaue Augen funkelten, als er lachte. Flirtete er?

Constance errötete. Er war der Attraktivere der beiden, aber vergeben. Natürlich hätte sie Topper vorgezogen, hatte aber wenig Sinn für Männer, weshalb es sie kaum irritierte.

»Danke. Und Lally …«, sagte Constance und hielt ihr ein kleines rosa-weißes Täschchen hin, »ich habe Ihnen einige meiner Lippenstifte und Puder eingepackt. Ich hoffe, dass Sie sie nutzen. Sie haben einen wunderschönen Teint. Er ist so rosig und frisch. Topper, ich würde sagen, Sie haben eine sehr gute Wahl getroffen.« Sie lachten alle über die Komplimente, und das Geschenk schien das Eis zwischen Constance und Lally ein wenig schmelzen zu lassen. Es war ihr gelungen, die Stimmung von eisig zu aufgetaut anzuheben. Bis zum Dessert unterhielten sie sich weiter über belanglosere Dinge.

»Es war wirklich wunderbar. Topper, Lally. Ich hoffe, wir sehen uns bald wieder, und es tut mir sehr leid, dass ich schon gehen muss.« Constance erhob sich nach einem leckeren Schokoladensoufflé und einer Tasse Tee.

»Ich freue mich auch, Sie kennengelernt zu haben, Constance. Schade, dass Sie heute Abend Florence Nightingale spielen müssen, aber das verheißt Gutes für unseren Van hier. Ich hoffe, Ihrem Bruder geht es bald wieder besser. Van, ich weiß wirklich nicht, wie du so eine hübsche Frau gefunden hast. Und klug noch dazu. Wenn du Glück hast, zeigt sie uns allen, wo es lang geht.«

»Es hat mich ebenfalls gefreut, Sie kennenzulernen, Constance«, verabschiedete sie Lally. Die hübsche Frau mit den rotblonden Haaren und der Stupsnase hielt Constance eine kühle Hand hin. »Und danke für die Kosmetik. Obwohl ich normalerweise nichts verwende, werde ich sie ausprobieren. Ich nehme an, es ist an der Zeit, dass ich ein wenig Farbe benutze.« Sie zuckte abschätzig die Schultern.

»Sie müssen sie nicht benutzen. Nur wenn Sie wollen. Ich habe mich auch gefreut, Sie kennenzulernen. Ich hoffe sehr, Sie beide bald wiederzusehen.« Constance betonte das »hoffe sehr« so, wie sie es in den neuen Kinofilmen und Radiosendungen gehört hatte.

Van führte sie zur Garderobe und ließ Lally und Topper am Tisch zurück.

»Ich hoffe sehr, Sie beide bald wiederzusehen«, ahmte Lally ihr Getue nach, als sie den Tisch verlassen hatte. »Sie ist ziemlich attraktiv, aber ein bisschen gewöhnlich, findest du nicht auch, Tops?« Lally hielt eine Zigarette hoch, damit Topper sie ihr mit seinem goldenen monogrammierten Feuerzeug anzündete.

»Mir gefällt ihre Entschlossenheit. Ich denke, sie tut dem alten Van gut. Er braucht jemanden, der ihm sagt, was er tun soll. Hatte nie eine Mutter, sie starb bei einem Autounfall, als wir in Groton waren. Eine Frau von der forschen Art ist für ihn genau richtig, um ihn zu motivieren. Besser eine blonde Schönheit als dieses jüdische Ding von Alexander Lefcourt, wie heißt sie noch … Guggenheim oder so. Armer Kerl. Sein Vater hat beim Börsenkrach alles verloren, weshalb er jetzt heiraten muss.«

»Nun, das ist nachvollziehbar. Schließlich ist sie richtig reich.« Lally fragte sich müßig, was sie tun würde, wenn ihr eigener Vater finanziell ruiniert und sie gezwungen wäre, unterhalb ihres Standes zu heiraten.

»Wir alle müssen Entscheidungen treffen.«

»Offensichtlich …« Lally blies den Rauch in die Luft, um den Gedanken zu unterstreichen.

»Und ich habe mich für dich entschieden.« Topper küsste sie. Doch sie zog sich zurück und hielt ihm die Wange hin.

»Und was ist mit dir, Lally? Willst du ein durch und durch moderner Flapper sein und arbeiten?« Topper legte seinen Arm um ihre hellen Schultern, deren Blässe ihr Samtkleid aufhob.

»Ja. Ich glaube, ich will lieber hart arbeiten … auf dem Tennisplatz. Meine Eltern würden mich vermutlich verleugnen, hätte ich einen *Job*.«

»Bestimmt.« Topper nickte. Er dachte über die Sewards und ihre reizende, begehrenswerte Tochter nach. Lally war hübsch genug, hatte den richtigen Namen und den richtigen Stammbaum. Warum glitten seine Gedanken also ab zu Constance? Sie war anders, ja, aber auf erfrischende Weise. Er fühlte sich ein wenig schuldig, weil er Lally verschwieg, dass sein eigener Vater beim Börsenkrach ebenfalls einen Großteil seines Vermögens verloren hatte, aber man hatte ihn zur Geheimhaltung verpflichtet.

»Also, mir gefällt sie«, meinte Topper. »Ich halte Constance für klug, lustig und perfekt für Van. Ich denke, ich werde die Beziehung unterstützen.«

»Ich bin mir nicht so sicher.«

»Ja, aber du rennst Van Wyke auch nicht gerade hinterher, genauso wenig wie deine Freundinnen. Das einzige Mädchen, das in der Schule an ihm interessiert gewesen ist, war Patricia Porter Pringle. Wir nannten sie immer ›drei Ps‹. Der alte Witz lautete: ›Hier kommt drei Ps. Sie hat drei Ps und ein Doppelkinn.‹ So jemanden kann man doch nicht mit ihr vergleichen.«

»Mit ihr? Einem gewöhnlichen Emporkömmling in einem auffälligen Kleid der letzten Saison? Drei Ps hat wenigstens einen Stammbaum. Sie wird jemandem eine sehr gute Frau sein, das kann ich dir versichern.« Lally schüttelte energisch den blonden Pagenkopf. Sie würde nicht für eine hinterwäldlerische Kanadierin aus der Reihe tanzen!

»Vielleicht … So wie ich es sehe … hat er den Namen und sie das Aussehen. Es ist die alte Geschichte. Wollen wir tanzen?« Er reichte seiner Verlobten die Hand.

Als sie sich zu den Klängen des Orchesters erhob, fiel sein Blick auf ihren üppigen Hintern. Trotz all ihrer Bemühungen war Lally weder groß noch schmal gebaut. Also konzentrierte er sich auf die Aktien von Seward Oil, während er sie zur Tanzfläche führte.

***

Weiter im Norden der Stadt, in der Hundertsten Straße, hüllte sich Constance in einen zweckmäßigen, blauschwarzen Wollmantel, um ihr Abendkleid zu verbergen. Sie stieg aus einem schmutzigen gelben Taxi und betrat das Polizeirevier. Sie war nur ungern hierhergekommen, hatte aber keine andere Wahl gehabt, nachdem sie vor dem Dinner eine Nachricht erhalten hatte. Sie wusste genau, was zu tun war. Sie sprach leise mit einer Reihe von Beamten, die zwar alle sehr höflich waren, ihr dann jedoch kopfschüttelnd nachsahen. »Armes Mädchen«, raunten sie sich zu. Sie hatten die vertraute Szene schon zu oft erlebt. Ihr Bruder James war wegen unzüchtigen Verhaltens verhaftet worden, und in ihren Augen war die arme, verwirrte Ehefrau oder Freundin gekommen, um ihm aus der Klemme zu helfen.

»Ich möchte meinen Verlobten, James McCalister, sehen. Er wurde zu Unrecht verhaftet.« Constance war dankbar, dass sie verschiedene Nachnamen hatten. Sie wusste, dass es in dieser Situation besser war, ihn als ihren Verlobten und nicht als ihren Bruder auszugeben. Jeder der irischen oder italienischen Polizisten hatte sie wortlos in eine andere Richtung geschickt. Schließlich verwies man sie in den dritten Stock zu einem Wartebereich, in dem sich Obdachlose, Prostituierte und dem Anschein nach homosexuelle Männer drängten. Einige waren blass und schmächtig und zitterten, während andere ungewöhnlich männlich aussahen. Alle saßen schweigend und schicksalsergeben hinter Gittern.

Jeder Beamte schüttelte den Kopf, sobald er sie sah. So ein hübsches Mädchen und so ahnungslos! Die Proteste kannten sie nur allzu gut. Dieses »nicht mein Ehemann«, »nicht mein Verlobter« oder: »Da muss ein Fehler vorliegen …«

Der schiere Schrecken und die Scham, einen geliebten Menschen abholen zu müssen, der verhaftet worden war, weil er ein »Perverser«, eine Bedrohung für die Gesellschaft, eine Schwuchtel war … wäre wirklich herzzerreißend und niederschmetternd für einen, der es nicht wusste. Constance hörte, wie eine Frau ihren Mann in der Zelle angewidert und unflätig anschrie, bevor sie hinausstürmte und ihn einfach dort zurückließ. Doch Constance wusste genau Bescheid. Sie hielt die ganze Sache für Zeitverschwendung und vor allem für sehr ärgerlich.

Polizeirazzien waren in Bars und Badehäusern, in denen homosexuelle Männer verkehrten, alltäglich geworden. James war einfach zur falschen Zeit am falschen Ort gewesen. Er würde Constance nicht gestehen, dass man ihn im Bad erwischt hatte, die Hose um die Knöchel hängend. Das wären zu viele Informationen.

Constance erklärte den Beamten, ihr geliebter Verlobter hätte sich nur mit einem Studienfreund auf einen Drink getroffen. Natürlich hätte er keine Ahnung gehabt, dass es sich um einen Treffpunkt für Perverse handelte. Die Beamten hatten Mitleid mit ihr und ließen ihn gehen, nachdem sie die Kaution gestellt hatte.

Ein Polizist, ein älterer Mann namens Kelly, murmelte: »Ich wünschte, sie würde mich mal ranlassen. Dann könnte ich ihr zeigen, was ein echter Mann alles draufhat. Armes, dummes Mädchen, mit einem Schwulen verlobt zu sein …«

Constance hörte seinen derben Kommentar, war aber schlau genug, keine Szene zu machen. Sie wollte, dass man ihren Bruder freiließ. Also biss sie sich auf die Zunge. Ein Polizist ging James holen, nachdem man ihre Papiere abgestempelt hatte, und sie schloss die Augen, um das Revier durch Bilder des Stork Clubs zu ersetzen und den Anblick zu übertünchen.

James kam und wirkte sichtlich erschüttert.

»Darling«, rief Constance wirkungsvoll vor den Wachhabenden. Sie umarmte ihn und zog ihn nah an sich heran. »Spiel einfach mit«, flüsterte sie.

»Das ist mein Verlobter.« Constance küsste ihn leicht auf die Lippen. »Er wurde unwissentlich in diese ganze Geschichte hineingezogen«, sagte sie laut genug, damit alle es hören konnten. »Sie sollten alle wissen, dass du ein echter Kerl bist und mit mir geschlafen hast, kurz bevor du dich mit deinem Freund auf einen Drink getroffen hast.«

Die Polizisten stießen sich gegenseitig an und grinsten.

Constance hatte eine ziemlich gute Vorstellung abgeliefert, und sie verließen den Warteraum unter einem Pfeifkonzert.

»Ich glaube, du bist die nächste Sarah Bernhardt.«

»Hauptsache, du bist da raus.« Sie tätschelte seine Hand, als sie im Taxi saßen. »James, ich werde natürlich unseren Anwalt bitten, sich darum zu kümmern. Aber können wir uns darauf einigen, dass du von nun an diskreter vorgehst? Weißt du, ich gehe jetzt mit Van Wyke aus. Ich kann mir kaum vorstellen, was er und seine Truppe sagen würden, wenn sie davon wüssten.«

»Es tut mir leid, Connie, ich versuche, mich zu bessern. Ich hätte nie gedacht, dass man mich verhaftet, weil ich ich selbst bin.« Er wirkte verzweifelt.

»Vielleicht wäre es das Beste, wenn du dir einen netten jungen Mann suchst, so wie du einer bist, der dich dann nach Einbruch der Dunkelheit in unserer Wohnung besucht. Das wäre sicherer«, schlug sie vor.

»Ja, du hast recht. Es tut mir leid.«

»Du musst dich nicht entschuldigen.« Constance sah auf die Straße und hielt die Hand ihres Bruders, während sie darüber nachdachte, was passieren würde, wenn sie selbst wegen ihrer eigenen Neigungen verhaftet werden würde.

Kapitel 11

EIN WILLE UND EIN WEG

Melbourne, 1929

Josiah gab sich weder mit dem Familienleben noch mit den üppigen Einnahmen zufrieden, die sowieso wieder in neue Vorräte investiert wurden. So kurz nach der Heirat verspürte sie keinen Wunsch nach Küche und Kindern. Dies hatte sie Jon Blake deutlich zu verstehen gegeben. Er wünschte sich das ebenso wenig.

Nachdem sie bereits mehrere Jahre im Geschäft war und eine beeindruckende Erfolgsgeschichte vorzuweisen hatte, vereinbarte Josiah einen Termin bei der örtlichen Bank. Sie wollte einen Kredit aufnehmen und expandieren. Obwohl sie sehr schnell Geld mit dem Verkauf ihrer Wundercremes und ihrer neuen Reihe Feuchtigkeit spendender Lippenstifte verdiente, wollte sie mithilfe eines Kredits ihren zweiten Laden eröffnen. Leider wurde ihr Antrag kurzerhand abgelehnt, da Frauen zu diesem Zeitpunkt nur selten Bankkredite erhielten. Es war schon ungewöhnlich genug, dass sie überhaupt eigenes Eigentum besaßen.

Jon versuchte, sie zu beruhigen, und erklärte ihr, dass diese Absage höchstwahrscheinlich eine Folge der Nachrichten über den Börsenkrach in den Vereinigten Staaten war. Er beschwichtigte sie mit einer Lobrede, die er aus der Kolumne des berühmten Zeitungsjournalisten Will Rogers vorlas.

»Rogers war am Schwarzen Dienstag in New York«, meinte Jon Zigarre rauchend. »Er schreibt: ›Man musste anstehen, um an ein Fenster zu gelangen, aus dem man springen konnte …‹ Josie, es liegt nicht daran, dass du eine Frau bist. Im Moment verleiht keine Bank Geld. Und ich sagte dir doch, dass ich dir das Geld gebe.« Sein großzügiger Ton strafte seinen Mangel an echten Mitteln Lüge.

»Nein. Ich *vill* kein Geld von einem Mann annehmen. Das ist mein Geschäft.« Sie durchschnitt die Luft mit einer dramatischen Handbewegung.

»Und ich bin dein Ehemann.« Er nahm sie in den Arm.

»Du bist immer noch ein Mann, und die Antwort lautet Nein.«

»Okay. Dann beschwer dich nicht.«

»Das tue ich auch nicht.« Josiah stand auf und sah ihn entschlossen an. »Ich werde einen Weg finden.« Sie wies seine Annäherungsversuche zurück.

Jon hatte recht. Die Nachricht vom Wall Street Crash, der auf den Londoner Crash im September folgte, hatte rund um den Globus Wirkung gezeigt und selbst die mutigsten Geschäftsleute verängstigt. Also tat Josiah, was jede Geschäftsfrau, die etwas auf sich hält, getan hätte: Sie verpfändete ihren Verlobungsring, verkaufte den Rubinring von Katz und rechnete ihn zu Jons Zahlungen hinzu. Sie hatte jeden Monat Geld aus dem Haushaltsbudget abgezweigt, um Kapital für ihr Geschäft zu bilden – was sich als Segen für sie erwies, da sie langsam ihre finanziellen Ziele erreichte und immer die alleinige Eigentümerin ihres Unternehmens sein würde.

Mit ihren Gewinnen aus Melbourne und dem Verkaufserlös ihres Schmucks konnte Josiah nun expandieren. Sie eröffnete in nur drei Monaten einen Laden in Sydney. Nachdem sie gerade erst nach Melbourne zurückgekehrt war und sich am Wochenende ein wenig erholt hatte, stimmte sie zu, Jon auf einer Geschäftsreise nach London zu begleiten.

In dieser Nacht erlebte sie im Traum eine Offenbarung. Sie träumte, sie bliebe in London und würde dort sehr erfolgreich sein. An den Bäumen hingen statt Blättern englische Pfundnoten. Josiah war niemand, der das Unbewusste ignorierte. Sie hatte ihr ganzes Leben lang Zeichen empfangen und daran geglaubt. Also beschloss sie, Jon nach London zu begleiten, ohne ihm mitzuteilen, dass sie nicht mehr nach Australien zurückkehren würde. Sie wusste nun, dass London der Ort war, an dem das Geld auf den Bäumen wuchs. So einfach war das. Sie ersann einen simplen Plan, damit ihre jüngere Schwester Shayna, die inzwischen Sybil hieß und die sie letztes Frühjahr aus Polen geholt hatte, die Geschäfte in Melbourne und Sydney führen konnte. Ein Jahr später würde sie ihre mittlere Schwester, Raisel, nachholen. Ihre jüngste Schwester, Chana, war mit ihren sechs Jahren noch zu jung zum Reisen. Sybil, die weder Josiahs Sinnlichkeit noch ihre Frechheit besaß, hatte ein fotografisches Gedächtnis und, was die Geschäfte anging, den Kopf eines Buchhalters. Mit geschickten Händen und gewohntem Engagement half sie Josiah, ihren Koffer zu packen. Für Sybil gab es nur Zahlen, und Josiah wusste, dass ihre Bücher in sicheren und fähigen Händen waren.

»Du hast acht BHs, fünf Kleider, fünf Paar Schuhe, fünfzehn Paar Unterwäsche«, resümierte Sybil, und sie teilten das unausgesprochene Wissen, dass sie ihr Leben für immer verändern würde.

Doch die Schwestern waren weder nostalgisch noch emotional. Sie waren dank ihrer Gene ehrgeizig und praktisch veranlagt und bereit, alles zu tun, was nötig war, um erfolgreich zu sein.

Die Reise nach London verlief ganz anders als ihre erste Reise aus Polen. Erste Klasse anstelle der Holzklasse. Nachmittagstee anstelle rationierten Wassers und Keksen. Es war weniger eine Reise als wohlverdiente Flitterwochen mit dem Luxus des Schlafes. Das Schiff war ein herrlicher Ozeandampfer mit siebzig Kabinen und zwei Speisesälen, einer für die wohlhabenderen Gäste und einer für alle anderen. Innerhalb weniger Tage genoss Jon das Rauchen von Zigarren in der Herrenlounge, während Josiah sich gelangweilt und unruhig auf dem Schiff wiederfand. Doch in London änderte sich schließlich alles.

»Das war einfach herrlich«, meinte Jon, als er sich in ihrer Hotelsuite auf dem Bett ausstreckte und die *Times* las. Die vergangenen drei Wochen waren das reinste Vergnügen gewesen, in dem er ein wenig Zeit mit Sightseeing und sehr viel Zeit mit Josiah verbracht hatte. Sie hatte sich Schaufenster angesehen, den Konkurrenzkampf in London beobachtet oder eben dessen Fehlen, während Jon sich mit Redaktionsmitarbeitern und seinen amerikanischen Verlegern getroffen hatte, die zu einer internationalen Konferenz gekommen waren.

»Aber jetzt muss ich wegen der großen Tagung nächsten Monat zurück nach Melbourne. Ich buche uns die Passage für nächste Woche.« Er sah sie liebevoll an. »Aber bevor wir zurückfahren, zeige ich dir noch die Elgin Marbles im British Museum.«

»Jon, ich muss mit dir reden.« Sie schaltete das Grammophon in ihrer Suite ab.

»Reden?« Er schob den Arm aus seinem Hosenträger.

»Ich gehe nicht zurück, *Liebchen*«, sagte Josiah. »Ich bleibe in London. Ich habe einen Hersteller gefunden.«

»Ein Hersteller ist wichtiger als wir?«

»Ich bin schwanger. Ich möchte das Baby hier bekommen. Wegen der besseren medizinischen Versorgung. Am besten wäre ein englischer Pass.« Sie zuckte mit den Schultern.

»Das sagst du mir einfach so?«, rief er entgeistert.

»Du wusstest, wen du heiratest. Also sei nicht überrascht. Ich habe gerade einen Mietvertrag in Mayfair unterschrieben. Beste Lage. Ich werde den besten Laden in London haben. Und ich hatte eine neue Idee, Jon. Es wird nicht nur ein Laden sein, sondern … Wie kann ich es erklären …« Sie versuchte, die richtigen Worte zu finden, wie sie es oft tat. »Kein *Maison*, das klingt wie ein Bordell. Ein Salon, ja, das ist es. Ein Salon mit Schönheitsbehandlungen für die Frau«, erklärte sie. »Nicht nur Lotionen und Elixiere, sondern auch Frisuren und Behandlungen.«

»Aber was ist mit mir? Es ist auch mein Kind. Und du hast einen Mietvertrag unterschrieben, ohne es mir zu sagen?« Er starrte sie entsetzt an.

»Du gehst zurück und überwachst den Betrieb zusammen mit Sybil, bis das Baby geboren ist. Bitte um eine Versetzung nach London. Erzähl ihnen, dass deine Familie jetzt hier lebt. London ist der Schlüssel zu Europa und dann zu Amerika. Wir werden ein Vermögen verdienen. Die Frauen sind hier so hässlich. Schlechte Haut und miese Zähne.«

»Das ist ein Witz, oder?«, fragte er.

»Du glaubst, ich mache Witze? Wirklich?« Der wütende Blick auf ihrem Gesicht machte sie nur noch verführerischer. Und das Schlimmste war, dass ihr Plan einleuchtend war. Ihm gefiel die Idee mit dem Salon.

»Nein«, antwortete er und sah nach unten.

»Hör zu.« Sie ging zu ihm und streichelte seine Wange. »Ich bin nicht wie die anderen Frauen. Du hast mich geheiratet, in guten wie in schlechten Tagen. Die guten bringen Geld. In den schlechten Zeiten sind wir ein paar Monate getrennt.« Sie gab nicht nach, als sie registrierte, wie deprimiert er angesichts der Neuigkeiten war, sondern wurde stattdessen nur noch entschlossener.

»Du bist kalt wie eine Hundeschnauze, weißt du das?« Er schüttelte den Kopf. »Ich bin dir wirklich egal.«

»Ja. Du bist der Vater. Von dir bekommt es das Aussehen. Von mir das Geld. Glückliches Kind. Basta.« Josiah atmete hörbar aus und stemmte die Hände in die Hüften. »Und jetzt schlafe ich mit dir, du buchst deine Fahrkarte und alles ist gut.«

Wie immer gehorchte Jon Blake den Befehlen.

Am nächsten Tag gab Josiah Jon eintausend Dollar in bar, um ihn zu besänftigen. Es waren ausschließlich Fünfzigdollarscheine, weshalb es ein großes Bündel war. Nachdem er nach Australien aufgebrochen war, verbrachte sie die Tage und die Nächte damit, ihren ersten Salon in London zu eröffnen. Sie hatte eine Etage in einem Stadthaus im elitären Mayfair gemietet und durchsuchte die Londoner Gesellschaft nach handverlesenen Kunden und Freundschaften. Inspiriert von ihren Reisen, hüllte sie die Salons in leuchtende Farben und pries die Vorteile ihrer neuen Idee: ein Make-up, das Frauen schöner machte, ohne dass sie aussahen, als wären sie geschminkt! Es war der ultimative Zaubertrick, etwas Unsichtbares zu verkaufen, damit man sichtbar besser aussah.

Während ihres Aufenthalts in London hatte sie einige Schwierigkeiten, Reservierungen in den besten Restaurants und Klubs zu bekommen. Schließlich erkannte sie, dass es leichter sei, wenn sie ihren Nachnamen auf »Herz« verkürzte. Versuchte sie, als Josiah Herzenstein im Savoy zu reservieren, war man ausgebucht. Bat sie zehn Minuten später um eine Reservierung für Madame Josephine Herz, bekam sie einen Tisch. Unfair? Ja. Hartnäckig und unflexibel? Nein. So wurde sie zu Josephine Herz. Was auch immer nötig war, um ans Ziel zu kommen. Nichts und niemand stand der neu getauften Josephine Herz im Weg.

Josephine Herz Beauty war das erste weltweite Kosmetikunternehmen mit dem unvergesslichen Slogan »Yours for Beauty, Herz for Beauty«. Als sie Jahre später gefragt wurde, warum sie nicht den Namen ihres Mannes angenommen hatte, antwortete sie mit scharfer Zunge: »Niemand hätte geglaubt, dass ich wie eine Mrs Blake aussähe. Aber als Madame Herz auftauchte, wussten sie, dass ich es ernst meinte.«

Sie verkaufte nicht nur ausgezeichnete Produkte. Ihr neu eröffneter Salon würde den Frauen zeigen, wie schön und selbstbewusst sie sein konnten, sie über die Anwendung ihrer Produkte aufklären und eine Vielzahl von Cremes, Puder, Lippenstiften und, was am wichtigsten war, Träumen verkaufen. London diente natürlich als Probelauf, erst für Paris und dann für New York. Ihre Salonidee war ein neues Konzept im Einzelhandel. Ihr Tempel der Schönheit würde Kundinnen umwerben. Die Produkte waren Juwelen, die ausgestellt und entdeckt werden sollten, als wären sie in einem ägyptischen Grab begraben gewesen und wie Beute fortgetragen worden. Überall zeigte, »lehrte« und »pries« man die Notwendigkeit ihrer Produkte wie Süßigkeiten und Schokolade in ansprechenden transparenten Flaschen und Gläsern.

Josephine verband auf brillante Weise die grundlegende Anziehungskraft von Glanz und Farbe mit einer Vermarktung, die darauf abzielte, zunächst ein Verlangen zu erzeugen und dann das Angebot des Tages zu verkaufen. Noch im selben Jahr würde ihr Londoner Salon Gewinne erzielen und sie einen zweiten in Paris eröffnen, in einem ehemaligen Botschaftsgebäude auf der angesagten Avenue Montaigne. Les Salons de Josephine waren beeindruckend, doch hinter der kunstvollen Fassade sauber und steril. Ähnlich wie die Labore von Constances Pharmaunternehmen waren sie modern genug, um eine Atmosphäre von »Gesundheit« und »Wissenschaft« zu erzeugen.

Vor allem erkannte Josephine jedoch das schlagartig erwachte Interesse der Frauen an ihrem Platz in der Gesellschaft, sowohl als Objekte, die bewundert wurden, als auch als eigenständige Kräfte. Es war ein globales Phänomen, das schließlich zur neuen amerikanischen Arbeitskraft werden sollte. Und während Jon Blake ohne seine Frau nach Australien zurückkehrte, wurde Herz Beauty geboren.

Kapitel 12

MICKEY

Lower East Side, New York City, 1929

Auf der anderen Seite des Ozeans und sehr tief in der Innenstadt verfeinerte ein merkwürdiger Konkurrent sein Spiel, ein Boxer, der gleichzeitig Verkäufer war und einer langen Reihe jüdischer Obstverkäufer und Schürzenjäger entstammte. Er mochte jede Figur und jede Hautfarbe und, wie Mickey Heronsky gern sagte, »nicht nur die Frucht!«. Ein tougher, außergewöhnlich attraktiver Jude aus der Lower East Side, der oft mit dem Schauspieler John Garfield verglichen wurde. Mickey war nicht wählerisch in seiner Liebe zu Frauen. Wählerisch war er nur, was ihre Schönheit betraf.

Sein kritischer Blick wurde zuerst auf den Straßen der Lower East Side geschärft, wo sein Vater und sein Großvater Waren verhökerten, zunächst vom Wagen herunter, später dann in einem frei stehenden und bekannten Obststand und Obstladen. Mickeys Familie verkaufte bereits seit zwei Generationen Obst. Sein Großvater fand immer die besten Früchte, die es in der Norfolk Street gab. Sorgfältig gestapelte Reihen taufrischer, praller Früchte hatten lange Zeit die Grundversorgung der Ehefrauen und Babuschkas der Lower East Side gesichert.

Mickey hatte für seinen Großvater und später für seinen Vater gearbeitet und die Grundlagen des Unternehmens gelernt. Doch er hatte sich noch eine wertvollere Fähigkeit angeeignet als das Verkaufen: die Kunst, perfekt reifes, frisches Obst zu pflücken und es Frauen aller Formen und Größen anzubieten.

Im Laufe der Jahre hatte er gelernt, sich das Beste herauszupicken, indem er sich auf sein gutes Aussehen verließ, das ihm in die Wiege gelegt worden war – das kantige Kinn, das dicke, schwarze Haar, die weit auseinanderstehenden Augen und die muskulösen Oberarme. Er erfreute sich an einem ähnlich aufblühenden Kader von Frauen. Obwohl er mit dem traditionellen jüdischen Akzent aufgewachsen war – jedes »Aw« klang eher wie ein »Ew« und kein »R« war wirklich perfekt –, gab er sich die größte Mühe mit der Aussprache, wobei seine falsch ausgesprochenen Worte manchmal eine etwas komische Wirkung hatten. Doch er perfektionierte seinen Kleidungsstil. Und die Haare. Und den Körperbau dank häufiger Besuche in einem Boxklub. Der Erfolg des Familienunternehmens und ein wachsames Auge in Bezug auf die Mode und den Stil der Zeit taten ihr Übriges für ein unvergleichliches Image und die passende Garderobe. Inzwischen war er als Valentino der Norfolk Street bekannt.

Obwohl er im Obsthandel aufgewachsen war, sollte dieser nicht seine Lebensaufgabe sein. Er bevorzugte eine glamourösere Kundschaft als alte, in Schals gehüllte Frauen, die ihre täglichen Einkäufe erledigten. Zwei Dinge würden Mickey mehr als alles andere beeinflussen: die Depression und die Kinoleinwand. Der jüngste Börsenkrach hatte Ängste ausgelöst, weshalb seine Verkäufe dramatisch zurückgingen. Das Kino hatte ihm etwas gezeigt, das für ihn verlockender war als jeder Kunde, wertvoller als das Geld, das seine Familie in den letzten vierzig Jahren angehäuft hatte, perfekter und köstlicher als jede reife Tomate oder Pflaume. Wie viele seiner Kunden wollte Mickey der Plackerei und Grausamkeit der Lower East Side entkommen und sich an den Platinblondinen und den Dinnerpartys der Park Avenue weiden, von denen er nur träumen konnte. Der Geruch von faulendem Obst und der Heringe aus dem Fischgeschäft auf der anderen Straßenseite wurde von der verrückten Clara Bow und von der platinblonden, angehenden Berühmtheit Jean Harlow überdeckt. Dieser Stil und dieser Glamour würden im Laufe seines Lebens jede Bewegung und jede Entscheidung beeinflussen. Und wie viele andere hatte auch ihn das Zelluloid verzaubert: in Seide gehüllte Blondinen, die im Schaumbad nach glitzernden Telefonhörern griffen oder mit Elan eine geschwungene Treppe in der Park Avenue hinunterschwebten. Nicht die schäbigen Mietwohnungen seiner Jugend.

Später, nachdem Mickey sein eigenes Kosmetikunternehmen, Heron Cosmetics, gegründet hatte, würde er die Lebensweise und Moden der Engländer übernehmen, wie viele seiner erfolgreichen Freunde in Hollywood. Anzüge aus der Savile Row, von Huntsman & Sons und englische Lederschuhe. Und er wollte eine englische Sekretärin, die seine Anrufe entgegennahm. Das würde »den Laden aufwerten«, meinte er. Meistens trug er einen zweireihigen Nadelstreifenanzug. Sein goldenes, monogrammiertes Feuerzeug stammte von Asprey. Er rauchte kubanische Zigarren. Als er so erfolgreich war, dass er sich ein Auto leisten konnte, fuhr sein Chauffeur einen Rolls Royce, weil »Bentleys etwas für Schwule und Tussis« waren. Kam es Mickey jemals seltsam oder eigenwillig vor, dass er eine größere Affinität zur britischen Kultur als zu seiner eigenen besaß, erinnerte er sich an deren Gemeinsamkeiten. Die Briten verstanden – wie Mickey – die Bedeutung einer Kastenordnung, und sie verstanden auch das Konzept, ein royales Bild zu projizieren. Gegenüber seinen Mitarbeitern und Lakaien scherzte er oft: »Zieht euch britisch an und denkt jiddisch.« Und sehr viel später würde er den langen, eleganten, weiß-blauen Reiher zum Symbol seines Unternehmens machen.

Als Mickey sechzehn Jahre alt war und sein Vater starb, übernahm er pflichtbewusst das Obstgeschäft seiner Familie und bediente sich der Tricks, die er in jahrelangen Verkäufen gelernt hatte: der Stellenwert einer schönen Auslage, die magnetische Wirkung des Charmes, die Bedeutung von Loyalität und natürlich die echten Namen und Telefonnummern seiner Kunden – und ihrer Töchter. All diese Frauen waren in erster Linie Kundinnen. Zweitens waren sie eine Richtlinie für die Bedürfnisse der jüngeren, sich verändernden Generation. Drittens waren sie, wenn man sie richtig behandelte, eine elektrisierende Marketingkraft mit impliziertem Potenzial, bei ihren Freundinnen ein Loblied auf ihn zu singen. Schließlich – und das war das Wichtigste – waren sie selbst ein Produkt, ein Objekt der Schönheit und der Begierde, das er begehren, verzehren, genießen und mit dem er, wenn die Sterne günstig standen, einen Drink und idealerweise sein Bett teilen würde.

Die Affäre zwischen Mickey und CeeCee begann wie die meisten Affären – mit leidenschaftlichen Blicken und einer unausgesprochenen Spannung, die sich über Wochen steigerte, bis sie endlich ihren Siedepunkt erreichte. Abschätzende Blicke wanderten vom Mund über die Bluse bis zur Hüfte. Das anerkennende Lächeln verwandelte sich in schmeichelhafte Kommentare, schmeichelhafte Kommentare in zufällige Berührungen der Hand. Und dann – wie üblich – in die Frage nach der Telefonnummer und schließlich ins Unvermeidliche.

Trotz seiner lebenslangen Wertschätzung Frauen gegenüber betörte Miss CeeCee Lopez Mickey am meisten. Er war ein lebenslanger Verfechter der Frauenpartei gewesen, und seine Hingabe an CeeCee stand dem in nichts nach. Seine Verliebtheit in CeeCee wuchs schnell von Bewunderung zu Besessenheit. Noch nie zuvor hatte Mickey so viele Tugenden in einer Frau vereint gefunden: einen schönen, geschmeidigen Körper, ein perfektes Gesicht und die glatteste Haut. Sie war intelligent, schnell von Begriff und besaß obendrein auch noch Humor. Man konnte also sagen, dass Mickey, ein erfahrener Boxer, zu Boden gegangen war.

***

Mickeys Interesse an CeeCee begann wie immer – als einfache Neugierde. Er beobachtete sie wie jede andere Frau, die an seinem Stand stehen blieb, um sein Obst zu begutachten. Er sah, wie sie die prallen Pfirsiche in die Hand nahm, nach Unregelmäßigkeiten an der Oberfläche suchte und ihre Festigkeit prüfte. Während sie das tat, beurteilte Mickey CeeCees eigene Kurven. In seinen Augen sah sie in der figurbetonten kurzärmeligen Baumwollbluse und dem a-förmig geschnittenen Baumwollrock, der sich an einen kräftigen Rücken schmiegte, unwiderstehlich aus. Er spürte das Verlangen, die Begierde, den dringenden Wunsch, sie zu besitzen – wie immer, wenn sich ihm eine faszinierende Chance bot. Doch in CeeCee entdeckte Mickey eine Eigenschaft, von der er nicht gewusst hatte, dass er sie schätzte – einen Sinn für Humor.

»Kann ich Ihnen helfen?«, fragte er.

Sie sah nicht auf. Tatsächlich brauchte sie seine Hilfe nicht. »Nein, danke.« Sie biss nicht an.

»Diese Pfirsiche sind absolut perfekt«, schwärmte er. »Die frischesten, die ich je hatte.«

»Sie sind noch nicht ganz reif«, sagte sie mehr zu sich als zu Mickey. Sie kannte die Tricks des Verkäufers und musste nicht angelockt werden. Als Haushälterin in einem geschäftigen Haus war sie lange Zeit für den Einkauf und die Verwaltung des Wochenvorrats zuständig gewesen. Sie wusste, was sie brauchte, und wollte sich nicht ablenken lassen.

»Ich habe noch eine andere Kiste auf Lager. Soll ich sie vielleicht holen?«

»Nein, danke«, lehnte sie ab.

»Ich habe ein paar schöne Pflaumen. Oder Erdbeeren, frisch aus dem Norden.« Er gab sein Bestes und ließ seinen Charme spielen.

Endlich sah CeeCee von dem Obst zu Mickey auf. Es war offensichtlich, dass sie schnell reagieren musste, um weitere Avancen abzuwehren. Doch als sie ihren Blick hob, war sie überrascht, ein so schönes Gesicht zu sehen. Sein markantes Kinn, die kräftigen Lippen und die raue Stirn erinnerten an einen starken, einladenden Baum. Seine tiefschwarzen, glänzenden Locken wirkten ungezähmt und verführerisch. Er sah nicht jüdisch aus, eher italienisch und eine Spur irisch. Seine kurze Stupsnase und der Mund erinnerten sie an die Würde einiger schwarzer Jazzstars, die sie getroffen hatte. Sie wusste, dass er ihre Herkunft ebenfalls nicht ausmachen konnte. Damit hatten sie etwas gemeinsam.

Mickey seinerseits starrte CeeCee an, überrumpelt von ihrem schönen Gesicht. Die Symmetrie, die mandelförmigen Augen, das einladende Lächeln, der glatte Teint, die strahlend weißen, perfekt stehenden Zähne. War sie Spanierin, Französin? Mit Sicherheit aus einem Land, in dem die Sonne schien.

»Was wollen Sie damit machen?«, erkundigte er sich lächelnd, da er ihr Interesse an ihm bemerkt hatte.

»Einen Pfirsichkuchen«, antwortete sie. »Für eine Kundin meiner Chefin, die aus dem Süden kommt und Pfirsichkuchen liebt.«

»Sind Sie Köchin?«

»Nein, ich mache alles.«

»Alles?« Er lächelte.

»Alles.«

»Das ist nicht fair«, fand er.

»Und warum nicht?«

»Weil ich auch alles will. Erst recht mit einem Mädchen, das alles machen kann.«

»Ich denke … Sie bekommen, was Sie verdienen.« Sie starrte ihn offen an, was ihn wiederum sprachlos machte.

Das Wechseln des Geldes und die Pfirsiche im Hinterzimmer boten ihm nicht nur die Chance, ihre Telefonnummer zu ergattern, sondern auch eine Gelegenheit, die Mickey sich nicht entgehen ließ. Er griff nach CeeCees Hand und schenkte ihr als Zugabe zu den Pfirsichen eine Tüte mit reifen Pflaumen.

»Kommst du morgen wieder?« Obwohl es eine Frage war, klang es wie eine Feststellung. »Dann habe ich noch Besseres für dich.«

CeeCee lächelte und nahm das Geschenk und die Einladung an. Sie drehte sich um und kehrte in ihre Wohnung zurück, um den Kuchen für Constances Besprechung zu backen. Auf dem Weg dorthin lächelte sie, wobei ihr durchaus bewusst war, dass ihr Mickeys Avancen gefallen hatten. Sie spürte seinen brennenden Blick auf ihrem Rücken, als sie fortging.

In der kommenden Woche kehrte sie zurück, voller Neugier auf sein nächstes Angebot. Er lud sie zum Abendessen ein, und in den nächsten drei Jahren verbrachten die beiden kaum eine Nacht getrennt.

Kapitel 13

ETWAS GELIEHENES

New York City, 1930

Harald Forrester-Smith, der ehrwürdige Anwalt der Park Avenue, saß in seinem eichengetäfelten Büro in einem vom Sonnenlicht verblichenen Ledersessel. Kerzengerade thronte er da und schüttelte den großen, wohlgeformten Kopf. Im Profil und mit der Sonne, die auch an diesem Tag auf die staubige Stadt schien, glich er einer Marmorbüste eines herablassenden römischen Kaisers. Während seiner Arbeit als Anwalt hatte er schon vieles erlebt, aber diese Bitte war ihm völlig fremd. Er fuhr sich durch seine beeindruckende, weiße Haarpracht und zog seine dicke goldene Taschenuhr aus der Westentasche. »Offensichtlich unzuverlässig.« Er blätterte durch die Papiere, die man ihm auf den Schreibtisch gelegt hatte. Das war in der Tat eine neue, ärgerliche Generation – impulsiv, fordernd und leichtsinnig. Man hätte denken sollen, der Börsenkrach des Vorjahres habe diese beiden jungen Männer zur Besinnung gebracht. Aber nein, er schien den gegenteiligen Effekt gehabt zu haben. Er sah erneut bestürzt auf seine Uhr in seiner Hand.

Eine halbe Stunde zu spät trafen der schüchterne Van Wyke und seine Unterstützung, der schneidige, dekadente Topper

Stanton, ein und erweckten den Anschein, als müssten sie sich dringend von einer Junggesellenparty erholen. Zumindest hätte das erklärt, warum sie an einem Montagmorgen verkatert waren und nicht direkt von der Arbeit kamen. Harald hatte so etwas schon einmal gesehen und schüttelte erneut den Kopf. Dekadent. Zügellos und betrunken, sonst nichts!

Man entschuldigte sich für die Verspätung, wobei Van in den ledernen Ohrensessel fiel und Topper sein zerknittertes und fleckiges weißes Hemd in die Hose steckte. Van wand sich im Sessel wie ein schuldbewusster Fünftklässler. Man bestellte sogleich starken Kaffee und Tomatensaft, was von einer tüchtigen und strengen grauhaarigen Sekretärin auf einem glänzend polierten Silbertablett serviert wurde. Ihr verächtlicher Blick, als sie den jungen Männern ihre Getränke reichte, löste Harald Forrester-Smiths legendären Ärger aus, während sie sich diese beiden Wracks besahen. Schweigende, vernichtende Blicke wurden ausgetauscht, bis seine Sekretärin schließlich den Kopf schüttelte und naserümpfend auf ihren praktischen und breiten Absätzen kehrtmachte. Deren klackernde Geräusche begleiteten sie auf den Weg hinaus und schienen sie noch weiter zu verfluchen.

»Es tut mir wirklich sehr leid, Harald. Vater würde niemals unsere Verspätung und meinen gegenwärtigen Zustand billigen. Es ist unerhört. Es tut mir wirklich sehr leid.« Zumindest hatte Van gute Manieren, im Gegensatz zu dem reuelosen Playboy Topper Stanton.

»Und was meinen Sie, Mr Stanton?«, fragte er. »Ich gehe nicht davon aus, dass einer von Ihnen in diesem Zustand aus dem Büro kommt?«

»Wir waren gestern Abend tatsächlich mit einem gemeinsamen Kunden unterwegs«, antwortete Van. »Er ist nicht von hier und wollte unbedingt etwas von der Stadt sehen.«

»Und ich bin sicher, ihr beide wart wunderbare Stadtführer.«

»Nun, sagen wir einfach, die Freiheitsstatue war nicht die einzige Frau, die wir ihm gezeigt haben«, scherzte Topper. »Sie wissen ja, was man sagt … ›Andere Länder, andere Sitten‹.« Sie mussten beide lachen.

»Mr Stanton, bitte tun Sie mir einen Gefallen.« Harald fixierte ihn durch seine Drahtbrille.

»Natürlich, Mr Forrester-Smith.«

»Erzählen Sie mir einen Witz.«

»Einen Witz? Ist das Ihr Ernst?«

»Ja, erzählen Sie mir einen Witz.«

Er warf Van einen skeptischen Blick zu. Dann schüttelte er den Kopf und tat, worum man ihn gebeten hatte.

»Okay, wie wäre es mit dem? Ich bin gerade aus Chicago eingeflogen. Mann, sind meine Arme müde.« Van und er brachen in Gelächter aus.

»Das soll also Ihr Witz sein?«

»Ja, Sir.«

»Nun, Mr Stanton. Es ist offensichtlich, dass Sie sich als Komiker niemals Ihren Lebensunterhalt verdienen werden. Sie besitzen nicht das Talent eines Mr Chaplin oder Buster Keaton. Deshalb würde ich Ihnen dringend raten, ernsthafter zu werden. Und für das Protokoll, Van, ich war auch einmal jung, aber trink bitte einen Kaffee und komm zur Besinnung. Ihr beide müsst wichtige Entscheidungen treffen, und dafür müsst ihr hellwach sein.« Er schüttelte so energisch den Kopf, dass etwas Spucke aus seinem Mundwinkel flog.

»Ja, natürlich. Es tut mir leid. Uns beiden tut es leid. Nicht wahr, Topper?« Van warf Topper einen Blick zu, und dieser nickte.

»Entschuldigung angenommen. Wie Ihr wisst, wurde ich sowohl von euren beiden Eltern als auch für den Nachlass deiner verstorbenen Mutter als Treuhänder eingesetzt, Van. Da ich weiß, dass ihr sehr enge Freunde seid, möchte ich, auch wenn es etwas unorthodox erscheint, mit euch beiden gemeinsam offen sprechen. Zumal eure Eltern mich dazu gedrängt haben und ich für jeden von euch als Treuhänder fungiere. Ist das für euch in Ordnung?«

»Ja, natürlich. Wir haben keine Geheimnisse voreinander.«

»Gut. Zunächst möchte ich euch beiden zu euren jüngsten Verlobungen gratulieren. Es ist äußerst ehrenwert, dass ihr die Liebe gefunden habt, und hoffentlich werdet ihr durch die Institution der Ehe sesshaft werden. Ich weiß, dass ihr jungen Leute heutzutage in einer anderen Welt lebt. Aber ihr sollt wissen, dass die Ehe nichts ist, was man auf die leichte Schulter nehmen sollte. Es ist die wichtigste Entscheidung, die man im Leben trifft. Sie hat weitreichende Auswirkungen auf Familie und Kinder. Welchen moralischen Charakter hat die junge Dame und so weiter ... Ich persönlich halte nichts von Eheverträgen bei der ersten Heirat. Ihre Eltern haben mir gesagt, dass Sie keinen mit Lally haben werden, Topper. Aber, Van, zum ersten Mal in all den Jahren werde ich mit einer solchen Situation konfrontiert. Und ich muss sagen … ich bin ratlos.« Er wedelte mit seiner runzeligen, adrigen Hand durch die Luft.

»Und wieso das?«, wollte Van wissen.

»Nun, ich habe junge Männer und deren Familien, für die ich einen Ehevertrag aufsetzen soll, bevor ihr Sohn jemand Ungeeignetes heiratet, wie zum Beispiel ein Revuegirl. Aber ich hatte noch nie einen Fall, in dem eine junge Frau … in diesem Fall namens … « – er warf zur Bestätigung einen Blick auf die Papiere – »Constance Gardiner und ihr Anwalt uns tatsächlich darum bitten, ihr einen Ehevertrag vorzulegen, der alle deine Rechte und Ansprüche auf ihr Unternehmen, Gardiner Cosmetics, im Falle einer Scheidung ausschließt. Ist das korrekt?«

»Ja, Sir.«

»Van, das wirft so viele wichtige Fragen auf. Bist du dir bewusst, dass du eine Geschäftsfrau heiratest? Es gibt keine Geschäftsfrauen. Bist du dir im Klaren darüber, dass deine Frau nach eurer Heirat arbeiten will und dass du bei einer Scheidung keine Rechte oder Ansprüche auf ihr Unternehmen haben wirst? Van, hast du gelesen, worauf du dich einlässt?«

Vans Gesicht lief dunkelrot an. »Ich bin mir dessen sehr wohl bewusst. Constance ist eine brillante junge Geschäftsfrau, und das ist einer der Gründe, warum ich sie so … interessant finde. Ihre Firma macht bereits mehrere hunderttausend Dollar Umsatz.«

»Das mag sein, aber als dein Treuhänder muss ich dich das fragen: Will ein Mann mit einer Frau verheiratet sein, die arbeitet? Lally zum Beispiel bezieht ein kleines Einkommen aus einem Treuhandfonds. Sie kommt aus einer vornehmen, angesehenen und respektierten Familie und wird nicht arbeiten. Bist du dir bei dieser Frau wirklich sicher, Van?«

»Ja, absolut, Harald.«

»Er versteht das«, mischte sich Topper ein. »Van ist derjenige, der nicht arbeiten will. Diese Ehe ist im Himmel gestiftet.« Die beiden Männer lachten laut.

»Ich halte das für alles andere als lustig. Was ist, wenn ihr Kinder bekommt? Meinst du nicht, dass diese Situation für sie sehr verwirrend sein könnte?«

»Ich gehe davon aus, dass wir Kindermädchen haben werden. Meine Mutter war auch kaum da.« Van zuckte mit den Schultern.

»Deine Mutter war eine angesehene Gastgeberin und spielte Bridge.«

»Ja, sie besuchte viele Partys und gab selbst auch mehr als genug. Und sie spielte sehr oft Karten. Sie war kaum da. Was macht es für einen Unterschied, ob eine Frau ständig wegen irgendwelcher Kartenpartien oder Kosmetikterminen nicht da ist?«

»Das ist ein großer Unterschied.«

»Welcher denn?«

»Deine Mutter hat nicht gearbeitet. Sie wurde in ihren Kreisen für ihre zahlreichen Talente bewundert.«

»Harald, bei allem Respekt, ich bewundere Constance für ihre Intelligenz, nicht für ihren Punktestand beim Bridge oder Golf. Und sie ist wunderschön und, wenn du es genau wissen willst, es hat noch niemals eine Frau ihres Kalibers Interesse an mir gehabt.«

»Du weißt um den Namen Wyke und sein Erbe sowie das Prestige, das er mit sich bringt?«

»Ja, aber mein Aussehen bringt mir nicht viele Verehrerinnen ein«, meinte Van und senkte den Blick.

Harald Forrester-Smith verstand, was er damit sagen wollte, als er die beiden jungen Männer betrachtete: der attraktive Topper und der vorzeitig kahl gewordene und pummelige Van. Trotzdem musste er weitermachen. »Van, bist du dir wirklich sicher?«

»Ich war mir einer Sache nie so sicher. Es ist ihr Unternehmen, und wenn sie es beschützen will, dann soll es so sein.«

»Nun, ich hoffe, sie weiß deine fortschrittlichen Ansichten zu schätzen. Ich bestehe jedoch darauf, dass sie, wenn du ihren Ehevertrag unterschreibst, auch einen für dich unterschreibt, dass dein Treuhandfonds dir gehört, wenn die Ehe scheitert. Was dem einen recht ist …«

»Ich denke, das ist fair. Danke, Harald. Das ist ein sehr guter Ratschlag. Aber alles, was nach der Hochzeit kommt, zählt halbe-halbe, auch die Kinder.«

»Gut. Und nun zu Ihnen, junger Mann.« Er sah zu Topper. »Setzen Sie sich aufrecht hin und lümmeln Sie nicht so herum.«

»Ja, Sir.«

»Können wir Ihre Situation vor Van diskutieren?«

»Ja, Van weiß über alles Bescheid.«

»Gut«, seufzte er. »Sie wissen, dass Ihr Vater mit mir gesprochen hat und dass Ihr Fonds seit dem Börsenkrach nicht mehr besteht?«

»Ja, natürlich.«

»Weiß Lally es?«

»Ich bin mir nicht sicher.« Er sah weg und wurde plötzlich sehr ernst.

»Nun, ich schlage vor, Sie sagen es ihr, bevor Sie vor den Altar treten. Das arme Kind muss die Wahrheit erfahren, bevor Sie heiraten, Topper. Alles andere wäre ihr gegenüber nicht fair.« Er machte eine effektvolle Pause. »Ich kenne Sie, seit Sie ein kleiner Junge waren. Ich werde Ihnen sagen, wie ich die Sache sehe. Sie haben alles: Aussehen, Persönlichkeit, gute Erziehung. Aber, junger Mann, Sie sind faul. Und wenn ihr beide nicht im Voraus über eure tatsächlichen Gegebenheiten, eure Erwartungen nachdenkt, erweist ihr diesen jungen Damen tatsächlich einen wahren Bärendienst. Habe ich mich klar ausgedrückt?«

»Ja, Sir, danke.« Sie nickten beide.

»Und wann werden die Hochzeiten stattfinden?«

»Topper und Lally werden Weihnachten in Locust Valley eine große Hochzeit feiern. Constance will kein großes Fest, also werden wir im Rathaus heiraten und anstelle von Flitterwochen ein paar Tage im Breakers verbringen. Topper wird natürlich mein Trauzeuge sein.«

»Und umgekehrt«, fügte Topper hinzu.

»Es freut mich, dass ihr so enge Freunde seid. Ich möchte klarstellen, dass ich nicht die Absicht hatte, einem von euch die Laune zu verderben. Dennoch hoffe ich, dass ihr beide ernsthaft darüber nachdenken werdet, was ich gesagt habe. Ich habe schon gute Ehen aus nichtigeren Gründen scheitern sehen.«

»Vielen Dank, ich weiß deinen Rat und deine Offenheit sehr zu schätzen.« Van sah Harald in die Augen. »Und danke für den Kaffee. Es geht mir jetzt schon viel besser.«

»Ich versuche stets, das Richtige für eure Familien zu tun«, antwortete dieser.

»Du hast deine Pflichten mehr als erfüllt.« Sie standen auf und schüttelten seine Hand, bevor sie aus dem Büro und an seiner missbilligend schnaubenden Sekretärin vorbeigingen.

Als der Chauffeur die Tür des Packards öffnete, der Vans Vater gehörte, ließen sich die beiden jungen Männer auf den Rücksitz fallen, brachen in hysterisches Gelächter aus und zogen die Ginflaschen heraus, die sie versteckt hatten.

»Ein Schluck gegen den Kater«, prosteten sie sich zu.

Dann ahmten sie abwechselnd manche Sätze von Harald nach, was zu noch mehr Toasts, Gelächter und Gingenuss führte.

»Alter Narr. Ich werde dir sagen, wie ich es sehe ...« Topper grinste. Seine strahlend weißen Zähne und die gebräunten rosafarbenen Wangen suggerierten ewige Jugend und Schutz vor den Launen des Lebens.

»Wir heiraten beide Frauen wegen ihres Aussehens und ihres Geldes und so weiter.« Sie brachen in ohrenbetäubendes Gelächter aus. »Und sie heiraten uns wegen unseres ehrwürdigen Namens, wie man sie erzogen hat.«

»Prost. Auf die Mädchen.«

»Auf die Mädchen!« In diesem Moment bat Van seinen Fahrer anzuhalten. Der Wagen stoppte gerade noch rechtzeitig am Bordstein, damit Van sich übergeben konnte. Topper folgte seinem Beispiel.

Kapitel 14

LONDON RUFT

London, 1930

Josephine lief in ihrem elegant eingerichteten und neu angemieteten Büro in Belgravia hin und her und studierte den Brief ihrer Schwester Sybil mit angemessener Sorgfalt. Nachdem sie ihn ein zweites Mal gelesen hatte, legte sie ihn gefasst auf ihren antiken französischen Schreibtisch. Dabei verfing sich ihr Haute-Couture-Kleid von Vionnet in einer Bronzeverzierung und hinterließ eine Laufmasche im Rock, die sie zu glätten versuchte – trotz der Neuigkeiten. Das Stadthaus, das sie von einem verarmten Lord gemietet hatte, der bei dem Börsenkrach bankrottgegangen war, war völlig überladen und schien mit seinen Plüschteppichen und kunstvollen Vertäfelungen jegliche Gefühle im Keim zu ersticken. Das Haus vermittelte wahre Größe, sah man von den drei oder vier »Löchern an den Wänden« ab, verblasste leere Plätze, an denen man vor Kurzem ein oder zwei Reynolds abgehangen und verkauft hatte. Zur Beruhigung goss sie sich ein kleines Glas Schnaps ein. Ihre brennenden Augen zuckten kurz, während sie den Inhalt des Schreibens und die Flüssigkeit verdaute. Als sie den letzten Tropfen hinuntergespült hatte, nahm sie das Gläschen und schleuderte es in den Kamin, wo es in messerscharfe Scherben explodierte.

Keine vorübergehende Affäre! Kaum ein Jahr war vergangen, und Jonathan unterhielt bereits eine schwangere Geliebte in Melbourne. Und das mit ihrem Geld!

Obwohl sie wusste, dass sie Jon nach Australien verbannt und sich im Prinzip körperlich von ihm getrennt hatte, machte das für sie kaum einen Unterschied. Jon Blake war ein *Khamer*, ein Betrüger und ein Idiot. Sie arbeitete Tag und Nacht für sie, für ihn, für sie beide und für das Kind, das bald geboren werden würde, und er hatte sie betrogen. Er hatte ihre einfachen Träume zunichtegemacht. Nur weil er faul war, ein *Shikker*, ein Trinker. Ein gut aussehender Taugenichts! Doch sie war auch eine Närrin gewesen, weil sie seine ständigen Bitten um immer mehr Geld nie infrage gestellt hatte. Die Scham war unermesslich, denn sie wusste, dass ihr Onkel und ihre Tante diese Neuigkeit genießen würden.

Jonathans eigener Brief mit einer umfangreichen Entschuldigung traf wenige Tage später ein. Er habe körperliche Bedürfnisse und sie diese Situation überhaupt erst geschaffen. Sie sei grausam und ihm keine Ehefrau. Trotzdem schrieb er, wie dumm er gewesen sei, wie entsetzt er sei und wie sehr er es bereue. Ein Mädchen aus der unteren Gesellschaftsschicht, das in einer Kneipe bediene und ihm nichts bedeute, habe ihn verführt und in eine Falle gelockt. Er würde alles tun, flehte er, um die Ehe zu retten. Er liebe seine Frau, habe Ehrfurcht vor ihr und noch nie jemanden wie sie getroffen. Und er sehne sich danach, eines Tages sein einzig wahres Kind zu sehen, den Sohn oder die Tochter, den oder die sie unter ihrem Herzen trug. Er habe dem Mädchen Geld gegeben, damit es die Stadt verlassen könne. Er würde sie oder das Kind niemals wiedersehen. Sie bedeuteten ihm nichts. Er sei ein Narr und betrunken gewesen und gelobe Besserung. Josephine entschied sich für die Reaktion, von der sie wusste, dass sie am meisten wehtun würde: Schweigen. Sie würde ihm weder schreiben noch mit ihm telefonieren oder ihm seinen Unterhalt schicken. Sie würde warten, bis ihr eigenes Baby geboren war, um zu sehen, ob sie noch Gefühle hatte.

Sybil würde zur Geburt kommen. Sie würde Jons Platz einnehmen. Er musste in Australien bleiben und den Betrieb mitüberwachen, wollte er jemals eine Chance auf Versöhnung haben. Sie hatte gerade ihre mittlere Schwester Raisel – die sich nun Rachel nannte – nach Australien geschickt und Sybil ausgebildet, damit sie sich um das Geschäft in Melbourne kümmerte. Josephines Vater hatte ihr einmal erzählt, dass der erste Mayer-Rothschild seine fünf Söhne über ganz Europa verteilt hatte, um eine internationale Bankiersfamilie zu gründen. Josephine hatte diesen kleinen Hinweis nie vergessen. Nur Chana, die noch zu jung zum Reisen war, blieb bei ihrer Mutter.

Während Jonathans Sohn zu früh geboren wurde, kam Josephines zu spät auf die Welt – als habe er nicht aus einer so mächtigen Lebenskraft befreit werden wollen. Natürlich arbeitete Josephine bis zur letzten Minute im Geschäft in Mayfair und rief Sybil an, damit sie ihre Aufgaben im Geschäft übernahm, als die Wehen einsetzten. Sie betrat das Krankenhaus zur Entbindung mit der gleichen Effizienz wie ihr Lager, um die Nachbestellungen zu bearbeiten.

Acht Tage später versammelte sie sich mit Sybil und einigen neuen Freunden, die ihrer Religion und ihrem Geschäft »freundschaftlich gesinnt« waren, zu einer kleinen Beschneidung. Insgeheim wusste sie, dass ihr Geschäft zwar gut lief, es aber trotzdem schwierig war, sich Zutritt zu den Londoner Kreisen zu verschaffen, weil sie noch nicht in den Kern der gehobenen Kundschaft eingedrungen war. Doch so langsam kam sie mit einigen wenigen modischen Frauen ihrer Art voran: Lady de Rothschild, eine beeindruckende neue

Kundin, die viele Freundinnen zur Hautbehandlung geschickt hatte, und Madame Marks, deren Ehemann, Michael Marks, Mitbegründer des Kaufhauses Marks & Spencer, ein polnischer Jude war und freundlicherweise den Mohel empfohlen hatte, der die rituelle Beschneidung durchführen würde. Während der Zeremonie weinte Sybil um ihren Vater, der Jahre zuvor der Grippeepidemie zum Opfer gefallen war, als der Rabbiner dem Jungen seinen jüdischen Namen Menachim Ephraim gab und sowohl ihren Vater Menachim als auch Jonathans Großvater Frank ehrte. In letzter Minute, gerührt von den glasklaren blauen Augen des Kindes und der Erinnerung an ihr ursprüngliches Versprechen, hatte Josephine beschlossen, auch Jonathans Seite zu berücksichtigen.

»Ich breche niemals mein Wort«, erklärte sie, als Sybil ihr zu der Geste gratulierte. In der höflichen englischen Gesellschaft würde der Junge jedoch Miles Frank Blake-Herz heißen.

Zwei Tage später arbeitete sie wieder, und einen Monat später hatte sie sich auf ihre ursprüngliche Figur gehungert. Unter Zuhilfenahme einer großen Auswahl an fähigen britischen Kindermädchen stellte Josephine fest, dass ihre Wut und Leidenschaft für die Arbeit gerade erst begonnen hatte.

***

Die Türglocke gab den subtilen und herrlichen Hinweis, dass ein Kunde hereinkam. Es war Josephines Lieblingsgeräusch – neben dem vom Öffnen und Schließen der Kassenlade und dem Geräusch ihrer Mitarbeiterinnen, die das Wechselgeld herausgaben. Es klingelte zweimal, und ein schlanker, blonder Gentleman Ende zwanzig trat ein.

»Madame Herz, bitte«, verlangte er.

»Ich kann Ihnen ebenfalls weiterhelfen, Sir«, meinte die Filialleiterin, da Josephine gerade mit dem Zählen der

Tageseinnahmen beschäftigt war. Sie begutachtete den teuren Anzug des Mannes.

»Nein, danke, ich möchte ausschließlich mit Madame Herz sprechen.« Er schien sich in der Umgebung der Frau etwas unwohl zu fühlen. »Ich kann später wiederkommen, wenn sie momentan nicht hier ist«, sagte er und spielte mit seinem goldenen Siegelring.

»Nein, sie ist hier. Ich werde sie für Sie holen, Mister …?«

»Cavendish. Vielen Dank.«

»Gern, Sir.« Sie lächelte schwach und war etwas enttäuscht, dass sie die Chance vertan hatte, ihn zu bedienen.

Wenige Augenblicke später strich Josephine ihren Rock glatt und betrat den Verkaufsraum.

»Ja, Mr Cavendish, wie kann ich Ihnen helfen?« Sie bemerkte, dass er angesichts ihres jugendlichen Aussehens ein wenig erschrak. Sie war über seines ebenfalls erstaunt. Josephines Lippen und Gesicht wirkten voller und ihre Figur seit der Geburt üppiger, und sie war sich dessen bewusst.

»Ich … nun, das ist etwas unhöflich …«, stammelte er.

»Reden Sie ruhig weiter, ich bin keine richtige englische Dame«, ermutigte ihn Josephine. Sie ahnte, weshalb er hier war. Schließlich kam es nicht zum ersten Mal vor.

»Meine Freundin, Mrs de Lorraine, ist eine Kundin von Ihnen und hat mir von einer speziellen Creme erzählt, die Sie ihr gegeben hatten, für …« – er zögerte kurz – »indiskrete … *Momente.*« Er schaute nach unten.

»O ja.« Josephine registrierte seine geröteten Wangen und erlaubte sich einen kleinen Scherz mit dem gut erzogenen jungen Mann.

»Ja, ich gebe sie nur an meine besten Kundinnen weiter. Um die Schmerzen beim Geschlechtsverkehr zu lindern.« Sie schockierte ihn bewusst mit dieser offenen Wortwahl über den sexuellen Akt. Keine Dame der höheren Gesellschaft würde jemals mit einem ihr unbekannten Mann über Sex sprechen, ohne beschönigende Beschreibungen zu verwenden.

»Würden Sie … ich meine … könnte ich … ähm … etwas von dieser speziellen Creme kaufen?«, bat er.

»Warum sprechen Sie nicht Mrs de Lorraine an?«, schlug Josephine grinsend vor. Sie wusste, dass Lianne de Lorraine eine gut bezahlte Kurtisane und bei den hochrangigen jungen Adligen der Stadt sehr beliebt war.

»Nun, es ist so, dass Mrs de Lorraine und ich … nicht mehr miteinander vertraut sind. Und ich möchte diese Creme einer anderen Dame schenken. Eine Freundin, die … Schmerzen zu haben scheint«, flüsterte er und errötete bei dem Gedanken an die Leidensgenossin erneut.

»Normalerweise tue ich das nicht.« Josephine wandte sich abrupt ab, kehrte in den Lagerraum zurück und nahm zwei kleine, dunkelblaue Flakons mit einem speziellen Gleitmittel heraus, das sie aus Mineralöl und einem Schuss Olivenöl hergestellt hatte. Sie hielt ihren Sonderbestand geheim und gab ihn nur als besonderes Geschenk an Kundinnen heraus, die unter Eheproblemen oder den Unannehmlichkeiten der Menopause litten. Mit den Flakons in der Hand kehrte sie in den Laden zurück und packte sie in eine kleine, mit Seidenpapier ausgelegte Einkaufstüte.

»Mr Cavendish, Sie müssen wissen, dass ich sie nicht verkaufe. Ich gebe sie nur meinen Kundinnen, wenn ich erfahre, dass sie Probleme haben.« Josephine wollte klarstellen, dass sie nicht im Bereich sexueller Hilfsmittel tätig war.

»Ich danke Ihnen vielmals.« Er sah sich in dem beeindruckenden Geschäft um, das über eine Reihe hochwertiger Schönheitscremes und Kosmetika verfügte und mit einem neu eröffneten Behandlungsraum für europäische Massagen und Gesichtsbehandlungen sowie einem Friseurbereich ausgestattet war.

»Es war mir ein Vergnügen.« Sie reichte ihm die kleine lilafarbene Tasche.

»Wie viel schulde ich Ihnen, Madame Herz?« Zu Josephines Freude wischte sich der junge Mann den Schweiß von der Oberlippe.

»Nichts.«

»Sind Sie sicher?«, erkundigte er sich ein wenig unsicher.

»Ja. Schicken Sie einfach Ihre neue Freundin zu mir. Ich lege meine Karte in die Tasche. Und sagen Sie ihr, sie soll nach mir fragen, Mr Cavendish. Ich werde mich um all ihre Bedürfnisse kümmern.« Sie schwieg einen Moment. »Und um Ihre. Da Sie scheinbar mit einem größeren Problem zu kämpfen haben«, bemerkte sie keck, weshalb er zweimal blinzeln musste, während sie auf seine Hose herabsah.

»Danke, Madame Herz.« Er schien erleichtert und küsste ihre Hand. »Darf ich Ihnen eine unverschämte Frage stellen?« Er richtete seine Seidenkrawatte und starrte auf ihren üppigen Busen.

»Natürlich. Meiner Meinung nach gibt es keine unverschämten Fragen.«

»Gibt es einen Mr Herz?«

»Nein, technisch gesehen nicht mehr.«

»Was soll das heißen?«

»Das heißt, dass ich mich noch nicht entschieden habe.«

»Ich verstehe.« Er nickte. »Ich hoffe sehr, Sie bald wiederzusehen, Madame Herz.« Er sah sie mit festem Blick an, bevor er zur Ladentür ging und sie öffnete. »Ich wusste nicht, wie schön die Frau hinter dem Schönheitsgeschäft ist.« Er verbeugte sich leicht und ließ eine errötete Josephine zurück, während sich die Tür hinter ihm schloss.

»Nun, das war interessant.« Josephine schien von der Begegnung ein wenig überwältigt zu sein. »Ich frage mich, wer er ist.«

»Madame Herz, das wissen Sie nicht? Das ist Viscount Cavendish. Der Herzog von Cambridge. Er ist ständig in den Zeitungen … und der Vierte in der Reihe für den Thron, müssen Sie wissen.«

»Wirklich? Nun, er war der Erste in der Reihe für das Gleitmittel bei Herz Beauty.« Sie mussten beide laut lachen.

Am nächsten Tag erhielt Josephine eine persönliche Nachricht und eine Einladung, mit dem Herzog in seinen privaten Gemächern zu speisen. Vor einem Monat noch hätte sie diese Einladung niemals akzeptiert, doch nun beschloss sie, dass sie noch immer eine Frau war und, was noch wichtiger war, dass es gut für das Geschäft sei. Innerhalb weniger Wochen wurde hinter vorgehaltener Hand getuschelt, Josephine sei die Geliebte des Herzogs von Cambridge, und was noch besser war, jede modebewusste Dame in London war plötzlich ihre Kundin.

Kapitel 15

DIE KAISERIN

London, 1932

In einem opulenten und dennoch unaufdringlichen edwardianischen Zimmer in einem großen Stadthaus vor den Toren Mayfairs war Josephine obenauf. Im wahrsten Sinne des Wortes. Sie ritt Cavendish wie einen Hengst, während er wieherte und wie ein Esel schrie.

»Ich muss das verdammte Radio ausschalten. Es ruiniert meine Stimmung.« Der Herzog stand auf und ging splitterfasernackt zu dem im Art-déco-Stil gehaltenen Holzkasten und schaltete schnaubend den Nachrichtensender ab. »Das ist das Letzte, worüber ich beim Sex etwas hören will … dieser verrückte Churchill, der über die Gefahren der deutschen Aufrüstung spricht. Das ruiniert doch jede Stimmung.« Er stöhnte auf, als Josephine seinen großen, schlanken Körper bewunderte, der so weiß, rosa und blond war. Sein unbeschnittener Penis kam ihr ein wenig seltsam vor, doch sie ignorierte den zusätzlichen Hautlappen zugunsten einer Verbesserung ihrer geschäftlichen und gesellschaftlichen Ziele.

Ist doch egal, dass er einen zusätzlichen Hautlappen hat, sagte sie sich, *ich habe einen zusätzlichen Hautlappen im Gehirn*. Sie genoss diesen Witz im Stillen und beschloss, ihn Sybil zu erzählen, die sicherlich beschämt reagieren würde.

»Aber von dir, meine Liebe, von meiner großartigen Jüdin kann ich nicht genug bekommen.« Er ließ den Blick über Josephine gleiten, die auf dem Bett lag, über ihren weiblichen Körper und die hohen, vollen Brüste, die so wollüstig wirkten, dass er dachte, sie sei wie geschaffen für Sex. Doch es war Josephine, die die Kontrolle übernahm, im Gegensatz zu den gut erzogenen englischen Damen, die er kannte und die alle so passiv waren. Und das war das Geheimnis, das seine Leidenschaft entfachte, das seine Lust weckte, wenn sie die Stellungen bestimmte und einfache, aber strenge Forderungen stellte.

»Auf den Rücken, Kleiner.«

Er ließ sich sogleich auf ihr nieder und bekam einen kleinen Schlag von ihrer Hand versetzt.

»*Venn* du nicht gehorchst, bekommst du nichts«, schimpfte sie. »Auf den Rücken …« Josephine lächelte und sah zu, wie er – wie die meisten Männer – ihren Wünschen gehorchte. Josephine dominierte in ihrem Geschäft wie im Schlafzimmer. Sie schwang sich auf ihn und machte sich zu seiner Freude an die Arbeit, wobei ihr schmaler Rücken leicht feucht vor Schweiß wurde.

»Weißt du, Darling«, sagte er später, »ich bekomme einfach nicht genug von dir. Du bist nicht wie die anderen Mädchen. Ich darf dir nicht mal ein Schmuckstück kaufen.«

»Ich kaufe dich, Duke«, erwiderte sie unverblümt.

Er lachte. »Weißt du, du hast die Haltung einer Kaiserin.« Er warf sein blondes Haar zurück. »Und wenn ich deinen Geruch in Flaschen abfüllen könnte, würde ich das tun.«

»Danke, Darling. Und du solltest besser keinen Lachs essen, bevor du dich mit mir triffst«, bemerkte sie.

In diesem Moment hatte Josephine eine Offenbarung, eine Art Heureka-Moment. Ein Duft. Das war es, was in ihrem Sortiment noch fehlte. Der Stern, der am Herz-Firmament fehlte. Ein Duft für die Marke. Cavendish hatte ihr die nächste Idee geliefert. Genauso gut hätte er sie mit Gold bezahlen können.

»Hör zu, Darling.« Josephine stand auf und schlüpfte in ihren schwarzen Spitzen-BH. »Ich denke, es ist an der Zeit, dass wir uns verabschieden.« Ihre Stimme verriet kein Gefühl.

»Verabschieden? Ich bin doch gerade erst gekommen.« Cavendish richtete sich auf. So leicht würde er sie nicht gehen lassen. Er hatte noch nie eine Frau wie Josephine Herz getroffen. Intelligent, gerissen und anziehend. Sexy und originell. Natürlich konnte er sie nicht heiraten. Sie war bereits verheiratet und gehörte nicht der anglikanischen Kirche an. Doch das hinderte ihn nicht daran, sie zu begehren. Im Gegenteil, er hatte noch nie jemanden so sehr begehrt.

»Hör zu, Darling.« Sie ließ sich von ihm mit dem Verschluss ihres Cartier-Armbandes helfen, dessen Diamanten im Baguette-Schliff in einem faszinierenden geometrischen Muster angeordnet und mit Smaragd-Cabochons besetzt waren. Sie hatte es sich selbst geschenkt. »Mein Mann kommt nach London. Miles braucht einen Vater, und ich habe beschlossen, ihm zu vergeben.«

»Wann kommt der Kerl an?« Cavendish dämmerte die Erkenntnis, dass das Ende seiner Lieblingsaffäre kurz bevorstand.

Josephine betrachtete ihn und bewunderte seine perfekten Gesichtszüge. Sein schöner rosig-frischer Teint, wie ihn eher eine Milchmagd als ein Mann besaß. Seine perfekt geformte muskulöse Brust, sein straffer Bauch. »Am Freitag.«

»Ich verstehe.« Er trat auf sie zu und schlang die Arme um sie. »Ich habe noch nie eine Frau wie dich getroffen und werde es auch nie tun.«

»Doch, das wirst du. Es gibt inzwischen viele von uns.« Sie war gerührt, aber gleichzeitig auch ein wenig bestürzt über seine romantische Seite.

»Nein, meine Liebe, du bist einzigartig.«

»Ja, das ist wohl wahr.« Josephine sah in den runden Art-déco-Spiegel und trug ihren persönlichen Lippenstift auf.

»Kann ich dich weiterhin sehen? Nachdem er angekommen ist – für ein Rendezvous?« Er nahm sein weißes Hemd vom Holzbügel und zog es langsam an.

»Sobald er hier ist, bin ich wieder Sadie …« Sie lächelte schwach.

»Sadie?« Er schien verwirrt.

»Sadie, die verheiratete Dame.« Sie verdrehte die Augen, und er lachte. »Keine Angst, einen deiner Wünsche kann ich dir noch erfüllen.« Sie küsste ihn.

»Welchen?«

»Das wirst du schon sehen«, antwortete sie geheimnisvoll. Sie ging zur Tür, drehte sich noch einmal um, als er ihr wie ein Welpe folgte, und gab ihm einen letzten, unglaublich gefühlvollen Kuss.

In den kommenden sechs Monaten wies Josephine alle Einladungen zurück – trotz seiner Besuche im Laden, bei dem er sie um ein Rendezvous bat. In der Zwischenzeit machte Jon Blake es sich mit Miles im Stadthaus gemütlich. Ihre Versöhnung war sehr zivilisiert und im Interesse ihres Sohnes verlaufen, da sie ständig arbeitete. Josephine konzentrierte sich in den nächsten Monaten auf die Entwicklung eines einzigartigen Parfums. Als sie damit fertig war und den Duft sowie die Verpackung abgesegnet hatte, schickte sie einen in Seidenpapier eingeschlagenen Musterflakon mit einer Nachricht an den Duke.

Cavendish sah die kleine, unverwechselbare Tasche mit dem Logo von Herz Beauty, als ihm sein Lakai das Paket brachte. Hastig öffnete er das Geschenk und den Brief. Das war typisch

Josephine, dachte er, als er an seinem Arbeitstisch saß und las, was sie in ihrer geschwungenen und doch kräftigen Handschrift geschrieben hatte.

»Verehrter Duke, du hast dir gewünscht, meinen Geruch in Flaschen abzufüllen. Hier ist er.« Er packte den mattierten Flakon ihres neuen Dufts aus und starrte ihn kopfschüttelnd an. Zu so etwas war nur Josephine fähig. Er lächelte und gab ein wenig *Parfum* auf das Handgelenk. Es war so stark und feminin, dass er bei dem unverwechselbaren Geruch fast ins Schwärmen geriet.

Ganz zu schweigen vom Namen ihres neuen Dufts.

Empress Josephine, Kaiserin Josephine.

Kapitel 16

HOLLYWOOD-TRÄUME

New York City, 1933

Ein farbenprächtiger Himmel hing über der Stadt, obwohl es erst Anfang Mai war. Manchmal ließ sich scheinbar sogar New York City davon anstecken. Aus den Birnbäumen, die jeden April wie ein weißes Feuerwerk erblühten, hätten ebenso gut Palmen sprießen können. Es schien, als wären alle gerade einem Garbo-Film entstiegen, und Josephine Herz – geborene Josiah Herzenstein – wäre verdammt, würde sie aus diesem Modetrend kein Kapital schlagen.

Eine junge, gepflegte Frau war die Erste, die ihren neu eröffneten, nach ihr benannten Salon in der Fifth Avenue mit ihrer Anwesenheit beehrte. Mit dem blond gefärbten, in Wellen gelegten Haar, dem üppigen Busen und den prallen, sinnlichen Lippen besaß ihre neue Kundin alles, um jeden Mann in der Stadt zu verführen und zur lohnenden Einnahmequelle für ihren Kosmetiksalon, in diesem Fall »Herz Beauty«, zu werden. Sie ließ sich wie ein Schmetterling auf dem gepolsterten Lederstuhl des Salons nieder und klimperte mit den Wimpern, als könnten auch sie aus ihrem Gesicht flattern.

»Ich will *dickare*«, jammerte sie. Ihr Brooklyner Akzent hätte mit einem Schlag jede Chance zerstört, stünde sie als Schauspielerin vor dem Übergang des Stummfilms zum Tonfilm.

Josephine nickte und griff in ihrem Arsenal nach der beliebten Feuchtigkeitscreme von Herz, die einen taufrischen Teint versprach. Sie schraubte das Glasgefäß auf, lehnte sich über ihre Kundin und trug sie in sanften Kreisbewegungen auf deren Wangenknochen auf.

»Nein!« Die Kundin schlug ihre Hand weg, als wollte sie eine lästige Fliege verscheuchen. »Nicht meine Haut. Meine Wimpern.«

»Oh.« Josephine zog die Hand zurück und hielt über dem Gesicht ihrer Kundin inne, als schwenke sie einen Löffel über einen kochenden Topf.

»Ich will dickere Wimpern«, betonte die Blondine. »Wie Gloria.«

»Gloria?«, wiederholte Josephine verwirrt.

»Swanson!«, antwortete die Kundin leicht verärgert, weil man sie offensichtlich nicht verstand, und schüttelte den Kopf.

»Ah, ja.« Josephine steckte den Glastiegel zurück in die Tasche an ihrer Hüfte und griff nach einem Reißverschlussmäppchen. »Es gibt zwei Möglichkeiten für dichtere Wimpern: Färben oder Kleben.« Sie zog zuerst ein kleines schwarzes Farbkästchen und einen angefeuchteten Pinsel zum Auftragen der Farbe hervor, dann ein Plastikdöschen mit Wimpern, die an Spinnenbeine erinnerten. Diese präsentierte sie der Frau so, als wären es Juwelen. Schließlich griff sie nach der Tube mit dem Kleber.

Die Augen der Blondine wurden immer größer. Sie schüttelte den Kopf und fuhr in dem Stuhl hoch. Wie eine Genesende, die von den Toten auferweckt wurde. »Sie wollen sie mir aber nicht ankleben, oder?«

Josephine atmete tief durch. »Was glauben Sie denn, wie Frauen dichtere Wimpern bekommen?«, fragte sie zurück. »Gäbe es ein Getränk, das man trinken könnte, damit sie *vachsen*, würde ich es Sie *vissen* lassen«, meinte sie in ihrem polnisch angehauchten Englisch.

»Ich dachte nur …« Verstimmt griff die Kundin in ihre Handtasche und zog einen zerknitterten Zeitungsausschnitt hervor. Sie entfaltete ein strahlendes, wenn auch faltiges Bild von Gloria Swanson, dem Glamourgirl Hollywoods, aus der neuesten Ausgabe eines Kinomagazins. Die Lippen hatte sie wie eine wütende Prinzessin zu einem Schmollmund verzogen. Sie besaß die Stirn einer ägyptischen Göttin und deren unverwechselbaren Schönheitsfleck sowie die Wimpern einer Raubkatze. »So« – sie zeigte auf die Augen – »will ich heute Abend für eine Party aussehen.«

Josephines perfekt lackierte, blutrote Nägel fuhren langsam über die zerknitterte Seite. Sie studierte Glorias traumhaft schönes Gesicht, die Stirn, die Wimpern, den Schmollmund.

»Kleben«, meinte Josephine nur und gab der Frau das Bild zurück.

»Jesus«, rief ihre Kundin aus. »Man sollte meinen, dass euch inzwischen etwas Besseres eingefallen ist.«

Josephine hielt es für ihre Pflicht, solche Sticheleien und Kränkungen zu tolerieren. Doch als sie die Wimpern für das Ankleben vorbereitete, den Klebstoff sorgfältig erhitzte und auftrug, überlegte sie: Die Kundin hatte recht! Genau deshalb arbeitete sie oft selbst am Stuhl – um ihren Kundinnen zuzuhören. Und jetzt, wo sie in New York war, war sie schlau genug, sich nie zu weit von dem zu entfernen, was echte amerikanische Frauen wollten. Also nahm sie die Bitte der Frau dankbar an, denn sie wusste, dass nichts für ihre zukünftigen Verkäufe wichtiger war als die Bedürfnisse ihrer Kundinnen. Blanche, Betty oder wie auch immer die geschmacklose Blondine hieß, hatte den Nagel auf den Kopf getroffen. Es war höchste Zeit, dass sich jemand etwas Besseres einfallen ließ. Josephine war dieser Aufgabe sicherlich gewachsen. Das einzige Problem war, dass in der Stadt eine Frau namens Constance Gardiner genau das Gleiche tat.

***

Josephine Herz war natürlich nicht die Erste, die die Wimperntusche erfand. Aber sie würde die Erste sein, die eine Mascara kreierte, die sich ohne viel Aufwand auftragen ließ und der breiten Masse zur Verfügung stand. Schon im alten Ägypten schminkten sich die Frauen. Sie trugen Kajal, eine Mischung aus Bleiglanz, Bleisulfid oder Kupfer und Wachs, auf Augen, Augenbrauen und Wimpern auf, um böse Geister abzuwehren und um sich vor Sonnenstrahlen zu schützen. Die meisten Bilder ägyptischer Götter oder Göttinnen zeigen Hieroglyphen, nicht nur auf Pyramidenwänden, sondern auch auf den Gesichtern der Ägypter. Die kräftigen, schwarzen Linien auf dem weiblichen Gesicht kamen im Laufe der Jahrhunderte aus der Mode, besonders in der jüngeren viktorianischen Zeit, in der die Frauen Farbe jeglicher Art im Gesicht vermieden. Doch die Frauen sehnten sich immer mehr nach einer neuen Art, die Augen zu verschönern – und die Chemiker entwickelten sie. Kohle, Honig, Bienenwachs – alle traditionellen Zutaten mussten getestet und ausprobiert werden.

Einen Verkaufsschlager roch Josephine eine Meile gegen den Wind, und hierin sah sie die Chance nach neuer Farbe für die Augen. Von Los Angeles bis Larchmont sehnten sich die Frauen nach modernen Möglichkeiten, die Leinwandstars nachzuahmen, sich so zu kleiden, so auszusehen und sich gemäß der sich ständig verändernden Rolle der modernen Frau zu verhalten. Diese Frauen brauchten ein Produkt, das sie wie die Garbo oder die Swanson aussehen und fühlen ließ, etwas Einfacheres, Saubereres und Schnelleres als das Aufkleben von falschen Wimpern, das alle sechs bis acht Wochen wiederholt werden musste. Diese Frauen benötigten ein Produkt, das billiger, unkomplizierter und sauberer war als die bisherige Möglichkeit, die aus Kohle hergestellt wurde und im schlimmsten Fall zur Erblindung führte.

Kapitel 17

EINE BESONDERE MITARBEITERIN

New York City, 1934

Langsam und gleichzeitig sehr schnell waren in Constances Leben vier Jahre vergangen. Ihre Hochzeit mit Van vor vier Jahren war eine zweckmäßige nüchterne Angelegenheit gewesen. Sie arbeitete sieben Tage die Woche. Er verbrachte zwar jeden Tag ein paar Stunden im Büro seiner Familie in der Park Avenue, die meiste Zeit hielt er sich jedoch mit seinen Freunden in den Klubs auf, spielte Polo oder Golf oder ging zum Segeln. Samstagabends trafen sie sich für eine Dinnerparty oder gingen aus. Einmal im Monat stieg Constance ins Bett und gewährte ihm das Privileg, ungeschickt an ihrem regungslosen Körper herumzufingern, während er grunzte und schnaubte. Sie stählte sich mit ausreichend Gin. Während er auf ihr lag, ging sie im Kopf die aktuellen Verkaufszahlen durch. Sie dachte oft an ihre derbe amerikanische Großmutter und ihren Rat zu Ehe und Sex. »Constance, wenn du heiratest und einen Mann behalten möchtest, leg dich einfach hin und mach die Beine breit.« Dieses Ziel hatte sie vor Augen und erreichte es auch. Man konnte wahrlich sagen, dass Constance Gardiner, die stets so entschlossene Mrs Van Wyke, ihr Ziel erreicht hatte und darin sehr beeindruckend geworden war.

Auch ihr Unternehmen war gewachsen und verfügte inzwischen über fünf Büros und fünfzig Mitarbeiter. Einige waren Voll-, andere Teilzeitkräfte, aber trotzdem fünfzig an der Zahl.

Es dauerte nicht lange, bis CeeCee Lopez sich unentbehrlich gemacht hatte. Ihre organisatorischen Fähigkeiten waren tadellos. Ihr natürliches Gespür für das Organisatorische schuf Ordnung, wo vorher Chaos geherrscht hatte. Sie hatte an der Rezeption begonnen, das Telefon bedient und Gästen kalte und heiße Getränke angeboten, bevor sie sie in das stetig expandierende Büro führte. Doch es hatte nicht lange gedauert und sie war zu einer vollwertigen Kraft avanciert, als die Anzahl der Mitarbeiter stieg. CeeCee war eine natürliche Führungspersönlichkeit. Sie mochte Menschen und sie verstand sie. Sie wusste, wie man sie beruhigte, wie man ihnen das Gefühl gab, umsorgt zu sein, und wie man mit ihren Schwächen und Stärken spielte. Es war nicht so, dass CeeCee nach der Achillesferse einer Person suchte. Doch sie besaß ein sehr feines, intuitives Gespür dafür, was sich die Menschen am meisten wünschten, und dieses Talent setzte sie – ob bewusst oder unbewusst – mit hervorragender Wirkung ein.

Nur sehr ungern verlor Constance CeeCee als erstes Gesicht von Gardiner Cosmetics, das Klientinnen, Verkäuferinnen und Kundinnen sahen, wenn sie das Büro betraten. Aber sie erkannte bald, dass sie CeeCees Stärken in einer Funktion mit mehr Verantwortung besser nutzen konnte. Innerhalb weniger Monate nach ihrer Einstellung und dem Wachstum der Marke wurde CeeCee zur Büroleiterin befördert, weitere sechs Monate später zur Leiterin für die Produktentwicklung. CeeCee besaß das gleiche intuitive Verständnis für das Geschäft wie für Menschen. Sie konnte einen Absatzplan mit scharfem Blick beurteilen sowie die Schwächen und Stärken ausmachen – und beides in wenigen Worten zum Ausdruck bringen. So wurde sie schnell zu Constances Geheimwaffe in fast allen Bereichen, von den langfristigen Planungen für die Marke bis hin zur Anpassung bestimmter Produkte. Ihr größtes Kapital lag in ihrer Fähigkeit, zusammen mit Molly die ständig wachsende Armee der Gardiner Girls aufzuspüren und auszubilden, zu erkennen, wer in seinem Gebiet eine Führungskraft sein würde, wer den Ehrgeiz, die sozialen Fähigkeiten und das Selbstvertrauen besaß, eine verkaufstüchtige Haus-zu-Haus-Vertreterin zu werden. Constances Abhängigkeit von ihr hatte der Beziehung ein gewisses Gewicht verliehen.

CeeCee hatte auch ein praktisches Wissen, das Constance für von unschätzbarem Wert hielt. Als Erfinderin ihrer eigenen Pomade für afroamerikanische Frauen verfügte CeeCee über eine starke Perspektive und ein großes Wissen über Haare. Sie wusste sehr genau um die Wichtigkeit der Haare im Leben einer schwarzen Frau, um die kulturelle Bedeutung, die der Pflege, Reinigung, Glättung und »Zähmung« ihrer Haare beigemessen wurde. Sie wusste, wie viele Stunden Afroamerikanerinnen auf Salonstühlen verbrachten und wie viel Geld sie ausgaben. Und sie verstand die Bedeutung, die Notwendigkeit dieser Stunden, den Erwartungen der Weißen – und potenzieller Arbeitgeber – an eine farbige Frau in dieser Gesellschaft zu entsprechen. Die Kommunikation, zu der es kam, wenn eine Frau stundenlang die Haare einer anderen bearbeitete, wurde zu einer wichtigen Übung, die sie in die Ausbildung der Gardiner Girls integrierte. Und sie betonte die Kameradschaft, das Gefühl von Schwesternschaft und Gemeinschaft. Obwohl ihr Hauptaugenmerk auf ihrer Arbeit bei Gardiner lag, hoffte sie, eines Tages anderen schwarzen Frauen bessere Lösungen für ihre Haarpflege bieten zu können. Nicht alle Frauen waren so frei in ihren Bewegungen gewesen wie CeeCee, die aus einer Umgebung der Unterdrückung in ihrer Jugend in eine mit echten Chancen gezogen war. Sie hoffte, eines Tages ein eigenes Unternehmen zu führen. Vorerst bot ihr die Position bei Gardiner Cosmetics jedoch die perfekte Möglichkeit, den Beruf zu erlernen und ihr Wissen für ihr zukünftiges Geschäft zu vertiefen. Damit war CeeCee auch eine Quelle der Inspiration und nicht nur Constances Assistentin, sondern gleichzeitig eine Miterfinderin. Wertschätzung verwandelte sich schnell in Zuneigung und Abhängigkeit allmählich in Notwendigkeit.

Es dauerte nicht lange, bis Constance Gefühle für CeeCee zu hegen begann. Der Unterschied, den CeeCee in ihrem Alltag machte, konnte überhaupt nicht überbewertet werden. Die Ordnung, die sie in notwendige Aufgaben brachte, das Gefühl der Ruhe, das sie im Büro verbreitete, die Erleichterung, die Constance in ihrer Gegenwart spürte, ließen sich nur schwer leugnen. Molly und die anderen Kolleginnen genossen und respektierten ihren Einsatz und ihre Gesellschaft. Seitdem CeeCee die Leitung des Büros übernommen hatte, hatte sich die Stimmung einfach gebessert. Der gleichzeitige Anstieg der Einnahmen konnte nicht dem Zufall zugeschrieben werden. Constance belohnte sie erst mit einer kleinen Gehaltserhöhung und dann mit einem Bonus.

Gardiner Cosmetics expandierte rasant. Apotheken und Kaufhäuser buhlten um die meistverkauften Gesichtscremes und Kosmetika. Und ihre zweite Herausforderung – die Gardiner Girls, die von Haustür zu Haustür zogen – erfreute sich immer mehr Zuwachs und Aufmerksamkeit in der lokalen Presse. Nun konnten gewöhnliche Frauen Geld verdienen, ihre Männer, Kinder und sich selbst mit dringend benötigten Mitteln unterstützen. CeeCee hatte Constance bei der Entwicklung eines einfachen Produktsets geholfen. Die Frauen, die sich das Set nicht leisten konnten, aber ins Gardiner-Geschäft einsteigen wollten, verpflichteten sich zu einer erschwinglichen Anzahlung und bezahlten das Set mit der Zeit mit den Gewinnen aus den Produktverkäufen ab. Sobald das passiert war, konnten die Frauen als Gardiner Girl Geld verdienen und in Teilzeit arbeiten, wodurch jede Ehefrau und Mutter ihre Kinder zur Schule bringen sowie wieder abholen und das Abendessen zubereiten konnte, während sie gleichzeitig in wenigen Stunden am Tag das dringend benötigte zweite Einkommen verdienen konnte. Diese Geschäftsidee entpuppte sich als befreiend und innovativ, als ein Durchbruch, ja, sie wurde sogar als eine Bewegung gefeiert. Aber Constance musste die Frauen einstellen und von den Produkten bis zum Verkauf schulen … Diese Ausbildung war sehr wichtig. Sie hätte die Herausforderungen ohne CeeCee Lopez nicht bewältigen können. Obwohl sich ihre Funktion und ihre Aufgaben geändert hatten, war CeeCee eher eine Partnerin im Gardiner-Unternehmen. Es dauerte nicht lange, bis Constance scheinbar bei jeder wichtigen Entscheidung CeeCee um Rat bat.

Dass diese Abhängigkeit eher emotionaler als beruflicher Art sein könnte, kam Constance zwar gelegentlich in den Sinn, doch sie weigerte sich, das einzugestehen, vor allem sich selbst gegenüber. Es war ihr nicht entgangen, dass sie von starken und unabhängigen Frauen fasziniert war. Tatsächlich bewegte sie sich in einem Kreis, der den Wert und die Modernität dieser Veranlagung begrüßte. Doch noch war die Welt weit davon entfernt, einen solchen Lebensstil von ganzem Herzen zu akzeptieren. Vielmehr gehörte sie zu einer Art Geheimgesellschaft, zu der nur wenige zählten, die derartige Neigungen für akzeptabel hielten.

Zur gleichen Zeit erschien plötzlich die noble, moderne junge Frau auf der Leinwand – von der befreiten Claudette Colbert im Erfolgsfilm *Es geschah in einer Nacht* bis zur modernen Frau mit der eleganten androgynen Hose und den herrschaftlichen breitschultrigen Blusen ihrer Schutzpatronin, Katharine Hepburn. Frauen wie Constance und Katharine kultivierten eine Haltung des intellektuellen Selbstbewusstseins, des beruflichen Ehrgeizes, der subtilen Androgynität und der sexuellen Offenheit. Doch nur weil dieser neue Frauentyp in bestimmten Kreisen akzeptiert wurde, hieß das nicht, dass die breite Bevölkerung darauf vorbereitet war. Die Welt war noch Jahrzehnte davon entfernt, gleichgeschlechtliche Paare als normal, geschweige denn als vertrauten Teil der Gesellschaft zu akzeptieren. Gleiches galt für Geschäftsfrauen, die schon umstritten genug waren. Und das Land war möglicherweise noch weiter davon entfernt, eine Beziehung zwischen einer Europäerin und einer Afroamerikanerin oder Mulattin zu akzeptieren.

Zurückblickend konnte Constance den Moment nicht genau bestimmen, in dem sie wusste, dass sie »offen« für Offenheit war. Schon als Kind hatte sie Aktivitäten bevorzugt, die typisch für Jungs waren. Sie war im ländlichen Kanada aufgewachsen und durch die Wälder gerannt, hatte Rugby gespielt und war auf Bäume geklettert. Doch erst mit ihrer Aufnahme in eine private Mädchenschule traf sie auf gleich gesinnte Mädchen. Und unter diesen Mädchen herrschte eine Kultur, die die Erforschung bevorzugte. Dort lernte Constance nicht nur, dass ihre Vorliebe für Jungenbeschäftigung akzeptabel war, sondern dass die Tendenz, Sport als »Jungenbeschäftigung« zu bezeichnen, überhaupt ein Irrtum war, ein Irrtum, der mit der Zeit korrigiert werden musste.

Es sollte noch Jahrzehnte dauern, bis sich diese Vorstellung zu einer Bewegung entwickeln würde. Sie selbst konnte nur ein Jahr an ihr teilnehmen und musste gehen, als der Erste Weltkrieg rief. Der Krieg hatte seinen Teil dazu beigetragen, den Gletscher der öffentlichen Wahrnehmung zu schmelzen. Im College studierte Constance die Geschichte der Frauenrechtsbewegungen, angefangen mit den ersten mutigen Müllerinnen, über die geduldigen Abstinenzlerinnen bis hin zu den Nähkreisen, aus denen die ersten streitlustigen, unaufhaltbaren Suffragetten hervorgehen sollten Aber es waren nicht nur die Not des Krieges und die Überschwänglichkeit der Nachkriegszeit, die Constance antrieben. Etwas anderes erregte ihr Interesse.

Sie konnte nicht leugnen, wenn auch nur sich selbst gegenüber, dass die Anziehungskraft, die andere Frauen auf sie ausübten, eher persönlicher als politischer Natur war.

So fand sich Constance in der Schule in einer Art Studentinnenverbindung wieder, einer Frauengruppe, die alles gemeinsam machte. Sie lernten zusammen, knüpften zusammen Kontakte und schliefen zusammen. Dieser Zeitvertreib war unter ihnen und innerhalb ihrer Enklave, den efeubewachsenen Mauern der Mädchenschule, akzeptiert, doch solche Aktivitäten durften außerhalb der Gemäuer weder besprochen noch zur Schau gestellt werden. Wenn überhaupt, trug die stillschweigende Geheimhaltung ihres Paktes nur zu dieser Erfahrung bei und verlieh einem ohnehin schon lustvollen Akt noch den Reiz des Verbotenen.

Hin und wieder kam Constance die Ironie in den Sinn, ein Unternehmen zu gründen, das einen Weiblichkeitskult förderte, während sie selbst nach einer Version der Weiblichkeit strebte, die sich der Aufmerksamkeit des männlichen Blicks widersetzte. Doch beides schloss sich nicht gegenseitig aus – eine moderne heterosexuelle Frau und später Ehefrau und Mutter und sogar eine berufstätige Frau und gleichzeitig Constance zu sein. Würde sie sich selbst eine Lesbe nennen? Sicherlich nicht. Eine moderne Frau? Ja. Dass Katharine Hepburn und ihre Gefolgsfrauen eine andere Lippenstiftfarbe trugen als die altmodischeren Glamourgirls, bedeutete nur, dass es mehr Farben herzustellen und zu verkaufen gab.

All das sorgte für eine explosive Energie zwischen Constance und CeeCee: die Freizügigkeit, die Geheimhaltung, die gemeinsamen beruflichen Ziele, der gemeinsame Ehrgeiz und natürlich – Constance, die äußerst respektierte, aufstrebende Dame der

Gesellschaft, Mrs Van Wyke, würde lügen, wenn sie es abstritte – die Brisanz, eine Frau mit einer anderen Hautfarbe zu lieben.

Kapitel 18

NEW YORK, NEW YORK

New York City, 1935

Josephine saß in ihrem geräumigen Salon und starrte auf ihre Kunstsammlung. Manchmal staunte sie angesichts der schlichten Tatsache, dass sie so etwas besaß, ganz zu schweigen davon, dass ihr eine Wohnung mit einem Salon gehörte. Aufgewachsen in einem polnischen Schtetl hatte sie sich als Kind ein solches Leben nicht einmal vorstellen können. Sie hätte es auch nicht geglaubt, hätte es ihr damals jemand prophezeit. Und doch war sie hier, wohnte in einer großzügigen Wohnung in einem der besten Gebäude Manhattans und besaß nicht nur den Salon und die Wohnung, in der sie saß, sondern auch das Haus selbst. Die auf ihren Reisen nach Paris, Wien und Berlin erworbenen Kunstwerke – ihre Matisses und Picassos – waren Belohnungen, die sie sich selbst gemacht hatte, wenn sie einen Meilenstein in der Entwicklung ihres Unternehmens erreicht hatte. Die Gemälde bereiteten ihr ebenso viel Freude wie die Juwelen an ihren Händen, die Jon ihr im Laufe der Jahre zur Versöhnung geschenkt hatte … und vor allem die berühmten Smaragde, die sie sich selbst gekauft hatte.

Nach all den Jahren in London erfüllte sie der Kauf der Wohnung noch immer mit Stolz. Letztendlich hatte London sie reich und berühmt gemacht. Reicher, als sie es sich je hatte vorstellen können. Und alles lief nach Plan, wenn nicht sogar noch besser. Nachdem sie die Londoner Gesellschaft erobert hatte – obwohl sie wusste, dass die Royals ein wenig die Nase über sie rümpften – nahm sie mit den Einnahmen aus Australien, London und Paris und mit ihrem Parfum Kurs auf New York. Obwohl sie Jon immer noch nicht vertraute, waren sie ein eindrucksvolles Team. Sie brachte ihm zwar weder Geduld noch sonderlich viel Respekt entgegen, doch er gab sich redlich Mühe, ihre Gunst zurückzugewinnen. Und der kleine Miles verbrachte gern Zeit mit seinem Vater, wenn dieser nicht gerade Karten spielte oder betrunken war. Jon hatte zugestimmt, seine Arbeit als Journalist aufzugeben, um Miles und die Armee von Kindermädchen zu beaufsichtigen, während Josephine arbeitete. Diese neue Aufgabe stellte zwar keine Herausforderung dar, aber Jon brachte ihn wenigstens jeden Morgen mit einer Limousine zur Schule und holte ihn rechtzeitig wieder ab.

Nachdem sie die Düfte in ihr Angebot aufgenommen hatte, beschloss Josephine, dass sie mit Kind und Kegel in die Neue Welt ziehen würde, um den weltweit größten Markt zu erobern – Amerika. Die Markteinführung ihres Parfums Empress Josephine mit seinem charakteristischen Duft nach Tuberose, Jasmin und Gardenien war ebenso berauschend wie erfolgreich. Die berühmtesten Frauen Europas tupften es sich auf Handgelenke und Hals und hinterließen einen nachhaltigen Eindruck bei den Männern, die sie begehrten … und umgekehrt. Mit dem unverwechselbaren matten Flakon und dem raffinierten Zerstäuber war Empress Josephine eine Sensation. Sie hatte dem Produkt klugerweise die französische Schreibweise Parfum statt »Parfüm« beigefügt, damit es europäischer und luxuriöser wirkte. Ganz zu schweigen von der Anspielung auf die wahre Kaiserin Josephine und die positive Assoziation mit dem Königtum. Josephine empfand den anhaltenden Duft persönlich zwar als etwas zu penetrant, doch er brachte ihr nicht nur Ruhm, sondern auch viel Geld. Endlich konnte sie tun, was sie wollte und wann immer sie es wollte.

Und das Erste, was sie tat, nachdem sie amerikanischen Boden betreten hatte, war, ihre Flagge in der Fifth Avenue zu hissen, indem sie dort ein hochmodernes Geschäft und einen Schönheitssalon eröffnete. Nachdem sie zwei angrenzende Läden in Mayfair übernommen und diese miteinander verbunden sowie einen weiteren Salon in Paris eröffnet hatte, sollte ihr Standort in der Fifth Avenue ihr bisher größter und bester werden. Und als sie das Geschäft eröffnete, standen die Leute Schlange. Es warf vom ersten Tag an Profit ab. Da sie einen Großteil der Tage und Nächte im Geschäft verbrachte, erkannte sie bald, dass sie eine Wohnung in der Nähe brauchte. Nur so konnte sie nach dem kleinen Miles sehen und, was noch wichtiger war, Jon beaufsichtigen, der wiederum die Armee der Kindermädchen beaufsichtigte, die ihn beaufsichtigten und ihn in einen engen Zeitplan zwängten.

»Warum fütterst du ihn mit Hamburgern?«, würde sie schimpfen. »Ich *vill*, dass er Filet bekommt. Schneide es in kleine Stücke. Gib ihm grüne Bohnen und Leber. Ich *vill*, dass er Spinat bekommt. Dann wachsen Haare auf der Brust.« Sie würde jede seiner Entscheidungen kritisieren, Miles einen flüchtigen Kuss geben und ins Büro zurückkehren. Nichts war jemals gut genug oder richtig, wenn es um die Pflege und Ernährung ihres Sohnes ging. Trotzdem verbrachte sie so viel Zeit in dem New Yorker Geschäft, dass sie sogar einige Kleider in ihrem Büro aufbewahrte. Schließlich musste sie die gleichbleibende Qualität der Produkte sicherstellen, die Präsentation perfektionieren und ihre wichtigsten Kundinnen persönlich begrüßen. Alle, selbst die Journalisten, scherzten, dass sie ihren gleichnamigen Laden kaum verlasse. Aufgrund des Erfolgs ihres Ladens und ihres aufreizenden Dufts, der so in Mode gekommen war, dass sie ihn kaum noch vorrätig hatte, machte sie sich auf die Suche nach einem neuen Zuhause. Sie hatte mit Sicherheit einen Punkt erreicht, an dem sie eine Wohnung in der Park Avenue oder sogar in der Fifth Avenue beanspruchen konnte. Also engagierte sie den führenden Immobilienmakler Frank Morgan jr., der ein für sie perfektes Objekt im berühmten Haus Nummer 635 in der Fifth Avenue fand: ein Doppelhaus, das aus zwei übereinander liegenden, für New York typischen Sechszimmerwohnungen bestand. Außerdem besaß es einen Aufzug, dessen Türen sich direkt in der Wohnung in einem majestätischen Foyer mit einem schwarz-weißen, schachbrettartig verlegten Marmorboden öffneten. Eine opulente Wendeltreppe zog den Blick ihrer Gäste hinauf in den zweiten Stock, wenn Josephine von oben hinunterkam. Eilig machte sie ihr Angebot nur wenige Minuten, nachdem sie die Wohnung gesehen hatte.

Doch mit der Reaktion des Genossenschaftsausschusses hatte sie nicht gerechnet – im Gegensatz zu Frank, der sie insgeheim erwartet hatte: Nach langer Überprüfung ihres Angebots lehnte man es ab. Empört und sich der Gründe sicher – die antisemitische Stimmung in New York überraschte sie kaum – dachte sie über eine angemessene Antwort nach. Sie könnte Jon, ihren Ehemann und ehemaligen Journalisten, einen bösen Brief an die Redakteure der *New York Times* schreiben lassen. Sie könnte in sämtlichen Galerien und Klubs davon erzählen. Oder sie könnte etwas tun, das weitaus befriedigender wäre. Josephine ließ umgehend über einen Strohmann ein zweites Angebot einreichen, diesmal jedoch nicht für die Wohnung selbst, sondern für das gesamte Gebäude. Der Preis war fast doppelt so hoch wie sein Wert und der des Grundstücks, und dem Vorstand blieb keine andere Wahl, als es zu akzeptieren.

Als man herausfand, dass es sich bei dem Käufer des Gebäudes nicht um eine in Delaware ansässige Gesellschaft handelte, die von einem Mr Sheridan Sloane, Josephines Firmenanwalt, geleitet wurde, sondern in Wirklichkeit um Madame Josephine Herz, blieb ihnen nichts anderes übrig, als sie zu akzeptieren. Das taten sie auch höflich, aber mit geballten Fäusten, wenn sie ihr im Vorübergehen in der Lobby einen »Guten Morgen« wünschten.

Die Stimmung gegenüber den Juden in New York überraschte Josephine nicht. Natürlich war sie genau deswegen aus ihrer Heimat geflohen. Doch hier, in New York, bemerkte sie einen subtileren Widerstand gegenüber Juden. Zuerst glaubte sie, die New Yorker Elite würde sie akzeptieren, wenn sie sich an deren Bedingungen anpasste oder gar übertraf, indem sie zum Beispiel Reichtum, Häuser, Kunstgegenstände, Mitgliedschaften in wichtigen Klubs und Freundschaften mit Politikern oder anderen mächtigen Freunden sammelte. Ihr war klar, dass man sie dort mit weniger Vermögen als ein Nichtjude nicht akzeptieren würde, sie hatte aber geglaubt, toleriert zu werden. Was sie nicht erwartet hatte, war eine subtilere Form der Diskriminierung durch eine kleine Gruppe wohlhabender deutscher und schweizerischer Juden vom alten Geldadel. Es waren die Lehmans und die Guggenheims, die Bankiers und Finanziers, die im 18. Jahrhundert in die Vereinigten Staaten ausgewandert, zu Reichtum gekommen und gesellschaftlich aufgestiegen waren. Sie hatten sich bereits im Norden der Stadt in ihren vornehmen Häusern niedergelassen. Viele von ihnen rümpften die Nase, als die neue Welle osteuropäischer Juden ins Land strömte. Sie hielten diese Neuankömmlinge für dumm und laut. Also musste sich Josephine mit anderen Außenseitern verbünden: mit berühmten Musikern, Künstlern und Schauspielern oder liberaler gesinnten, erfolgreichen Mitgliedern der alten Garde.

Das traf zwar alles zu, war aber für Josephine unbefriedigend und inakzeptabel. Sie war zu weit gekommen und hatte zu viel erreicht, um sich mit der bloßen Aufnahme in einem Klub abzufinden. Stattdessen bemühte sie sich, eine eigene Gruppe gleich gesinnter, moderner Künstler, Intellektueller und Wirtschaftsmagnaten aufzubauen. Anstatt sich also um die Mitgliedschaft in den Klubs zu bemühen, in denen sie nicht willkommen war, gründete sie einfach ihren eigenen. Eine andere Art von Salon.

Gewissermaßen waren die Schönheitssalons von Herz Beauty ein Produkt dieser Idee. Josephine liebte den Salon im traditionellen Sinn: ein regelmäßiges, formloses Treffen Gleichgesinnter, um Kontakte zu knüpfen, sich weiterzubilden und sich an der Gesellschaft der anderen zu erbauen. Jon und sie würden Teil dieses New Yorker Lebens werden, indem sie diese wöchentlichen Ereignisse veranstalteten und die berühmtesten und klügsten Persönlichkeiten in ihr glanzvolles Haus einluden. Künstler, Dichter, Sänger, Maler, Prominente, Mitglieder von Königsfamilien, die gerade zu Besuch waren, Schauspieler, Schauspielerinnen, Unternehmer, Politiker. Die feine Gesellschaft folgte bald. Das war der Trick an der Sache … und keine Berühmtheit war zu berühmt.

Die Salons erwiesen sich nicht nur als großer Spaß, sondern auch als eine ihrer besten Erfindungen, weil sie sich schon bald zu einem wichtigen Ort in der New Yorker Gesellschaft entwickelten. Mit der Zeit war es eine große Ehre und eine besondere Auszeichnung, zu einem Salon im Haus von Josephine Herz, des Ehepaares Mr und Mrs Jon Blake, eingeladen zu werden. Und für Josephine vergrößerten diese wöchentlichen Treffen ihr soziales Umfeld und ihren sozialen Status exponentiell.

Berühmte Gäste aus allen Bereichen kamen. Salvador Dalí war oft dabei und plauderte mit einer neuen Muse. Robert Benchley erzählte immer wieder irgendeinem Filmsternchen eine amüsante Geschichte. Auch Gloria Swanson schaute einmal vorbei – laut Gerüchten mit ihrem Freund Joseph Kennedy – ebenso wie der Dramatiker George S. Kaufman und der Schriftsteller Dashiell Hammett. Und als Mrs Vanderbilt kam, wusste Josephine, dass sie das Unmögliche geschafft hatte.

»Alle *vollen* eine gute Party. Einen guten Drink, eine gute Vorstellung und etwas Kaviar«, würde sie sagen und mit den Achseln zucken. Doch sie wusste es besser. Die Reichen, sollte sie später erzählen, »waren gelangweilt und langweilig«. Klug wie sie war, lud sie interessante Gäste ein, und schon zeigten die Reichen und Gelangweilten plötzlich Interesse. Weil sie das als neues Geschäftsmittel ansah und ihr Unternehmen dafür bezahlte, wurden für diese Feste keine Kosten gescheut. Die Gäste gerieten mit prickelnden Getränken in der Hand ins Schwärmen. Kellner gingen mit vollen Silbertabletts umher und verteilten Blinis mit Kaviar und Crème fraîche. Eine Jazzband aus dem Cotton Club spielte die neuesten Broadway-Hits. Die viel beschworenen Gespräche setzten für gewöhnlich gegen neun oder zehn Uhr ein. Dann folgten die Ausschweifungen. Die betrunkenen Tändeleien – und unklugen Ausflüge auf Josephines Dach und manchmal in den nahe gelegenen Central Park – wurden immer sehr diskret behandelt, wobei die Gäste stets eine stillschweigende Regel beachteten: Was bei Josephine geschah, blieb bei Josephine. Doch mit der Zeit hatte Josephine eine ganze Schatzkammer an Geheimnissen angesammelt, die sie erbittert bewachte, sollte sie jemals einen Feind erpressen oder beweisen müssen, dass sie recht hatte.

Aber das Beste an diesen Salons war das Offensichtlichste: Sie inspirierten sie. Sie inspirierten sie in Bezug auf das Wichtigste in ihrem Leben. Sie hatte gerade die höchste Stufe der New Yorker Gesellschaft erreicht und ihre verkaufsstarke Gesichtscreme sowie ihren besonderen Duft perfektioniert, als ihr klar wurde, dass der nächste Schritt für ihr Unternehmen ein

Konzept war, das sie bereits erfunden hatte. Ihre Produkte waren ausgezeichnet, ja. Und sie verkauften sich offensichtlich immer besser, was den Anzeigen und der latenten Werbewirksamkeit ihrer eigenen Kundinnen, also der Mund-zu-Mund-Propaganda und dem Bedürfnis nach mehr, zu verdanken war. Diese Gesellschaftstreffen, die Josephine so liebte und die ihren Geist, ihre Ehe und ihren gesellschaftlichen Status derart bereicherten, würden auch der Schlüssel zu ihrem Geschäftserfolg sein.

Ja, ihr Salon hatte den Schönheits- und Fitnesssalons den Weg bereitet. Und nun kam ihr die nächste große Idee. Sie kam ihr wie viele andere als Heureka-Moment … in der Badewanne. Und sie musste lachen, als sie die Absurdität ihrer Offensichtlichkeit erkannte, bevor sie schließlich aus dem Wasser stieg und, in ein Handtuch gewickelt, Jon die Neuigkeiten erzählte.

»Was ist?«, fragte er. Er kannte ihren Blick, wenn sie eine neue Idee hatte.

»Ich weiß, was als Nächstes zu tun ist«, rief sie begeistert.

»Was als Nächstes womit zu tun ist?«, fragte er gleichgültig.

»Ein Salon … im Salon«, meinte sie.

»Wir hatten erst gestern Abend einen«, antwortete er.

»Nicht hier«, erklärte sie, »sondern im Laden. Wir *verden* unseren Kunden nicht nur ein Fitnessstudio, eine Sauna und Massageräume bieten, sondern einen echten Salon. Einmal in der Woche laden wir einen Gastredner und unsere besten Kunden ein …« Sie trommelte mit ihren perfekt lackierten Fingernägeln auf die Marmorplatte des Tischs. »Ich *verde* unsere eigenen Gesellschaftsabende für unsere gewöhnlichen Kunden nachahmen!«, erklärte sie.

Josephines Salon in der Fifth Avenue – ein vierstöckiger Schönheitspalast, der sich über einen ganzen Block erstreckte – lud die Frau zu einem Schönheitstag ein, zur Reinigung, Massage, Sauna, Erholung und Entspannung. Hier konnte sie

Vorträge über die korrekte Anwendung der Herz-Produkte besuchen, die Techniken einer wahren Herz-Frau erlernen, die leuchtende Lackfarbe sämtlicher Herz-Artikel bewundern, die wie Torten in einer Pariser Konditorei aufgereiht waren, alle Produkte kaufen, die im Salon verwendet wurden, monatliche oder auch wöchentliche Behandlungen durchführen lassen, um ihre Schönheit zu erhalten – und sie konnte von einem Produkt abhängig werden, von dem sie nicht gewusst hatte, dass sie es brauchte, bevor sie durch die Tür hineinspaziert war. Wie eine Hohepriesterin in einer Kirche hatte sich Josephine einen Tempel gebaut, in dem sie das Evangelium der Schönheit predigen und anschließend Ablassbriefe in Form von Produkten verkaufen konnte.

Trotz der offensichtlichen Ironie konnte man Josephines Salon durchaus mit einem Gotteshaus vergleichen. Die Salons – und die Branche, die sie formte – hatten in vielerlei Hinsicht einiges mit einem Tempel oder einer Kirche gemeinsam. Doch im Gegensatz zu den Missionaren, die bestimmte Religionen als eine Krankheit definierten und dann das Heilmittel anboten, verstand sich Josephine eher als Lehrerin und weniger als ein Instrument der Erlösung.

»Schön zu sein, bedeutet harte *Arbeit*«, postulierte Josephine.

Und Frauen konnten Schönheit erlangen, wenn sie Zeit und Mühe investierten. Und den Preis zahlten. Ja, es kostete ein wenig. Aber Gutes bekommt man nicht umsonst.

Der Salon war ein Erlebnis. Ein Tagesausflug. Eine Tagesreise. Eine Frau konnte von neun bis fünf Uhr in den Herz-Salon kommen und verschiedene Behandlungen buchen. Sie konnte mit einer Gesichtsbehandlung beginnen, mit einer Massage fortfahren, sich anschließend die Techniken zeigen lassen und natürlich eine Runde durch die Reihen wandern und die Produkte entdecken. Sie konnte ein großzügiges und gesundes Mittagessen genießen, sich mit anderen Frauen unterhalten und die sanften Anleitungen der Fachberaterinnen von Herz Beauty aufsaugen.

Diese Schönheitsberaterinnen, die adrette beigefarbene Uniformen mit weißen Kragen und das Haar streng zurückgebunden trugen, besaßen die kühle Regsamkeit der Krankenschwestern vom Roten Kreuz, das einladende Lächeln der Vertreterinnen der Studentinnenvereinigung und die feste Stimme der englischen Gouvernanten. Sie kamen, sie reinigten, sie siegten. Sie zupften und stutzten. Sie dampften, sie drückten, sie cremten, sie trockneten, sie schrubbten, sie massierten, sie optimierten, sie trimmten, sie zogen. Sie analysierten die Schönheitsfehler und erklärten ihren Kundinnen, wie man sie minimierte und das Positive maximierte: Das war die Devise ihrer furchtlosen Chefin, Madame Herz. Und wenn sie eine Frau aufpoliert und herausgeputzt hatten, verkauften sie ihr jedes einzelne der Produkte, die sie verwendet hatten. Wenn eine Frau den Herz-Salon verließ, war sie erfrischt, sah zehn Jahre jünger aus und fühlte sich um zehn Pfund leichter, nicht nur wegen der Atempause, sondern auch, weil sie so viele Dollars aus ihrer Handtasche genommen hatte. Und sobald sie sich ihrer Makel, Mitesser und Geldscheine entledigt hatte, wurde ihr ein Geschenk angeboten. Ihr neues und innovatives Geschenk für sie, ihre Kundinnen: ein Donnerstagabend, um einen großartigen Künstler zu treffen, einem großartigen Geiger zu lauschen und verführerische und exotische russische Blinis sowie gekühlten Wodka zu genießen. Und um mit anderen gleich gesinnten Kundinnen in einer einlullenden Atmosphäre zu plaudern. Es war genial und wurde mit der Zeit zu einem Reich, und das Herz-Reich erklärte sich am besten in Phasen. Die Lernphase. Die Bewertungsphase. Die Reinigungsphase. Die Cremephase. Die Grundierungsphase. Die Rougephase. Die Lippenstiftphase. Die Puderphase. Die Augenphase (welche die großen kosmetischen Gelehrten gern in das Zeitalter des Lidschattens und das der Wimperntusche unterteilen). Die produktverkaufende Phase. Die Duft- und Abschlussphase. Die Abendsalon-Phase. Es war dieser Fortschritt, der die Evolution sowohl von Josephines Schönheitsreich als auch der amerikanischen Schönheitsindustrie definieren würde.

Obwohl Constance gereizt auf den polnisch-jüdischen Emporkömmling reagierte, musste sie ihr eines lassen. Obgleich sie eine Insiderin und Josephine eine Außenseiterin war, hatte Josephine sich einen cleveren Weg in ihre Welt gebahnt. Und wie bei den besten Konkurrenten brachte sie das dazu, noch besser, erfindungsreicher … und wahnsinniger zu sein.

Kapitel 19

PALM BEACHES

Palm Beach, 1935

Das Herrenhaus aus rosafarbenem Kalkstein, das Addison Mizner erbaut hatte, ragte vor ihr empor, die Palmen wogten im Wind … und es stand zum Verkauf. Constances Herz raste, als sie die imposante Eingangshalle mit der atemberaubenden geschwungenen Treppe und den alten Zypressenbrettern betrat, die hinauf in den gewaltigen Glockenturm führte, den man schon von Weitem sehen konnte. Sie wusste sofort, dass sie es haben musste, versteckte ihre Aufregung aber hinter ihrem kühlen Geschäftslächeln.

»Interessant«, meinte sie, als Toppers Ehefrau, Lally Stanton, die rotblonde Erbin und Teilzeitimmobilienmaklerin, sie durch das imposante Gebäude führte. Topper und Lally waren nach ihrer Hochzeit nach Palm Beach gezogen. Toppers geschrumpftes Vermögen hatte sich erst nach der Heirat offenbart. Es war ein offenes Geheimnis in Palm Beach, dass Lally nun arbeitete, um mithilfe eines zusätzlichen Einkommens die Dividenden ihres kleinen Fonds aufzustocken. Zum Glück lebte das Paar im Gästehaus von Lallys Eltern auf deren Grundstück in der Middle Road und musste keine Miete zahlen. Topper tat, als wolle er seine Vermögensverwaltung in Schwung bringen. Die meiste Zeit verbrachte er aber zu Lallys Ärger beim Polospiel und beim Trinken im Klub.

»Es befindet sich seit Jahren in Familienbesitz, aber keiner kommt mehr hierher, seitdem La Comtesse nach Frankreich umgezogen ist, um die Zeit, die ihr noch bleibt, in Bordeaux zu leben.«

Constance horchte begeistert Lally aus. »Keine Kinder oder Erben, die auf einen Verkauf drängen?« Sie spielte ihre erste Karte aus und versuchte, die Dringlichkeit der Situation abzuschätzen. Oder deren Fehlen, worauf sie insgeheim hoffte.

»Das ist wirklich eine Tragödie. Ihr einziger Sohn ist bei einem Autounfall ums Leben gekommen. Das Haus wird treuhänderisch für das Metropolitan verwaltet«, fuhr Lally fort.

»Ich verstehe.« Constance verarbeitete die anscheinend beiläufigen Informationen und holte zum entscheidenden Schlag aus. »Wahrlich ein Millionengrab« – sie atmete hörbar aus –, »aber für jemanden, der einen Blick dafür hat …«

»Nun, niemand hat einen besseren Blick als du«, meinte Lally. »Schließlich schaffen es nicht viele Frauen auf die Titelseite des *Time Magazine*.« Lally strahlte ihre Freundin und nun berühmte Klientin an. Es war interessant und erfüllte Constance mit Befriedigung, dass jemand vom sozialen Stand einer Lally Stanton sie schließlich akzeptiert hatte und sogar Bewunderung für sie empfand. Noch vor ein paar Jahren, vor ihrer Hochzeit mit Van und ihrem öffentlichen Erfolg, hätte ihr Lally Stanton, die Erbin von Seward Oil, nicht einmal die Uhrzeit verraten. Dessen war sie sich durchaus bewusst.

»Ach das …« Constance strahlte vor Stolz, spielte ihren Triumph aber herunter. Der neueste Bericht über ihre Gardiner Girls und ihre English Garden Collection, die Amerika im Sturm erobert hatte, hatte »die Macht der weiblichen Arbeitskräfte freigesetzt« und hing an jedem Zeitungsstand, was sie zu einer Berühmtheit stilisierte. Ihre gebrauchsfertigen Sets erlaubten es der durchschnittlichen jungen Frau und Ehefrau von nebenan, eine eigenständige Vollzeit- oder Teilzeitunternehmerin zu werden und bis zu vierzig Prozent der Gewinne als Provision zu verdienen. Das Prinzip war genial. Constances Schönheitsstreitkräfte hatten die amerikanische Mittelschicht überschwemmt. Allein durch die Setgebühren war sie inzwischen reich genug, um sich das Beste zu gönnen, das Palm Beach zu bieten hatte. Selbst Van hatte angesichts des Titelblatts des *Time Magazine* und der Tatsache, dass er nun mit einer der bemerkenswertesten und reichsten Frauen Amerikas verheiratet war, seine Skepsis beiseitegeschoben. Schließlich konnte er es sich dadurch leisten, mehr Zeit im Piping Rock und weniger Zeit an der Wall Street zu verbringen, ganz zu schweigen von der Menge an Poloponys und Rennpferden, die Constance und er anhäuften. Es war das Einzige, das sie gemeinsam hatten, und sie höflich, wenn nicht sogar freundlich, miteinander umgehen ließ.

»Der Meerblick sorgt für eine angenehme Brise und dank des Korallenkalksteins ist es im Haus selbst an den drückendsten Tagen angenehm kühl«, erklärte Lally, ohne dadurch den Preis in die Höhe treiben zu wollen.

»Es ist zu groß und unpraktisch. Hast du nichts Kleineres, Lally? Was soll man denn mit so vielen Räumen anfangen?« Constance spielte mit ihrer glänzenden Perlenkette, während sie das Positive als etwas Negatives darstellte.

»Nun, du hast nach einer Immobilie gefragt, die Präsenz versprüht. Ich bin mir nicht sicher, ob ich mir Van und dich am See vorstellen kann, aber es kommt bald ein venezianischer Palazzo auf den Markt. Doch der ist furchtbar dunkel.«

»Wie viel verlangen sie für diesen … Kasten?«, fragte sie mit clever gespielter Verachtung.

»Hundertzwanzigtausend. Mizner hat hier sehr viel von Europa übernommen.«

»Nun, das liegt nicht in meinem Budget.«

»Man kann immer ein Kaufangebot machen.« Lally zündete sich auf eine lässige und irgendwie aufreizende Art eine Zigarette an.

»Gib ein niedriges Kaufangebot ab und warte ab, ob sie anbeißen. Ich weiß nicht, ob ich es *will*, aber für Sechzigtausend wäre es mir meine Zeit wert.«

»Und wenn du es bekommst, können wir uns darüber unterhalten, welchem der Klubs Van und du beitreten solltet. Wie du weißt, geht es in der Saison sehr gesellig zu. Wir sind hier eine wunderbare, eng verwobene Gemeinschaft. Van und du geltet als heiße Anwärter für den Schwimm- und Tennisklub«, sagte Lally und hielt ihr die ultimative Möhre vor die Nase.

»Oh, das ist so freundlich von dir, Lally.« Constance setzte ihr bestes Verkäuferinnenlächeln auf. Sie wusste, dass die Einladung zum geschichtsträchtigen Klub alles andere als etwas Alltägliches war. Tatsächlich »bat« man nicht um Aufnahme in den Schwimm- und Tennisklub von Palm Beach, den B&T, sondern musste eingeladen werden. Und Constance war sich der Bedeutung durchaus bewusst. Natürlich war es wegen der Freundschaft von Topper und Van selbstverständlich gewesen, dass Lally für sie als Maklerin tätig wurde. Trotzdem öffnete ihr nun, da sie Mrs Van Wyke war, die High Society von Palm Beach langsam die fest verschlossenen eisernen Tore.

»Natürlich werden alle dafür sein. Schließlich habt ihr beide hier viele Freunde. Und denk daran, es geht nicht nur darum, wer hier ist, sondern auch wer *nicht*.« Sie lachte. »Du weißt doch, was man sagt: ›Wenn die Ungläubigen vor den Toren stehen, ziehen wir in Palm Beach einfach die Brücken hoch.‹« Sie schenkte ihr ein wissendes Lächeln.

»Nun, das klingt wie Musik in meinen Ohren.« Constance schnaubte bei dem Gedanken an diesen Emporkömmling Josephine und ihr trojanisches Pferd in der New Yorker Gesellschaft. Sie würde genau dorthin gehen, wo man Josephine nie akzeptieren würde, und Palm Beach war perfekt. Es existierte kein spießigerer, konservativerer Ort, der nur bestimmten Gruppen zugänglich war. Natürlich wusste sie, dass es ein paar deutsche Juden des alten Geldadels gab, wie die Schiffs, die Seligmans, die Warburgs und sogar ein führendes jüdisches Mitglied im Everglades Club. Doch das waren Ausnahmen, und das Klubsystem wurde zunehmend antisemitischer. Selbst Hotels waren bei der Auswahl ihrer Gäste sehr wählerisch. Constance kannte viele dieser Juden, die hier Immobilien besaßen und als Erste solche neureichen Einwanderer wie Josephine Herz meiden würden.

Insgeheim wusste sie natürlich – ebenso wie Lally und Topper –, dass sie ebenfalls zu den Neureichen gehörte. Doch der Name Wyke und ihre eigene, große blonde Erscheinung verliehen ihr die Patina alten Geldes. Ganz zu schweigen von ihrer genialen Transkription ihres Nachnamens. Sie mochte sich insgeheim wie ein Emporkömmling fühlen, doch das wurde von ihrem Aussehen, dem Prestige der Wyke-Familie und ihrer Religion übertüncht. Sie seufzte erleichtert, dass sie auf allen Ebenen bestanden hatte. Plötzlich musste sie an CeeCee denken, verbannte diesen Gedanken aber sofort wieder.

»Ja, ich denke, dass ich es vielleicht trotzdem kaufen könnte.« Sie sah über den smaragdgrünen Rasen zum Meer und überlegte, dass der Besitz eines imposanten und sagenumwobenen Herrenhauses ihr gesellschaftliches Prestige verstärken würde. »Ich habe ein Büro in Atlanta und eröffne bald eines in Miami. Ich könnte also öfters hier unten sein.«

»Sehr gut, dann werde ich dein Kaufangebot einreichen. Ich habe so das Gefühl, dass es angenommen werden könnte. Es hat seit mehr als einem Jahr kein Angebot mehr gegeben.« Lally hakte sich glücklich bei ihr unter und rechnete sich bereits ihre Provision aus. Schließlich wusste sie, dass Topper pleite war und ihr Treuhandfonds stetig schmolz. Constance spürte sofort die Elektrizität, als sich die hübsche Blondine bei ihr unterhakte, und fragte sich, ob sie die gleichen Neigungen hatte. Nein, das konnte nicht sein. Constance schob den Gedanken beiseite und stufte das Ganze als angehende Freundschaft ein.

»Ich überlasse es Van, sich um die Klubs zu kümmern. Das ist sein Ding. Schließlich arbeite ich.« Sie lachte.

»Nun, das lieben wir so an dir, Constance. Du bist durch und durch eine moderne Frau.«

»Das bist du auch, Lally. Du bist jetzt ebenfalls eine berufstätige Frau.« Sie lächelte ihr zu.

»Du hast recht, leider.« Sie zuckte mit den Schultern.

»Also, ich würde es nicht anders haben wollen.« Constance blickte auf die Meereswellen, die sie plötzlich beruhigten, und dachte an einen Ort, an dem sie *dieser Frau* niemals über den Weg laufen würde.

»Gib mein Kaufangebot ab«, sagte Constance leise, und dann mit Nachdruck: »Heute noch.«

Kapitel 20

DIE MARKTEINFÜHRUNG MISSGLÜCKT

New York City, 1935

Es war eine eindeutige Lektion, die schmerzte: Nicht immer folgt ein Erfolg dem ersten auf dem Fuß. Der Winter war berauschend gewesen, doch im Frühling schien ihr Glück zu schwinden. Die jüngste Markteinführung von Gardiners Moulin Rouge Lipstick Collection entwickelte sich nicht so erfolgreich, wie Constance erwartet hatte. Gespickt mit lauwarmen Rezensionen und Reaktionen schoss sie nicht durch die Decke, sondern verlief eher im Sande.

Gegen ihren schweren Schreibtisch aus hellem Holz gelehnt studierte sie die Berichte. Zahlen logen nicht. Sie überflog die Informationen, als lese sie einen Arztbericht, dessen Ergebnisse nervös erwartet wurden. Es hieß, die Farben seien für ihre Stammkundinnen zu grell, zu gewagt und zu schamlos. Eine Sitzung mit ihrem mürrischen Buchhalter hatte die Stimmung auch nicht verbessert. Die Prognosen waren zu optimistisch und die Produktions- und Werbekosten zu hoch gewesen. Sie war zu sehr von sich überzeugt gewesen und hatte zu viel Geld ausgegeben, um den Erfolg des Titelblatts des *Time Magazine* zu übertrumpfen. Und sie hatte sich vom Kauf der Immobilie in Palm Beach ablenken lassen. Sie hatte ihre »Frau« und das, wonach sie suchte, in nur wenigen Monaten falsch gelesen. Kurz gesagt, ihre Kundinnen wollten die erlesene Anmut einer Claudette Colbert und nicht das aufdringliche Aussehen einer Jean Harlow. Verärgert schüttelten die Frauen ihr dauergewelltes Haar. Die Farben waren hart, ordinär und zu gewagt. Ihre Ehemänner, Freunde und Kinder hielten den Look für zu jung und zu exotisch. Außerdem ließe er sie naiv erscheinen.

»Was trägst du denn auf den Lippen?«, würden sie schimpfen. Statt der Komplimente, die sie für gewöhnlich für Constances Produkte bekamen, hagelte es Kritik. Sie wurden vielleicht einmal gekauft, doch es gab keine Nachbestellungen. Daraus lernte Constance eine der großen Lektionen ihrer Geschäftskarriere: Ihre Frau, ihre Kundin, wollte Qualitätsprodukte, die sie besser aussehen ließen und durch die sie sich jünger fühlte und jünger aussah – aber nicht »zu« jung, was auf ihre Freunde und Familien naiv wirkte. Harlow war zwar sexy und wurde von allen wegen ihrer Sorglosigkeit bewundert, doch nicht jede Frau konnte den Look des »schamlosen Luders« und der flachsenden Platinblondine tragen.

Kurz gesagt, die Markteinführung entpuppte sich als kostspieliger Flop. Doch Constance gab niemals schnell auf. Noch weniger verriet ihr perfekt geschminktes Gesicht, wie schockiert sie darüber war. Mit starrem Lächeln entließ sie ihren Buchhalter und starrte aus dem Fenster auf die klaren Umrisse der angrenzenden Gebäude. Sie sollte verdammt sein, wenn diese statuenhaften Gestalten sie überragten. Sie war eine von ihnen. Sie holte tief Luft, um sich zu stärken, doch die Realität lastete in diesem Augenblick schwer auf ihren Schultern. Sie ließ die Luft wieder entweichen und glitt auf ihren Stuhl.

Warum fühlte sich jeder Schicksalsschlag wie ein Rückschritt an? War sie mit diesem Produkt ein zu großes Risiko eingegangen? Allein die Anzeigen hatten sie mehr als das Doppelte gekostet als die letzte Kampagne, weil sie mit diesem drehenden Derwisch Josephine Herz Schritt halten wollte, die scheinbar in New York eingefallen war, um die Stadt zu erobern. Ihr New York.

Sie blätterte durch das *Ladies' Home Journal* und studierte wütend Josephines neue Kampagne und ihren Slogan »Yours for Beauty, Herz for Beauty«. Überall in dem Frauenmagazin sprangen ihr die scheinbar allgegenwärtigen ganzseitigen Hochglanzanzeigen entgegen, in denen die Durchschnittsfrau propagiert wurde. All ihre Haustürverkäufe im Mittleren Westen verzeichneten Gewinne, doch niemand verlieh ihr eine Auszeichnung oder sah ihre Anzeigen oder ihren Schönheitstempel in der Fifth Avenue, weil sie keinen besaß. Sie hatte das Rouge und den Lippenstift nicht in der Presse bewerben wollen, aber das Gefühl gehabt, ihrem Ego zuliebe konkurrieren zu müssen. Sie hatte eine teure Anzeigenagentur beauftragt und viel Geld in die Werbung für die Moulin Rouge Lipstick Collection gesteckt, die mit den Slogans »You Can, Can« und »Choose from the Colors of Your Garden« warb. Sie kam jedoch beim Publikum nicht gut an und wirkte neben Josephines neuen und mondänen Anzeigenkampagnen banal. Herz' majestätische Anzeigen für ihr anmaßendes Parfum Empress Josephine erschienen gleichzeitig und zeigten das Foto einer viel jüngeren Josephine mit einer Diamanttiara, die tatsächlich einmal der Kaiserin gehört hatte und inzwischen im Besitz der Herz war. Constance hielt das für vulgär und arrogant, aber die mondänen Damen schienen es zu schlucken. Constance ärgerte sich über die fehlende Kultiviertheit ihrer Kampagne, ganz zu schweigen von der Tatsache, dass sie scheinbar überall, wohin sie auch ging, den penetranten Duft Empress Josephine roch: von den Damentoiletten bis zu den Umkleidekabinen bei Lord & Taylor. Ihr wurde übel bei dem Geruch, er schien überall zu sein. Er machte sie wütend und ließ sie gleichzeitig fast ohnmächtig werden. Sie musste zugeben, dass jedes Mal, wenn sie ins Schleudern geriet, Josephine eine Stufe höher stieg. Sie war wie ein Vampir, der sich von Constances Herzblut ernährte. Wütend und in ihrer Entschlossenheit bestärkt wandte sich Constance ihrer Quelle der Inspiration zu, die sie nie im Stich ließ – ihrer Bar.

Jetzt, wo die Prohibition zum Glück aufgehoben war, ragte eine Flasche des Weihnachtsgins aus der bernsteinfarbenen Masse heraus, als wäre er nur deshalb in silberfarbenes Papier gewickelt, damit er Constances Aufmerksamkeit gewann. Das Büro war leer, die Gänge lagen im Dunkeln, das einzige Geräusch war das gelegentliche Rattern des Reinigungswagens. Natürlich war es Zeit, nach Hause zu gehen. Sie sah die Szene vor sich: Constance, die neben Van saß, ihrem senilen Ehemann, dem Langweiler, den zu heiraten sie sich allein wegen seines Namens herabgelassen hatte. Van Wyke. Sie war nun Constance Gardiner-Wyke, die in den Klatschspalten oft die neue Schönheitskönigin der oberen Zehntausend von New York und Palm Beach genannt wurde, verheiratet mit dem leutseligen Bankerben Van Wyke. Trotzdem hatte sie nur wenig Geduld für den zur Glatze neigenden, langweiligen Van und seine Freunde, die Eliteuniversitäten besucht hatten, lieber Squash und Polo spielten, als sich um ihre Arbeit zu kümmern, und innerhalb eines kleinen umzäunten Gebiets an der Goldküste von Locust Valley lebten. Das alles war so langweilig, aber wenigstens hatten sie eine Zuflucht.

Hell erleuchtet vom knisternden Feuer, eingerahmt von einem Kaminaufsatz, den sie in Paris gefunden und nach New York verschifft hatte, trank sie einen kräftigen Schluck Gin und wurde noch wütender. Sie stellte sich vor, wie er mit dem Kopf nicken würde, wenn sie ihm von ihrem Tag erzählte, von den schwachen Absatzzahlen und dem Misserfolg ihres viel gepriesenen Produkts. Er schenkte ihr immer seine volle

Aufmerksamkeit und war doch so passiv. Wie konnte ein Mann so wohlhabend und gleichzeitig so antriebslos sein? Constance dachte nicht länger darüber nach, als sie sich großzügig nachschenkte. Sie verspürte nicht den Wunsch, heute Abend ihren Ehemann zu sehen.

***

Der Aufzug hielt im fünfzehnten Stock, und CeeCee trat auf den dunklen Gang. Abgesehen vom entfernten Quietschen eines Reinigungswagens herrschte Stille. Sie hoffte auf ein wenig Ruhe und Einsamkeit, damit sie an ihrer Pomade arbeiten konnte. Bald würde sie Constance eine salonfähige Idee vorlegen können, aber sie wusste, dass diese würdig sein musste, den Namen Gardiner zu tragen. Constances Billigung musste man sich erst verdienen. CeeCee hatte hart für ihren Respekt gearbeitet. Sie würde die Zeit ihrer Chefin nicht mit einer unvollständigen oder einer etwas anderen als einer perfekten Idee verschwenden. Sie hatte den Schlüssel bereits in der Hand, als sie den Türknauf zum Empfangsbereich drehte und überrascht feststellte, dass die Tür unverschlossen war. Langsam ging sie hinein. Nur in Constances Büro brannte Licht.

Sie wusste, dass es kindisch war, trotzdem fuhr sie vor Angst und Aufregung, eine Regel zu brechen, zusammen. Ihre Verehrung für ihre Chefin war einer Schwärmerei nicht unähnlich: aufrichtiger Respekt, Bewunderung und … noch etwas anderes. Dieses gewisse Etwas an Constance, das sie in Alarmbereitschaft versetzte, sobald sie im selben Raum waren.

Plötzlich hörte sie das leise Rascheln von Papier. Langsam ging sie den Gang hinunter, um die Ursache dieses Geräuschs herauszufinden. In einer Ecke blieb sie kurz stehen, bevor sie einen Blick ins Büro warf und sah, wie Constance durch eine Filmzeitschrift blätterte.

Trotz der nahezu leeren Flasche Gin, die neben ihr stand, saß Constance aufrecht da und starrte auf ein Foto von Carole Lombard in einem Magazin. Gut, sie sah gut aus und hatte Talent. Aber was hatte Carole Lombards Gesicht an sich, das es gleichzeitig mädchenhaft und weiblich, sowohl frisch als auch kokett wirkte? Der unmoderne Reifrock war durch einen glatteren, enger sitzenden Bleistiftrock ersetzt worden, der das Bein verlängerte und die Hüfte betonte, während die Schauspielerin für die Presse vor einem Ford posierte – eine neue blonde Ikone: wunderschön, respektlos und witzig. Es musste einen Weg geben, Constances Make-up an diesen neu aufkommenden Typ, diese neue Identität anzupassen. Auf dieses Bild hätte sie sich konzentrieren sollen. Nicht auf Harlow. Das war ein Aussehen, für das sich *alle* amerikanischen Frauen begeistern konnten!

CeeCee stand auf dem Flur und konnte den Blick nicht von ihrer Chefin lassen. Sie bewunderte die Art, wie Constances Hände auf dem Foto in der Zeitung vor ihr ruhten. Instinktiv lehnte CeeCee sich ein wenig nach vorn und reckte den Hals, um das Foto besser erkennen zu können, als plötzlich die Diele unter ihr knarrte. Constance erstarrte.

Ein unbehagliches Schweigen umfing die beiden Frauen. CeeCee trat rasch einen Schritt zurück und schaltete das Licht ein, um sich bemerkbar zu machen. Das metallische Summen der Neonlichter im Flur hatte Mühe, das Schweigen zu füllen.

»Hallo?«, rief CeeCee. Sie fühlte sich wie ein Kind, das man mit einem gestohlenen Spielzeug erwischt hatte. Verlegen grinsend. Auf frischer Tat ertappt. Ein fröhlicher Auftritt würde sicher ihre Schuld verbergen.

»Hallo, Constance. Ich bin es, CeeCee«, flötete sie und trat ins Licht.

»CeeCee? Kommen Sie herein, meine Liebe«, säuselte Constance. Der Gin hatte ihre Stimme zuckersüß werden lassen.

CeeCee tat, wie ihr geheißen. »Wie ist es gelaufen?«, fragte sie und tat, als wüsste sie es noch nicht.

»Ich denke, darauf kommen Sie von selbst.« Constance musterte sie. Vielmehr starrte sie CeeCee an, sprachlos angesichts deren ebenmäßigen hellen Teints. »Haben Sie etwas vergessen?«

»Nein, ich wollte noch etwas zu Ende bringen.«

»Schnüffeln Sie mir hinterher?«, fragte Constance.

»Nein, ich wusste nicht, dass … ich habe nicht bemerkt, dass Sie so spät noch hier sind.« CeeCee ließ sich von Constance nicht einschüchtern, was diese guthieß. Sie bewunderte Menschen mit Rückgrat.

»Nun, ich freue mich, dass Sie zurückgefunden haben.« Constance wandte sich wieder ihrer Zeitschrift zu und tat, als interessiere sie deren Inhalt. »Irgendwelche brillante Ideen? Ich bin für alles offen. Was wir jetzt brauchen, ist ein Wunder.«

CeeCee zögerte nicht. Das war ihre Chance. Die Pomade. Natürlich wusste sie, dass sie noch nicht fertig war. Sie dachte an ihre Skizzen und Papiere sowie die Gläser mit der Sheabutter und den ätherischen Ölen, die sich auf ihrem Küchentisch und in ihrer Tasche stapelten. Trotzdem wusste sie, dass dies der richtige Moment war. Eine solche Chance bot sich ihr nie wieder.

Sie überlegte, wie sie anfangen sollte, und meinte lächelnd: »Ich habe tatsächlich …«

Constance unterbrach sie, streckte die Hand aus und griff nach CeeCees Notizbuch, um zu sehen, woran sie arbeitete.

»Ich arbeite an einer Pomade für farbige Frauen …« Sie verstummte angesichts Constances mangelndem Interesse an diesem Thema.

»Was ist das?« Constance zeigte auf eine Seite in dem Notizbuch mit ägyptisch anmutenden Zeichnungen.

CeeCee ging zu ihr hinüber und hielt ihr die Skizzen und die in perfekt geschwungener Handschrift notierte lange Liste an Zutaten hin.

Constance starrte auf das Blatt Papier.

Das war nicht der Moment, auf den CeeCee gehofft hatte. Sie schluckte ihren Satz hinunter, als sie beobachtete, wie Constance die Liste verschlang. Kohle. Farbstoff. Tinte.

»Dinge, die schwarz sind. Für die Augen. Ich habe viel über Cleopatra gelesen. Wussten Sie, dass sie Kohle als Wimperntusche verwendete? Sie parfümierte auch ihre Segel, wenn sie mit dem Schiff reiste, damit sie Eindruck hinterließ oder machte, wenn sie in den Hafen segelte, um Cäsar zu treffen. Sie hat ihre Schönheit eingesetzt, um ihre politischen Ziele zu erreichen«, berichtete CeeCee voller Stolz über ihre Nachforschungen.

»Ja, wie wir alle klugen Mädchen«, bemerkte Constance trocken, während sie interessiert auf die Seite schaute. Und dann auf die Bücher in CeeCees Armen. Gebundene Bücher und Taschenbücher mit Diagrammen, endlosen Listen möglicher Inhaltsstoffe, Geschichtsbücher, die zeigten, wie Männer und Frauen im alten Ägypten ihre Augen mit Kohle bemalt hatten. Die Entdeckung der Grabstätte von König Tutenchamun vor einigen Jahren hatte das Interesse der Öffentlichkeit an der Ägyptologie geweckt und die Idee von primitiver Kosmetik und dem kohlenschwarzen Eyeliner neu aufleben lassen. Constance blätterte durch den Bildband mit einer ganzen Reihe von Tutenchamuns Schätzen und seiner Totenmaske – und die leuchtend goldenen und tiefschwarzen Striche um die Augen.

»Das ist gut. Das könnte eine Möglichkeit sein.« Constance lächelte, wobei sie insgeheim wusste, dass CeeCees Idee ein Knaller war und dass sie eine andere Art von Gold in der Hand hielt. »Macht es Ihnen etwas aus, wenn ich das hier und die Bücher behalte? Ich habe da eine interessante Idee ...«

»Natürlich. Schließlich arbeite ich für Sie. Meine Ideen sind Ihre Ideen«, erwiderte CeeCee lächelnd.

»Wir werden sehen.« Sie räusperte sich. »Sie wissen ja, die Zeit ist immer knapp!« Sie lächelte CeeCee zu. »Ich bin sehr froh, dass Sie auch länger arbeiten. Zwei berufstätige Frauen, die noch spät am Freitagabend ins Büro gehen? Ich muss Sie einfach bewundern.«

CeeCee errötete. »Das beruht auf Gegenseitigkeit. Ich meine … Sie sind mein Vorbild. Alles, was Sie getan haben … alles, was Sie tun …« Sie hielt inne, als sie merkte, dass sie stotterte. »Ich bewundere Sie, Mrs Wyke. Viele von uns Frauen tun das. Sie geben uns allen das Recht, wie die Filmstars zu sein, unsere Persönlichkeit durch unser Aussehen auszudrücken. Wer, außer Ihnen, verhilft den gewöhnlichen Frauen zu dem Gefühl, sich so schön zu fühlen? Und zu finanzieller Freiheit?«

»Nun, Sie wissen, dass ich nicht die *Einzige* bin«, wandte Constance ein und wies auf eine Werbeanzeige für das Parfum Empress Josephine in dem Magazin.

»Doch, das sind Sie. Sie ist nicht vergleichbar. Sie erfindet nicht so wie Sie.«

»Ich denke, genau das Gegenteil ist der Fall. Sie ist in ihrer Leidenschaft ziemlich grausam.«

»Sie ist nicht wie Sie. Sie würde niemals eine Frau wie mich einstellen. Eine Schwarze ohne …«

Constance sprang hastig auf und rief überraschend leidenschaftlich: »Sagen Sie nicht so etwas! Sie sind eine Frau. Eine brillante, talentierte, mitfühlende, wunderschöne Frau, die man nicht wegen ihres Rougetons übergehen sollte!«

CeeCee starrte Constance an. Diese Freundlichkeit, diese Kraft, traf sie völlig unerwartet und raubte ihr den Atem.

Die beiden Frauen sahen sich in die Augen.

CeeCee spürte die Wärme von Constances Körper. Der Jasminduft aus der English Garden Collection stieg ihr in die

Nase. Ihre weiche rosafarbene Haut, die vom Alkohol gerötet war, ihre rosenförmigen Lippen, so feucht und prall.

»*Tu as des beaux yeux*«, murmelte Constance.

Beide waren von der intensiven Verbindung überwältigt und spürten diese magische Anziehungskraft. Sie hielten die Augen geschlossen, als sich ihre Lippen berührten. So blieben sie einige Sekunden regungslos stehen, bis sie lachend auf den Schreibtisch fielen.

Diese Leidenschaft und die Lust, die ihr folgte, hatte noch keine von ihnen jemals empfunden – zutiefst erotisch, wunderbar verspielt und in ihrer Heftigkeit elektrisierend. Sie vergnügten sich stundenlang, getragen von Lust und Heimlichkeit, den Körper der anderen erforschend wie junge Geliebte. Sie entdeckten zum ersten Mal die Freuden eines anderen. In wenigen Monaten würden die Unschuld und das Vergnügen dieser Nacht natürlich eine andere Färbung annehmen, schließlich wurden sie in dieser Nacht von Enttäuschung, Bewunderung, Freundschaft und ein oder zwei Gläsern Gin angetrieben. Doch ungeachtet der Umstände, die diese schönen Frauen zusammengebracht hatten, war sie für beide nachhaltig und beeindruckend. CeeCee war noch nie auf diese Weise berührt oder begehrt worden, erst recht nicht von einer Frau. So rein und vertraut, so teuflisch und heiß. Und natürlich versüßt durch die Heimlichkeit und den Reiz der verbotenen Frucht.

Diese Nacht würde Constances und CeeCees Arbeitsbeziehung beenden. Sie bedeutete das Ende der Professionalität und der Distanz, die sie bisher gekennzeichnet hatte, und der Anfang einer Intimität, von der beide nicht geahnt hatten, dass es sie gab. Ihre Beziehung verwandelte sich in etwas, was sich keine der Frauen jemals hätte vorstellen können. Sie trafen sich heimlich einmal in der Woche. Peinlich genau geplant und strukturiert, wie alles in Constances Leben. Constance ging sogar so weit und erzählte ihrem Ehemann, dass sie eine Kundin habe, mit der sie sich nur nach Sonnenuntergang treffen könne. Das ließ ihn natürlich vermuten, diese Kundin sei irgendeinem religiösen Glauben verfallen.

Diese Starrheit, die für Constance ideal war, beunruhigte CeeCee. Für sie wurden die Treffen zunehmend voraussagbar, fast Routine. Sie empfand nie wieder die Leidenschaft dieser ersten Nacht. Innerhalb weniger Monate hatte CeeCee das Gefühl, nicht mehr Herrin über ihre Zeit zu sein. Sie log Mickey häufig an. Sie könne sich nicht mit ihm treffen, weil sie länger arbeiten müsste. Sobald sie in ihrer Wohnung war, badete sie, bevor er kam, um sich den Geruch abzuwaschen. Irgendwann hatte sie das Gefühl, zwischen Constances neuem Projekt und Constances Begierde zerrissen zu werden. Für Constance war sie nur ein Spielzeug, ein weiteres Produkt, das in ihren Terminplan eingetragen wurde. Seit Wochen hatte CeeCee nicht mehr an ihrer Pomade arbeiten können. Und schließlich verblasste CeeCees Lust im Vergleich zur Triebkraft ihres Ehrgeizes.

***

Es geschah an einem Montagabend. Die Sonne war bereits untergegangen und das Büro hatte sich geleert. Constance und CeeCee trafen sich zur verabredeten Zeit und waren überzeugt davon, allein zu sein. CeeCee suchte ihre Habseligkeiten – ihre Utensilien, ihre Notizbücher – zusammen, ließ die Tasche an ihrem Stuhl hängen und ging zum Büro ihrer Geliebten, ihrer Chefin.

Constance telefonierte gerade und bemerkte nicht, dass CeeCee hereinkam. CeeCee nutzte ihre Anonymität, um Constance wie ein Fremder zu analysieren. Ihre glänzend lackierten Fingernägel hielten das Telefon ein wenig von ihrem Gesicht fern, um das Make-up nicht zu ruinieren. Sie warf den Kopf zurück, wenn sie lachte – oder so tat, als würde sie lachen –, und ihr Hals bewegte sich mit jedem Atemzug ein wenig vor und zurück. Constance war der seidene Faden, an dem CeeCees Erfolg hing. Von einer derart mächtigen Frau begehrt zu werden, war eine Ehre. Doch von ihr gefangen gehalten zu werden, war etwas ganz anderes.

Constance drehte sich zu CeeCee um und lächelte, als hätte sie gewusst, dass sie die ganze Zeit dort gestanden hatte. Sie hatte nur so getan, als hätte sie sie nicht bemerkt. Sie zog eine Show ab. Constance winkte ihr verheißungsvoll zu und formte ein wortloses »Fünf Minuten«. CeeCee nickte und kehrte an ihren Schreibtisch zurück.

Doch CeeCee würde sich nicht aufhalten lassen. Sie würde das nicht aufgeben. Sie saß da und wartete. Fünf Minuten wurden zu zehn Minuten. Zehn Minuten zu einer halben Stunde. Sie hatte nie zu den Menschen gehört, die ihre Zeit verschwendeten. Trotzdem saß sie in einem leeren Büro, starrte auf ein leeres Blatt Papier in ihrem Notizbuch und tat nichts anderes, als zu warten.

Diese Passivität machte sie wütend auf sich selbst und schließlich wandte sie sich den Notizen über ihre Pomade zu. Nur zum Spaß hatte sie am Abend zuvor in ihrer Küche einen Tropfen Pfefferminzöl zu Sheabutter und Kokosnussöl hinzugefügt. Sie hatte alles vermischt und die Reaktion beobachtet. Dann hatte sie tief eingeatmet. Der Duft war sehr intensiv gewesen und hatte heilend und stärkend gewirkt. Sie hatte das Gemisch auf die Kopfhaut aufgetragen, und der Juckreiz hatte sofort nachgelassen. Es hatte tatsächlich die Irritationen gemildert, die die Lauge verursacht hatte. Die Pfefferminze hatte der Behandlung und ihrer Kopfhaut ein kühlendes, entspanntes Gefühl verliehen. Sie wusste, dass das die Lösung war. Plötzlich rasten ihre Gedanken schneller als ihr Stift. Sie spürte die Inspiration. Einen Heureka-Moment. Dieses atemberaubende Gefühl, das einem nur eine neue Idee verleihen konnte. Das

Wasser, das als Dampf verdampfte, hätte ebenso gut CeeCees Geist gewesen sein können, der nach oben stieg.

Sie skizzierte ein Logo, weil sie wusste, dass sie eines brauchen würde, so wie das Gardiner-Logo mit den zu einem Kranz gebundenen englischen Blumen der Marke gute Dienste geleistet hatte. »CeeCee Lopez' Haarglätter«, schrieb sie. Nein, dachte sie. »Haarglätter« klang zu sachlich, zu förmlich und war nicht anschaulich genug, weil sich der Begriff nur auf den Nutzen des Produkts bezog. Sie suchte nach anderen Worten, und ihr gefiel der Gedanke von weicherem, weniger beanspruchtem Haar. Lockerem, entspanntem Haar.

»Relaxed.« Sie lächelte. »Das ist es!« Ihre Laune verbesserte sich schlagartig bei diesem Wort. Sie würde den Begriff »Relaxer« verwenden anstelle von »Pomade« oder »Haarglätter«. Die feinen Kringel des Druckbuchstaben C, die sie aufgemalt hatte, wurden zu wunderschönen seidig-lockeren Haarsträhnen. Endlich hatte sie die Idee und das Konzept. »CeeCee's Relaxer« – das war es! Sie war begeistert.

»Er hört einfach nicht auf. Dieser Mann kann stundenlang reden.«

CeeCee sah bestürzt auf. Constance stand in der Tür. Ihr erster Gedanke war, Constance von ihrer Entdeckung zu erzählen. Es war an der Zeit für diesen Schritt. Doch als sie den Mund öffnete, sagte sie nur: »Wie spät ist es?«

»Spät. Danke, dass du gewartet hast. Wir sollten uns beeilen.« Constance drehte sich auf dem Absatz um und kehrte in ihr Büro zurück. Ihre Absätze klapperten auf dem Holzboden. CeeCee stand gehorsam auf und folgte ihr. Als sie Constance betrachtete, war ihr Feuer wieder entfacht, beschwingt von den Ereignissen des Abends. Und dieses Mal klammerten sie sich verzweifelt aneinander, als sie sich liebten.

***

Lenny Ryan, der Hausmeister, hatte angenommen, ein leeres Büro vorzufinden. Manchmal, wenn ihm danach war, setzte er sich auf einen Stuhl am Schreibtisch der berühmten Mrs Gardiner-Wyke, um sich für einen Moment vorzustellen, ein anderer Mann zu sein. Umso mehr verbitterte ihn die Tatsache, dass er das Büro einer Frau reinigen musste. Doch an diesem Abend fand er den Schreibtisch nicht wie sonst leer vor. Für einen Moment sah er geschockt und gleichzeitig erregt diesen beiden, ineinander verschlungenen Frauen zu, dann hustete er.

CeeCee hielt sich die Arme vor die Brust, um ihre Blöße zu verdecken, während Constance sich lässig die Bluse anzog.

»Kann ich Ihnen helfen? Das ist ein *privates* Büro«, knurrte Constance.

»Sie sind Mrs Gardiner-Wyke«, antwortete er und sprach ihren vollen Namen laut aus, wie er ihn in den Artikeln und auf Titelblättern der Magazine gelesen hatte, die er oft in ihrem Büro weggeräumt hatte. Er fühlte sich ermutigt, ihren vollen Namen mit einem ätzenden Unterton auszusprechen.

»Um diesen Raum muss sich niemand kümmern.« Sie trat auf ihn zu wie eine Löwin, die ihre Beute einschüchterte. Falls nötig, könnte sie ihn entlassen.

»Das ist eine doppelte Straftat«, fuhr Lenny fort. »Sie sind verheiratet. Und sie ist eine …«

»Seien Sie still!« Constances Hals war nicht mehr länger grazil, sondern schwoll vor Wut an.

Er hielt ihrem Blick herausfordernd stand. »Das ist nicht richtig.«

Seine Augen blitzten böse auf. Er war zwar ein älterer Mann, doch es war durchaus möglich, dass er ihnen beiden etwas antun könnte. Obwohl sie zu zweit waren.

»Ich bin keine …«, rief CeeCee entsetzt.

»Keine was?«, fragte er »Keine Lesbe? Oder keine Latina?«

Constance schreckte voller Abscheu zurück. »Ich möchte, dass Sie sofort dieses Büro verlassen. Mein Mann wird davon erfahren«, zischte sie. »Ich werde eine solche abscheuliche Person, die in die Privatsphäre anderer eingreift, nicht …«

»Mr Wyke wird nichts erfahren, wenn es nicht sein muss«, sagte Lenny.

Constance schwieg. Sie verstand, was er meinte.

»Oh, ich verstehe«, antwortete sie, atmete tief aus und richtete sich ein wenig auf. Ihre Gedanken rasten, während sie an die Nacht dachte, in der sie für ihren Bruder James eine Kaution hinterlegen musste. Sie wusste, dass homosexuelles Verhalten illegal war und dass ein Wort zur Polizei oder zur Presse sie gesellschaftlich und beruflich ruinieren konnte.

»Vielleicht können wir uns ja einigen«, fuhr sie schließlich fort.

CeeCee blinzelte und starrte Constance nun mit derselben Abscheu an wie den Hausmeister.

Constance kehrte zu ihrem Schreibtisch zurück und war wieder ganz die Geschäftsfrau.

CeeCee raffte sich auf und ging zur Tür, während sie ihren Rock schloss. Sie schob sich an Lenny vorbei, der regungslos stehen blieb, ihr aber mit den Augen folgte, als wäre er von der Beute zum Jäger avanciert.

Kapitel 21

DIE KRIEGSERKLÄRUNG

New York City, 1935

Sie war einfacher davongekommen als erwartet. Constance war bereit gewesen, einen Scheck über mindestens zweitausend Dollar auszustellen, um diesen furchtbaren Hausmeister zum Schweigen zu bringen. Natürlich hätte sie den Scheck am liebsten wieder aus seinen Händen gerissen und ihm mit ihren scharfen roten Fingernägeln die roten Wagen aufgerissen, als sie bei der Übergabe seinen gehässigen Blick wahrgenommen hatte. Stattdessen schluckte sie die Wut hinunter, schritt an ihm vorbei und verließ das Büro. Am nächsten Tag, als sie auf dem Weg zum Mittagessen im Colony nachdenklich am Zeitungsstand vorbeilief, blieb sie abrupt stehen. Auf der Zeitung prangte das Gesicht der Frau, dieser Herz, die sie so verabscheute. Ihr selbstgefälliges Grinsen und diese eckigen Augenbrauen leuchteten ihr von der Titelseite entgegen.

HERZ BEAUTY WIRD BLEIBEN
INTERNATIONALE KOSMETIKMARKE
PLANT BÖRSENGANG

***

Wie viele Rubel mochte es gekostet haben, damit die *Daily News* das auf die Titelseite brachte, war Constances erster Gedanke. Sie war so froh, dass sie dieser Frau bei der Eröffnungsgala der Oper eine Abfuhr erteilt hatte. Ein gemeinsamer Freund, Avery Fisher, ein Mogul in der Elektronikbranche, hatte sie einander vorgestellt.

»Constance, kennen Sie bereits die *andere* Pionierin der Kosmetikbranche, Madame Herz?«, hatte er sie gefragt, nachdem ihn der Winzling von Josephine in ihrem grünen Satinkleid von Vionnet mit einem mit Smaragden besetzten Kragen herzlich begrüßt hatte.

»Es ist mir in der Tat ein großes Vergnügen.« Josephine hielt Constance eine weiß behandschuhte Hand hin, die die große, blonde Frau ihr gegenüber sofort zurückwies.

»Ich glaube nicht, dass ich sie kenne oder jemals von ihr gehört habe«, gurrte Constance hochmütig. »Avery, Sie sind wirklich ein Spaßvogel. Van, lass uns hineingehen«, grummelte sie in Richtung ihres Mannes. »Ich möchte nicht mit Fremden verkehren. Oder mit Einwanderern«, fügte sie noch hinzu, während sie sich den Fuchspelz über die Schultern warf und davonstürmte.

»Bitte entschuldigen Sie, Josephine.« Avery schüttelte den Kopf.

»Machen Sie sich keine Sorgen. Sie bekommt noch ein Herz.« Josephine lächelte bei dem Satz, der zu einem berühmten Bonmot geworden war. Doch ihr Lächeln überdeckte nur ihre Wut. Und von nun an war dieses Gardiner Girl eine Erzfeindin.

Am nächsten Tag erkannte Josephine auf der anderen Seite der Stadt, dass die Wahrheit weitaus komplizierter war. Sie saß in ihrem Konferenzraum und dachte an ihre Zeit im Laden ihres Onkels zurück. Wie wenig es bedurft hatte, um die Frauen dort mit ihren Elixieren und Cremes zufriedenzustellen. Bevor sich alles nur noch um Produkteinführungen, Verkaufsschlager und Werbemaßnahmen drehte. Sie dachte auch an das strenge Verhalten ihres Onkels und wie er ihre Absichten missverstanden hatte – und ihre Ziele tatsächlich vereitelt hatte. Aber welcher Mann hatte nicht die Träume einer Frau zerstört, die er angeblich liebte? Ja, sie hatte einige Flaschen stibitzt, um einen Gewinn zu machen. Letztendlich hatten sie ihren Onkel aber nur ein paar Pennys gekostet.

Nun, wo sie so erfolgreich war, hatte er schließlich geschrieben und um finanzielle Hilfe gebeten. Sie hatte immer gewusst, dass er das eines Tages tun würde. Sie hatte den Brief vorsichtig geöffnet, als sie den Melbourner Poststempel gesehen hatte, und den Moment genossen, weil sie wusste, was in diesem Brief stehen würde. Er war voller rosaroter Erinnerungen und hohler Phrasen. Ihr Onkel betonte, wie sehr Tante Masha und er ihr in ihren Anfängen geholfen hatten, bevor er zu jammern begann. Tante Masha sei inzwischen krank, der Laden fast pleite und die Mädchen bräuchten Geld für ihre Hochzeiten. Zuerst hatte Josephine die Nachricht mit einer gewissen Abneigung gelesen, dann aber mit großer Befriedigung. Letztendlich hatte sie gewonnen. Also hatte sie ihm umgehend einen Scheck über tausend Dollar geschickt und eine Notiz beigefügt: »Lieber Onkel Solomon, jeder bekommt, was er verdient! Josephine Herz.« Das war ihr Stil. Kühl, geplant und unverblümt. Und sie war niemand, der einen Sieg *nicht* genoss.

Sarah Collins, die Leiterin der Marketingabteilung mit den hellbraunen Haaren, die Josephine vor Kurzem eingestellt hatte, betrat das Sitzungszimmer. Das Treffen war für den Mittag angesetzt, aber Josephine war stets überpünktlich. Sie war eine halbe Stunde früher eingetroffen und saß an ihrem Stammplatz am Kopfende des Tisches. Sie dachte an die bevorstehende Vorstandssitzung und überprüfte noch einmal die Bilanzen. Die Zahlen waren gut und sahen gewinnbringend aus. Außerdem waren bereits neue Produkte geplant. Wieso hatte sie nur ständig das Gefühl, in eine ungewisse Zukunft zu sehen? Die Schtetl-Mentalität, die Jahre des Knauserns und des Darbens, hatte sie nie ablegen können. Trotz ihrer Juwelen, die mit den Jahren immer extravaganter wurden, konnte sie sich nicht davon befreien.

»Ich wüsste gern, was Sie davon halten …« Sarah legte ihr eine Branchenbekanntmachung vor, die über die neue Wirkung von Gardiner Cosmetics berichtete. Es war eine langweilige Reportage über die neue Produktlinie namens Moulin Rouge Lipstick Collection.

Eine europäische Assistentin mit dunklem Teint, die an eine Zigeunerin erinnerte, war Sarah in den Raum gefolgt. Wer war diese neue Brünette in der fortlaufenden Reihe namenloser Brünetten, die täglich auftauchten? Mein Gott, ob es jemals einen Mangel an geschäftigen, kecken jungen Frauen mit ihren Kugelschreibern und Blöcken gab? Wo kamen diese Frauen bloß her, sinnierte Josephine. Dann erinnerte sie sich daran, dass viele aus Osteuropa stammten – so wie sie. Angesichts ihres angeborenen Überbisses musste die hier mit dem letzten Boot aus Minsk eingetroffen sein.

»Was ich wovon halte?« Josephine trommelte mit ihrem Cabochon-Ring von Van Cleef auf den Tisch und wandte ihre Aufmerksamkeit der neuen, eifrigen jungen Frau neben ihr zu.

»Gardiner. Sehen Sie sich ihr Foto an und dann Ihres.« Sie legte die Morgenzeitung mit der Titelseite vor sie. »Haben Sie die Zeitung schon gesehen?« Sarah platzierte beide Artikel nebeneinander, um ihre Aussage zu belegen, und Josephine nahm nur ihr eigenes abscheuliches Foto wahr. Sie hatte der Presseabteilung ausdrücklich gesagt, dass sie dieses Foto niemals verwenden sollte.

»Ja, habe ich.« Das hatte sie nicht.

»Dann muss ich Ihnen nicht sagen, dass Gardiner untergeht. Sie hat eine von Europa inspirierte Kosmetikreihe herausgebracht, um mit Ihnen, mit uns, zu konkurrieren. In der Stadt spricht man von einem Misserfolg. Wissen Sie was? Ich denke, Sie sollten sie aufkaufen. Wir sollten ein niedriges Kaufangebot machen und Gardiner kaufen.« Sie wirkte ziemlich selbstzufrieden.

In diesem Moment buhlten mehrere Gedanken um Josephines Aufmerksamkeit. Erstens, wie entschlossen und stolz diese junge Frau sein musste, um so mit ihr zu reden. Zweitens wusste sie – obwohl sie Gardiner nur zu gern vom Markt verdrängen würde –, dass Constance ihr Geschäft niemals verkaufen würde, egal unter welchen Umständen. Schon gar nicht an Josephine! Die Idee war kindisch, und ihr gefiel das offene Getöse nicht. Und drittens kam ihr in den Sinn, dass diese Leiterin der Marketingabteilung Polly hieß, nicht Sarah. Das war die letzte gewesen. Einige blieben nur wenige Wochen. Oder Monate. In letzter Zeit feuerte sie unfähige Mitarbeiter innerhalb weniger Tage.

»Nun, meine liebe Polly. Solche Spielchen spielen wir hier bei Herz Beauty nicht. Lassen Sie diesen Drachen ihr *Zeug* den amerikanischen Hausfrauen an der Haustür verkaufen. Ich verkaufe an die gehobene Kundschaft, und das weiß sie. Das ist Qual genug für Miss Palm Beach«, schnaubte Josephine. Sie hatte von Constances neuem Herrenhaus gelesen, mit dem sie einen gesellschaftlichen Coup gelandet hatte. Die Fotoserie von ihrem Anwesen und die Bilder von ihr und Van sowie ihren Poloponys in der Klatschpresse verunsicherten Josephine, da sie wusste, dass sie niemals zu diesem Stand gehören würde.

Sarah, alias Polly, wirkte frustriert, als würde sie einem Kind etwas Wichtiges erklären, was dieses einfach nicht verstand.

»Wenn Sie Gardiner zu einem Spottpreis mit dem kompletten Bestand aufkaufen, räumen Sie unsere komplette direkte

Konkurrenz aus dem Weg. Wir bekommen ihre Produkte und die Verpackung. Ändern Sie den Namen in Herz um oder lassen Sie sie als zweitklassige Reihe weiter unter Gardiner laufen. Wenn sie vernünftig ist, wird sie die Namensrechte veräußern.« Polly strahlte und blinzelte ihre Chefin hinter der intelligenten Brille an.

Josephine dachte, dass mit ihrer neuen Abteilungsleiterin irgendetwas nicht stimmte. Wieso war sie so sehr auf Gardiner fixiert? Als versuche sie, irgendetwas zu sagen … wie das Shakespeare-Zitat »Die Dame gelobt zu viel«.

»Lassen Sie mich Ihnen etwas erklären, meine Liebe. So einfach es auch sein mag, die Wahrheit ist, dass ich sie genauso brauche wie sie mich.« Sie seufzte und wies die Idee mit einer Handbewegung endgültig ab.

»Was soll das heißen?«

Die Tür zum Sitzungssaal schwang auf, und nach und nach traten die Vorstandsmitglieder ein. Die junge Assistentin starrte Josephine an und kritzelte etwas auf ihren Block. Und während Josephine das Wort ergriff, machte sich Pollys Assistentin erneut Notizen.

Nachdem alle Platz genommen hatten, besprach Josephines Kreativteam die Produkte, die bald eingeführt werden sollten. Der Kalender enthielt Bilder von verschiedenen neuen Rouges, Lippenstiften und Pudern mit dem Sommermotiv »Griechische Inseln«. Passend dazu lautete die Marketingidee »Griechische Göttinnen«. Der Leiter der Werbeagentur zeigte große Tafeln mit Abbildungen verschiedener Glamourgirls, die eine Tunika trugen und mit den neuen Herz-Farben der Saison geschminkt waren. Am Ende des Kalenders, vor den Winterferien, stand ein großes Fragezeichen.

Doch Josephine konnte sich kaum auf die Besprechung konzentrieren. Ständig kreisten ihre Gedanken um Constance Gardiner. Constance, eine Frau, die sie verachtet und beleidigt hatte und ihre größte Rivalin war, war ironischerweise die Frau, die sie am ehesten verstehen würde. Allerdings war sie auch Mrs Van Wyke, der Stolz des sehr beschränkten Palm Beach. Josephine wusste, dass es für sie sehr schwierig sein würde, eine Einladung für ein Wochenende oder nur eine Hotelreservierung zu erhalten.

»Madame?«

Josephine nahm eine königliche Haltung ein und richtete ihren Blick auf Polly und die acht Männer am Tisch. Neun begierige Augenpaare erwiderten ihren Blick.

»Ja?«

»Welches Produkt wollten Sie als Letztes auf den Markt bringen? Wofür steht das Fragezeichen?«, fragte Carl Epstein vom anderen Ende des Tisches.

»Ja«, meinte ein anderer. »Wo ist Ihre goldene Gans, Josephine? Wir wissen, dass Sie sie irgendwo versteckt haben.« Ihr Leiter der Finanzabteilung lachte.

Josephine täuschte ihr höflichstes, kokettestes Lachen vor, bevor ihre Lippen ganz schmal wurden. »Ich *vollte* es Ihnen sagen« – sie sah Polly und ihren Schreiberling direkt an –, »aber nun habe ich beschlossen, dass ich noch nicht so weit bin. Wir brauchen noch einige Tests und Weiterentwicklungen. Aber ich verspreche, es *vird* bald so weit sein. Wir *verden* es bekannt geben, und wenn ich das tue, das verspreche ich Ihnen, *verden* wir die Konkurrenz vernichten.«

Josephine stand auf und glättete ihren Rock von Mainbocher. Alle am Tisch folgten ihrem Beispiel. Sie verließ den Raum, ohne sich noch einmal umzudrehen. Die Assistentin schrieb immer noch.

***

Bevor sie zu einem späten Geschäftsessen in den 21 Club aufbrach, machte sich Josephine auf den Weg in Polly Collins' Büro. Das Auftauchen der neuen jungen Dame, das plötzliche Verschwinden ihrer anderen Assistentin und all das Geschreibsel auf dem Block hatten sie eher verblüfft als beunruhigt. Nichts entging Josephines Blick. Als sie das Büro erreichte, war sie ziemlich überrascht, Polly Collins mit den Füßen auf ihrem Schreibtisch vorzufinden, die diese sofort herunternahm.

»Polly, das ist eine napoleonische Antiquität. Ich würde es sehr begrüßen, wenn Sie Ihre Straßenschuhe nicht darauf ablegen«, belehrte sie sie.

»Tut mir leid, Josephine … Madame Herz«, erwiderte sie schuldbewusst.

»Ihre neue Assistentin, das Mädchen mit den dunklen Haaren, das während der Besprechung Notizen machte. Ich möchte mit ihr sprechen. Wissen Sie, wie sie heißt?«, wollte sie wissen.

»Also, Suzannah, meine Assistentin, ist heute krank … vielleicht haben sie eine Aushilfe geschickt.« Polly zuckte mit den Schultern.

»Braunes Haar. Brille. *Villensstark*. Sah europäisch aus.«

Polly schüttelte nervös den Kopf. »Mir fällt niemand ein, auf den diese Beschreibung passt. Wollten Sie etwas Spezielles von ihr?«

»Ich erinnere mich, dass in dem Meeting ein Name für den neuen Lippenstiftton genannt wurde, kann mich aber nicht mehr an ihn erinnern. Wenn Sie sie sehen, sagen Sie ihr, dass ich ihre Notizen lesen möchte.« Sie beobachtete ihre Miene sehr genau, um herauszufinden, ob sie bei dieser Bitte einen ungewöhnlichen Ausdruck annahm. Das tat sie. Eine feine Spur von Angst, überspielt mit höflicher Verwirrung.

»Ja, natürlich.« Sie nickte.

Josephine nickte ebenfalls, als sie erkannte, dass sie mit ihrer Vermutung richtig liegen könnte.

»Soll ich versuchen, das Mädchen zu finden? Ich könnte die Zeitarbeitsfirma anrufen.«

Josephine blieb kurz, aber kaum lange genug für eine Antwort stehen.

»Guten Abend.« Mit diesen Worten verließ Josephine das Büro und stieg in ihren Packard ein, vor dem der Chauffeur bereits auf sie wartete. In ihrem Magen machte sich ein unbehagliches Gefühl breit, während sie sich ihren Nerz über die linke Schulter warf. Pollys Gerede über den Kauf der Gardiner-Linie hatte eindeutig dem Zweck gedient, Josephine über Pollys wahre Loyalität zu täuschen. Zusammen mit der verdächtigen Anwesenheit des dunklen, namenlosen Mädchens war klar, dass Constance einen Spion oder mehrere Spione in ihr Büro geschickt und in ihre Vorstandssitzung eingeschleust hatte. Polly und das Notizen machende Mädchen waren Geschwüre, die sofort entfernt werden mussten. Der Krieg war offiziell erklärt worden.

Kapitel 22

DAS SPIEL

New York City, 1935

Lenny Ryan genoss immer das Gefühl, ein Bündel Banknoten in der Tasche seiner marinefarbenen Hose zu haben, und dieses Mal war es dicker als sonst. Er hatte seine Miete pünktlich bezahlt und sich in einem Bordell in der Stadt mit einem Mädchen amüsiert, nachdem er längere Zeit nach dem Tod seiner Frau Sheila keinen Sex mehr gehabt hatte. Und nun wollte er sich endlich den neuen Hut kaufen, der ihm schon lange gut gefiel und den er sich verdient hatte. Bevor er jedoch den Nutzen aus seiner Beute genießen konnte, musste er noch etwas erledigen.

Er betrat das Gardiner-Gebäude um 9.15 Uhr, was für ihn eine ungewohnte Zeit war, denn er war noch nie tagsüber dort gewesen. Als nachtaktives Wesen war er dazu verdammt gewesen, nur im Mondlicht durch die Lobby mit ihrem Travertinboden zu laufen und seinen Reinigungswagen durch die Gänge zu ziehen, begleitet von dem Summen der Leuchtstoffröhren. Während er sich also fehl am Platz fühlte, überraschte ihn die Armee von Leuten in der Lobby. Als er auf den Aufzug wartete, beobachtete er, wie ein Mann seine Taschen leerte und

Flusen und Papierschnipsel auf dem Boden verstreute. *Und ich muss mich heute Abend darum kümmern*, dachte er wütend. Der Aufzug läutete und er trat hinein.

Es war offensichtlich, dass er nicht hierher passte. Sein einziger Anzug, den er vor fast dreißig Jahren zu seiner Hochzeit getragen hatte, hing an ihm wie die abgetragenen Kleider am jüngsten Kind einer Großfamilie. Früher war er größer gewesen, inzwischen hatte er sich aber krumm gearbeitet. Er bewunderte die eng sitzenden Maßanzüge der Männer, ihre Figuren und die Muskeln, die sie dank Luxus und Freizeit besaßen. Der Aufzug öffnete sich im fünfzehnten Stock. Lenny trat heraus und schaute sich um. Niemand bemerkte ihn. Die Türen schlossen sich wieder, und er marschierte in das Hauptbüro von Gardiner Cosmetics. Dort ging es zu wie in einem Bienenstock. Überall schwirrten Frauen herum, als würden sie eine Blume bestäuben. Er schlängelte sich durch die vielen Schreibtische, Frauen und klingelnde Telefone und fand sich schließlich vor Constances Büro wieder. Er klopfte dreimal.

»Herein«, rief Constance von drinnen.

Lenny straffte die Schultern und öffnete die Tür.

Im Vergleich zum Vorabend wirkte das Büro fast leer. Constance saß an ihrem Schreibtisch und trug einen ihrer üblichen Hosenanzüge aus schwerem Tweed mit den wohlproportionierten Schulterpolstern. Sie saß vor einem Stapel Papiere, wie ein Buchmacher, der die Spielergebnisse studierte. Ihr Verhalten änderte sich, als sie das Gesicht ihres Besuchers erkannte.

»Schließen Sie die Tür!«

Gehorsam ließ Lenny sie leise ins Schloss fallen. Er musste seine Haltung wiedererlangen, die Kraft, die er an diesem Abend ausgestrahlt hatte. Schließlich war er der Mann im Raum.

»Hallo, ich bin hier, um …«, begann er.

Constance erhob sich. »Nein, dafür gibt es absolut keinen Grund. Ich habe Ihnen Geld gegeben. Das war ein einmaliger Deal.«

»Ich bin hergekommen, um zu fragen …«

»Sie wollen noch mehr Geld?«, fauchte sie. »Haben Sie etwa alles in zwei Tagen versoffen?«

»Ich bin kein Säufer.« In die Defensive gedrängt schoss Lenny zurück. »Ich bin hergekommen, um Ihnen zu danken.«

Er mochte vielleicht nicht klug sein, aber er war schnell: ein Straßenkämpfer, der – aufgewachsen in den heruntergekommenen Straßen von Hell's Kitchen – auf die harte Tour gelernt hatte, sich zu schützen. Ein Foto von Constance und ihrem Ehemann, das in einem silbernen Rahmen auf ihrem Schreibtisch schimmerte, brachte ihn schließlich auf eine Idee.

»Danke, dass ich derjenige sein werde, der es Ihrem Mann sagt. Oder der Polizei. Sie wissen, dass es ein Verbrechen ist, lesbisch zu sein. Ich habe das überprüft und bin hergekommen, um Ihnen die Entscheidung zu überlassen.«

»Sie verdammter Mistkerl. Ich habe Rechtsanwälte, ich habe Geld, ich habe …« Constance bemerkte, dass sie panisch klang. Sie wusste, dass sie die Kontrolle verloren hatte – und er wusste es auch. »Sie können nicht …« Ihre Stimme erstarb. »Ich habe Ihnen nichts mehr zu sagen.«

»Dann werden es wohl alle erfahren. Dass Sie eine Hure und eine Lesbe sind …« Er drehte sich um und schlenderte zur Tür. An der Schwelle blieb er kurz stehen und drehte sich noch einmal um. »Mitgefangen, mitgehangen«, zischte er. Mit diesen Worten verließ er ihr Büro.

Constance stand einen Moment sprachlos da. Ihr Blick schoss hin und her, dann lief sie auf und ab und überlegte, was als Nächstes zu tun war. Sie griff nach einem Briefbeschwerer und stellte sich vor, wie die Scheibe zersplittern und auf der

Fifth Avenue landen würde. Doch dann nahm sie mit der anderen Hand den Hörer ab und begann zu wählen.

Es dauerte nicht lange, und CeeCee stand in Constances Büro. Sie würde die Anklage oder die Verleumdung nicht überleben, während Constance trotz des Schrecks insgeheim wusste, dass sie es überstehen würde. Man würde sie in der Presse zerreißen oder hinter ihrem Rücken über sie tuscheln, doch sie konnte einfach alles abstreiten. Diesen Luxus besaß CeeCee nicht.

»Wir müssen etwas tun«, erklärte Constance.

»Was?«, fragte CeeCee.

»Wir müssen ihn loswerden. Ihn fertigmachen. Du kannst das. Du weißt, wie. Ich bin Constance Gardiner. Er ist … was? Ein Hausmeister?« Sie lief auf und ab.

Sie wandte den Blick von CeeCee ab und starrte auf ein Blatt Papier auf ihrem Schreibtisch. »Unter uns gesagt, meine Liebe, ich fürchte, dass du diejenige bist, die das am besten kann.«

»Entschuldige, aber ich verstehe nicht ganz.«

»Du musst doch jemanden kennen, der … In deinen Kreisen gibt es doch bestimmt jemanden, der … ihn verschwinden lassen kann.«

»Das tue ich nicht.« Bestürzt wandte sie sich ab. Constance hatte sie nicht nur enttäuscht und in Gefahr gebracht, nun zeigte sie ihr wahres Gesicht und erwartete, dass CeeCee etwas Furchtbares tat. Und was noch schlimmer war, sie ging davon aus, dass sie das wegen ihrer Rasse, ihres niedrigen Standes tun könnte.

Constance erkannte diesen Schmerz sofort und hasste sich für diese Kränkung. Am liebsten wäre sie um den Schreibtisch herumgelaufen und hätte CeeCee in den Arm genommen. CeeCees Rehaugen, ihre perfekt geformten, herzförmigen

Lippen – sie ließen Constances Herz noch immer schneller schlagen.

»Er hat geblufft«, meinte CeeCee schließlich. »Es wird vorbeigehen.« Sie trat einen Schritt zurück.

»*Ma jolie fille*«, flüsterte Constance.

»Nein«, entgegnete CeeCee. »Nach dem, was gerade passiert ist, kann ich das nicht mehr.« Sie drehte sich um und verließ das Büro, ohne Constance eines Blickes zu würdigen.

Constance sah, wie sie fortging, hörte das Klackern ihrer Absätze auf dem Holzboden auf dem Gang. Ihr wurde schwer ums Herz, weil sie wusste, dass sie zum letzten Mal mit ihr allein gewesen war.

Kapitel 23

DAS ANGEBOT

New York City, 1935

Er erklärte dem Schneider immer wieder, dass die Kragen an seinen Hemden zu eng seien. Doch der alte Mann hörte ihm nicht zu, sondern bestand unbekümmert auf englischen Hemden. Mickey war sich inzwischen allerdings sicher, dass der alte Schneider englische Billigware in Chinatown gekauft hatte, nicht in der Savile Row, wie er behauptete. Normalerweise hätte Mickey es ihm durchgehen lassen, da er seit Jahrzehnten an den Obststand seines Vaters kam. Doch als er nun in dieser Bar stand und an dem engen Kragen zog, wünschte er sich, er hätte auf einem weiteren Kragen bestanden oder mit dem Geld einfach tatsächlich importierte Hemden gekauft. Von nun an würde er nicht mehr knausern.

Mickey fuhr sich mit den Fingern durch die Haare und versuchte, seine Locken zu zähmen, während er nach wie vor an der Bar lehnte. Er wollte sich nicht setzen, da er immer aufsprang, wenn CeeCee einen Raum betrat. Sich in der Öffentlichkeit zu treffen, war riskant für sie, doch er sehnte sich danach, mit ihr zusammen zu sein. Er konnte sich gar nicht mehr erinnern, wann sie in den letzten Wochen das letzte Mal allein gewesen waren. CeeCee hatte sich in die Arbeit gestürzt und das Mädchen war, vorsichtig formuliert, hungrig und beharrlich.

Die Tür schwang auf, und CeeCee trat ein. Ihr Haar war ein wenig zerzaust vom Wetter und stand überall um ihr Gesicht herum ab, aber für Mickey hätte sie genauso gut ein Engel sein können.

»Ich war mir nicht sicher, ob du hierherfinden würdest«, meinte er mit einem charmanten Grinsen.

»Mick, gut, dass …« Atemlos hielt sie inne und setzte sich neben ihn auf einen Barhocker.

Der Barkeeper sprach sie wütend an. »Wir sind eine anständige irische Bar. Die für Latinos ist auf der Upper West Side.«

Mickey und CeeCee sahen ihn unbeeindruckt und voller Verachtung an. Mickey spuckte wortlos auf den Boden, und die beiden stürmten hinaus.

Sie rannten in den von Laternen beleuchteten Tompkins Square Park und schauten sich lachend um, ob der Barkeeper sie verfolgte. Doch er hatte sich nicht die Mühe gemacht. Schließlich setzten sie sich auf eine Bank, und Mickey legte den Arm um sie.

»Mick, ich brauche Hilfe.« Sie sah zu ihm auf.

»Cee, ich würde alles für dich tun. Das weißt du doch. Gott, bei dir fühle ich mich so …« Er stieß ein lautes Gebrüll aus.

CeeCee lachte und beruhigte ihn. »Ich weiß. Aber wir passen nicht zusammen.«

»Oh, *wir* würden das. Vielleicht nicht mit all den Leuten. Aber nur du und ich. Wir passen zusammen. Wir sind das perfekte Paar.«

»Mick«, sagte sie und wurde plötzlich ernst. Es war an der Zeit, die Karten auf den Tisch zu legen. »Es gibt jemanden, der Constance belästigt.«

»Die Lady ist reicher als sämtliche Bräute auf der Fifth Avenue zusammen! Kann sie demjenigen nicht von ihrem wunderschönen Balkon aus etwas Geld hinunterwerfen?«

»Er belästigt auch mich.«

»Wer ist es? Wo ist er? Ich bringe ihn eigenhändig um!«

»Umbringen?« CeeCees Augen weiteten sich. Es war das erste Mal, dass sie jemanden das laut aussprechen hörte.

»Was denn sonst? Willst du, dass ich ihm einfach nur eine reinhaue? Soll ich ihn zu Hackfleisch verarbeiten?« Er zuckte mit den Schultern.

»Sei nicht so fies! Aber wen soll ich denn sonst fragen?«

Für einen Moment schwiegen beide. Mickey wusste nicht genau, worauf sie hinauswollte. »Ich weiß es nicht, CeeCee.«

CeeCee sah ihn traurig an. Mickey runzelte die Stirn. CeeCees Schmerz war Mickeys Schmerz. Wenn sie traurig war, würde Mickey alles in seiner Macht Stehende tun, damit sie wieder glücklich war.

»Ich kenne einen Kerl …«, setzte Mickey an.

»Ich will nichts davon hören.« CeeCee zuckte zusammen.

Mickey legte seine muskulösen Arme um sie, und sie spürte die Kraft seiner starken Arme, die sich ganz anders anfühlten als Constances weiche, glatte Gliedmaßen. Der Moschusgeruch seines Rasierwassers. Ein deutlicher Kontrast zum süßen Rosenduft ihrer ehemaligen Geliebten. Sie lehnte sich an ihn, begrub ihr Gesicht in seinem Arm und atmete den Trost und die Kraft dieses Mannes ein, den sie liebte.

»Mach dir keine Sorge. Ich kümmere mich darum«, flüsterte ihr Mickey ins Ohr.

CeeCee stellte sich ein anderes Leben vor. Eines, in dem sie nicht beleidigt wurde, wenn sie in eine Bar ging, in dem sie nicht vorgeben musste, jemand zu sein, der sie nicht war, in dem sie ihre Träume nicht im Keim ersticken oder für den Ehrgeiz einer anderen Frau hergeben musste. Sie träumte von einer Welt, in der sie nie mit Constance geschlafen hatte, und das Einzige, das sie kannte, das Gefühl dieses Mannes und seiner beiden starken Hände war.

Kapitel 24

DIE ZÜNDENDE IDEE

New York City, 1935

Constance schleuderte die jüngste Ausgabe des *Photoplay* quer durch den Raum. George Hurrells Foto von Joan Fontaine machte sie wütend. Wie hatte er das bloß gemacht? Hollywoods Meisterfotograf konnte ihre Wimpern so betonen, dass sie an Palmwedel erinnerten und einen Schatten auf ihre Alabasterhaut warfen. Wie bekam sie solche Wimpern hin? Seit Jahren arbeitete man daran, doch noch war niemandem eine nicht klumpende, saubere Rezeptur gelungen.

Constance stand in ihrem Boudoir und begutachtete ihr Spiegelbild. Ihr Teint war immer noch rosig und frisch, aber plötzlich entdeckte sie die ersten feinen Fältchen. Zum Teufel damit. Eine kräftigere Lippenfarbe würde die Aufmerksamkeit von ihren Schwachstellen ablenken, dachte sie, und trug ihren »Cherry Blossom«-Lippenstift auf. Sie erinnerte sich an die Angst, die sie nach Lennys unheimlichem Besuch empfunden hatte. Doch seitdem hatte sie keinen Ton mehr von ihm gehört. CeeCee hatte recht gehabt. Dieser Kerl bluffte nur. Das ganze hässliche Durcheinander war vorüber. Ihre volle Aufmerksamkeit galt wieder dem Produkt in ihrer Hand.

Sie zog eine winzige Bürste aus einer sauberen und sterilen weißen Musterdose, die ihr Büro geschickt hatte. Endlich war der Prototyp fertig. Das war der Beginn ihrer eigenen Neuerfindung, das nächste Kapitel ihrer Erfolgsgeschichte.

Amerikanische Frauen wollten und verlangten etwas Neues, Fortschrittlicheres. Natürlich kauften sie die Cremes, die Pulver und das Rouge. Das mussten sie haben. Doch laut den Rückmeldungen von ihrer motivierten Armee der Gardiner Girls fragten die treuen Kundinnen bei ihren monatlichen Besuchen immer: »Gibt es etwas Neues? Ich möchte wie dieser oder jener Hollywoodstar aussehen.« Sie alle sehnten sich nach ein wenig Glamour in ihrem Alltag. Hoffentlich funktionierte das hier, betete sie, als sie das Teströhrchen herauszog. Es musste einfach funktionieren. Langsam und voller Vorfreude tauchte sie die Bürste in die dicke schwarze Paste, wischte den Überschuss von den Rändern ab und strich die Farbe auf ihre Wimpern. Der tiefschwarze Kontrast ließ ihre blauen Augen regelrecht aufleuchten. Das Ergebnis war ein wenig verschmiert und sehr klumpig, aber weitaus sauberer als der Einsatz der Kohlepaste einer Kleopatra. Es war auffallend und auf jeden Fall einzigartig, aber es klumpte noch immer. Doch sie war nah dran, das spürte sie. Was ihr fehlte, war ein Zusatzstoff, der die Paste weich, haltbar und gleichmäßig machte. Auf diese Weise wäre sie marktfähig, und die Frauen würden sie kaufen. Constance hielt das Fläschchen mit der schwarzen Creme in den Händen, als enthielte es ein Wundermittel gegen eine heimtückische Krankheit. Sie schob die Bürste wieder hinein und zog sie wieder heraus. Als sie den Überschuss erneut an der Kante abstreifte, hinterließ er unschöne schwarze Flecken an ihren Händen. Wenn an Fläschchen und Bürste nur nicht so viel Farbe hängen bleiben und einen solchen Dreck verursachen würde.

Constance stürmte zum Telefon und führte in den nächsten Minuten mehrere Telefonate.

***

Ein paar Blocks entfernt war Josephine auf dem Weg zu einer Kunstauktion bei Parke-Bernet. Die französischen Antiquitäten im Katalog waren äußerst luxuriös. Sie hatte ein Auge auf einen kleinen Schreibtisch geworfen, der vermutlich einmal Marie Antoinette gehört hatte. Den musste sie haben. Als sie den überfüllten Auktionssaal betrat, entdeckte sie eine junge Dame der feinen Gesellschaft, die neben ihrem Freund stand und einen Katalog in der Hand hielt. Josephine zählte im Geiste jedes kosmetische Produkt auf, das nötig wäre, um sie zurechtzumachen. Dank ihrer Jugend war ihre Haut noch weich und geschmeidig, hatte aber mit etwas Babyspeck und einer unschönen Akne zu kämpfen. Doch am auffälligsten waren ihre großen Augen. Josephine ging in ihre Richtung und versuchte, die Wimpern der jungen Frau genauer zu betrachten. Sie waren großartig. Klar und dunkel. Geschmeidig und dick und schwarz setzten sie sich von den leuchtend blauen Augen ab … Das war es, was ihre Augen über den überfüllten Saal hinweg so lebendig wirken ließ. Die Wimpern waren nach oben gebogene, lange schwarze Borsten und viel aufregender als der Schreibtisch. Mit einem Mal verlor Josephine jedes Interesse an der Auktion.

»Womit können wir Ihnen denn heute dienen, Madame Herz?«, fragte Reginald, der adrette Engländer in seinem schicken Anzug dienstbeflissen. Josephine war zwar klein, aber ein bekanntes Gesicht in den Auktionssälen und einer ihrer besten Kunden.

»Mit ihren Wimpern!«, antwortete sie nur und ließ ihn verwirrt stehen, während sie zu ihrem Chauffeur hinauseilte.

***

»Verdammt noch mal!«, schrie Josephine und schob ein Fläschchen mit einer dunklen Flüssigkeit von sich weg. Sie war allein im Labor von Herz Beauty und probierte verschiedene Rezepturen aus. Diese neueste, eine dicke Paste, die eher an Kaminruß als an Augenkosmetik erinnerte, frustrierte sie maßlos. Die Konsistenz war nicht richtig. Die Farbe stimmte nicht. Sie verursachte zu viel Dreck; die Textur war entweder zu dünn oder zu dick. *Was übersah sie?*

Sie musste nach Hause gehen, um nach Miles zu sehen und sicherzustellen, dass er das richtige Abendessen bekam und zur rechten Zeit ins Bett ging. Sie wusste, dass sie so spät nicht mehr arbeiten und das Unmögliche versuchen sollte. In solchen Momenten dachte sie immer an ihren Ehemann. Ihr unglückseliger Ehemann, der nur ein einziges Mal nützlich gewesen war, als er ihr diesen wunderbaren Jungen geschenkt hatte. Ein Mann, der sie mit seinen Worten und Affären immer wieder so verletzt hatte, wie sie ihn verletzt hatte. Ein Mann, der sie um ihr Unternehmen beneidete. Ein Mann, der endlich *gegangen* war. Ein Klatschreporter, der sie kannte und auf ihrer Gehaltsliste stand, hatte sie einige Tage zuvor angerufen und ihr erzählt, dass Jon eine Affäre habe und mit der Frau, einer ihrer Kundinnen, in aller Öffentlichkeit angab. Daraufhin hatte sie ihn zur Rede gestellt und hinausgeworfen. Das Allerschlimmste war, dass er es nicht einmal geleugnet hatte und es ihm scheinbar egal war. Keine Entschuldigung, keine Reue. Sollte ihn doch der Teufel holen! Ihre Gedanken flatterten in die Zeit zurück, in der sie sich kennengelernt hatten.

***

Nach einem langen Tag in der Redaktion wanderte Jon durch den Fawkner Park in Melbourne. Er zündete sich eine Zigarette an und nahm einen tiefen Zug. Er hatte sich das Rauchen erst vor einer Woche angewöhnt, sah aber nicht wie ein Amateur aus. Er schlurfte über den Bürgersteig und schaute in den dunklen, orange gestreiften Himmel. Das hatte er schon immer getan – sich treiben lassen und die Welt um sich herum vergessen. Das sollte sie später an ihm lieben und gleichzeitig hassen.

Josiah wartete am vereinbarten Treffpunkt auf ihn, dem Brunnen. Er hatte sie von der Arbeit abholen wollen, doch sie hatte abgelehnt. Sie wollte ihn nicht in der Nähe ihrer schrecklichen Familie haben und sich woanders treffen. Mit einem Buch in der Hand und Wut im Bauch war sie gerade einem weiteren Streit mit ihrem Onkel entflohen, nachdem er ihr eine Rechnung für ihren Aufenthalt vorgelegt hatte. Die warme Luft füllte ihre Lungen und erinnerte sie an die Sommer in ihrer Heimat.

Jon sah sie an, wie er es im Teehaus getan hatte: starr, fasziniert von diesem feurigen und schönen Geschöpf. Als er auf sie zuging, schnipste er die Zigarette fort und atmete tief die warme Frühlingsluft ein.

»Hallo«, sagte er in einem herzlichen amerikanischen Ton. Er gab ihr einen flüchtigen Kuss und warf dann einen Blick auf das Buch, das sie in der Hand hielt. »Das habe ich einmal gelesen.«

»Wirklich? Dann verrate nichts. Ich bin erst in der Mitte«, antwortete sie.

»Ich würde dir nie das Ende erzählen. Aber ich kenne unseres«, sagte er nur.

Sie musterte ihn in dem dämmerigen Licht. Er sah sehr gut aus, das stand fest. »Okay, dann verrätst du mir meine Zukunft?«

»Nein, das nächste Mal.«

»Du kannst sie mir ruhig verraten«, beharrte sie.

»Hier, die sind für dich.« Er reichte ihr einen Strauß, dessen Blumen nicht zusammenpassten. Sprachlos und verwirrt holte Josiah tief Luft.

»Ich wusste nicht, welche Sorte du magst, also habe ich sie alle genommen.«

Josiah errötete. Das war neu für sie. Ein gut aussehender Mann, den sie gerade erst kennengelernt hatte, lag ihr zu Füßen. Ein Mann, der sich Mühe gab, um ihr zu gefallen. Sie hatte noch nie jemanden gekannt, der seine Zuneigung auf so liebenswerte Weise zeigte. Sie nahm die Blumen, hielt sie an die Brust und lächelte.

Die beiden schlenderten herum, bis die Nacht sie umhüllte. Jon erzählte seine Abenteuergeschichten aus der Schulzeit und von seiner Arbeit als junger, hungriger Reporter. Sie sprach von ihrer Heimat in Polen und davon, was sie von ihrer Reise von Europa nach Australien gelernt hatte. Er hörte ihr die ganze Zeit aufmerksam zu. Und das weckte in Josiah mehr Zuneigung als alle Blumen, die er kaufen konnte. Der Abend und ihr endloses Gespräch waren in der Dämmerung verblasst, als sie sich schließlich vor der Pension wiederfanden. Bei jedem Schritt, den sie tat, blieb er einen Schritt hinter ihr.

Schließlich erreichten sie die Tür. Josiah wollte den Abend nicht zerstören. Sie lächelte und blickte ihm in die Augen. Sie waren tief, blau und fürsorglich.

Jon nutzte die Gelegenheit. Ihre Lippen berührten sich und der Funke war wie ein Stromkreis, der sich schloss und eine Glühbirne zum Leuchten brachte.

Josephine dachte an die Jahre, die gefolgt waren. Die Verlockungen ihrer frühen Liebe. Der Verrat, nachdem sie nach London gezogen war. Die Versöhnung. Die Blumen, die teuren Geschenke, die Zärtlichkeiten. Die Versprechen, nie wieder zu … Und dann das Getuschel über eine junge Frau in Los Angeles und der Besuch seiner Freundin in New York, eine prominente Kundin, mit der man ihn im Stork Club tanzen gesehen hatte.

Wer hätte ahnen können, dass seine Liebe so verdorben und bitter werden könnte? Sie und Jon waren schon dem Untergang geweiht gewesen, als sie ihr Eheversprechen ablegten. Er würde ihr beim Start ihres Unternehmens und bei der Flucht helfen, doch dann würde er sie niederdrücken und seinem eigenen Erfolg hinterherjagen, indem er die Last ihres Unternehmens abstreifte. Offenbar hatte er sie in jedem Hafen betrogen, den sie jemals angelaufen hatten, da sie unentwegt arbeitete und nie zur Verfügung stand. Und jetzt war sie fertig mit ihm. Er war weg, und es schien ihm egal zu sein. Und ihr war es das auch.

»Ohne ihn ist es besser.« Sie schüttelte den Kopf. »Er war schwach und immer ein Problem. Soll er doch gehen. «

Sie holte tief Luft, um ihre Ängste zu verjagen. Ihr Geschäft florierte, kürzlich hatte sie ihren amerikanischen Pass bekommen, und ihrem Sohn Miles, den sie am College eingeschrieben hatte, ging es dort sehr gut. Wer brauchte Jon? Jetzt konnte sie ihre ganze Zeit in ihr Unternehmen investieren. Jetzt konnte sie ohne ihn wirklich gewinnen. Sollte ihn doch der Teufel holen! Insgeheim wusste sie, dass sie ihn immer noch liebte, aber sie wies diese Gefühle von sich.

Voller neuer Entschlossenheit verließ sie das Labor und ihr Büro in der Fifth Avenue und ging nach Hause.

Kapitel 25

DER VERDACHT

New York City, 1936

Am Tag vor der Silvesternacht, in der man die Zeitkugel am Time Square herablassen würde, hatte Constance den perfekten Betrag von der Bank abgehoben. Einen Betrag, den sie völlig legal und ohne Verdacht zu erregen abziehen konnte. Sie kam an einem kleinen Schreibwarengeschäft vorbei und huschte hinein, um einen festen Umschlag zu kaufen. Anschließend beeilte sie sich, um in ihr Büro zu kommen. Sie bemerkte nicht einmal das schlechte Wetter, so sehr nahm sie die bevorstehende Aufgabe in Anspruch, die Notwendigkeit, diese Plage aus ihrem Leben zu entfernen. Lenny war mit weiteren Drohungen aufgetaucht und CeeCee hatte endlich ihren Plan verraten, wie sie ihn verjagen wollte. Die beiden Frauen waren aktiv geworden.

Sie marschierte sofort in ihr Büro, ohne nachzusehen, ob CeeCee schon da war, wo sie die druckfrischen Einhundertdollarscheine zählte und in den Umschlag steckte. Nach mehreren Telefonaten und einem Mittagessen mit einer Kundin würde sie das Bündel an der Stelle deponieren, die CeeCee ihr vorschlagen wollte.

Als Constance das nächste Mal auf die Uhr sah, war der Tag vorbei. Es dämmerte bereits, als ihr Telefon klingelte.

»Constance?«

»Ja …«

»Hier ist CeeCee. Ich suche ein paar Sachen zusammen. Leg es bitte rechts in meinen Schreibtisch, in die untere Schublade. Ich habe ihm gesagt, dass es dort ist.«

»Er kommt heute Abend?«

»Ja. Lass es dort und geh nach Hause, sobald du kannst.« CeeCees Stimme klang distanziert und panisch – und ihr »Frohes neues Jahr« nach einem Abschied.

Constance hielt den Umschlag in der Hand. »Ich lege es jetzt dort hin. CeeCee, können wir … « Es klickte in der Leitung. Da Constance nicht wusste, wo ihre Geliebte war, machte sie sich nicht die Mühe zurückzurufen. Stattdessen warf sie sich den Mantel – einen luxuriösen Nerz mit Gürtel – über die für sie typische Hose, griff nach dem prall gefüllten Umschlag und verließ mit kaum verhohlener Wut und Angst ihr Büro, um das Geld zu deponieren.

Als sie an CeeCees Schreibtisch trat, bemerkte sie, dass er leer war. Constance öffnete die Schreibtischschublade, die ebenfalls leer war. Wo waren CeeCees Sachen? Ihr Büro sah steril und verlassen aus. Nirgends lagen ein Blatt Papier oder ein Stift. Einzig eine kleine, welke Blume in einer Vase stand auf dem Tisch. Constance deponierte den Umschlag in dem Schreibtisch, rechte Seite, untere Schublade, wie CeeCee gesagt hatte. Dann ging sie den hell erleuchteten Flur hinunter und stieg in den überfüllten Aufzug. Ihr Unbehagen wuchs mit jedem Schritt, bis sie das Gebäude endlich verlassen hatte.

***

Lenny stolzierte mit einem Gefühl von Erhabenheit durch die Gänge und Büros von Gardiner Cosmetics. Er wusste, dass er Mrs Gardiner-Wyke davon überzeugt hatte, ihn auf die Gehaltsliste setzen zu müssen, damit er schwieg. Die dreckige Lesbe hatte keine Wahl, wenn sie nicht wollte, dass ihre eingebildete Welt die schreckliche Wahrheit erfuhr. Heute würde er zum allerletzten Mal in diesem Gebäude sein, aber was er nicht wusste, machte ihn auch nicht nervös, als er sorglos den Boden wischte.

Es kostete Tony Morello kaum Mühe, unbemerkt in das Gebäude zu gelangen. Die Hauptgeschäftszeiten luden Außenseiter förmlich ein, sich unter das geschäftige Treiben zu mischen. Er erreichte den fünfzehnten Stock, ohne dass jemand nach seinem Namen gefragt hatte. Die Anweisungen waren einfach: Das Geld würde sich in der unteren Schublade des Schreibtisches befinden, auf dem eine Blume stand. Ein einfacher Job, der höchstens dreißig Minuten dauern würde.

Tony war sich nicht ganz sicher, warum Mickey ihn gebeten hatte, das zu tun, aber er tat ihm diesen Gefallen nur zu gern. Die Bezahlung war gut und der Job kinderleicht. Er sollte bloß den Iren das Fürchten lehren. Und Mickey war ein Freund, der ihn immer die besten Weiber der Stadt flachlegen ließ. Er hatte ihm im Laufe der Jahre viele Jobs vermittelt, ganz zu schweigen von den heißesten Frauen. Und wenn Mickey seinen Spaß hatte, besonders mit einem hübschen Mädchen, konnte ihn nichts und niemanden aufhalten.

Tony sah die Gestalt schon von Weitem. Ein alter Mann, der den Boden in der Mitte des Büros fegte. Er trat schnell auf ihn zu.

»Haben Sie Feuer?«, fragte Tony. Er zog eine Zigarette aus seiner Jackentasche und steckte sie in den Mund.

»Das Gebäude ist geschlossen, Sir«, antwortete Lenny. »Öffnet morgen wieder um sechs Uhr dreißig.«

»Morgen ist die Person, nach der ich suche, nicht hier. Das würde mir nichts nutzen.« Tony lief langsam um Lenny herum und kam mit jedem Schritt näher.

»Nach wem suchen Sie denn?«, fragte Lenny. Er hielt den Griff des Besens so fest, dass seine Fingergelenke weiß hervortraten.

Tony trat ins Licht. »Nach einem lausigen Stück Scheiße, das reichen alten Weibern Geld wegnimmt.« Er schlug ihm ins Gesicht.

Blitzschnell griff Lenny den Besen und zog ihn Tony über den Kopf. Er kämpfte schließlich wie ein Ire und war oft mit den Itakern aneinandergeraten. Wie ein wütender Stier sprang Tony nach vorn, packte Lenny am Kragen und schlug ihm mit der Faust ins Gesicht. Lenny traf Tony mit einem rechten Haken an der Schläfe und brachte damit seine Wut zum Überkochen.

***

Mickeys Telefon klingelte mitten in der Nacht. Er war mit einer Flasche Single Malt Whiskey im Schoß eingeschlafen. Er griff nach der Flasche, spielte kurz mit ihr und ging dann ans Telefon.

»Hallo?«

»Mickey … ich habe Mist gebaut.« Tonys Stimme brach.

»Was ist passiert?«

»Ich hab dem Typen eine verpasst, okay? Er hat zurückgeschlagen, und dann haben wir uns geprügelt. Plötzlich hat er sich meine Brieftasche geschnappt, die mir aus der Tasche gefallen war, Mick. Ehe ich mir sie wieder zurückholen konnte, musste ich weglaufen, weil uns jemand beim Prügeln gesehen hat und zu brüllen anfing. Also bin ich die Treppen hinuntergerannt. Er könnte die Bullen rufen, Mick.«

Mickey saß nach dieser Nachricht kerzengerade da und warf die Flasche auf den Boden. Er ging sämtliche Optionen durch, während er versuchte, nüchtern zu werden. Er könnte CeeCee sagen, dass es diesmal nicht geklappt hatte und sie es noch einmal versuchen könnten. Oder er könnte allen Mut zusammennehmen und die Sache selbst beenden. Er würde einige Schlucke von dem starken Zeug brauchen, dann könnte er vielleicht losziehen und dem Kerl eine Lektion verpassen.

»Wo bist du?«, fragte Mickey.

»In einem Diner Ecke Broadway und Lafayette«, flüsterte Tony heiser.

»Hast du noch die Privatadresse von dem Kerl? Ich hab sie dir doch gegeben, oder?« Er erinnerte sich, dass er CeeCee gebeten hatte, ihm auch seine Privatadresse mitzuteilen, wofür er jetzt sehr dankbar war. Er hatte sich vorher erkundigt und wusste auch, dass der Kerl allein lebte.

»Ja. Ich wollte sie in meine Brieftasche stecken, aber aus irgendeinem Grund war sie in meiner Manteltasche.«

»Dann ist das heute deine Glücksnacht. Leg auf. Und warte dort. Ich bin in einer Stunde da. Ich muss Charlie anrufen.« Mickey legte auf und nahm einen großen Schluck. Hastig wählte er die Nummer seines Freundes Charlie, dem Mafioso, der die schwereren Jobs übernahm. Fast hoffte er, er ginge nicht ans Telefon.

»Hast du eine Ahnung, wie spät es ist?«, hörte er Charlie mürrisch fragen.

»Ich bin's, Mickey. Tony und ich stecken in der Klemme.« Er war nervös. Er hatte noch nie um diese Art von Hilfe gebeten.

»Wo und wann?«, knurrte Charlie.

Kapitel 26

DER KNÜLLER

New York City, 1936

CeeCees Tage bei Gardiner Cosmetics waren vorbei. Die übrigen Mitarbeiter waren verwirrt und kamen den ganzen Tag kurz in Constances Büro, um sich zu erkundigen, was passiert sei. Schließlich war sie ein fester Bestandteil des Unternehmens gewesen. Warum war sie so plötzlich verschwunden und hatte ihr Büro ohne Erklärung ausgeräumt?

Constance konnte nur lügen. Dabei wusste sie selbst nicht genau, was geschehen war, auch wenn sie insgeheim ahnte, dass es mit den schändlichen Ereignissen im Zusammenhang stand. Sie blieb standhaft und spürte gleichzeitig, dass sie weitermachen musste, und das sofort. Zum Glück war das Unterdrücken von Gefühlen eines von Constances Fachgebieten – oder, besser gesagt, ein Fachgebiet der protestantischen, weißen Elite Kanadas. Sie war zwar nicht an Verbrechen und den Umgang mit ihnen gewöhnt, aber klug genug, um zu wissen, dass sie die Stadt für einige Wochen verlassen musste. Und eine Reise nach Palm Beach wäre die perfekte Erholung.

Ihr neues Herrenhaus war der ideale Fluchtort. Van war von der Aussicht auf zwei Wochen in der Sonne mit seiner schwer erreichbaren Frau begeistert, als sie ihm davon erzählte – und ein wenig schockiert, dass seine Constance so lange ihrer Arbeit fernbleiben würde. Doch er lächelte lediglich und nickte, weil er das Thema lieber nicht ansprechen und riskieren wollte, dass sie es bemerkte und ihren Aufenthalt verkürzte.

Innerhalb weniger Tage nach der Bahnreise genossen sie Constant Gardens, ihre kürzlich so getaufte Immobilie in Palm Beach. Man hatte ihr geraten, die berühmte Innenarchitektin Elsie de Wolfe, Lady Mendl, zu engagieren, damit sie die Renovierungen und Umbauten beaufsichtigte. Es hatte Monate gedauert, doch das Herrenhaus war komplett geräumt, gestrichen, gereinigt und mit den edlen Antiquitäten neu bestückt worden, die Constance zusammen mit dem Haus erworben hatte. Lady Mendl hatte darauf bestanden, die dichten, tropischen Sträucher zurückzuschneiden, die den fantastischen Meerblick verhindert hatten. Stattdessen hatte sie einen gewagten grün-weiß gestreiften Patio errichten lassen, der mit einem skurrilen Sonnensegel ausgestattet war, das an ein Zirkuszelt erinnerte, und zum Zentrum ihrer Feste werden sollte. Bald beschloss Constance, dass Streifenmuster von nun an eine dominante Rolle bei ihren Verpackungen, Tragetaschen und Papiertaschentüchern spielen würden. Sie war »verrückt« nach Streifen. Nach grünen und weißen Streifen. Nach rosafarbenen und weißen, gelben und weißen. Nach allen Streifen. Insgeheim wusste sie natürlich, dass es Lady Mendl gewesen war, die sie auf das Streifenmotiv gebracht hatte, doch Constance war brillant darin, Ideen anderer zu übernehmen und als ihre eigenen auszugeben. »Streifen, Streifen, Streifen in dieser Saison!«, schrieb sie ihrer Abteilung für Produktgestaltung.

Constance fühlte sich wie eine Prinzessin mit einer ganzen Schar von Personal, die das Tafelsilber polierte. Van und sie waren niemals glücklicher oder bekannter gewesen. Sie lebten sich in eine angenehme Routine von Polospielen, Schwimm- und

Tennisstunden im Klub und Cocktail- und Kartenrunden ein. Dank Topper und Lally boten ihr die Mitgliedschaften in zwei der angesehensten Klubs eine blütenweiße Umgebung, in der Constance ihre gesellschaftlichen Fertigkeiten und Geschicke verfeinern konnte. Sie lernte, wie man eine Zigarettenspitze richtig hielt, und spickte ihren Wortschatz von nun an mit dem Begriff »Dahling«. Sie hörte aufmerksam zu und erkannte, dass bestimmte Wörter als Code für altes Geld dienten: Aus einer Couch wurde ein Sofa und aus Gemälden Bilder. Mit ihrem Aussehen, das an einen blonden Filmstar erinnerte, dem aristokratischen Ehemann, dem renovierten Herrenhaus und dem neuen Geschäftserfolg war Constance Gardiner-Wyke offiziell in der Gesellschaft von Palm Beach angekommen.

Lally und Constance waren sich auf und neben dem Tennisplatz nähergekommen. Und natürlich hatte die Provision aus dem Immobilienverkauf ihrer Freundschaft nicht geschadet. Sie hatten noch spät am Abend im Klub Tennis gespielt, und warfen nun ihre Holzschläger in die Luft und schlenderten lachend in Richtung Umkleideraum.

Es dämmerte bereits und die Umkleide war leer. Die anderen Mitglieder waren schon auf dem Weg zur Terrasse, wo die Cocktails auf sie warteten. Constance sah zu, wie sich Lally ihr Tenniskleid abstreifte und nur noch BH und Slip trug. Sie spürte das gewohnte Gefühl in der Brust und zwischen den Beinen.

»Diese verdammte Hitze!« Lally öffnete ihren BH und gab den Blick auf ihre verführerischen, prallen Brüste frei, die voller Sommersprossen und von der Sonne und der Hitze ganz rosig waren. »Warte, ich helfe dir.« Sie trat auf Constance zu und öffnete auch ihren BH.

»Wirklich? Du bist ziemlich anmaßend, Lally …« Constance lächelte, als sie Lallys warmen Atem am Hals und dann ihre Hände auf ihren üppigen Brüsten spürte. Sie umarmten sich leidenschaftlich.

»Ich hatte keine Ahnung, dass du …« Constance warf den Kopf lustvoll zurück.

»Ich wusste es von dem Moment an, als ich dich im Stork Club gesehen habe. Es ist wie ein zweiter Gin Tonic. Süß, feucht, und es schmeckt so gut.« Sie zuckte mit den Schultern.

»Weiß Topper davon?«, wollte Constance wissen, während Lally an ihrem Hals knabberte.

»Zum einen ist er zu blöd und zum anderen könnte er sich nicht weniger dafür interessieren, was mir gefällt oder was ich tue. Das hat er mir sehr deutlich zu verstehen gegeben. Er schläft auch mit dieser Konservenerbin, wie heißt sie noch? Jacqueline … irgendetwas Ausländisches. Ich bin mir sicher, dass es wegen des Geldes ist.« Sie zog eine Grimasse. »Weiß Van davon?«

»Falls er es tut, sagt er es nicht.«

»Er weiß es bestimmt. In Palm Beach passieren viele Dinge, über die niemand spricht«, vertraute Lally ihr an. »Und genau so gefällt es uns.«

Nach einem halbstündigen Stelldichein im Duschraum kehrten sie schweigend in den Umkleideraum zurück, als wäre nichts geschehen. Keine der beiden Frauen erwähnte, was passiert war, während sie sich für die Drinks und das Dinner umzogen. Es war ein anregender und sachlicher Austausch gewesen, und obwohl ihre Lust nicht so leidenschaftlich gewesen war wie mit CeeCee, war er viel praktischer und sauberer. Constance fühlte sich an ihre Collegezeit erinnert, an die Verschwiegenheit und Kameradschaft der Mädchen in ihrer Klasse, die das gleiche verbotene Vergnügen genossen.

»Lally, mir gefällt diese Farbkombination sehr gut.« Constance deutete auf das sportliche Oberteil, das sich Lally gerade überzog. Es bestach durch ein lebhaftes Grün und stand im wunderbaren Kontrast zu ihrer rosafarbenen Spitzenunterwäsche. Dann stieg sie in einen Plisseerock aus hellem Rosa. Rosa und Grün. Die perfekte Farbkombination für eines ihrer Produkte.

»Ach, das …« Lally zuckte mit den Schultern. »Es ist *tüüpisch* Palm Beach, *Dahling*«, scherzte sie.

»Auf jeden Fall passt es zu dir und zu deinem Teint.« Sie hakten sich unter und liefen wie verschwörerische Schwestern zum Klubhaus. An der Bar nickten und winkten sie Freunden zu, tranken Gin Tonic und stießen auf ihre Freundschaft an.

Constance freute sich, denn sie hatte nun ein neues Zuhause und einen neuen »athletischen« Ausgleich auf der Insel – und eine neue, rosa-grüne Verpackungsidee für ihre neue Wimperntusche, die den Namen »Eye-Allure« tragen würde.

Voller Selbstbewusstsein kehrte Constance bald nach New York zurück, braun gebrannt und sehr entspannt. Sie atmete erleichtert auf, als sie feststellte, dass Lenny nicht mehr zur Arbeit erschienen war. Offensichtlich hatte CeeCee die Belästigung mit einem ihrer Schläger aus dem Norden der Stadt aus dem Weg geräumt. Sie hätte sie angerufen, um mehr zu erfahren, wusste aber nicht, wie sie sie erreichen konnte. Sie wusste nicht einmal, wo CeeCee wohnte.

Voller Zuversicht konzentrierte sich Constance auf ein neues Produkt und ihre jüngste Idee: eine Adoption. Sie war ihr auf der Heimfahrt nach New York gekommen, als sie im Zug eine Mutter mit einem Neugeborenen gesehen hatte, das von zwei fähigen britischen Kindermädchen betreut wurde. Es schien alles einen Sinn zu ergeben. Ein Baby würde alle Probleme lösen, die aus ihren billigen Neigungen und Vans wortlosen Forderungen nach einer Familie resultierten.

Und wie immer und mit geschäftsmäßigem Fokus hatten Van und sie innerhalb weniger Monate nach der Kontaktaufnahme mit der allerbesten Agentur einen bildschönen Sohn, blond und blauäugig – und sie hatte reichlich Bestechungsgeld bezahlt. Van war glücklich, einen Namensvetter zu haben … Van Wyke junior. Da man Constance wirklich nicht als mütterlichen Typ bezeichnen konnte, stellte sie zwei britische Kindermädchen ein, die die ganze Arbeit erledigten. Sie überwachte ihre Fürsorge mit zeitgenauer Effizienz. Gleichzeitig wusste sie um die Nebenwirkungen ihres Zuwachses. Van jr. war von Anfang an fotogen. Sie genoss die gelegentlichen Kutschfahrten im Park mit den Fotografen im Schlepptau und den daraus resultierenden Pressemöglichkeiten.

Manchmal staunte Constance über die ganze Sache. Es hatte nicht mehr gebraucht als fünfundzwanzigtausend Dollar für die unverheiratete Mutter in Kentucky, und sie würde ihrem Kind das Beste geben, was das Leben zu bieten hatte: Eliteschulen, Häuser und Klubs. Denn was schrie deutlicher »heterosexuell« als ein kleiner Junge mit platinblonden Haaren, der aussah wie sie? Dass man sie niemals schwanger gesehen hatte, wunderte die Öffentlichkeit und ihre Armee von Gardiner Girls nicht, da sie sich stets aus dem Rampenlicht herausgehalten hatte und ständig arbeitete. Enge Freunde und Bekannte wussten es, aber niemand sprach darüber. Es war unaussprechlich. Nachdem sie die mit der Hand unterschriebene Bekanntmachung verschickt hatten, erhielten sie die richtige Menge an Babygeschenken und Glückwunschtelegrammen.

Constance brachte das Baby zurück zu den Kindermädchen, gab ihm nach einem zwanzigminütigen Fototermin mit *Good Housekeeping*, dem bekannten Frauenmagazin, einen flüchtigen Kuss auf die blonden Haare und kehrte zur Arbeit zurück. Sie fuhr mit dem Taxi zum Büro und begab sich an ihr wichtigstes Projekt. Sie hatte von ihrem Kosmetikteam zahlreiche Tests mit der Wimperntusche verlangt und stand kurz vor dem Durchbruch. Sie erteilte detaillierte Anweisungen sowohl zu den Musterprodukten als auch zu den Aufbewahrungsschachteln und sorgte dafür, dass die Verpackung genauso schön war wie das Produkt. Schmale, glänzende Schachteln in allen möglichen Formen säumten ihre Büroregale. Doch keine hielt mit ihrer einzigartigen Verpackung in dem unnachahmlichen Zartrosa und Grün stand. Sie dachte daran, wie anders diese Farben an Lally ausgesehen hatten. Maritim und doch witzig. Mutig, aber elegant, und trotzdem irgendwie spritzig. Sie war begeistert, als ihr internes Produktentwicklungsteam versprach, bis zum Wochenende Muster vorzulegen. Constance erklärte ihnen, dass sie bis zum Geschäftsschluss am Freitag fertig sein mussten. Sie musste unnachgiebig sein, um am Ball zu bleiben. Die amerikanischen Frauen verlangten etwas Neues.

***

Im Büro über dem Vorzeigesalon von Herz Beauty in der Fifth Avenue saß eine frustrierte Josephine am Telefon und hörte sich die banalen Ausreden ihres eigenen Entwicklungsteams an.

»Ich komme heute Abend wieder ins Labor, um mir die neuen Proben anzusehen. Wenn sie nicht fertig sind, werde ich euch alle entlassen.« Sie knallte den Hörer auf die Gabel.

Das Klopfen an ihrer Tür bot eine barmherzige Ablenkung von ihrer Notlage.

Sheridan Sloane war seit acht Jahren Leiter ihrer Rechtsabteilung. Er war ein strenger Wichtigtuer, sofern man sich die Mühe machte, ihn kennenzulernen. Den Besten hatte Josephine immer mehr bezahlt, und sie hatte geglaubt, ein nobler, in Princeton ausgebildeter Anwalt würde ihr den Weg in die volkswirtschaftliche Gesamtrechnung erleichtern. In dieser Hinsicht war sie stets unsicher gewesen und war davon ausgegangen, dass Anwälte auch so aussehen müssten.

»Haben Sie einen Moment Zeit?«, fragte er. Ohne ihre Antwort abzuwarten, nahm er ihr gegenüber Platz.

»Aber nur einen, Sloane.« Sie nannte ihn stets bei seinem Nachnamen.

Er bemerkte bestürzt ihren unruhigen Blick, an dem er erkannte, dass sie gerade eine ihrer berühmten Launen hatte. »Wir haben ein Problem mit Ihrer *überstürzten* Produktion der neuen Produktlinie. Ich weiß bisher nicht, um was es geht. Dürfte ich also fragen, um was genau es sich handelt?«

»Wenn es fertig ist, werden Sie Ihre Antwort haben.« Seit Monaten ließ sie Fragen zu der gesamten Angelegenheit sowohl von der Presse als auch von ihren eigenen Mitarbeitern ins Leere laufen. Angesichts ihres jüngsten Maulwurfs Polly konnte sie kein Leck in ihrem eigenen inneren Kreis riskieren. Und irgendetwas an diesem Mann hatte ihr von jeher zu denken gegeben.

»Wie Sie wissen, ist es leider kein kluger Schachzug, das Produkt in den Geschäften zu platzieren, solange wir den Markennamen noch nicht geschützt und kein Patent haben. Vor allem, wenn es sich um einen neu entwickelten Artikel handelt. Wir haben keine Versicherung, geschweige denn die Zeit, um die Tests durchzuführen. Wenn wir den Markennamen und/oder das Patent haben, können wir es zumindest in der Branche ankündigen. Man kann die Kuh nicht auf die Weide schicken, wenn man nicht weiß, ob sie genügend Futter findet. Verstehen Sie, was ich meine, Madame Herz?« Er schien mehr als stolz auf seinen Standpunkt zu sein.

Josephine indessen wünschte, sie könnte über den Tisch greifen und ihm die Brille von seiner perfekten Adlernase reißen. Schlagartig verstand sie, warum Sheridan Sloane ihr zu denken gab: Er erinnerte sie an Jon Blake. Gut aussehend, faul und … immer einen Schritt zurück.

»Ja, ich bin mir dessen bewusst«, antwortete sie gelangweilt.

»Es scheint ziemlich unkonventionell zu sein«, meinte er. »Sind Sie sicher, dass Sie nicht mehr verraten können?«

»Ich verspreche, dass sich all der Trubel und die Aufregung lohnen werden. Das ist der nächste Schritt in die Zukunft unserer Branche.« Sie starrte ihn an.

»Nun, Madame, es liegt mir fern, derjenige zu sein, der an Ihnen zweifelt.«

»In der Tat«, betonte Josephine. Sie notierte sich im Geiste, diesen Mann zu feuern und beim nächsten Mal einen Juden einzustellen. Sie hatte bereits mit einer externen Anwaltskanzlei an dem Patent gearbeitet. Sheridan war zu sehr damit beschäftigt gewesen, in seinem Klub Squash zu spielen, um das herauszufinden.

Sheridan stand auf, sammelte seine Unterlagen ein und schob die Brille weiter den Nasenrücken hinauf. Bevor er ging, drehte er sich noch einmal um.

»Hat es einen Namen?«, wollte er wissen. »Oder müssen wir darauf auch noch warten?«

»Lashmatic«, antwortete sie. »Ich habe den Namen bereits markenrechtlich schützen lassen.«

»Ich verstehe. Haben Sie damit einen anderen Anwalt beauftragt?« Er war verwirrt. »Klingt wie ein tolles neues Auto.«

»Nachdem diese Frau, Gardiner, einen Maulwurf in mein Büro eingeschleust hat, werde ich von nun an verschiedene Anwälte für verschiedene Dinge einsetzen. Ich will nicht, dass eine Person zu viel weiß.« Sie schaute rasch weg.

»Ich verstehe.« Er blickte nach unten. Er wusste, dass sie recht hatte, und konnte ihr nicht widersprechen. Trotzdem war er unzufrieden.

»Ich habe den Namen tatsächlich schon vor Monaten durch eine externe Kanzlei markenrechtlich schützen lassen.«

»Sind Sie sicher, dass Sie mir nicht vertrauen können, das für Sie zu tun?«

»Ich vertraue niemandem, Sloane, auch nicht meinem eigenen zukünftigen Ex-Ehemann. Also nehmen Sie es nicht persönlich«, sagte sie nüchtern, als sie ihn entließ.

Er verließ das Büro. Seine silberblonden Haare lagen perfekt, obwohl sein Zutrauen in völliger Unordnung war.

Josephine brachte ein schwaches Lächeln zustande und schwieg eine Weile. Sie hatte gerade vom Markenamt erfahren, dass Lashmatic ihr gehörte. *Herz*! Nun, da sie den perfekten Namen hatte, brauchte sie das perfekte Produkt. Und eines, das funktionieren musste.

Sie lachte laut.

Lashmatic. Ein tolles neues Auto.

Was für ein Narr Sloane doch war, dachte sie. Morgen würde sie einen neuen Syndikus einstellen.

Kapitel 27

DIE KONSEQUENZEN

New York City, 1936

CeeCee hatte Mickey mehrmals angerufen, um über diesen Abend zu sprechen. War alles nach Plan gelaufen? Gab es irgendwelche Konsequenzen? Endlose Fragen und Ängste wirbelten in ihrem Kopf herum. Sie hielt es für das Beste, ihn zu Hause aufzusuchen und mit ihm persönlich zu reden. Das Problem war, dass sie ihm immer nur gestattet hatte, in ihre Wohnung zu kommen, und noch nie in seiner gewesen war. Sie hielt sich an ihre Regel, niemals dorthin zu gehen, wo sie wusste, dass andere Frauen gewesen waren.

Während sie sich schminkte, betrachtete sie all die Produkte auf der Kommode. Unterschiedliche, zur Hälfte aufgebrauchte Flaschen und alte Testmuster von Gardiner Cosmetics standen fast überall in ihrem Zimmer herum. Da fiel ihr die Kiste in ihrem Schrank wieder ein, die voller Produkte von Herz Beauty war. Constance hatte sie genauer untersuchen wollen. Manche hatte sie CeeCee gebeten zu kaufen, manche hatten diese Polly und das andere Mädchen, die Spionin Frieda, gestohlen. Ungeöffnete Produkte, die größtenteils von besserer Qualität waren als die kleinen Proben, die Constance an ihre Mitarbeiterinnen verteilte. CeeCee schnappte sich den Mülleimer, fuhr mit dem Arm über die Kommode und warf alle Gardiner-Produkte hinein. Anschließend ging sie zum Schrank und zog die Schachtel heraus. Sie öffnete sie, nahm die Produkte heraus, die sie brauchte, und begann sich nach der Herz-Methode zu schminken.

Es war fast Mittag, als CeeCee in die Norfolk Street einbog und vor Mickeys Familienobstladen stand. Ein kleiner älterer Mann packte gerade Pfirsiche und Äpfel aus Holzkisten aus.

»Entschuldigung? Ich suche Mickey. Ist er heute hier?«

Der alte Mann drehte sich um. »Nein, Miss, ist er nicht.«

»Er ist ein …« Sie unterbrach sich selbst. »Freund« wäre in diesem Fall nicht das richtige Wort. Außerdem hatte sie keine Lust, mit dem Mann über Rassenpolitik zu diskutieren. Sie brauchte Informationen. »Ich bin CeeCee Lopez. Ich soll für ihn putzen. Er sagte mir, ich solle ihn hier treffen. Er hat mir keine Adresse gegeben.« Anderen mochte es seltsam vorkommen, dass sie noch nie bei ihm zu Hause gewesen war und ihn nur in ihrer eigenen Wohnung treffen wollte. Doch sie hatte nie die Grenze überschreiten mögen, egal, wie viel Zeit sie zusammen verbrachten. Jetzt fand sie es seltsam, dass sie nicht wusste, wo er wohnte.

»Oh, natürlich!« Der Tonfall des Mannes änderte sich, als würde er nun mit einem Kind sprechen. »Ich schreibe sie dir auf.«

Er ging in den Ladebereich zurück, um ein Stück Papier und einen Stift zu holen. Als er zurückkam, notierte er die Adresse.

»Putzt du gern?«

»Sehr gern, Sir. Meine Mama sagte immer, ich solle das Haus sauber halten.« Sie lächelte zuckersüß und klimperte mit den Augen.

»Für ein Dienstmädchen scheinst du sehr hübsch zu sein, aber wir kennen ja unseren Mickey.« Er lachte und gab ihr die Adresse.

Sie lächelte. »Vielen Dank, Sir. Auf Wiedersehen.«

Mickeys Apartmenthaus lag nicht weit vom Obststand entfernt, nur wenige Blöcke südlich von Delancey, nahe Orchard. Der alte Mann hätte ihr einfach Straße und Hausnummer geben können, aber er war so freundlich gewesen und hatte sich die Zeit genommen, ihr eine Karte mit Pfeilen aufzumalen. Vielleicht hatte er ihren Orientierungssinn unterschätzt. Als sie dort ankam, stieg sie in den dritten Stock hinauf und klopfte an die fünfte Tür. Sie musste mehrmals klopfen, bis Mickey die Tür öffnete. Er trug ein schmutziges Unterhemd und hielt ein Glas Whiskey in der Hand. Dicke schwarze Haare sprossen aus dem Hemd hervor, durch den dünnen Stoff schimmerten die dunklen Büschel hindurch. Er sah aus, als hätte er seit Tagen nicht geschlafen.

CeeCee erkannte schon mit einem kurzen Blick, dass sich die Wohnung in einem erbärmlichen Zustand befand.

»Cee, woher weißt du …«

»Ich war am Obststand. Warum bist du nicht ans Telefon gegangen?«

»Ich wollte nicht reden. Hast du mich gesucht?«

»Kann ich hereinkommen?« Sie legte die Hand auf die Tür und drückte sanft dagegen.

Er ließ sie hinein, schloss die Tür und sammelte die Kleidungsstücke ein, die überall herumlagen.

»Bitte entschuldige das Chaos. Kann ich dir etwas anbieten?« Er versuchte, seinen Charme einzusetzen. »Ich bin froh, dass du endlich gekommen bist. Du warst noch nie hier«, stellte er fadenscheinig fest.

»Mickey, was ist passiert?«

»Das Problem hat sich erledigt. Darauf kannst du dich verlassen.« Sein Blick huschte durch den Raum, er sah überall hin, nur nicht zu ihr.

»Hat er die Nachricht verstanden?«

»Ja, irgendwie schon.« Noch immer wich er ihrem Blick aus.

CeeCee zog ihre Jacke aus und enthüllte ein etwas provokantes Kleid. Ein Sommerkleid aus bläulich-violetter Baumwolle mit einem herzförmigen V-Ausschnitt und einer Bogenkante am Dekolleté. Sie war sich sicher, dass ein wenig Verlockung helfen könnte, um mehr zu erfahren.

»Du bist so schön«, stammelte Mickey.

»Erzähl mir, was passiert ist.« Sie setzte sich auf die Couch und strich über den Platz direkt neben ihr.

»Die Details sind nicht wichtig. Er wird dich nicht mehr belästigen.«

»Erzähl es mir, Schatz. Bitte.« Sie war bereit, ihre Rolle zu spielen, die Verführerin, die ihm die Antworten entlockte. Er würde schon bald reden.

»Nein, Cee. Es lief nicht wie geplant. Belassen wir es dabei.«

Ihr Lächeln erstarb. »Was meinst du mit ›nicht wie geplant‹?«

»Ich sagte, belassen wir es dabei!«, brüllte er. Sie konnte sich nicht erinnern, dass er jemals so laut geworden war. Er stand auf und strich wie ein Tiger durch das Zimmer.

»Mickey, du sagst mir sofort, was passiert ist. Du kannst mir ruhig erzählen, was nicht nach Plan gelaufen ist.«

»Ich war betrunken, und Tony war es auch. Er hat mich angestachelt.«

»Wer ist Tony?«, wollte sie wissen.

»Es war wie ein Albtraum. Ich weiß nicht, wieso ich das getan habe.«

»Was hast du getan?« CeeCee hatte genug. Die schlimmsten Möglichkeiten kamen ihr in den Sinn.

»Der Typ hat es versaut. Morello hat ihn verprügelt. Aber der Typ hat ihm die Brieftasche abgenommen. Wir mussten zu ihm gehen, bevor er die Bullen informieren konnte.«

»Morello?«

»Der Typ, den ich losgeschickt habe, damit er sich den Kerl vorknöpft, der dir blöd gekommen ist.« Je länger er durch den Raum lief, desto schneller raste ihr Herz.

»Morello rief mich an. Er war total in Panik … Also habe ich es Charlie erzählt. Wir sind rüber zum Haus von dem Kerl gegangen. Zum Glück war er da und trank Bier. Er war ein gieriger alter Mistkerl, und ich hatte das Gefühl, dass er sich seinen *nächsten* Schachzug überlegte. Also stürmten wir hinein, schlugen ihn zusammen und warfen ihn in den Kofferraum des Wagens. Und das Nächste, was ich weiß, ist, dass ich in irgendeinem verdammten Motel eine Meile vor der Stadt aufgewacht bin und der Mistkerl in der Wanne lag und verblutete.«

»Wer hat geblutet, Mickey? Wer hat geblutet?«

»Der Mistkerl. Der Hausmeister.«

CeeCee schrie. Es klang wie der Schrei eines verwundeten Rehs. Das war nicht das, worum sie gebeten hatte.

»Cee, da war nichts mehr zu machen.«

»Das reicht.« Sie wandte sich ab, Tränen rannen über ihre Wangen.

»Ich habe es für dich getan, Cee.«

Sie schüttelte den Kopf. »Ich habe dich nicht darum gebeten.«

»Ich wünschte, ich könnte es rückgängig machen. Das tue ich wirklich.« Schluchzend vergrub er den Kopf in ihrem Schoß, und sie hielt ihn fest. Die beiden sanken auf die Couch.

»Ich muss für eine Weile aus der Stadt verschwinden, Cee«, wimmerte er, was bei einem solchen Macho sehr ungewöhnlich klang.

»Wohin?« Bei dem Gedanken, ihn zu verlieren, atmete sie ängstlich aus.

»Nach Los Angeles. Mein Onkel Irving hat dort ein Wettbüro. Ich werde für ihn arbeiten, bis Gras über die Sache gewachsen ist.« Er schüttelte den Kopf, seine glänzenden Locken befreiten sich von der Haarpomade.

»Ich verstehe.« CeeCee senkte ihren Kopf. »Ich werde dich vermissen.«

»Nicht mehr als ich dich.« Er nahm sie in seine muskulösen Arme.

Sie spürte, wie sich sein Körper und der sinnliche Geruch seines Rasierwassers mit männlichem Schweiß vermischten. Und für einen erbärmlichen Moment ließ sie zu, dass sie nur an eine Sache dachte. Nicht an den Mann, der gestorben war, sondern an den Mann, der sie liebte.

Kapitel 28

DIE ERKENNTNIS

New York City, 1936

Constance und ihr Gardiner-Team verfolgten bei ihrer Markteinführung einen anderen Plan. Keine großen Reden über Strategien in einem Sitzungssaal. Kein Gerede über die grandiose Zukunft. Weil sie in bester Absicht und nur häppchenweise so wenig wie möglich von der Zukunft preisgaben. Allerdings wusste jeder, dass irgendetwas nicht stimmte. Zunächst hatte Constance die schmalen, zylinderförmigen Metallröhrchen ausgewählt, die man vor einigen Jahren auf einer Ausstellung in Paris entdeckt hatte. Danach hatte sie sich für eine neue Form aus leichterem Kunststoff entschieden, die inzwischen verfügbar war. Auch die Größe der Bürste änderte sich ständig und die Rezeptur war entweder zu dick oder zu wässrig. Alle wussten, dass ihr Augenprodukt sofort ein Erfolg werden würde, wenn alles so lief wie geplant. Doch das Projekt war von Unentschlossenheit, mangelnder Kontrolle und Problemen mit der Rezeptur geprägt.

Um sich abzulenken, konzentrierte sich Constance im Moment mehr auf das Marketing und die Planung des Marktausbaus nach der Einführung des Produkts. Letzteres war ihre Lieblingsbeschäftigung: die Begutachtung der kreativen Seite von Werbung und Öffentlichkeitsarbeit. Außerdem gab es noch die schwierigeren Haushaltsentscheidungen: Wie viel Geld sollte für Broschüren sowie Radiowerbung und wie viel für Zeitungs- und Zeitschriftenanzeigen ausgegeben werden, um ihre Armee von Tür-zu-Tür-Verkäuferinnen zu unterstützen? Und sollte man bei einem Kauf ein kleines Einführungsgeschenk anbieten oder nicht? Sie hatte gerade die Liste der Geschäfte fertiggestellt, die die erste Lieferung erhalten sollten, als die Tür aufging und ein vertrautes Gesicht erschien. Obwohl Wochen vergangen waren, ließ sie der Anblick ihrer alten Freundin nur für einen kurzen Moment erstarren. Sie tat ihr Bestes, um ihre Überraschung zu verbergen.

»Constance«, nickte CeeCee, als sie eintrat. Sie trug einen maßgeschneiderten Marineanzug, der ihre geschmeidige Figur und die schlichte weiße Perlenkette betonte. Sie hatte niemals schöner ausgesehen.

»CeeCee.« Constance setzte ein schwaches, professionelles Lächeln auf.

»Ich störe dich nur ungern.«

»Du störst nie, Cee. Komm rein.« Sie gab ihren Mitarbeitern ein Zeichen, sie kurz allein zu lassen.

»Ich schulde dir noch eine Entschuldigung.«

»Ich dir auch.«

»Ich bin mir ein wenig unsicher.«

»Oh, Darling, das sind wir doch alle.« Sie lächelte nervös. Sie hatte sie mehr vermisst, als sie gedacht hatte.

Constance lachte, doch CeeCee stimmte nicht in ihr Gelächter ein. Die Stille lastete schwer im Raum. CeeCee war gekommen, nachdem die schreckliche Sache erledigt worden war, und sie wusste, dass Constance ihr etwas *schuldig* war. Außerdem hatte sie keinen Job und litt unter den einschränkenden Umständen.

»Während unserer gemeinsamen Zeit konnte ich dir nie meine Geschäftsidee präsentieren. Und jetzt, wo ich quasi dafür gesorgt habe, dass alles wieder in Ordnung ist … wollte ich sie dir endlich zeigen«, begann CeeCee. »Ich werde mein eigenes Unternehmen gründen, so wie du es getan hast, und ich brauche … einen Investor«, schloss sie in geschäftsmäßigem Ton.

Constance sah in das Gesicht ihrer Freundin, musterte ihre strahlenden Rehaugen, ihre eleganten Wangenknochen und warf dann einen verstohlenen Blick auf ihren perfekt geformten Körper. Trotz der oberflächlichen Unterschiede erkannte sie sich in CeeCee wieder. Doch das erfüllte sie nicht mit Liebe, sondern erschreckte sie zutiefst.

»Ich werde nächsten Monat unser neues Produkt herausbringen. Wir befinden uns gerade in einem kleinen Wandel.« Constance sprach nur ungern mit CeeCee über Geldangelegenheiten. Sie war verärgert, dass CeeCee das andere Thema als Austausch angesprochen hatte. Das war weit unter ihrer Würde.

CeeCee spürte die drohende Ablehnung, lächelte sie aber trotzdem strahlend an. »All die monatelangen Tests, und jetzt arbeitest du an meinem Mascara-Projekt?«

»Offensichtlich kommt der Erfolg zu demjenigen, der immer am längsten im Büro bleibt. Und im Übrigen ist es *mein* Mascara-Projekt«, erwiderte Constanze eisig.

CeeCee versuchte zu lächeln. »Ja, aber es war meine Idee. Ich …«

»Es war einfach eine Zeichnung auf einem Blatt Papier, und du wolltest deine andere Idee besprechen. Das ist der Unterschied. Ich sehe und erkenne Gewinner. Das ist mein Talent. *Das* ist die Idee. Deshalb habe ich Erfolg.« Constance strahlte voller Stolz. »Und wir werden sie als unser nächstes Produkt auf den Markt bringen, sobald die letzten Mängel behoben sind. Die Ankündigung wird hoffentlich bald in den Zeitungen erscheinen.«

»Wie wirst du sie nennen?« CeeCee senkte Stimme und Blick. Sie wusste, dass sie nicht gewinnen konnte.

»Eye-Allure.«

»Wow«, hauchte CeeCee. »*Zauber der Augen*, wie passend!«

»Danke. Du hättest darüber Bescheid gewusst und wärst daran beteiligt gewesen, aber *du* hast dich entschieden, ohne ein Wort zu verschwinden. CeeCee, ich wünsche dir viel Glück mit deiner Geschäftsidee«, beschied sie Constance in einem knappen, eisigen Ton.

»Nach allem, was wir durchgemacht haben« – CeeCee packte ihre Sachen –, »hatte ich vielleicht etwas mehr erwartet. Ein Kredit würde schon reichen. Der Markt für farbige Frauen wird uns beide zu Millionärinnen machen.« Sie wagte einen letzten Vorstoß. »Ganz zu schweigen davon, dass ich geholfen habe, unser Problem zu lösen.«

»CeeCee, du solltest wissen, dass ich bereits Millionärin bin und nicht den Wunsch verspüre, für eine farbige Kundschaft zu arbeiten. Das würde dem Gardiner-Image schaden«, lehnte Constance ab.

»Du kannst also dein Image bei mir beschmutzen, es aber nicht an die Öffentlichkeit bringen?«, schnappte CeeCee wütend. Endlich stand sie für sich selbst ein.

»Das ist richtig. Du solltest jetzt gehen, CeeCee. Wir haben zu diesem Thema nichts mehr zu besprechen.« Constance schaute auf ihren Schreibtisch und nahm ihre Arbeit wieder auf.

CeeCee hielt ihren Blick auf Constance geheftet, während sie deren zweiten Verrat verarbeitete. »Okay. Und mach dir keine Sorgen. Ich werde niemals etwas über die andere Sache sagen …«

»Ja. Du bist diejenige, die alles arrangiert hat. Ich hatte nichts damit zu tun.«

»Wirklich … nichts damit zu tun … aha … Constance, wir waren die längste Zeit Freundinnen.« CeeCee drehte sich um und verließ hocherhobenen Hauptes das Büro. Sie war stolz auf sich, trotz des Verrats. Und sie wusste, dass Constance sie nur benutzt hatte. Nun musste sie einen anderen Weg finden, um das Geld aufzutreiben. Warum war das Leben so ungerecht zu ihr?

Im Aufzug spürte CeeCee, wie ihr Respekt für Constance mit jedem Stockwerk, das sie nach unten fuhr, schwand … und ihre Wut wuchs. Wie konnte Constance sie dermaßen benutzen und demütigen? Wie konnte sie sie so einfach fortschicken? CeeCee hatte die ursprüngliche Idee für Eye-Allure gehabt. Ganz zu schweigen von den Opfern, die sie erbracht hatte, um Constances Namen zu schützen. Sie fühlte sich so schuldig, dass jemand, den sie liebte, ein Verbrechen für sie und Constance begangen hatte, um ein anderes zu vertuschen. Und das ohne jede Anerkennung. Nun sollte sie am Ende mit nichts dastehen, nachdem sie so viel für sie getan hatte. In diesem Moment traf sie, eine junge und geschäftstüchtige Frau, eine Entscheidung und wusste plötzlich genau, was sie als Nächstes tun musste.

***

»Wohin, Miss?«, fragte der Taxifahrer.

»Fifth Avenue. Herz Beauty Salon«, antwortete CeeCee. Und sie sah zu, wie die Kalksteinriesen der Fifth Avenue über ihrem Weg thronten und sie anfeuerten.

Kapitel 29

RACHE IST SÜSS

New York City, 1936

Niemand betrat unangekündigt die Büros von Herz Beauty. Nicht einmal die Hauptinvestoren. Doch CeeCee wusste, dass sie nichts zu verlieren hatte – aber viel zu gewinnen. Ohne stehen zu bleiben, stürmte sie durch die berühmten großen, lavendelfarbenen Türen von Josephine Herz' Büro, mit deren verwirrter Assistentin im Schlepptau.

»Miss, Sie können nicht …«, rief diese ihr hinterher.

»Madame Herz! Bitte entschuldigen Sie die Störung. Ich komme gerade von Gardiner Cosmetics und muss etwas sehr Wichtiges mit Ihnen besprechen.« CeeCees Blick glitt durch Josephines Büro. Sie war nicht nur außer Atem, sondern auch völlig fehl am Platz. Ehrfürchtig nahm sie ihre Umgebung auf. Alles war so opulent, feminin und königlich.

Josephine gab ihrer Assistentin ein Zeichen, den Raum zu verlassen und die Tür hinter sich zu schließen. Sie wusste, wer diese junge Frau war, und hatte das Gefühl, dass sie etwas Wertvolles zu bieten hatte.

»Sie sind die junge Frau, die bei Gardiner's arbeitet«, sagte Josephine. Sie saß noch immer auf ihrem thronartigen Stuhl.

»Wie ich gehört habe, leiten Sie das Geschäft. Was verschafft mir also dieses unglaubliche Vergnügen, Miss …?«

»Lopez. CeeCee Lopez. Madame Herz, ich weiß, welches Produkt Gardiner Cosmetics als Nächstes auf den Markt bringen wird«, sprudelte es aus ihr heraus. »Ein neues Produkt, das den Markt mit Sicherheit verändern wird. Nein, mehr als das. Das wird ein Marktrenner. Aber sie wird es verpfuschen. Wie sie es immer tut.«

»Moment«, unterbrach Josephine die sich ereifernde junge Frau und lehnte sich entspannt in ihrem vergoldeten Stuhl zurück. Sie wollte nicht, dass ihre Bewegung ein Interesse – oder den Mangel daran – bewies.

»Hören Sie sofort damit auf. Rachegefühle haben Sie hierhergetrieben, meine Liebe. Ich weiß, Sie halten es für das Beste, was in diesem Moment getan werden kann. Zu ihrer Konkurrentin zu laufen und ihre wertvollste Information preiszugeben. Aber Sie werden es bereuen, und ich brauche sie nicht … Gehen Sie nach Hause, Darling.« Sie spielte mit ihrer glänzenden Kette aus weißen und schwarzen Perlen wie eine Kaiserin bei einer Audienz.

»Das werden Sie bereuen, Madame Herz.«

»Miss Lopez, es ist es nicht wert …«

»Es ist eine Wimpernverlängerung«, rief sie verzweifelt und spielte ihre letzte Karte aus. »In einem Röhrchen mit einer Bürste. Zum Verdunkeln und Betonen der Wimpern. Es passt in jede Handtasche«, rief CeeCee triumphierend. »Hier, sehen Sie sich den Prototyp an.« Sie trat einen Schritt vor und legte ein zerknittertes Blatt Papier auf den Schreibtisch.

Josephine griff danach. »Woher haben Sie das?« Die Zeichnung raubte ihr den Atem.

»Das habe ich gezeichnet. Es war meine Idee.« Bei dem Gedanken an ihr gestohlenes Baby verzog CeeCee das Gesicht.

Das ließ Josephine innehalten. »Ich verstehe.«

Nach der heutigen Vorstandssitzung war sie sich ihres bevorstehenden Erfolgs sicher gewesen, ein Erfolg, der Constance für immer in den Schatten stellen und ihre eigene Kontrolle über die gesamte Branche etablieren würde. Constance und sie waren sich so ähnlich – Schönheit und Verstand, Form und Design, Inhalt und Verpackung. Und natürlich war es keine Überraschung, dass sie gleichzeitig am selben Produkt gearbeitet hatten. Die nächsten Worte mussten sorgfältig gewählt werden, um das Druckmittel dieses Mädchens nicht noch zu verstärken. Sie musste ihre Emotionen unter Kontrolle halten.

»Das klingt nach einer wunderbaren Idee. Ich freue mich für sie. Und Sie, meine Liebe, sind eine sehr kluge junge Dame.« Josephine begutachtete ihre Schönheit.

»Ich werde Ihnen alle Details geben. Alles. Den Namen. Die Rezeptur. Die Verpackung. Aber dafür brauche ich eine Gegenleistung.«

Josephine lehnte sich zurück, betrachtete die Zeichnung und machte dann ihren Zug.

»Ich brauche nur eine Sache von Ihnen, und ich werde mit allem einverstanden sein, was Sie wollen, meine Liebe«, sagte sie ruhig, während ihr sämtliche Szenarien gleichzeitig durch den Kopf schossen und sie versuchte, das beste Ergebnis in Rekordzeit zu finden.

»Ja?« CeeCee wusste, dass sie vor dem Durchbruch stand.

»Hat sie ein Patent?«, fragte Josephine und wartete gespannt auf eine Antwort.

»Noch nicht. Ich glaube, sie hat es bisher nur beantragt. Sie arbeitet noch an der perfekten Rezeptur, plant aber trotzdem schon die Markteinführung. Der Name ist Eye-Allure, und ich glaube, dafür läuft bereits die Schutzrechtsanmeldung.«

»Ein furchtbarer Name. Ist das die Bürste?« Josephine begutachtete die Zeichnung noch einmal. »Sie ist gerade?«

»Ja. Ich habe sie selbst gezeichnet und den eigentlichen Prototyp gesehen. Es funktioniert gut, aber das Produkt klumpt. Ganz zu schweigen von dem Überschuss am Rand, dem Dreck und der Fleckenbildung.«

»Das Problem haben wir alle …« Josephine schüttelte den Kopf.

»Ich habe die Lösung«, sagte CeeCee leise. »Ich wollte sie ihr präsentieren, aber da sie eine Diebin ist, werde ich sie Ihnen geben.«

Josephine starrte in CeeCees exotisch-braune Augen. »Meine Liebe, das klingt wirklich sehr verlockend.« Sie holte tief Luft. »Aber was wollen Sie dafür haben?«

»Ich will kein Geld, Madame Herz. Ich möchte Ihnen etwas verkaufen.« CeeCee blieb standhaft.

»Was könnten Sie sonst noch haben, was ich gern hätte, außer dem hier? Ich will keine gescheiterten Gardiner-Produkte. Ich werde sicherlich nicht …«

»Es ist ein neues Haarprodukt.« Es war das erste Mal, dass CeeCee darüber sprach. Selbst Mickey hatte sie nichts erzählt.

»Darling, ich bin in der Kosmetikbranche tätig, nicht im Friseurgeschäft.«

»Ich dachte, Sie arbeiten in der *Schönheitsbranche*? Und ich habe gehört, dass Sie eine Vorkämpferin sind. Lassen Sie es mich einfach erklären. Aber vorher werde ich Ihnen das Geheimnis der Wimperntusche verraten. Schlagen Sie ein?« CeeCee stand aufrecht da, wie eine eindrucksvolle Kriegerin.

»Abgemacht, und mein Wort gilt.« Josephine schlug entschlossen ein. »Wenn Sie mir das Geheimnis verraten, können Sie für mich arbeiten; und wir werden einen Deal für Ihr Produkt austüfteln.« Sie rutschte auf die Stuhlkante vor. »Reden Sie weiter.« Sie hatte ihre Entscheidung getroffen. Dieses Mädchen war eine Gewinnerin.

»Gut.« CeeCee sammelte sich kurz. Das war ihr Moment. »Farbige Frauen verwenden Lauge, um ihr Haar zu glätten, die zu Brennen, Juckreiz und Haarausfall führen kann«, begann sie zögernd.

»Weiter.« Josephine sah sie aufmerksam an. Sie war fasziniert, ohne zu wissen, wohin das Ganze führen würde.

»Ich habe eine Pomade kreiert, die das Haar glättet. Sie heißt ›CeeCee's Relaxer‹. Ich habe mit Sheabutter und Pfefferminzöl experimentiert und mit … Vaseline. Und es hilft, die Kopfhaut zu beruhigen. Es entspannt sie sogar. Eines Abends fiel die Probenbürste der Mascara zufällig in das offene Glas Vaseline. Anstatt sie abzuwischen, betrachtete ich den Pinsel genauer, als ich ihn aus der Vaseline zog, die einen wunderbaren Glanz auf der Paste hinterließ – und als ich sie auftrug, wurde sie ganz glatt. Etwas so Einfaches wie Vaseline oder Paraffin und Eisenoxidpigment. Das Labor kann den Rest herausfinden. Sehen Sie, ich trage sie jetzt in diesem Moment auf den Wimpern.«

Josephine wurde schwindelig, als sie erkannte, wie lang und glänzend CeeCees Wimpern waren, wie die der jungen Frau, die sie bei Parke-Bernet gesehen hatte.

»Wir haben nicht nur einen Deal, ich beteilige Sie mit eineinhalb Prozent am Umsatz von Herz Lashmatic. Sie werden eine sehr reiche Frau sein.« Sie strich über ihre großen Perlen, als seien sie ein Talisman, während sie sprach. »So wie ich.« Sie strahlte ihren neuen Stern glücklich an. »Begleiten Sie mich heute Abend? Die neuesten Muster von Lashmatic sind da, und ich möchte sehen, ob sie so gut sind wie das, was Sie mir berichtet haben und was Sie auf Ihren Wimpern tragen. Haben Sie um sechs Uhr Zeit?«

»Ich werde nicht weggehen.«

»Gut.«

»Oh, eine Sache noch …« CeeCee holte zu ihrem letzten Schlag aus. »Constances Verpackung von Eye-Allure ist in Rosa und Grün gehalten. Sie sagte, das sei so ›Palm Beach‹.«

»So ein Zufall.« Josephine hielt kurz inne und zwinkerte CeeCee zu. »Meine Verpackung für Lashmatic ist ebenfalls rosa und grün. Zwei Dumme, ein Gedanke«, rief sie lachend.

»Ist sie das?«, fragte CeeCee ernsthaft.

»Jetzt ja«, antwortete Josephine ebenso ernst und sprach die Worte aus, die berühmt werden sollten: »Wenn ich nicht nach Palm Beach gehen kann, wird Palm Beach zu mir kommen!« Und mit diesen Worten schlug sie so heftig mit ihrem Smaragdring auf den Schreibtisch, dass der Stein zersprang.

Nachdem sie den Schaden an ihrem Ring verflucht hatte, stimmte Josephine allen Bedingungen von CeeCee zu. Sie war beeindruckt von dem Ehrgeiz der jungen Frau, ihrer Intelligenz und ihrer Unverfrorenheit. Und nachdem sie von CeeCee's Relaxer gehört hatte, ging ihr die Idee nicht mehr aus dem Kopf. Sie war brillant. Sie erkannte eine gute Idee, wenn sie eine sah, und es gab weit und breit keine Konkurrenz. Genau so, wie es ihr gefiel. Und CeeCee blieb standhaft und beharrte auf einer einundfünfzigprozentigen Mehrheit an dem neuen Unternehmen. Es bedurfte reichlich Kühnheit, um so offen mit einem Vorgesetzten, einem älteren Mann oder einer älteren Frau zu sprechen. Das wusste sie aus Erfahrung.

Josephine stimmte allem zu, was CeeCee wollte. Sie wusste, dass CeeCee ein Erfolg und ein Verkaufsschlager sein würde, weil sie eine Außenseiterin war, angetrieben von Wut und Angst, genau wie Josephine. CeeCee Lopez war ein Star, und nun strahlte sie in der Herz-Galaxie.

Kapitel 30

DIE STADT DER ENGEL

Hollywood, 1936

Mickey wachte auf wie immer: Er lag nackt zwischen zerknitterten Laken und das Radio plärrte neben der Prostituierten, die er am Abend zuvor bei Madame Maude ausgesucht hatte – dem Edelbordell in Bel Air, das Leiter von Hollywoodstudios, Stars auf Sauftour und mitunter auch berühmte Gangster bediente. Die dralle, wasserstoffblonde Frau neben ihm hatte eine frappierende Ähnlichkeit mit Ginger Rogers. Doch das war Maudes Trick. Jede Nutte wurde von Friseuren und Make-up-Künstlern, die für die Hollywoodstudios arbeiteten und nebenbei als Freiberufler dazuverdienten, so zurechtgemacht, dass sie wie ein berühmter Star aussah. Sie hatten sogar eine Garderobiere, die ausrangierte Kostüme mitbrachte. Im dunklen Schein des Salons und benebelt vom Alkohol verwandelten die Gäste das Angebot an Möchtegernschauspielerinnen und Arbeitermädchen in irgendwie glaubwürdige Nachahmungen von Jean Harlow oder Constance Bennett. Gerüchten zufolge tat eine berühmte Schauspielerin im Maude's nur so, als sei sie eine Kopie ihrer selbst. Dadurch könne sie die moralischen

Bestimmungen ihres Vertrages mit dem Studio umgehen und so viel Sex haben, wie sie wollte.

»Danke, Schatz«, grummelte Mickey, während er mit nacktem Oberkörper dastand und ein dickes Bündel Zehn- und Zwanzigdollarscheine aus der Hosentasche zog. Er zählte ein paar Noten ab und gab sie der aufwachenden Nymphe.

»Danke, Süßer«, antwortete sie gähnend, wobei eine ihrer falschen Wimpern wie ein Schmetterling auf ihrem Wangenknochen landete. »Du bist so niedlich und siehst so gut aus, dass ich fast auf eine Bezahlung verzichten möchte.«

»Das wirst du aber nicht.«

»Dazu kann ich einfach nicht Nein sagen.« Sie küsste das Geld, das er ihr gegeben hatte. »Du bist trotzdem süß. Frag nach mir, und das nächste Mal gewähre ich dir ein paar Extras.«

»Das sagen sie alle.« Er zuckte mit den Schultern.

Sie stand vom Bett auf, krabbelte auf allen vieren zu ihm, öffnete seinen Reißverschluss und zog fachmännisch sein Glied heraus. Er blieb regungslos stehen, als sie zu saugen begann.

Mickey verdrehte die Augen und stemmte die Beine fest in den Boden, während sie sich an ihm zu schaffen machte. Als er zu zittern begann, lächelte sie. Sie wusste, dass sie ihm gefallen hatte.

»Danke, Schatz. Das war tatsächlich ein Bonus.« Er schaute nach unten.

»Gern geschehen. Du erinnerst mich an John Garfield.« Sie fuhr sich über den Mund.

»Das habe ich schon öfters gehört.« Er lachte. Es war ein Standardsatz von Frauen, die ihm ein Kompliment machen wollten.

Mickey sah nach unten und entdeckte plötzlich einen rotgoldenen Streifen um seinen Penis. Es war nicht das erste Mal, dass er diese einzigartige Farbe nach einem Abend im Maude's bemerkt hatte.

»Was zum Teufel ist das?«

»Oh, mein Lippenstift. Den benutzen hier alle Mädchen. Wir nennen das da einen Regenbogen.« Sie lachte.

»Nein, welche Farbe ist das? Woher hast du ihn?«, wollte Mickey wissen.

»Unser Make-up-Typ arbeitet bei MGM. Alle Stars verwenden ihn vor der Kamera. Er verschmiert nicht.«

Er versuchte vergebens, den Lippenstift abzureiben. »Nur für die Filme, sagst du? Wie heißt er?«

»Wieso interessiert dich das?« Sie schüttelte verwundert den Kopf.

Mickeys Antwort war ein Einhundertdollarschein.

»Wenn du es unbedingt wissen willst ... *Dax irgendwas*, glaube ich.« Sie nahm ihren Lippenstift, der auf dem Nachttisch lag, und las den aufgedruckten Namen. »Dax Shachter.«

»Der ist für mich.« Er schnappte sich den Lippenstift, während sie sich den Geldschein in den schwarzen Spitzen-BH schob.

»Sag deiner Freundin nicht, woher du ihn hast.« Sie lächelte ihn augenzwinkernd an und schüttelte ihr platinblondes Haar. »Sie könnte sonst auf dumme Gedanken kommen.«

Mickey lächelte. Die Idee war nicht für sie, sondern für ihn.

Kapitel 31

DER WETTLAUF

New York City, 1936

Die beiden Frauen und sieben Männer drängten sich um den großen, glänzend polierten Arbeitstisch aus der Zeit Napoleons, der als Konferenztisch diente. Josephine richtete ihre Büros bei Herz Beauty immer in einem androgynen Stil ein – also in einem Stil, der ihr gefiel und der auch ihre männlichen Mitarbeiter und Bankiers wissen ließ, wer der Chef war. Für die Türen hatte sie einen kräftigen, glänzenden Lavendelton gewählt, deren schwarze Profilleisten in einen nerzfarben – genauer gesagt, hermelinfarben – gehaltenen Raum führten. An den Wänden hingen nachdenklich stimmende Gemälde, die sie im Laufe der Jahre gesammelt hatte. Es war ein ungewöhnlicher Rahmen für geschäftliche Diskussionen über Kosmetik. Doch er war vielleicht imposanter und strategischer, als man es von einer Firma für Damenkosmetik erwarten würde. Er beruhigte nicht nur ihre männlichen Kollegen, sondern erfüllte Josephine mit Stolz, wenn sie die Kunstwerke betrachtete, die sie so bewunderte und mit der Zeit von ihrem selbst verdienten Geld gekauft hatte. Der neue Max Ernst prangte wie der Picasso stolz an ihrer Wand. Doch unabhängig von dem männlichen Ambiente gab es in dem Raum genügend Hinweise auf eine kultivierte Dame: das schimmernde Limoges-Porzellan (mit dem Muster der Kaiserin Eugénie de Montijo, *bien sûr*) und das kunstvoll verzierte Tee- und Kaffeeservice aus Sterlingsilber, mit dem sie auf sinnliche Weise einem Handelsmagnaten oder einem Zeitungsbaron eine Tasse starken Espresso ausschenkte, wie sie es in ihren Anfängen in dem Melbourner Teeladen getan hatte. Natürlich wusste sie insgeheim, dass es eine Kulisse war, die beeindrucken und einschüchtern sollte. Das Büro mochte einen Hauch von Spießigkeit versprühen. Doch das war auf jeden Fall besser als die leder- und eichenverkleideten Holzkisten, in die die Banker von Locust Valley wie Van Wyke jeden Tag gingen und sich zu Tode langweilten.

Drei große, wohlproportionierte Modelle standen in einer Reihe vor dem Tisch, daneben eine in Krankenschwesternweiß gekleidete Hygienikerin. Die Modelle trugen zeitgenössische, wenn auch leicht moderne Mode, also keine langen Tellerröcke, sondern die gewagteren, schmaler geschnittenen Bleistiftröcke der neuen Kaste der »arbeitenden Frauen«. Ihre Kleidung war durchweg in neutralem hautfarbenen Beige gehalten, ihre Haare hatten sie mit passenden Stirnbändern nach hinten zu einem straffen Knoten gebunden, damit sie nicht nach vorn fielen: eine völlig saubere Palette, die die Aufmerksamkeit ausschließlich auf das Gesicht lenkte. Diese langen Linien betonten ihre stattliche Höhe und zogen den Blick des Betrachters nach oben, wenn die Testlippenstifte und das Rouge aufgetragen wurden. Heute ging es jedoch nur um die Augen.

Ihre Gesichter waren frisch gepudert, weshalb sie ein wenig geisterhaft wirkten und gleichzeitig die ideale Grundlage für den Test lieferten. Josephine wandte sich an ihre Mitarbeiter: ihren schweizerischen Leiter der Produktentwicklung, Ned Born, Carl Epstein, den silberhaarigen, in der Bronx geborenen Gründer der IDS (Internationale Düfte und Salben), der ihre

Produkte herstellte, den Leiter ihrer Finanzabteilung, Ralph Levin, und die anderen Abteilungsleiter, die sie hinzugebeten hatte – die Leitung der Testabteilung und die Leitung der Marketingabteilung. Schließlich stellte Josephine das neueste Mitglied ihres Teams vor: CeeCee Lopez. Niemand war überrascht. Und mit einem Nicken und Räuspern konstatierte sie für sich und die anderen, dass sie bereit war.

Die Hygienikerin stand auf und trug das neue Produkt bei dem ersten Modell auf.

Josephine beobachtete, wie sie die dicke schwarze Paste auf die Wimpern gab.

»Zu unsauber«, kritisierte sie. »Viel zu unsauber.« Ihr mit Schmuck besetztes Handgelenk klopfte auf den maßgeschneiderten Ärmel ihres marine-weißen Chanel-Bouclé-Anzuges, während ihre lange, mehrreihige Perlenkette hin- und herschwang.

Die Hygienikerin nickte kleinlaut und fuhr fort. Nun trug sie die schwarze Paste aus einer zweiten Flasche auf das Gesicht des nächsten Modells auf.

»Zu dick und klumpig, Carl«, rief Josephine kopfschüttelnd.

Carl schluckte.

Die Hygienikerin trat einen Schritt von dem Modell weg, als untersuche sie ein Förderband nach defekten Teilen. Schließlich zog sie eine dritte Flasche aus ihrem Rollwagen und trug deren Inhalt bei dem letzten Modell auf, wobei ihre Hand lautlos hin und her glitt.

»Stopp.« Josephine erhob ihre Stimme wie ein Wachmann, der ein verirrtes Kind warnte, das sich in den Gegenverkehr gewagt hatte. Sie stand von ihrem Stuhl am Kopfende des Tisches auf und sprang fast auf das Modell zu. Sie trat ganz dicht an das Gesicht heran und studierte die Wimpern. In dieser Haltung verharrte sie und starrte es an. Die fast asiatisch wirkenden Augen mit dem rätselhaften Blick setzten sich deutlich von dem Fragezeichen ihrer gewölbten und gezupften Augenbrauen ab, als gelte es, eine unmögliche Entscheidung zu treffen. Abgesehen vom Atem des Modells herrschte absolute Stille in dem Konferenzraum.

»Gefällt es Ihnen?« Carls zittrige Stimme brach schließlich das Schweigen.

»Nein«, antwortete Josephine. »Noch … nicht!«

Die Hygienikerin sammelte die Flaschen auf ihrem Rollwagen ein.

»*Varten* Sie!«, befahl sie. »Mir gefällt dieser schwarze Farbton.« Alle im Raum atmeten hörbar aus, da Madame tatsächlich etwas gefiel. Sie wandte sich wieder den Personen am Tisch zu. »Bitte kehren Sie ins Labor zurück und fangen Sie noch einmal von vorn an. Und dieses Mal verwenden Sie diesen Farbton. Und wir sollten es mit etwas versuchen, das die Rezeptur glatt und glänzend macht. Lasst uns CeeCees Idee ausprobieren und Vaseline, Paraffinwachs oder etwas Ähnliches verwenden. Carl, deine Frau will glänzen, wenn sie auf eine Hochzeit oder in eine Bar geht. Und, Carl, wir alle wollen sauber, richtig sauber sein.« Sie wedelte mit ihren schönen, gepflegten Händen durch die Luft und unterstrich jedes Wort mit einer Stakkatobewegung. »Eine Rezeptur, die nicht alles schmutzig macht. Unsere Kundinnen wollen nichts, das Flecken hinterlässt oder die Kleidung verdreckt. Wir wollen es einfach und sauber und fantastisch.« Sie warf die Arme nach oben, um ihren Standpunkt zu unterstreichen. Und da blitzte es auf. Ihr Blick fiel auf ein geschwungenes ovales Muster an der Decke. Und sie sah nur noch eins – den Schwung. Das war es!

»Und *varum* ist die Bürste gerade?« Sie betrachtete den Applikator in dem Röhrchen. »Warum ist es eine gerade Bürste, Carl? Ist mein Auge gerade?« Sie hob eine exakt gezupfte und mit einem Stift nachgezogene Augenbraue und betonte so die Aufwärtskurve.

»Nein, Josephine, das ist es nicht.« Er wusste, dass sie auf etwas Bestimmtes hinauswollte.

»Danke.« Sie tätschelte den Ärmel seines maßgeschneiderten Anzugs aus der Savile Row. »Also *vill* ich auch eine *geschwungene* Bürste. Melden Sie das noch heute zum Patent an. Vaseline oder Paraffin und die gebogene Bürste. Das ist die Lösung. Rufen Sie meinen neuen Anwalt an und sagen Sie ihm, er soll gleich morgen früh in mein Büro kommen.«

»Eine geschwungene Bürste. Natürlich, das ist es«, sinnierte CeeCee laut.

»Haben Sie bereits eine Verpackung? Oder einen Namen?«, wollte Carl wissen.

Josephine ging zu einer Staffelei und entfernte ein weißes Blatt, das bisher die große Produktdarstellung verdeckt hatte. Alle rangen nach Luft, als sie die Aufmachung sahen, die die Verpackung in leuchtendem Rosa und Grün zum Leben erweckte. Der Kontrast in der Farbgebung war so neu, so originell, dass sie applaudierten.

»Das ist Lashmatic.« Sie sagte es so leichtfertig, als wische sie etwas Zucker weg, nachdem sie einen Teller mit Schokoladenkeksen gebacken hatte – und nicht so, als stünde sie kurz davor, ein Produkt zu erfinden, das Amerikas milliardenschwere Schönheitsbranche erschaffen würde.

Kapitel 32

DER KREDIT

Beverly Hills, 1936

Beverly Hills wimmelte nur so von Gangstern, und Mickey gehörte ebenfalls dazu. Die Kumpane seines Onkels – allesamt italienische und irische Mafiosi und obendrein noch ein paar wenige Juden, die entweder schnell und drahtig oder schwer und plump waren – hatten ihm den Spitznamen »Schöner Mick« gegeben. Außer Mickey sah niemand wie ein Filmstar aus, war knapp zwei Meter groß oder besaß einen muskulösen Körper. Und mit seinen Talenten als Boxer, Frauenheld und Modepuppe wurde er bald für jene Hollywoodstars zum Mittelsmann, die einen Kredit oder ein Mädchen brauchten. Und ab und zu sogar einen Jungen. Nicht, dass das *sein* Ding gewesen wäre, aber was soll's? Die Geschmäcker in Los Angeles waren verschieden, und er verdiente nur zu gern am Laster anderer Leute. Ob jemand dralle Blondinen, eine Sportskanone oder eine Tracht Prügel wollte – für Geld besorgte er alles. Seine Truppe war laut und bunt, und sie verbrachten ihre Abende an den richtigen Orten: im Cocoanut Grove und im Café Trocadero, das schlicht als »das Troc« bekannt war, oder bei den Rennen in Santa Anita, wo er mit den Jungs auf die Pferde setzte.

Mick lebte nach dem Motto »Weiber, Wein und Wetten«. Und alle Mafiosi lachten darüber. Er liebte den Glamour und die Abendgarderobe. Niemand sah in einem weißen Smoking und mit nach hinten gekämmten Haaren besser aus als Mickey Heronsky. Tatsächlich schaute er mit seinen durchdringenden blauen Augen und dem Grübchen am Kinn so gut aus, dass er einige Male von Besetzungsbüros angesprochen wurde. Aber letztendlich war sein »Lower East Side«-Akzent zu dominant. Er wollte sich auch nicht den moralischen Verhaltensregeln der Filmstudios und den herumspionierenden Agenten unterwerfen, die seine Schauspielerfreunde ständig ertragen mussten. Dafür hatte Mickey viel zu viel Spaß. Er hielt sich an CeeCees Regel: *Bleib nie zum Frühstück mit einer Braut.* Er würde seinen Abend in einem Hotel oder in einem Bordell beenden und sich sofort aus dem Staub machen, wenn er aufwachte. Dann würde er zu Hause duschen und bis Mittag in seinem monogrammierten Seidenpyjama herumhängen und am Telefon über seine laufenden Geschäfte verhandeln. Von zwölf bis dreizehn Uhr bräunte er sich immer mit einem Aluminiumreflektor am Pool des »Garden of Allah«-Hotels, um seine Hollywoodbräune zu erhalten. Und wenn er das Babyöl auftrug, beglückwünschte er sich, dass er so weit weg vom Obststand und dem Geruch von Hering war, der aus dem Fischgeschäft wehte. Er war nun ein Mann, der Filet Mignon und Hummer aß.

Mickeys Verbindungen zur Mafia waren in der ganzen Stadt bekannt. Außerdem schloss er Freundschaften mit Stars, die Gangster spielten, wie sein Freund George Raft, der zu den bestbezahlten Schauspielern in Hollywood gehörte. Mickey kam nicht darüber hinweg, dass Raft über viertausend Dollar pro Woche verdiente und dafür nichts anderes tun musste, als so abgebrühte Leute wie seinen Onkel und seine Freunde auf der Leinwand zu mimen.

Mickey hatte Lippenstift im Kopf, nicht nur auf seinem besten Stück, während er die Eröffnungspremiere des lang erwarteten Films *Der große Ziegfeld* besuchte. Nach den Bravorufen und dem Applaus summten sie alle Irving Berlins »A Pretty Girl Is Like a Melody«, als sie vor dem Herrensalon auf Dax Shachter trafen.

»Hi, Dax!« George Raft schlug ihm kräftig auf den Rücken. »Dax sorgt für die Schminke für uns Filmschauspieler. Gestern brauchte ich glatt Schleifpapier, um sie herunterzubekommen.« Er lachte. »Hey, Dax, kennst du Big Irving Heronskys Neffen, den schönen Mick?«

»Ich hatte noch nicht das Vergnügen. Schön, euch zu sehen.« Dax schüttelte den beiden die Hand, eilte dann aber hastig – und sehr nervös – mit seiner Verabredung davon.

»Was hat der denn für ein Problem?«, wunderte sich Mickey. »Ich wollte mich mit dem Kerl unterhalten, und er haut einfach ab.«

»Weißt du das denn nicht?« Raft sah ihn ernst an.

»Was?« Mickey blinzelte.

»Er schuldet deinem Onkel Irv eine Menge Geld. Irv hat ihm fünfundzwanzigtausend geliehen und er kann es nicht zurückzahlen. Wahrscheinlich muss er sein Haus verkaufen.«

Mickey grinste in sich hinein. Was für ein Glück! Er gab seiner Begleitung einen Klaps auf ihren Hintern, damit sie sich einen Weg durch die Menge bahnte.

***

Dax Shachters imposante mediterrane Villa befand sich auf einem der kleineren Grundstücke am Canon Drive. Trotzdem erinnerte sie eher an eine spanische Festung als an ein Zuhause, als die beiden Gangster vorbeikamen, um Hallo zu sagen. Schließlich schwangen die hohen, schmiedeeisernen Tore auf. Sie fuhren mit ihrem cremefarbenen Cadillac Coupé die Einfahrt hinauf und rückten trotz Sonnenscheins ihre Hüte zurecht, als sie auf die Trittbretter und in das helle Licht traten.

»Mr Shachter wird Sie gleich empfangen.« Der winzige und elegante japanische Butler führte sie durch den mexikanisch gefliesten Eingang und in das Arbeitszimmer. Dank einer Reihe von Glastüren war es hell erleuchtet und man konnte auf die schwankenden Palmen und einen prächtigen ovalen Pool hinaussehen.

»Hey, Dax.« Onkel Irv hielt ihm die Hand hin. »Du kennst meinen Neffen, Mickey?«

»Ja, wir haben uns letzte Woche kennengelernt. Hi, Mick.«

»Wie geht es dir, Dax?« Irving streckte die Hand aus, griff nach dem schweren Bronzefeuerzeug auf dem Schreibtisch und steckte sich eine Zigarre an. Dieser kleine Zug, ohne um Erlaubnis zu fragen, machte Dax nervös.

»Bin ziemlich beschäftigt. Ich arbeite mit Bubsy an einem neuen Film«, antwortete er. »Ich versuche, einen wasserdichten Lidschatten für dieses Musical zu entwickeln, das er machen will.«

»Du bist ein schlauer Kerl, Dax.« Irv plusterte sich auf. »Wie schlau bist du, um mir mein Geld zu besorgen?«

»Nun, die Sache ist die. Die Scheidung kostet mich mehr, als ich dachte, und ich musste meinen Picasso verkaufen. Ich habe dir letzten Monat fünfzehntausend geschickt.«

»Ja, aber wo sind die anderen zehn?«

»Ich brauche noch etwas Zeit, Irv. Sobald der Vertrag für meinen neuen Film unterschrieben ist, kann ich dir die nächste Rate zahlen.«

»Mit einem gebrochenen Bein wirst du nicht arbeiten können.« Irv grinste. »Irgendwelche anderen Ideen? Ich bin nicht unbedingt in der geduldigsten Branche tätig.«

»Mensch, Irv … Ich habe doch gerade erst das Bild verkauft. Das einzig Wertvolle, das ich besitze, ist ein Haus mit einer Hypothek und … mein Lagerbestand.«

»Lagerbestand?«

»An Kosmetik. Du weißt schon, Augenschatten, Lippenstift. Ich werde meine eigene Serie herausbringen, aber ich musste eine große Bestellung aufgeben und sie verlangten eine ziemlich hohe Anzahlung«, erklärte er.

»Hey, Onkel Irv«, meinte Mickey, »können wir kurz nach draußen gehen?«

»Warum?« Er sah ihn an, als wären ihm zwei Köpfe gewachsen.

»Onkel Irv, können wir bitte nach draußen gehen?« Mickey starrte ihn eindringlich an. Sein Bizeps straffte sich unter seinem Polohemd.

»Klar doch. Ich schätze, mein hübscher Neffe hier will etwas für seine Hollywoodbräune tun.« Er grinste.

Sie gingen durch die Glastüren hinaus zum Pool und blickten auf die Liegestühle und das Wasser, das die heiße, helle Sonne reflektierte, während Mickey ihm etwas ins Ohr flüsterte. Der Duft von Jasmin war überwältigend.

Kurz darauf marschierten sie wieder hinein, und Irv schüttelte Dax die Hand.

»Wo ist das Zeug?«, bellte er fast.

»Das Zeug?«, fragte Dax verwirrt.

»Die Lippenstifte und dieser Nagelmist, Dax. Wo ist es?«, forderte Irv.

»Oh, draußen in meiner Garage«, stammelte Dax.

»Wir nehmen es mit«, erklärte Irving trocken.

»Nehmt es mit?« Dax sah sowohl entsetzt als auch verwundert aus.

»Ja. Es gehört jetzt uns, und das ist ein sauberes Geschäft. Du bist aus dem Schneider.«

»Klar. Natürlich.« Er schwitzte. »Aber darf ich fragen, was ihr beide mit meiner Kosmetik wollt?« Er war so blass geworden wie die elfenbeinfarbenen Elefantenzähne am Kamin.

»Scheint so, als hätte mein Neffe hier die verrückte Idee, ins Lippenstift- und Schönheitsgeschäft einzusteigen. Ein Mädchen, das er flachlegt, arbeitet in der Branche, und er sagt, dass sie alle in Geld schwimmen. Und wir lieben Zaster.« Irv lächelte.

»Es ist so viel mehr, als nur ein paar Nagellacke zu verkaufen. Du musst die Produkte kennen. Du musst die Frauen verstehen, die sie kaufen werden.« Dax war in Minuten gealtert. »Eine eigene Kosmetikfirma zu besitzen, ist mein Lebenswerk«, flehte er.

»Ja … Kannst von Glück sagen, dass dich dein Lebenswerk am Leben hält«, knurrte Irv.

Sie luden die Kosmetikkisten in den Fond des Coupés, während Dax ihnen zusah. Tränen strömten über seine Wangen. Sie mussten fünfmal mit einem kleinen Lieferwagen hin- und herfahren, um alle Kisten fortzuschaffen.

So wurde Heron Cosmetics geboren.

Kapitel 33

DIE PATENTANMELDUNG

New York City, 1936

Josephine lief auf und ab, während sie auf ihren neuen Anwalt wartete. Sie wusste, dass sie keine Zeit zu verlieren hatte und eine Strategie brauchte, um Constance aufzuhalten und zu besiegen. Diese Schickse, die sie mit ihrem hochmütigen selbstbewussten Verhalten beleidigt hatte. Natürlich würde sie eine Wimperntusche auf den Markt bringen. Und mit Sicherheit hatten ihre Spione die Idee gestohlen.

Mit jeder Minute, die sie wartete, wurde sie unruhiger. Endlich tauchte Felix' schlaksige Gestalt wie aus dem Nichts auf. Er war so groß und abgemagert, dass sie ihm am liebsten etwas zu essen gegeben hätte.

»Wir haben ein Problem«, sagte sie. »Eines, das uns teuer zu stehen kommen wird.«

»Geht es um ein Patent?«, fragte er lässig.

»Was hast du für mich?«

Sie hatte ihn direkt von der Harvard Law School geholt, wobei es sie überrascht hatte, dass es dort inzwischen auch einige jüdische Studenten gab. Und er hatte sogar ein Praktikum bei der führenden Patentkanzlei Kenyon & Kenyon absolviert.

»Ich habe die geschwungene Bürste zum Patent angemeldet, nachdem du mich angerufen hast«, erläuterte Felix. »Sie ist noch anhängig, und wir stehen an erster Stelle. Also selbst wenn jemand anderes eine einreichen würde, würde man sie ablehnen.«

»Gardiner will ihre Wimperntusche nächsten Monat auf den Markt bringen. In der Stadt heißt es, dass sie sich ziemlich selbstsicher verhält und sie ohne Patent testet. Hier, das ist der Prototyp. Er heißt Eye-Allure.« Josephine schob ihm die rudimentären Skizzen zu und genoss den Sieg.

»Schrecklicher Name.« Er sah auf das Blatt Papier und staunte über ihre Fähigkeiten. Sie war eine Meisterin, und er wusste es. »Woher hast du das?«

»Von einer neuen Freundin.«

Felix starrte auf die starre, gerade geformte Bürste.

»Du weißt, dass es bereits ein Patent für eine gerade Mascarabürste gibt.« Er lächelte schwach.

»Also wird sie das umhauen?«, fragte Josephine.

»Ich habe dem Erfinder sein Patent für die gerade Bürste abgekauft, was an die zehntausend Dollar gekostet hat. Aber jetzt gehört es dir. Sie kann das Produkt nicht auf den Markt bringen, ohne von uns verklagt zu werden. Sie hat keine Chance, da wir nun beide Patente besitzen, das für die gerade und das für die geschwungene Bürste.« Er sah sehr jung und, offen gesagt, erbärmlich aus, aber sie hätte ihn trotzdem küssen können.

»Felix, du bist brillant. Jetzt geh nach Hause zu deiner Familie, es ist Sabbat«, meinte sie. Es war höchste Zeit, dass sie ihre Hausangestellten eine Sabbatmahlzeit für Miles und sie zubereiten ließ, wenn sie schon einmal an einem Freitagabend zu Hause war.

»Sabbat Schalom.«

»Weißt du, ich wusste, dass ich einen jüdischen Anwalt brauche.« Sie richtete ihren hoch angesetzten Chignon und trug eine zweite Schicht Lippenstift auf. Sie genoss das Gefühl, kurz vor dem Sieg zu stehen.

Kapitel 34

DIE WIMPER

New York City, 1936

Einige würden später zugeben, dass sie die Wirkung des Produkts erst erkannt hatten, als Josephine ins Rampenlicht trat. Zumindest die Frauen taten es. Die Männer waren eher verwirrt. Doch dann sahen sie das unbestreitbare Schimmern in Josephines Augen und die anmutigen, verlängerten Wimpern, die ihr Gesicht umrahmten wie bei der göttlichen Garbo in der *Kameliendame*. Die Männer warfen ihr bewundernde Blicke zu und waren umso beeindruckter, als sie bemerkten, wie sich die anderen Frauen im Sitzungssaal um sie herum drängten und angesichts der unmittelbaren und filmreifen Ergebnisse »Oh« und »Ah« riefen.

Als die getarnte Limousine vor ihren Geschäftsräumen hielt, prüfte Josephine ihre wie immer zinnoberfarben geschminkten Lippen, schloss ihr neuestes Cape mit seinen bezaubernden Pelzpfoten und stieg aus dem Wagen. Diesmal hatte sie mehr als ihr gewohntes »Danke« für ihren Fahrer übrig – einen druckfrischen Einhundertdollarschein.

»Was? Oh, danke, Madame Herz.« Harry starrte überrascht auf den Geldschein.

»Viel Spaß damit, heute ist ein Feiertag.« Sie eilte in das Gebäude und ging direkt ins Labor.

»Ist sie fertig?«, fragte sie den Techniker, ohne sich die Zeit für Höflichkeiten zu nehmen.

»Ja, genau so, wie Sie es angeordnet haben. Der Glanz, die Bürste, alles.« Die Hygienikerin überreichte Josephine ein kleines Plastikröhrchen. Es war kaum größer als ein Lippenstift, hatte ein etwas längeres grünes Gehäuse, und das rosafarbene Oberteil ließ sich wie ein Flaschenverschluss drehen. Das Ganze erinnerte an eine kleine bunte Kugel. Sie öffnete es und untersuchte das Oberteil, eine mit der Kappe verbundene Bürste. Sie sah aus wie eine *geschwungene* pelzige Raupe, die mit einer tiefschwarzen Paste bedeckt war. Das war etwas, das in jede Handtasche passen würde. Damit würde jede Frau in Amerika wie ein Filmstar aussehen. Für Josephine war das die Zukunft der Kosmetikbranche, die hier in ihren Händen lag. Die ultimative Verbindung von Form und Design, perfekt, noch bevor sie aufgetragen wurde. Und sie würde das Leben der Frauen verändern, wenn sie so funktionierte, wie sie es sich vorstellte.

»Würden Sie mich bitte einen Moment allein lassen?«

Die Hygienikerin nickte und verließ den Raum. Josephine sah in den Spiegel an der Wand. Sie sah bereits wunderschön aus – ihre Lippenlinie makellos, der Lidschatten die pure Kraft und Dramatik, ihr Teint rosig und porzellanfarben. Aber etwas fehlte. Sie schraubte das Oberteil auf, zog die Bürste aus dem Röhrchen, klimperte mit den Wimpern und trug langsam zum ersten Mal Herz Beautys Lashmatic auf.

***

Ein Raunen ging durch den Sitzungssaal, als sie mit einer großen, dunklen Sonnenbrille eintrat, deren Gläser so groß wie Untertassen waren. Niemand verstand, warum sie das tat. Die Anwesenden überlegten, ob sie womöglich an einer Augeninfektion litt. Sie hatten noch nie zuvor gesehen, dass sie ihre Augen bei Tageslicht verbarg. Es beunruhigte sie regelrecht, da Josephines ausdrucksstarke Augen ein Fenster zu ihrer Seele und zu ihren Stimmungen waren. Nun hatten sie keine Ahnung, was sie dachte oder was sie vorhatte. Das verunsicherte sie.

Ein Großteil der Mitarbeiter hatte sich für die Ankündigung der Markteinführung versammelt, von der Sekretärin bis zum hochrangigen Abteilungsleiter: Lippenstift, Lidschatten, Rouge, Nagellack und Cremes. Josephine trat rasch ein und schritt zu ihrem Platz am Kopfende des Tisches. Es wurde still im Raum. Sie stand hinter ihrem Stuhl und übernahm die Leitung.

»Wir haben unsere Träume verwirklicht«, begann sie langsam. Ihre Sonnenbrille verlieh ihr eine noch dominantere Präsenz, sofern das überhaupt möglich war.

»Wir sind das führende Unternehmen in der Kosmetikbranche. Wir haben die Kosmetikbranche begründet. Ich kenne keine Frau, die heute keine Produkte von Herz Beauty besitzt, benutzt oder von ihnen gehört hat. Wir haben den Frauen Werkzeuge an die Hand gegeben, damit sie in dieser Welt wahrgenommen werden. Damit sie das Beste aus sich herausholen, damit sie ihre eigene Schönheit finden – innen wie außen –, damit sie bewundert werden. Und das haben wir Frauen aller Gesellschaftsschichten ermöglicht: Müttern und Töchtern, Hausfrauen und berufstätigen Frauen, Schauspielerinnen und Zuschauerinnen. Wir helfen Frauen dabei, schön, bewundert und begehrt zu sein, und wir bieten ihnen dieses unschätzbare Geschenk zu einem erschwinglichen Preis an. Das ist immer unser Ziel gewesen, und wir haben es erreicht. Nun stellt uns die Zukunft auf die Probe. Geben wir dem Druck der Konkurrenz nach und verschärfen wir den Wettbewerb? Nein. Wir schreiten voran! Auf die Zukunft.« Sie zog ein grün- und rosafarbenes

Röhrchen hervor und hielt es hoch. »Das ist die Zukunft«, verkündete sie. »So sieht die Zukunft aus.«

Die versammelten Mitarbeiter atmeten gleichzeitig die Luft aus, die sie bisher angehalten hatten.

»Freuen Sie sich auf Lashmatic. Diese Wimperntusche ist eine einfache schwarze Paste, die die Augen *jeder* Frau betonen wird. Sie schafft den perfekten Vorhang, um die Fenster zu unserer Seele zu verschönern. Eure Wimpern werden schimmern, glänzen und länger wirken. Und das Beste daran ist, sie hinterlässt keine Flecken und klumpt nicht.«

Die Spannung im Raum stieg.

»Möchten Sie vielleicht sehen, wie sie aussieht?« Josephine wartete einen Moment, um die Spannung zu steigern. Sie hatte schon immer gewusst, wie man Menschen in seinen Bann zog.

»Das ist das Palm Beach für die Massen!« Josephines Worte hatten eine hypnotisierende Wirkung und tauchten den Raum in eine ruhige, konzentrierte Stille, bevor sie die grüne und rosa Verpackung unter dem Beifall der Anwesenden präsentierte. Niemand hätte ahnen können, dass sie noch nie in Palm Beach gewesen war.

Auf dem Höhepunkt ihrer Theatralik nahm sie schließlich ihre Sonnenbrille ab, und alle konnten es sehen.

»Und nun zu den Ergebnissen.« Sie lächelte breit. Aus dem Flüstern wurden wahre Lobgesänge. Sie sah so anders aus, weicher, jünger, schöner, verführerischer. Ihre Augen hatten den Hurrell-Effekt der palmwedelnden Wimpern, die einen dramatischen Schatten auf ihre rasiermesserscharfen Wangenknochen warfen. Dann kam der Beifall. Es war die Verbindung dieser beiden Dinge – ihrer Schönheit und ihrer Worte sowie das Produkt und die Verpackung – die Lashmatic zum letzten Juwel in Josephines Krone machen würde.

Kapitel 35

UNTER EINEM SCHLECHTEN STERN

New York City, 1936

Constance und ihre Mitarbeiter machten Überstunden, da sie die Produkteinführung wie einen Angriff planten, um die feindlichen Linien von der Seite anzugreifen. Das Überprüfen des Lagers, ob der Versand pünktlich erfolgte. Das Informieren der Filialen, wann das Produkt ankommen würde. Die Besprechungen mit den Anwälten bezüglich des Patents. Das Timing war perfekt, das Produkt noch besser, jetzt, wo ihr Labor an der richtigen Konsistenz gearbeitet hatte. Nun konnte sie nicht mehr scheitern.

Weiter im Norden der Stadt trafen sich Mickey und CeeCee zu einem späten Abendessen im Cotton Club in Harlem. Er war für ein paar Tage nach New York zurückgekehrt, um seine Wohnung zu räumen und die Papiere zu unterschreiben. Er würde den Obststand seiner Familie an seinen Cousin Benny verkaufen und ganz nach Los Angeles ziehen. CeeCee nahm die Nachricht unter Tränen auf, verstand aber die Umstände. Sie würden sich immer treffen, wenn er in New York war und später auch in Los Angeles, sobald sie die Stadt besuchen könnte.

Das machte es aber nicht einfacher. Sie tröstete sich mit ihrem Lieblingssandwich, nur diesmal als Gast, der die Show besuchte, nicht als Teil der Show. Die Ironie, Mickeys Gast im reinweißen Publikum zu sein, entging ihr nicht. Keiner sagte ein Wort zu ihm, als der Oberkellner sie nach vorn zu einem der besten Tische führte, nachdem er ihm einen Zehndollarschein zugesteckt hatte. Andererseits würde es niemand im Cotton Club wagen, einen fast zwei Meter großen, offensichtlichen Mafioso mit einer wunderschönen, offensichtlich südländischen Frau am Arm zur Rede zu stellen. In dem Abendkleid aus weißem Satin, dem weißen Nerz und mit dem Diamantarmband, das er ihr gekauft hatte, wirkte CeeCee wie eine exotische lateinamerikanische Prinzessin. Sie hatte wenig Ähnlichkeit mit dem unbeholfenen, aber atemberaubend hübschen Dummchen, das Jahre zuvor hier aufgetaucht war. Niemand erkannte sie, und seit sie eingetroffen war, drehten sich alle Mädchen nach ihr um.

Der Klub bevorzugte Tänzerinnen, die nicht älter als 21 Jahre waren, und sie fragte sich, was aus ihr geworden wäre, wenn sie geblieben wäre. Sie dachte an Gladys Potter. War sie noch immer im Showbusiness oder inzwischen Mutter oder Dienstmädchen geworden? Sie würde es nie erfahren und schob den Gedanken schnell beiseite.

Mickey bestellte ebenfalls ein Steak-Sandwich, und sie stießen mit Champagner auf CeeCees neue Firma und auf die Zukunft an. Sie war nun die Partnerin von niemand geringerem als Josephine Herz, die ihr das Geschäft mit dem Haarglätter finanzieren würde.

»Auf mein Mädchen!« Mickey hob sein Champagnerglas, und sein diamantbesetzter Manschettenknopf funkelte in den Oberlichtern. »Du wirst die Welt beherrschen.«

»Ich habe mir einen Slogan ausgedacht.« Sie malte ihn mit den Händen vor. »›CeeCee's Relaxer. Be Cool and Calm.‹ Verstehst du? Es kühlt und beruhigt die Kopfhaut.«

»Du bist ein wunderschönes Genie.« Er lehnte sich zu ihr hinüber und küsste sie. Beide hielten inne, als die Menge applaudierte, weil der dynamische und talentierte Cab Calloway die Bühne betrat. Rudy hatte zu Calloways Orchester gewechselt, und sie würden ihn nach der Show hinter der Bühne treffen. Der Scheinwerfer fiel auf Cabs glattes Haar und seinen eleganten Schnurrbart, als er zu singen begann.

»CeeCee, ich muss dir etwas sagen …«, begann Mickey zögerlich, als der Applaus nachließ.

»Sag mir nicht, dass du ein nettes jüdisches Mädchen heiraten wirst.«

»Nein.«

»Was dann?«

Er zündete sich mit seinem goldenen Feuerzeug eine Zigarette an. »Ich habe nachgedacht. Du und all diese Bräute …« Er seufzte.

»Wie bitte?« Sie lachte. »Bräute?«

»Entschuldigung, ich wollte dich nicht beleidigen. Ich meinte *sie*. Also, sie verdienen einen Haufen Geld in der Kosmetikbranche. Und …«

»Und was?« CeeCee zog ihre wunderschön geschwungene Augenbraue hoch.

»Ich steige auch in die Branche ein. Also, ich habe ein Kosmetikunternehmen gegründet. Für die moderne Frau, die gern ein Star sein will. Jede Braut will das. Es heißt Heron. Heron Cosmetics.« Er senkte den Blick, seine langen, schwarzen Wimpern wirkten irgendwie niedergeschlagen. Es schien ihn verlegen zu machen, ihr das zu erzählen. »Verstehst du? Heron … Der Reiher … Heronsky?« Er sah sie an, als wäre er ein Lehrer, der einen einfältigen Schüler auf die Probe stellte.

»Heron. Das ist ein wunderbarer Name, Mickey«, antwortete sie zärtlich und spürte, dass sein Ego zerbrechlicher war, als er vorgab.

»Ja. Ab jetzt bin ich Mickey Heron. Ich lege das Heronsky beiseite … klingt wie ein Bestattungsunternehmen. Wer will schon so einen Namen?« Er schob die Brust vor.

CeeCee sah ihn plötzlich mit anderen Augen.

»Hier …« Er zog eine Visitenkarte hervor. »Ich habe so eine Hollywood-Tussi eingestellt, die ich kenne und die in der Zeichentrickabteilung von Disney arbeitet. Sie meinte, ich solle einen Vogel – also den Reiher – als Logo verwenden. Also hab ich das gemacht. Gefällt es dir?« Er sah sie bewundernd an. »Ich wusste nicht einmal, dass es einen Vogel gibt, der *Reiher* heißt.« Er zog das Wort »Vogel« so lang, das CeeCee lachen musste. »Es gibt keine Reiher in der Norfolk Street, das kann ich dir sagen!«, witzelte er.

CeeCee starrte auf den elegant gemalten, langen weißen Vogel auf der weißen Visitenkarte und schüttelte den Kopf. »Sie ist wirklich talentiert. Ich hoffe, nur, was das Zeichnen angeht.«

»Keine Angst. Sie ist zwar jung, sieht aber aus wie Marie Dressler.« Beide lachten, als sie an die alte Varieté-Komödiantin und bekannte Schauspielerin dachten, die ein Gesicht wie eine Preisboxerin hatte.

»Mickey, meinst du das wirklich ernst? Willst du tatsächlich in die Kosmetikbranche einsteigen?«

»Ja. Was … Was hältst du davon?« Er blinzelte.

»Nun …« Sie schwieg einen Moment. »Der Name und das Logo mit dem Vogel gefallen mir sehr gut. Heron. Ich denke, das ist genial. Du kennst die Frauen besser als jeder andere. Du weißt, was sie wollen.« Sie zuckte mit den Schultern. »Wie kam es denn dazu?« Sie war wirklich neugierig.

»Als ich vor ein paar Wochen in Los Angeles war, fiel mir auf, dass alle jungen Schauspielerinnen diesen Lippenstift und diese Nagellackfarbe tragen. Ich hatte sie noch nie zuvor gesehen.« Er zog eine zerknitterte Seite hervor und zeigte ihr eine Werbeaufnahme der Schauspielerin Joan Blondell mit rotgoldenem Nagellack und Lippenstift. »Dort gibt es einen Typen, der das Zeug für die Filmleute macht. Sie alle benutzen es. Es ist wischfest!«

»Das ist sehr interessant.« CeeCees Augen wurden immer größer. »Erzähl weiter …«

Er wusste, dass sie wirklich interessiert war. »Da mein Onkel Irv Buchmacher ist, leiht er den Stars und den Filmleuten Geld. Sein Freund ist ein großer Produzent in dem Filmstudio, und wir besorgen ihm sämtliche Mädchen. Durch ihn und seine Gang habe ich Raft kennengelernt.«

»Jetzt weiß ich, was *du* in Los Angeles gemacht hast.« Sie nickte missbilligend. »Keine Angst. Ich weiß, dass du deine Hosen nicht oben lassen kannst.«

»Okay, hier kommt der Haken an der Sache … Alle Stars und die Mädchen tragen das gleiche Make-up. Es gibt da diesen Typen, Dax Shachter. Er stellt die Kosmetik für die Filme her. Er verkauft sie aber nur an die Filmleute und ist dem, was der Rest von Amerika trägt, weit voraus. Ich sage dir, das ist eine wahre Goldgrube.«

»In den Puffs?« Sie grinste schief.

»Ja. Aber keine Angst. *Niemand* kann dir das Wasser reichen.«

»Na, vielen Dank.« Sie griff mit ihrer behandschuhten Hand nach dem Glas und trank einen Schluck Champagner.

»Also, Folgendes ist passiert. Raft erzählte mir, dass Dax sich Geld von meinem Onkel geliehen hatte, es aber nicht zurückzahlen konnte. Also bot er meinem Onkel und mir seine Produkte an, anstatt ihm die Beine zu brechen. Jetzt habe ich eine ganze Garage voll mit dem Zeug. Lippenstifte in allen Farbtönen, Nagellacke in jeder Farbe, Lidschatten … das ganze Programm. Ich erklärte Irv, ich würde das Zeug verkaufen und den Gewinn teilen. Wir mussten fünfmal hinfahren und den Wagen vollladen, um den ganzen Mist abzuholen. Dann habe ich dieses Disney-Mädchen eingestellt, mein neues Heron-Logo darauf geklebt und die Lippenstifte für fünfundsiebzig Cent das Stück verkauft. Ich verdiene ein Vermögen. Und jetzt habe ich nur noch fünfundzwanzig Stück. Ich muss nachbestellen. Ich sage dir … Das Zeug ist viel besser und profitabler als Pfirsiche und Pflaumen zu verkaufen. Und es verrottet nicht! Hier, ich habe dir ein paar mitgebracht …« Er zog ein paar kleine Lippenstifte hervor.

CeeCees Augen leuchteten auf. »Wow, da steht sogar ›Heron Cosmetics‹ drauf und der Name ›Ripe Cherry‹.« Sie betrachtete die Verpackung mit ein wenig Ehrfurcht.

»Ich habe auch einen Slogan.« Seine Augen glitzerten. »Jede Frau will vernascht werden …« Er lachte.

»Sei nicht so vulgär.« Sie schlug ihm spielerisch gegen die Brust.

»Vergiss nicht, es ist wischfest. Also, küss mich.« Er küsste ihre feuchten Lippen.

»Das schaffst auch nur du, Mickey. Du schläfst mit Huren, hängst mit der Mafia ab und machst daraus ein Unternehmen.«

»Besser, als ein Gigolo zu sein!« Er griff sich in den Schritt.

Sie kicherte. »Ich habe noch nie jemanden wie dich getroffen. Und weißt du was?« Sie küsste ihn sanft.

»Was?«

»Ich helfe dir, wo immer ich kann, Mickey Heron.«

»Das würdest du tun?«

»Du kannst die alten Schachteln abzocken. Und Shachter. Ich besorge dir alle Informationen über die Produkte, die neu auf den Markt kommen, und du kannst sie nach Herzenslust nachmachen«, meinte sie lässig. »Wie du sagtest, so wie ich es sehe, ist die gesamte Branche ein riesiger Beschiss – mit Ausnahme von CeeCee's Relaxer!«

»Das würdest du für mich tun?« Er sah sie an wie ein kleiner Junge.

»Du warst für mich da.« Sie küsste ihn fest auf die Lippen.

»Das gefällt mir. Deine Lippen fühlen sich so weich und kühl an«, flüsterte er, als sie lachte.

»Komm … Lass uns tanzen.« Sie gingen auf die Tanzfläche. Sie küsste in aller Öffentlichkeit ihren weißen jüdischen Mann, der wie ein Italiener aussah. Und während auf der anderen Seite des Ozeans die kürzlich eingeführten Rassengesetze in Nazi-Deutschland die Beziehungen zwischen Nichtjuden, Juden und Schwarzen verboten, scherte sich im reinweißen New Yorker Publikum an diesem Abend im Cotton Club niemand um die beiden.

Kapitel 36

DER SIEG

New York City, 1936

Constance war nicht gerade begeistert, auf die Antwort ihres eigenen Anwalts warten zu müssen. Sie hatte seiner Firma im Laufe der Jahre viel Geld bezahlt und nicht einmal einen Rückruf erhalten. Dass sie, Constance Gardiner, im Berufsverkehr mit dem Taxi zum Büro ihres Anwalts fahren musste, um eine Antwort zu erhalten, war geradezu absurd.

Trotzdem war sie hier, stieg aus dem Taxi, überquerte die Sixth Avenue, ging zu dem Gebäude, fuhr bis in den obersten Stock hinauf und wartete geduldig, bis sie an der Reihe war. Wie ein gewöhnlicher, billiger Kunde. Sie war hier, um über das Patent zu sprechen. Und sie verlangte Antworten, weil der Zeitpunkt der Markteinführung entscheidend war. Ihr war bekannt, dass Josephine an der gleichen Idee arbeitete. Sie musste das Produkt als Erste auf den Markt bringen, um sie zu besiegen. Sie wusste, dass die Idee so großartig war, dass ihr Unternehmen mit ihr in die nächste Liga aufsteigen und viel Geld in ihre Kasse schwemmen würde. Sie würde sie zu einem der größten Erfolge in ihrer Karriere führen. Und Zeit war Geld.

In dem Moment, in dem ihr Anwalt mit der Miene eines blassen Leichenbestatters den dunkel getäfelten Konferenzraum betrat, wusste sie, dass etwas nicht stimmte. Er nahm Platz, legte eine dicke Akte auf den Tisch und warf einen missmutigen Blick darauf.

»Wir haben ein Problem«, sagte er und raschelte mit der ersten Seite des Dossiers.

»Peter, ich weiß, dass ich Sie bei dieser Anmeldung gedrängt habe.« Sie zog die perlenbesetzte Hutnadel heraus, nahm ihren zierlichen Hut – ein vornehmes Modell aus hellrosafarbener Seide mit Spitzenschleier – ab und legte ihn mit einer eleganten Bewegung neben ihre weißen Samthandschuhe und die Krokohandtasche auf den Stuhl. Dann packte sie den Stier bei den Hörnern. »Und wenn alles gut geht, werde ich dafür sorgen, dass Sie die Anerkennung bekommen, die Ihnen zusteht«, zwitscherte sie in munterem Tonfall und hoffte, dass ihr Optimismus alle vorhandenen Probleme beseitigen würde.

»Die erste Patentanmeldung wurde abgelehnt.« Er senkte den Blick und starrte wieder auf die Papiere. Er konnte ihr nicht in die Augen sehen.

»Was?« Sie senkte tatsächlich die Stimme zu einem heiseren Flüstern, anstatt sie zu erheben. »Wir hatten doch alles angegeben. Es gab noch nie ein Problem mit dem Patentamt. Warum jetzt? Warum bei diesem Patent?« Sie stand auf und lief aufgelöst auf und ab.

»Können wir es nicht noch einmal einreichen?«, wollte sie wissen.

»Leider nicht.«

»Warum nicht? Sie meinten, es sei reine Formsache. Warum?«, wiederholte sie und klang zunehmend wie ein verzogenes Kind, dem man einen Strich durch die Rechnung gemacht hatte.

»Es gibt bereits ein genehmigtes Patent für ein ähnliches Produkt.«

»Aber das ist unmöglich«, stammelte Constance.

»Irgendjemand hat seine Beziehungen spielen lassen. Jemand hat sich in die Angelegenheit eingemischt und das Patent für ein ähnliches Mascara-Produkt mit gerader Bürste gekauft. Jemand …« – seine Stimme wurde immer schwächer – »hat das Patent vor unserer Nase aufgekauft.«

Sie verstand genau, worauf er hinauswollte.

»Nein, vor *Ihrer* Nase«, rief sie wütend. »Erwähnte man ihren Namen? Hat man das gewagt?«

»Nicht namentlich. Nur das Unternehmen. Herz. Und sie haben bereits das Markenamt angerufen, um ihnen mitzuteilen, dass sie ihr Patent gegen neue Anmeldungen verteidigen werden. Ich fürchte, wir sind erledigt.« Er lehnte sich in seinen Queen-Anne-Stuhl zurück. Seine Hosenträger hingen genauso kläglich herunter wie sein Gesichtsausdruck.

»Können wir nicht einfach die Bürste austauschen? Warum muss sie denn gerade sein?« Sie schlug auf den Konferenztisch. Ihr breites Goldarmband klirrte und zerkratzte das Furnier.

»Sie hatten die gleiche Idee und bereits das Patent für eine geschwungene Bürste eingereicht. Ich fürchte, wir haben keine andere Wahl, als die Markteinführung vorerst aufzugeben«, räumte er ein.

Constance blieb für einen Moment die Luft weg. Der Raum um sie herum schien sich zu drehen. Im nächsten Augenblick stürmte sie wütend und ohne ein weiteres Wort zu ihrem unfähigen Anwalt aus dem Büro.

Sie hatte gehört, dass Josephine ihren Eliteanwalt gefeuert und einen jüdischen Anwalt direkt von der Harvard Law School eingestellt hatte. Sie hatte sich öffentlich auf einer Cocktailparty des Bath & Tennis Club in Palm Beach über diese Entscheidung lustig gemacht und gemeint, dass die »Immigrantin nur jemanden brauchte, mit dem sie Jiddisch sprechen konnte«. Bei diesem Gedanken waren die Leute um sie herum in Gelächter ausgebrochen. Doch jetzt wusste sie, dass Josephine sie wieder einmal besiegt hatte, dieses Mal in der Rechtsabteilung.

In ihrer Aufregung lief sie am Aufzug vorbei, rannte die glänzende, weiß-grau gestreifte Marmortreppe hinunter und hielt sich an dem schmiedeeisernen Geländer fest, weil ihr schwindelig wurde. Ihre Gedanken rasten. Sie musste ihre Markteinführung absagen. Das ganze Geld, das sie für die Entwicklung ausgegeben hatte, war aus dem Fenster hinausgeworfen. Herz würde ihre eigene Wimperntusche auf den Markt bringen und den ganzen Ruhm einheimsen. Ihr Produkt. Es war *ihr* Produkt, korrekt entwickelt und perfektioniert. Und jetzt würde sie die Nummer zwei sein.

Als sie einige Tage später erfuhr, dass die Verpackung tatsächlich rosa und grün war, verfiel sie in einen Wutanfall. Er hielt zwei Tage an. Sie war nicht in der Lage, aus ihrem Bett zu steigen, das mit leeren Gin-Flaschen übersät war, die zu allem Überfluss eine schmerzhafte Migräneattacke auslösten. Sogar Van zeigte sich besorgt. So wütend und verzweifelt hatte er sie noch nie erlebt, und er bemerkte eigentlich nie etwas.

Es dauerte eine Woche, bis sie wieder sie selbst war. Als sie in den Spiegel schaute, bemerkte sie, dass sie blass und gezeichnet war und einige Pfunde abgenommen hatte. Schwach und verärgert zwang sie sich jeden Morgen, aufzustehen und zur Aufmunterung kalt zu duschen. Das war die kanadische Art: Sie kämpfte gegen ihre Dämonen mit eiskaltem Wasser und eisigen Gefühlen. Ja, sie war eine Kämpferin, und trotz ihrer lähmenden Wut wusste sie insgeheim, dass sie das Ganze überstehen würde. Sie wusste auch, dass sie viele Verpflichtungen hatte und ihre Kraft und Gelassenheit wiedererlangen musste. Ihr Büro hatte angerufen und sie daran erinnert, dass sie eine Anprobe für die Premiere im *Follies* hatte.

Florenz Ziegfelds Witwe, Billie Burke, hatte sie zur Broadway-Premiere der *Ziegfeld Follies Revue* und zur After-Show-Party eingeladen. Und sie wollte besser denn je aussehen, da es eines der gesellschaftlichen Ereignisse der Saison sein würde. Sie hatte Billie über die Jahre persönlich geschminkt und damit angegeben, dass der große Broadway- und Kinostar ihr – und nur ihr – ihr Make-up anvertraute. Sie wusste, dass die New Yorker Gesellschaft und die Klatschpresse am Premierenabend dort sein würden. Sie schnaubte vor Wut bei dem Gedanken, dass ihre Erzfeindin, Josephine, ebenfalls zugegen sein könnte. Natürlich wurde sie nicht von Billie eingeladen, sondern höchstwahrscheinlich vom Star der Follies, Fanny Brice, oder dem berühmten Balanchine, von dem sie wusste, dass er ihre Salons besuchte und die Show inszenierte.

All das verbannte sie aus ihren wilden Gedanken, als ihr Fahrer sie vor Hattie Carnegies Atelier an der Ecke Neunundvierzigste Straße und Park Avenue absetzte. Die Abteilung für Maßanfertigungen wurde von dem talentierten Designer Jean Louis geleitet, der sie zur Begrüßung küsste und dessen Assistentin ihr eine elegante, schlanke Champagnerflöte brachte. Er hatte für Constance ein weißes Kreppkleid ausgewählt, das am besten an ihrem neuen blonden Hausmodell aussah.

Carnegie gelang es immer, die besten Modelle für sich zu gewinnen, besonders, seitdem ihr ehemaliges Modell, Lucille Ball, so berühmt geworden war. Carnegie hatte der noch unbekannten und unerfahrenen Schauspielerin geraten, das braune Haar blond zu färben. Und was an einer großen, auffallenden Blondine gut aussah, würde auch an ihrer Stammkundin Constance Gardiner fantastisch wirken, da sie fast die gleichen Maße hatten. Jean hatte das Kreppkleid für sie beiseitegelegt, bevor es eine andere Kundin sehen konnte.

Constance wusste diese Geste zu schätzen und genoss ihre Anprobe. Sie schenkte ihr eine kreative Pause, in der andere Leute die ganze Arbeit machten und sie nichts tun musste, außer sich verwöhnen zu lassen. Hattie kam herein, gab ihr einen flüchtigen Kuss und fragte nach Van. Bald darauf brachte ihr Norman Norell, ein weiterer junger Designer, den sie eingestellt hatte, das Crêpe-de-Chine-Kleid auf einem geraden Holzbügel.

»Sie werden hinreißend darin aussehen, Mrs Wyke.« Norman nickte, als er ihr das Kleid reichte und ihre große, schlanke Figur und das blonde Haar bewundernd betrachtete. Sie dankte ihm und trug es in die Garderobe hinter den Stoffvorhängen.

»Nennen Sie mich Constance, Norman«, flötete sie.

»Es wird an Ihnen ebenso gut aussehen wie an unserem Modell. Nicht viele Frauen könnten das tragen.« Er staunte über ihre Größe und die perfekt proportionierte Figur.

»Hier, probieren Sie diesen BH unter dem Kleid und diese Schuhe«, wies Jean Louis sie an und reichte ihr die Dessous und die »Peau de Soie«-Pumps hinein. Nachdem sie den Vorhang zugezogen hatte, legte Constance ihre Kleider ab, zog den neuen trägerlosen BH und das Kleid an und glitt in die etwas zu großen Schuhe. Das Kleid saß wie angegossen und verlieh ihr ein glattes, stromlinienförmiges Aussehen – wie ein blondes Rennpferd. Durch den Stress und den Gewichtsverlust glich ihre Figur noch mehr der eines Mannequins. Sie wusste, dass sie wie ein Filmstar aussah, als sie das Kleid anhob, zu dem dreiseitigen Spiegel ging und auf die Holzerhöhung trat, damit Jean es abstecken und die letzten Änderungen mit Kreide einzeichnen konnte.

»Sie sehen göttlich darin aus«, riefen beide begeistert.

»Sie könnte das Modell sein.« Jean lächelte stolz. »Aber sie besitzt Schönheit *und* Verstand.«

Plötzlich ging ein Raunen durch den Raum, als eine andere Kundin aus einer identischen Umkleide in einem smaragdgrünen Satinkleid auftauchte. Sie war zierlich und dunkel, aber sehr aufreizend und verführerisch. Ihr rabenschwarzes Haar stand im Kontrast zu ihrer taubenweißen Haut. Ihr üppiger Busen quoll fast aus dem trägerlosen Satinkleid.

Constance war der Ohnmacht nahe, als sie erkannte, dass es Josephine Herz war.

Jean ging hinüber und machte auch um sie viel Aufhebens.

Constance bemerkte, wie Josephine kurz stehen blieb und sich sammeln musste, als sie sie entdeckte, bevor sie trotzig weitermarschierte und auf eine zweite Holzerhöhung stieg, als ob sie eine Marschkapelle leiten würde.

»Ich nehme an, die beiden Damen kennen sich?«, rief Jean fröhlich, da er nichts von ihrer Fehde wusste.

Die beiden Frauen schwiegen eisern und sahen alles und jeden an, nur nicht einander.

»Das wäre eine Untertreibung.« Constance knirschte mit den Zähnen.

»Oder Übertreibung.« Josephine rollte mit den Augen.

»Oh, ich verstehe.« Jean bemerkte die eisige Stimmung und zog sich ein wenig zurück.

»Darling, bringen Sie mir bitte meine Smaragde?«, rief Josephine ihrem Dienstmädchen Valentina zu. »Ich möchte sie mit dem Kleid zusammen sehen. Nicht die Riviera, sondern die Parure …«, fügte sie effekthascherisch hinzu.

Niemand sprach ein Wort. Es schien, als wäre jeder Sauerstoff aus dem Raum gewichen. Jean und Norman wussten angesichts dieser »Froideur«, dass sie auch inmitten der duellierenden Titaninnen gelassen und ruhig bleiben mussten.

Plötzlich konnte Constance die Stille nicht mehr ertragen.

»Nun, sie sieht gut aus«, sagte sie eisig. »Für eine Diebin!«, zischte sie atemlos.

»Sie sieht fabelhaft aus.« Josephines Augen erinnerten an einen Vulkan, der kurz vor dem Ausbruch stand. »Für eine schäbige Spionin!«

»Sie haben mir Lashmatic gestohlen. Das wissen Sie genau.« Constance drehte sich zu ihr um und ließ die erste Bombe platzen.

»Sie sollten wissen, dass ich seit Jahren an meinem Mascara-Projekt gearbeitet habe, bevor Sie Ihre Maulwürfe in meine Firma eingeschleust haben.«

»Glauben Sie nicht, ich wüsste nicht, dass CeeCee Ihnen meine Farbgebung verraten hat ... *meine*. Sie steht für Palm Beach, *Dahling*, ein Ort, an dem Sie noch nie waren und wo man Leute Ihres Schlags niemals akzeptieren wird.« Sie grinste hämisch.

»Die Farbgebung stammt allein von mir ... Rosa für die Farbe meiner Lippen, wenn ich lächele, wenn ich das Grün sehe, die Farbe des Geldes, das auf meinem Bankkonto landet. Nicht auf Ihrem.«

»Sie sind nur ein ... neureicher Emporkömmling«, fauchte Constance verärgert.

»Darling, ich dachte, Sie hätten keine Ahnung, wer ich bin«, spottete Josephine. »Und übrigens, ich an Ihrer Stelle würde einen Gürtel tragen. Sie sind vielleicht dünn« – sie rümpfte die Nase –, »aber ich kann Ihre Cellulite sehen, meine Liebe. Jean, der Kreppstoff ist bei Frauen mit diesem Problem nicht sehr nachsichtig. Wenn sie möchte, ich habe eine Creme für dieses Problem.«

Wutentbrannt stieg Constance von ihrer Holzplattform hinunter und auf die von Josephine hinauf.

Diese wich zurück. Sie wusste nicht, ob ihre Kontrahentin handgreiflich werden würde.

»Sie sind klein und dick. Und dieser Pelz gehört mir.« Sie riss Josephine den Nerz von den Schultern. Ohne auch nur an

Vergeltung zu denken, marschierte Constance mit ihrem Preis in ihre Garderobe, scheinbar als Siegerin.

»Nun«, schoss Josephine zurück, »Sie können ihn haben. Es ist kein Nerz, sondern eine Ratte, wie Sie.« Sie rührte sich nicht, als Constance sich umdrehte.

»Jetzt hören Sie mir gut zu, Sie polnische Schlampe«, zischte Constance vor Jean und Norman, die sich in der Zwischenzeit in eine Ecke verzogen hatten. »Ich werde Ihnen das antun, was Sie mir angetan haben, und wenn es den Rest meines Lebens dauern wird. Sie werden bekommen, was Sie verdienen.« Ihre wütende Stimme wurde laut und abgehackt.

»Glauben Sie, ich mache mir *vegen* Ihnen Sorgen?« Josephine lachte laut und schob die Hand in die Hüfte. »Miss Palm *Bitch*, ich habe CeeCee und kenne all Ihre Geheimnisse. Ich an Ihrer Stelle *väre* allerdings sehr vorsichtig.« Sie wedelte mit dem Finger, und in der Wut kehrte ihr Akzent zurück. »Überschreiten Sie nicht Ihre Grenzen, Mrs Gardiner-Wyke. Und ich würde Ihnen raten, sehr darauf zu achten, mit wem Sie verkehren.« Sie lachte laut. Ihre Assistentin half ihr von dem Schemel, während die Schneiderin ihr grünes Satinkleid öffnete. Sie ging zur Garderobe und zog wütend den Vorhang zu.

Am nächsten Tag griff Constance verärgert nach dem Telefon und stellte eine neue jüdische Anwaltskanzlei und eine neue Werbeagentur ein. Das tröstete sie zwar ein wenig, doch die Patentsituation war bereits festgefahren. Und selbst wenn sie etwas Neues entwickeln könnte, würde es Monate, vielleicht sogar ein Jahr dauern, bis sie ein wettbewerbsfähiges Produkt in der Hand hielt. Das wusste sie. Doch das Schlimmste war, dass sie wusste, dass sie eine Wimperntusche für ihre Frauen, ihren Kundenstamm aus dem Mittleren Westen, brauchte, weshalb es kein Zurück mehr gab. Gardiner musste etwas Neues und Patentwürdiges vorweisen. Und sie ahnte, dass Herz mit Lashmatic den größten Durchbruch in der Kosmetikbranche erzielen, berühmt und zum Synonym für die Branche selbst werden würde. Schlimmer noch, sie würde mit Josephine Herz in konkurrierenden Jean-Louis-Abendkleidern bei der Eröffnung der Ziegfeld-Revue am Broadway verkehren müssen. New York war zwar eine Millionenstadt, aber für sie beide einfach zu klein.

Kapitel 37

MIT DEM WIND

New York City, 1939

Josephine saß allein im abgedunkelten Kino und tat etwas, was sie seit vielen Jahren nicht mehr getan hatte … Sie weinte.

Sie war nie für leichte Unterhaltung oder emotionale Verstrickungen zu haben gewesen und nahm sich nur selten Zeit für alltägliche Ablenkungen oder Frivolitäten. Theater- oder Kinoabende, Kartenpartien, Tennisspiele und Affären reizten sie wenig bis überhaupt nicht. Mit solchen Dingen beschäftigten sich einfache Leute, dachte sie, nicht sie. »Arbeiten, arbeiten, arbeiten«, war ihr Motto. Die Arbeit nahm sie völlig ein, und die Jahreszeiten flogen mit wenigen Besonderheiten vorbei. Jegliche Gefühle wurden nie weiterverfolgt, sondern beiseite und in den Haufen der schmutzigen Wäsche von gestern geschoben.

Selbst in der knapp bemessenen Zeit, die sie mit ihrem Sohn verbrachte, ging es darum sicherzustellen, dass ihm jemand zu essen gab und ihn rechtzeitig zur Schule brachte. Wenn sie gelegentlich einmal in der Woche gemeinsam zu Abend aßen, bombardierte sie ihn mit Fragen und forderte akademische Vortrefflichkeit. Sein emotionaler Zustand interessierte sie absolut nicht. Vielleicht wollte sein Vater diese Dinge bei seinen Abendessen erforschen, die zweimal im Monat stattfanden. Das sollte ihr recht sein, aber Josephine wurde oft zitiert, dass sie kein Interesse hätte, ihre »Zeit mit Unsinn zu verschwenden«.

Lashmatic war zwar ein großer Erfolg, sie hatte jedoch kürzlich von einer neuen Kosmetikfirma namens Heron Cosmetics aus Los Angeles gelesen, die zunehmend die Aufmerksamkeit auf sich zog und zu einem Zugpferd am Markt wurde. Ihr schneidiger Gründer, der Playboy Mickey Heron, wurde gern von den Reportern fotografiert, wie er junge, aufreizende Hollywoodsternchen im Cocoanut Grove und Café Trocadero um sich scharte. Seine hilfreichen Beziehungen zu den Filmstars und seine allgegenwärtigen Produktplatzierungen in den Filmen hatten eine neue Nische im Markt geschaffen.

Den Schwarz-Weiß-Aufnahmen in den *Daily News* und anderen Zeitungen entnahm sie, dass er ein attraktiver Junggeselle war. Das konnte sie nicht leugnen. Mit seinem Aussehen erinnerte er tatsächlich an einen Filmstar, aber was war seine Motivation? Sie verstand es nicht, weil er ein Mann war, und sie hatte es aufgegeben, die Männer zu verstehen.

An diesem Morgen hatte sie in den Spiegel gesehen und ein verirrtes graues Haar entdeckt, das sie sofort gezupft hatte. Das einzelne Haar war dick und widerspenstig und machte eine mutige Aussage. »Sieh her!«, rief es. »Du wirst alt, und das ist gar nicht schön.« Sie wurde bald vierzig und lachte bitter, als sie zurückdachte und feststellte, dass der letzte Film, den sie gesehen hatte, ein Stummfilm mit Theda Bara gewesen sein musste. War das wirklich schon so lange her?

Herons Erfolg und seine Werbung mit diesem Farbfilmmusical *Hollywood Hurrah* und die daraus resultierende Hurrah-Lipgloss-Kollektion brachten sie schließlich dazu, das Geschehen an der Westküste und auf der Leinwand etwas ernster zu nehmen. Sie würde sich das, was gerade in den Theatern gespielt wurde, ansehen müssen und herausfinden, wer die neuesten Stars waren, da sie auf diesem Gebiet völlig unbeleckt war. Sie hatte Jahre damit verbracht, sich über französische Antiquitäten und moderne Malerei zu informieren. Sie war inzwischen so erfahren, was Schmuck anging, dass sie Edelsteinschleiferin hätte werden können. Sie gestand sich ihren Fehler nur ungern ein, aber es ärgerte sie, dass sie den Kopf in den Sand gesteckt und die Filmindustrie ignoriert hatte. Wie konnte sie bloß so dumm gewesen sein? Selbst dieser Drache Gardiner hatte ihren Kajalstift in einem neuen Film platziert. Wie immer ging Josephine für einen Tag hart mit sich ins Gericht, bevor sie schließlich nach vorn sah und weitermachte. Sie würde ein Hollywood-Seminar ins Leben rufen, um Herz Beauty voranzubringen, und ließ ihre Assistentin sämtliche Filmmagazine bestellen.

Ihre besondere Mitarbeiterin, CeeCee, hatte Kontakte zur Film- und Theaterwelt, und sie hatte sie angezapft, um auf dem Laufenden zu bleiben. CeeCee hatte beiläufig erwähnt, dass sie Mickey Heron kannte. Josephine beschloss, sie in den nächsten Monaten nach Los Angeles zu schicken. Dort sollte sie sich mit den Einheimischen treffen und die Chancen für Herz Beauty ausloten – und natürlich nach einem Standort für eine neue Niederlassung und einen Salon von Herz Beauty in Beverly Hills Ausschau halten. Sie war begeistert, dass CeeCee nur zu gern ihre Wurzeln hinter sich ließ, um sich an die Westküste zu wagen. Sie selbst reizten Hollywood und eine Reise in den Westen nur wenig oder überhaupt nicht.

Die Filmadaption und die enorme Presse um die Premiere von *Vom Winde verweht* hatten ihr Interesse geweckt. Also hatte sie beschlossen, an einem Freitagnachmittag zwischen Arbeit und Abendessen mit Miles herauszufinden, um was so viel Aufhebens gemacht wurde. Ihr Fahrer hielt die glänzende

Limousine vor der Abendkasse, an der sie sich ein Ticket kaufte, bevor sie das riesige, kunstvolle Capitol Theatre betrat. Nachdem sie eine Tüte Popcorn gekauft hatte, entdeckte sie weiter vorn einen leeren Sitz am Gang, legte leise ihren Nerzmantel darüber und nahm Platz. Es kam ihr seltsam vor, sich einen Film anzusehen, während es draußen hell war, aber da sie es nun als Arbeit auffasste, war es akzeptabel. Ihre Sekretärin hatte ihr geraten, ihre Ankunft so zu planen, dass die Bühnenshow bereits vorbei war, für die sie wenig Geduld hatte. Und der Film selbst dauerte ja schon lang genug.

Als die Eröffnungssequenz auf der Leinwand erschien, lehnte sich Josephine zurück und sah sich den Monumentalfilm ehrfürchtig an. Auf dem Bildschirm erschien »A Selznick International Picture«. Auch ein Jude, dachte sie und war für einen kurzen Moment stolz, dass der Produzent David O. Selznick mit einer der großen amerikanischen Geschichten in Verbindung gebracht wurde. Überlass es einem jungen Juden, das Buch auf die Leinwand zu bringen. Das zeitgenössische Stück über den Bürgerkrieg, das auf dem Roman von Margaret Mitchell basierte, zog sie in seinen Bann. Sie identifizierte sich mit der temperamentvollen Hauptfigur Scarlett O'Hara. Völlig gefesselt aß sie ihr Popcorn und genoss jede Szene. Es war der längste Film, den sie je gesehen hatte, doch er schien nur so vorbeizufliegen. Die Kinoleinwand warf ein leuchtendes Strahlen auf ihr Gesicht, wie ein riesiger Make-up-Spiegel. Plötzlich spürte sie einen Kloß im Hals, als Scarlett Melanie am Sterbebett besuchte. Sie konnte nicht verstehen, warum, aber bald rannen ihr nur so die Tränen über das Gesicht. Vielleicht starrte sie vom Zelluloid aus die Sterblichkeit an.

Das Jahr 1939 war für sie ein turbulentes Jahr geworden, in dem die Nazis in ihr Heimatland Polen eingefallen waren. Sie fürchtete um ihre Verwandten und ihre jüngste Schwester Chana, die noch ein kleines Kind gewesen war, als sie nach

Australien gegangen war. Was würde aus ihr werden? Sie ließ einen renommierten Anwalt nach ihr suchen, um sie nach New York zu holen, doch bisher ohne Erfolg. Und dann war da noch ihr Ex-Mann Jon, der zu ihrer großen Überraschung – und zu ihrem Entsetzen – wieder geheiratet hatte. Die Ereignisse hatten sie bis ins Mark erschüttert. Sie fühlte sich verletzlicher denn je. Ganz zu schweigen davon, dass sie ebenfalls bald vierzig Jahre alt wurde. Vierzig. Wie konnte sie vierzig Jahre alt sein? Und so allein …

»Kümmere dich für mich um ihn …« Melanies freundliches Gesicht und diese Worte an Scarlett über ihren Mann, Ashley, trafen sie ins Mark. Ihr kamen die Tränen, während sich ihr Körper vor Emotionen wand. Es war, als wäre plötzlich ein Gartenschlauch undicht geworden und dann ein zweiter und ein dritter, während das Wasser heraussprudelte. Miles wuchs wie Unkraut und ging immer öfter mit Freunden auf Schulveranstaltungen. Wie lange würde er noch zu Hause wohnen oder zu den sporadischen Abendessen kommen? Ihre Schwester Sybil leitete die Londoner Filiale und sie sprachen selten miteinander, es sei denn, es handelte sich um ein geschäftliches Problem. Jon, der mit der Radioansagerin Sylvia Shore, einem ehemaligen Revuegirl, durchgebrannt war, war heute ein allgegenwärtiger Teil der New Yorker Schickeria. Als der Film zu Ende ging und Scarlett die berühmten Worte aussprach – »Ich gehe nach Hause und überlege mir, wie ich ihn zurückholen kann. Morgen ist ein neuer Tag« –, identifizierte sich Josephine mit einer starken Frau voller Schmerzen und mit der Leere, die sie empfand.

Sie wollte Jon Blake vielleicht nicht zurück, aber sie wusste, dass sie einsamer denn je war. Es ärgerte sie, ohne eine Verabredung zu einer Abendveranstaltung zu gehen, und nachdem sie bei zwei gesellschaftlichen Ereignissen auf Jon und

Sylvia getroffen war, hatte sie beschlossen, dass damit genug war. Sie wusste, dass sie trotz ihres Ruhmes, ihres Erfolgs und ihres Vermögens einen anderen Mann, einen anderen Ehemann brauchte. Es war so einfach wie das Wissen einer Frau, dass sie ein weiteres schwarzes Cocktailkleid in ihrem Kleiderschrank brauchte, weil das alte abgenutzt oder der Schnitt aus der Mode war. Wie bei ihrer neuen Mission in Hollywood wusste sie auch, dass sie sich die Zeit nehmen musste, einen Mann zu treffen, jetzt, da sie vierzig Jahre alt wurde. Mit dem Erfolg ihres legendären Parfums Empress Josephine und der Lashmatic-Wimperntusche, die die ganze Nation erfasst hatte, war Josephine zur reichsten Frau der Welt geworden.

Wie kam es, grübelte sie, dass sie sich ärmer fühlte denn je? Plötzlich holte sie alles ein. Sie wollte einen Mann, brauchte einen Mann, und sie würde einen finden, sogar für einen bezahlen. Sie war Realistin. Schließlich, dachte sie, als sie am Ende des Films aufstand und sich in ihren cremefarbenen Nerz kuschelte, war sie Scarlett und nicht Melanie, und morgen war ein neuer Tag.

Kapitel 38

DER BESUCH

Los Angeles, 1940

»Warum zum Teufel wohnst du *hier*?« Mickey warf einen leicht verächtlichen Blick in die Lobby des Dunbar Hotels, nachdem er ein wenig zu Atem gekommen war. Es war einer der längsten Küsse der Geschichte gewesen. Als sich die zinkverzierten Aufzugtüren geöffnet hatten, hatte CeeCee ihn in der Lobby entdeckt, wo er wie ein kleiner Junge in der Ecke auf dem Schulhof lauerte, der auf seine Mutter wartete. Er wippte mit dem Fuß auf und ab, die purpurroten Rosen hingen neben ihm herunter, das feuchte Papier hinterließ dunkle Spuren an seinem Hosenbein. Als er sie sah, strahlte er sie an, zerdrückte die Zigarette im Sand des Bronzeaschers und musterte sie wie einen Kirmesgewinn.

Sie trat schüchtern aus dem Aufzug und lief dann, als wollte sie ihre äußere Haltung Lügen strafen, eilig durch den Raum. Erst standen sie sich ganz nah gegenüber, nur einen Lufthauch voneinander getrennt. »Ist das ein Traum?«, dachte sie, als sie die Luft zur Seite schob und ihre Lippen sich berührten. Sie verschmolz mit ihm, und der unverwechselbare Duft seines Rasierwassers, das den männlichen Schweiß überdeckte, machte sie schwindelig. Dieser Hauch von Wildheit hatte stets diese Wirkung auf sie, und sie spürte die Hitze zwischen den Beinen.

»Sollen wir hochgehen?« Mickey knabberte an ihrem Ohr.

»Für welche Art von Mädchen hältst du mich?« Sie gab ihm einen leichten, verspielten Klaps.

»Du bist genau wie ich, und das weißt du.« Er küsste sanft ihren samtigen Hals. »Wie du riechst, ist … nun, du weißt schon.«

Am liebsten hätte sie zugegeben, dass sie wie er war, dass sein Geruch wie ein Aphrodisiakum wirkte, dass sie sofort mit ihm auf ihr Zimmer und sich ihm immer wieder hingeben wollte. Aber sie hielt sich zurück und holte tief Luft. Sie war geschäftlich in Los Angeles, nicht zum Vergnügen. Das Vergnügen würde später kommen.

»Abendessen und Tanzen und dann kommen wir zurück. Versprochen.« Sie küsste ihre Fingerspitzen und legte sie auf seine Lippen.

»Noch ein Kuss vor dem Dinner.« Er zog sie an sich, und sie klammerten sich wie Ertrinkende aneinander. Für einige Augenblicke standen sie eng umschlungen da, wie eine Venusfliegenfalle und ihre Beute.

»Und zu deiner Information, das ist das beste Hotel der Stadt, in dem ich übernachten kann«, erklärte sie ohne Bitterkeit über die »Nur für Weiße«-Richtlinien der Hotels, an die sie gewöhnt war.

»Du weißt, dass ich dich in einem normalen Hotel unterbringen kann, CeeCee – mit meiner Hilfe und mit deinem Nachnamen. Niemand würde lange überlegen, besonders nicht in dieser Stadt.« Mickey reckte den Kopf.

»Ich lüge nicht gern, Mickey, das weißt du.« Sie strich ihm über die Stirn und schob eine Locke zur Seite. »Das weißt du«, wiederholte sie und lächelte schwach.

»Du achtest zu viel auf die Vorschriften. Warum zum Teufel wohnst du nicht bei mir? Ich habe jetzt ein Haus und einen Pool. Mein Gott, ich habe sogar ein Gästehaus.« Er gab ihr ein Zeichen, mit ihm zu kommen.

»Weil ich dich nicht einschränken will, Baby«, antwortete sie durchtrieben. Er wusste, dass sie log. Sie würde nirgendwo übernachten, wo andere Frauen gewesen waren. Er drängte sie nicht, denn gäbe es eine Kasse in seinem Schlafzimmer, würde sie ständig klingeln. Er legte einen kräftigen, muskulösen Arm um ihre Schulter und führte sie zum Wagen.

Der kalifornische Abend war hell und mild, wie ein Seidenhemd auf einem Sonnenbrand. CeeCee genoss das Wetter. Sie wusste, dass es zu Hause bald stürmen und schneien würde, während sich hier die Palmen für sie hin und her wiegten.

Sie warf einen Blick zurück in die Hotellobby, als eine Gruppe berühmter Jazzmusiker und Sänger an ihnen vorbeikam und das Hotel betrat. Sie nickten sich zu. Das Dunbar war bekannt dafür, die schwarze Elite zu beherbergen. Auf dem Weg zur Bar und zur Lounge stießen sich zwei Jazzmusiker an, schauten zurück und taxierten CeeCee, während diese ihre Blicke ignorierte. Sie sollte sich daran gewöhnen, dachte sie.

Mickey nahm ihre weiß behandschuhte Hand und führte sie zu seinem cremefarbenen Cadillac Cabrio. CeeCee schmiegte sich in ihrem elfenbeinfarbenen Satinkleid an ihn.

»Außerdem ist die Musik im Dunbar besser«, meinte sie lachend, als er die Wagentür öffnete.

»Wir kommen später auf einen Schlummertrunk zurück«, entschied er. »Wer spielt heute Abend?«

»Lena Horne und Sissles Orchester.« CeeCee zog ein schimmerndes Goldkästchen hervor und trug noch einmal den »Capri Coral«-Lippenstift von Herz auf, bevor sie ihn wieder in ihre Abendtasche steckte.

»In der Stadt erzählt man sich, dass sie der erste schwarze weibliche Filmstar werden wird.« Mickey legte den Arm um sie. »Vielleicht solltest du hinter die Bühne gehen und mit ihr über CeeCee's Relaxer reden«, schlug er vor.

»Vielleicht sollte ich das«, antwortete sie. »Und es heißt nicht mehr CeeCee's Relaxer, Mick.« Sie lächelte, während er die Central Avenue hinunterfuhr.

»Nein? Wieso nicht?«

»Ich habe den Namen geändert. Es heißt jetzt Queen CeeCee's Hair Relaxer. Was hältst du davon?« Sie schaute sein hübsches Gesicht aufmerksam an, um die Reaktion zu beurteilen.

»Ich finde ihn toll.« Er hupte einem Ford hinterher, der sich verfahren hatte. »Verdammte L.-A.-Fahrer. Du Idiot!«, schrie er und zeigte dem Fahrer die Faust.

»Mickey, du änderst dich nie. Du siehst nur immer noch besser aus.« Sie fuhr ihm über die nach hinten gekämmten Locken und registrierte seine strahlende kalifornische Bräune, die sich von dem weißen Smoking absetzte.

»Du bist meine Königin.« Er zog sie auf dem Vordersitz näher heran.

»Die Mädchen im Cotton Club dachten immer, ich sei hochnäsig, weil ich mich nicht mit den Verehrern, die hinter die Bühne kamen, verabreden wollte. Deshalb nannten sie mich *Queen*. ›Da kommt Queen CeeCee‹ riefen sie dauernd und verdrehten die Augen. ›Zu gut für Leute wie uns.‹«

»Na ja, das bist du ja auch.« Er lächelte.

»Daher kam mir eines Abends der Gedanke, ein positives Image für meine schwarzen Mädchen zu erschaffen, und voilà … Queen CeeCee. Aus etwas Negativem wird etwas Positives. Und es verkauft sich mehr als gut«, berichtete sie stolz.

»Natürlich … weißt du« – er musterte sie –, »du könntest Filmschauspielerin werden. Du bist hübscher als Lena Horne, und du wärst ein großer Star.«

»Ja, und was soll ich spielen? Dienstmädchen? Lena kann wenigstens singen.« Sie schaute in den Seitenspiegel. »Herzlichen Glückwunsch zu deinem Lipgloss. Er ist der letzte Schrei, Mickey. Ich bin so stolz auf dich.«

»Ja. Nachdem ich den Deal mit dem Studio gemacht habe, gehen die Hollywood-Hurrah-Lipglosse durch die Decke. Ich habe Dax für die Entwicklung bezahlt, aber jetzt will er eine eigene Firma.« Er lenkte das Auto auf die rechte Spur. »Zuerst habe ich versucht, ihn aufzuhalten, aber dann hatte ich eine Idee – ich würde ihn finanzieren und die Hälfte seines Unternehmens besitzen. So wie ich es in der Norfolk Street gemacht habe. Das gleiche Konzept. Die alte Mrs Grossman verkaufte ihre Brote, *Challahs* und Obstkuchen an meinem Stand und wollte dann einen eigenen. Also richtete ich ihr einen ein, ging für die alte Frau in Vorkasse, und wir machten fifty-fifty. Und ich steckte bis zum Hals in Kuchen.«

»Deshalb bist du brillant, Mick.« Sie schmiegte sich an ihn.

Als Mickey und CeeCee das Troc betraten, drehten sich alle Köpfe nach ihnen um. Wer war die exotische, dunkle Schönheit an Herons Arm? War sie ein neues Starlet aus den Filmstudios, eine farbige Sängerin in einem bald erscheinenden opulenten Latino-Musical oder eine verheiratete südamerikanische Prominente, die zum Spaß in der Stadt war? Offensichtlich war sie jemand. Denn CeeCees New Yorker Raffinesse, Mode und Diamantschmuck verliehen ihr ein glänzenderes Aussehen als den üblichen mit Mais gefütterten Vertragsschauspielerinnen, die sich in ein geliehenes Kleid aus der Kostümabteilung zwängten und Strassschmuck trugen.

CeeCee fand es himmlisch. Sie tranken Wein, aßen und tanzten die ganze Nacht, Mickey nickte bekannten Gesichtern und Hollywoodstars zu und stellte sie ihnen vor. Sie küssten sich zärtlich im Wagen und kehrten dann ins Dunbar zurück, um dort einen letzten Drink zu sich zu nehmen und Lena, dem neuesten Singvogel von Los Angeles, zuzuhören. Nach einem Whiskey und einer Zigarre gingen sie auf ihr Zimmer. In einem Gewirr aus Armen und Beinen liebten sie sich immer wieder voller Leidenschaft, bis sie in einen tranceähnlichen Schlaf glitten.

Im Morgenlicht schaute er zu ihr hinüber und stellte sich vor, immer mit ihr zusammen zu sein. Er glitt leise aus dem Bett, um sie nicht zu wecken, und zog sein zerknittertes weißes Hemd an. Danach küsste er sie sanft auf die Stirn, bevor er ging.

»Ich ruf dich später an. Ich vereinbare alle deine Treffen«, hörte sie ihn sagen.

Sie lächelte und schüttelte den Kopf, noch im Halbschlaf die letzte Nacht genießend, wach, aber nicht ganz wach, jener schöne Moment zwischen Traum und Realität.

Mickey fuhr zurück in sein neues Haus in den Hollywood Hills, duschte sich und zog sich an. Anschließend ließ er sich von seiner mexikanischen Haushälterin Maria ein Omelett mit Räucherlachs, Eiern und Zwiebeln zubereiten, so wie er es ihr beigebracht hatte. Dabei achtete er darauf, dass die gehackten Zwiebeln goldbraun waren, bevor sie die schaumige Eimasse dazugab. Er liebte den Geruch, weil er ihn an seine *Bubbe*, seine Großmutter, erinnerte. Nach dem Essen griff er zum Telefon. Mickey wusste, dass CeeCee einige richtige Hollywoodschauspieler treffen musste, um lukrative Werbevereinbarungen für Herz abzuschließen, und er war da, um ihr zu helfen.

Er saß an seinem großen Holzschreibtisch und blätterte durch sein Adressbuch. In seinen goldenen Manschettenknöpfen spiegelte sich das hochglänzende Furnier wie in einem Spiegel. Er stieß auf die Namen einiger wichtiger Akteure in der Branche, die ihm noch einen Gefallen schuldig waren, und begann zu telefonieren, um Treffen mit aufstrebenden Schauspielerinnen, Produzenten und deren Filmprojekten zu organisieren. Er tat dies auf freundliche Weise und mit seinem gewohnten Fingerspitzengefühl sowie seiner Souveränität. Und alle, mit denen er sprach, stimmten einem Treffen mit Miss CeeCee Lopez zu, der Vizepräsidentin von Herz Beauty.

CeeCee war erfahren genug, um nicht über ihre Queen-CeeCee-Linie zu sprechen. Diese war ihren Kundinnen in Harlem und den Salons nahe dem Dunbar Hotel vorbehalten. CeeCee besaß zwei verschiedene Visitenkarten und benutzte die eine oder die andere, je nachdem, mit wem sie redete. Sogar ihre Visitenkarten unterlagen der Rassentrennung, dachte sie und schüttelte den Kopf.

Jeden Tag trafen sie und Mickey sich nach einer ganzen Reihe von Terminen im Dunbar zu einem romantischen Abend im Bett. CeeCee erzählte ihm von ihren Besprechungen und später unterhielten sie sich über die neuesten Produktentwicklungen von Herz Beauty oder über das, was sie noch über die Vorgänge bei Gardiner wusste.

CeeCee versetzte Mickey in Erstaunen. Sie fegte durch Los Angeles wie die Santa-Ana-Winde und wirbelte alles auf. Innerhalb weniger Tage hatte sie für den kalifornischen Vorzeigesalon von Herz Beauty einen perfekten Standort am Rodeo Drive gefunden und recherchierte bereits die Kinofilme, die aktuell produziert wurden. Mickey organisierte ihr ein Treffen mit einigen wichtigen Vertretern von MGM, um Hedy Lamarrs neueste Mittel und Kooperationsmöglichkeiten zu besprechen. Hedy galt als eine der schönsten Frauen Hollywoods und war die perfekte Wahl für ihre nächste Werbekampagne. Sie war vor einigen Jahren aus Österreich geflohen, um sowohl den Nazis als auch einem wohlhabenden, herrischen Ehemann zu entkommen. Während ihres Londonaufenthalts war sie

MGM-Mogul Louis B. Mayer aufgefallen, der sie sofort unter Vertrag genommen und nach Amerika gebracht hatte. Ihr Hollywood-Filmdebüt in *Algier* neben Charles Boyer wurde zu einer Sensation. Es hieß, ihre Schönheit raube einem buchstäblich den Atem.

Josephine war begeistert, als CeeCee sie in New York anrief und von der Idee erzählte.

»Sagen Sie MGM, dass wir sie wollen!«, rief sie. »Sie ist die moderne Version von Theda Bara. Ihre europäische Kultiviertheit ist genau das, wofür unsere Marke steht. Sie sagen, sie sei Jüdin?«

»Ja, und sie kommt ursprünglich aus Wien«, erklärte CeeCee. »Sie war mit dem reichsten Mann Österreichs verheiratet, Fritz Mandl, vor dem sie geflohen ist.«

»Perfekt. Wir nehmen sie und überlassen Miss Palm Beach da unten diese dreiste Janet Gaynor«, lachte Josephine. Nun, da sie Filmzeitschriften las, war sie mit dem Thema »Stars und Sternchen« besser vertraut.

CeeCee lächelte. Ihre Reise nach Los Angeles war ziemlich erfolgreich gewesen. Es hatte nur zwei Wochen gedauert, bis sie sich einen Überblick verschafft hatte. Sie wusste, dass Josephine sie wieder dorthin schicken und alle Kosten übernehmen würde. Und sie könnte Mickey wiedersehen. Trotzdem wurde sie ein wenig traurig, als ihre Reise zu Ende ging.

»Warum verlässt du mich, Baby?« Mickey schaute sie an wie ein verlorener kleiner Welpe, der aus der Kälte kam, nachdem die zwei Wochen wie im Flug vergangen waren. »Kannst du nicht länger bleiben?«

»Josephine will, dass ich zum Treffen über die Entwicklung neuer Produkte zurück bin. Und ich habe einen Auftritt im Apollo Theater, wo Queen CeeCee die Talentnacht sponsert.« Sie lächelte.

Er schüttelte den Kopf und wusste, dass es sinnlos war, aber er versprach, sie in New York zu besuchen.

Als es an der Zeit war, CeeCee zum Bahnhof zu fahren, machte Mickey sich nur langsam daran, ihr die Tür zu öffnen, als ob sein Zögern den wartenden und zischenden Zug aufhalten könnte. Er nahm ihr Gepäck aus dem Kofferraum und gab den eleganten schwarzen Trägern ein Trinkgeld, damit sie es zu dem Erste-Klasse-Abteil brachten. Er hatte den Gedanken gehasst, dass sie in dem Abschnitt für die farbigen Passagiere sitzen müsste, und sich gefragt, wie er ihr durch seine Verbindungen einen Platz in dem nur für Weiße reservierten Abteil der Ersten Klasse verschaffen konnte. Schließlich hatte der Pressevertreter einer der mächtigsten Mafia-Familien in Los Angeles einen Anruf getätigt, nach dem Miss CeeCee Lopez, eine neue brasilianische Schauspielerin, die bei MGM unterschrieben hatte, ein Ticket Erster Klasse nach New York City benötigte. Unter diesen Umständen hakte niemand nach.

CeeCee wusste, dass sie gegen Mickey keine Chance hatte, und stimmte seinem Abschiedsgeschenk zu. Nach einem scheinbar endlosen Kuss lehnte sie sich in ihrem Sitz zurück und war glücklich, während sie zusah, wie Los Angeles immer kleiner wurde. Erste Klasse. Sie dachte an ihre erste Zugfahrt aus Virginia zurück, als sie die halbe Zeit stehen musste. Nun reiste sie in der Ersten Klasse und war eine angesehene Geschäftsfrau. Die afroamerikanischen Kofferträger waren besonders nett zu ihr, weil sie sie für die schönste lateinamerikanische Frau hielten, die sie je gesehen hatten. Und CeeCee wusste noch etwas, als sie auf ihrem Erste-Klasse-Sitz Platz nahm. Manchmal wusste eine Frau es einfach, hatte ein Gefühl, eine Eingebung. Sie wusste, dass sie von Mickey schwanger war. Und sie würde niemandem ein Wort davon sagen. Noch nicht.

Kapitel 39

RACHE IST SÜSS

Beverly Hills, 1940

»PARIS IST GEFALLEN – GROSSBRITANNIEN WIRD FOLGEN«, lauteten die Schlagzeilen. Wie die meisten Amerikaner blieb Constance wie angewurzelt stehen und spürte einen eisigen Schauer über den Rücken laufen. In Los Angeles gab es nichts als Sonnenschein, Filmvorführungen und Swimmingpools. Lebte sie in einem anderen Universum? Sie wusste, dass die Dinge in Europa schlecht standen, erkannte aber erst jetzt, dass es schlimmer war, als sie es sich je vorgestellt hatte. Sie konnte sich vielleicht mit dem Fall entlegener Gebiete wie Polen oder der Annexion Österreichs abfinden, weil ihr diese Regionen so weit weg erschienen, fast zweitrangig. Aber Paris? Paris war der Mittelpunkt der Welt. Paris war alles. Sie konnte sich nicht vorstellen, dass die Deutschen ihr geliebtes Paris überrollt hatten. Träumte sie?

Sie blieb am Nachrichtenstand im Beverly Wilshire Hotel stehen und kaufte die Zeitung, als würde dieser Kauf die Realität bestätigen. Noch in der Lobby las sie wie viele andere neben ihr die Meldungen und war schockiert. Die stolzen und hochmütigen Franzosen waren zu Besiegten, zu

Hilflosen geworden. Ungläubig schüttelte sie den Kopf. Sie erinnerte sich an ihre Reise nach Paris vor einigen Jahren, als ihr Unternehmen gerade in Schwung gekommen und sie im Ritz abgestiegen war. Sie hatte gespart und die Reise gebucht, um die Sehenswürdigkeiten zu besichtigen. Dann hatte sie die Zeit jedoch genutzt, um die Geheimnisse der französischen Schönheits- und Massagetechniken zu ergründen und – natürlich – um Haute Couture zu kaufen. In einem der besseren Salons hatte sie ein reizendes brünettes Mädchen kennengelernt. Wie war noch mal ihr Name? Madeleine. Sie hatte wunderbar weiche Hände gehabt, und nach ihrer Gesichtsbehandlung und den kühlen Streicheleinheiten hatte Constance sie zum Mittagessen eingeladen und eine subtile Anziehungskraft gespürt. Madeleine hatte sofort angenommen und sie waren in ein nettes Café im Marais gegangen. Sie erinnerte sich, wie ausgelassen sie in Frankreich gewesen war, wie frei sie sich plötzlich gefühlt hatte – wie damals, als sie zum ersten Mal nach New York gekommen war. Sie hatte eine ähnliche Schwesternschaft mit dem jungen französischen Mädchen gespürt, das so lässig und offen mit seiner Sinnlichkeit umzugehen schien. Nach einem einfachen Mittagessen – einem Schinkentoast mit Käse und einer Karaffe Weißwein – waren sie Arm in Arm in ihre kleine Dachkammer am Place des Vosges geschlendert. Sie hatten sich den restlichen Nachmittag und schließlich das ganze Wochenende geliebt, Wein getrunken und Zigaretten geraucht. Alles war ihr so dekadent, so wunderbar erschienen. Sie hatte es im Gedächtnis behalten, so, wie man das wunderbar brennende Gefühl eines Likörs nach dem Abendessen im hinteren Teil der Kehle wahrnahm. »Wunderbare Glückseligkeit«, hatte sie es genannt. Erst zum dritten Mal hatte sie Oralverkehr mit einer Frau gehabt, und sie hatte ihren unverwechselbaren Geruch und Geschmack entschlüsseln können: Rosmarin, Moschus und ein Hauch von Vanille.

Wo war Madeleine jetzt? War sie inzwischen Ehefrau, Freundin, Mutter? War sie vor den einfallenden Truppen sicher? Sie konnte die Panik und die Angst nur erahnen, die sie empfinden musste, und hoffte, dass es ihr gut ging und sie sich in Sicherheit befand. Und wie immer, wenn die Gefühle zu stark wurden, verbannte sie den Gedanken aus ihrem Kopf und konzentrierte sich auf ihr Geschäft. Das war ihre kanadische Art.

Trotz der schrecklichen Nachrichten aus Übersee waren Constance und Gardiner Cosmetics sehr erfolgreich. Dank ihres Ruhms und der Gewinne ihres Unternehmens hatten Van und sie einem weiteren Zeitvertreib für die Reichen nachgegeben: dem Pferderennen. Inzwischen waren sie Aktionäre der Pferderennbahn in Santa Anita, und ihr Pferd, Constant Gardiner, war als zweites hinter dem berühmten Seabiscuit im Santa Anita Handicap ins Ziel gekommen. Zu der Zeit, in der sie sich mithilfe ihrer Villa in Palm Beach Zugang zur feinen Gesellschaft von Palm Beach verschafft hatte, hatte Constance begonnen, Beziehungen zur Reitgesellschaft von Kentucky zu pflegen. Inzwischen besaß sie dort den berühmten Pferdestall Lucky Eight, der kürzlich in Constantly Gardening umbenannt worden war, um sich mit den Stars und der Hollywood-Elite an der Westküste zu treffen. Sie liebte nichts mehr, als den Nachmittag bei gutem Wetter auf der Rennbahn bei einer Flasche Gin zu verbringen. Dort fühlte sie sich wie ein kleines Mädchen und befriedigte den Wildfang in ihr, indem sie schrie und nach Herzenslust auf der VIP-Tribüne jubelte. Es war der einzige Bereich in ihrem Leben, in dem sie schreien und fluchen konnte, und niemand würde es bemerken oder verurteilen, da sie eine stolze Pferdebesitzerin war. Die atemberaubenden San Gabriel Mountains im Hintergrund durch ihr Fernglas zu bewundern und gleichzeitig ihr Vollblut Constant Gardiner zu beobachten war der reinste Nervenkitzel. Obwohl sie lässig tat, hatte sie ihre helle Freude daran, sich mit berühmten Schauspielern wie Clark Gable und Lana Turner zu zeigen, nachdem sie ein bekanntes Gesicht an der Rennstrecke geworden war. Diese Auszeit, die sie sich dort draußen gönnte, führte auch zu einigen bahnbrechenden Produkten. Die neuesten Schönheitstrends in Hollywood brachten sie dazu, ihre unglaublich erfolgreiche Kollektion der »Garden of Allah«-Augenbrauenstifte zu kreieren: ein Schminkset für Augen wie ein Filmstar, das Pinzette und farbige Brauenstifte enthielt – für gezupfte und geschwungene Brauen, wie sie in den späten 1930er-Jahren in Mode waren.

Ihre Kundinnen liebten das Set. Es gab sogar eine Anleitung, wie man die Braue zupfte und mit dem Stift einen hohen Bogen zog. Sets und Anleitungen waren wichtig für ihre Frauen, denn sie wusste, dass diese sich nach einem einfachen Weg sehnten, um modisch auszusehen, und Informationen wollten, wie man diesen Look nachahmte.

Doch der jüngste Verkaufsschlager genügte ihr nicht. Den triumphalen kommerziellen Erfolg von Josephines Lashmatic zu verarbeiten hatte sie Monate, sogar Jahre gekostet. Sie war so nah dran gewesen und dann zu Boden gegangen, weil sie die Verliererin und Herz die Gewinnerin war. Und Constance war niemand, der sich damit abfinden würde. Ihr Eye-Allure-Produkt wäre gut gewesen, doch als sie Lashmatic ausprobierte, geriet sie in Rage. Alles an dieser Wimperntusche war besser: die geschwungene Bürste, die gleichmäßige, schimmernde Flüssigkeit, die keine Flecken hinterließ, und die inzwischen legendäre Verpackung mit dem modernen Oberteil aus Kunststoff, das sich abdrehen ließ. Die rosa-grüne Farbgebung trieb sie natürlich an den Rand des Wahnsinns. Es ging ihr durch Mark und Bein, wenn sie beobachtete, wie eine Frau sie aus der Tasche nahm. Es hatte ihr mehr schlaflose Nächte beschert, als sie zählen konnte.

Aus ihrer Rivalität war eine derart tiefe Feindschaft geworden, dass sie ihre Entscheidungen inzwischen aus ihrem verletzten Ego heraus traf und sich an Überlegungen orientierte, wie sie sich an ihrer jüdischen Usurpatorin rächen konnte. Wenn Josephine ihre Familie in Polen besucht hätte, hätte sie der Blitzkrieg getroffen, würde sie mit ihren Freunden im Klub witzeln. Die Idee, dass CeeCee inzwischen für ihre Erzfeindin arbeitete, quälte sie ebenfalls und war fast alles, woran sie denken konnte.

Normalerweise resultierten Produkt- und Einzelhandelsinnovationen aus den Bedürfnissen oder Wünschen der Verbraucher. Jetzt entstanden sie aus Rache. Was konnte sie, Constance, tun, um Josephine so sehr zu verletzen, wie sie selbst verletzt worden war? Das war eine große Frage, die sie bis in die frühen Morgenstunden beschäftigte.

Trotz dieser ständigen Seelenqualen und Ängste machte sie gute Miene zum bösen Spiel und ging ihrer Arbeit nach. Die Sonne, die Strände und die pferdebegeisterten Gesellschaften von Palm Beach, Kentucky und Los Angeles waren jedes Mal eine lustige Abwechslung, um sie von ihrem Ärger abzulenken.

Constance und Van, die sich noch weiter voneinander entfernt hatten, teilten wenigstens noch die Begeisterung für Pferderennen und besuchten eines Tages ein solches mit ihrem Bekannten, dem Pharma-Erben Jock Ashton. Jock war der Topper von Los Angeles: ein schneidiger Frauenheld und Lebemann. Er hatte auch viel in Santa Anita investiert. Sie fuhren gemeinsam in seinem marineblauen Packard nach Los Angeles zurück. Sie hielten gerade an einer kleinen, abgelegenen Tankstelle an, als Jock Constance anstieß. Nahe der Tankstelle und dem Lebensmittelgeschäft hatte er einen kleinen Friseursalon entdeckt.

»Hey, Constance, bald wird hier ein Herz-Salon eröffnet«, rief er sarkastisch. »Diese Frau ist überall.«

»Sie breitet sich aus wie ein Krebsgeschwür.« Constance zündete sich eine Zigarette an. Ihre Hand zitterte leicht.

Als sie den blauen Rauch einatmete, kam ihr schlagartig eine Idee. Das war es! Danach hatte sie gesucht! Sie würde Josephines Idee stehlen, so wie Josephine ihre gestohlen hatte. Eine preiswerte Massenversion von Josephines Edelsalons für die Durchschnittsfrau in eher ländlichen Umgebungen. Ein Ort, an dem ihre Kundinnen Gardiner Cosmetics kauften, sich aber auch Haare und Nägel machen lassen konnten – und das zu günstigeren Preisen. Und sie würde die Eingangstür lavendelfarben streichen, so wie Josephine die lackierten Türen in all ihren persönlichen Büros bemalt hatte. Sie lachte laut. Das war es. Um es auf die Spitze zu treiben, würde sie sie Gardiner *Lavender*-Door-Salons nennen!

Sie wusste, dass Josephine sich genauso fühlen würde wie sie damals, als ihr das rosa-grüne Palm-Beach-Motiv direkt vor der Nase für Lashmatic gestohlen worden war. Lavendel und Schwarz! Das war perfekt. Ihr gefiel auch das Spiel mit Lavendel aus dem Garten. Sie wusste, dass ihre Kundin nicht nur einen erschwinglichen Ort für Schönheitsbehandlungen schätzen, sondern auch gern weniger für den tagtäglichen Luxus bezahlen würde. Sie würde den Namen markenrechtlich schützen lassen und erst jemandem – auch Van – davon erzählen, wenn er ihr gehörte. Das Beste war, dass die preisgünstige Konkurrenz Josephine Herz in den Wahnsinn treiben würde.

»O nein, Jock …«, Constance schnippte ihre Zigarette auf dem Rücksitz des Autos ab. Die Asche fiel auf ihren Nerz und brannte sich in das Fell. »Es wird keinen Herz-Salon dort drüben geben, sondern meinen. Lass dich überraschen, was ich als Nächstes aus dem Ärmel zaubere.« Sie zog eine sauber gezupfte und geschwungene Augenbraue hoch, die sie mit ihrem schwarzen Augenbrauenstift nachgezogen hatte.

»Gegen dich wette ich nicht, Constance« – Jock stieß Van an –, »weder beim Pferderennen noch beim Geschäft.«

»Das ist auch gut so, Jock. Aber lass mich Josephine Herz zitieren: ›Unterschätze niemals einen *Gevinner*!‹« Sie lachte so laut, als sie deren polnischen Akzent nachahmte und sie verspottete, dass alle anderen im Auto in ihr Gelächter einstimmten.

Kapitel 40

DIE LISTE

New York City, 1940

Überall auf der Upper East und Upper West Side schien man deutsch, französisch oder polnisch gefärbtes Englisch zu hören. Die wenigen Reichen und Glücklichen, die dem vom Krieg zerrütteten Europa entkommen konnten, waren in letzter Sekunde eingetroffen. Einst selbstbewusst, nun etwas verwirrt, brachten sie ihre wenigen Vorzüge und speziellen Akzente in die englische Sprache ein. Vor wenigen Jahren hätte ein Akzent in der Stadt exotisch gewirkt, inzwischen weckte der Klang einer fremden Sprache in New York oder Los Angeles entweder Mitleid oder Spott. Die meisten kamen mit dem Linienschiff über Ellis Island, obwohl man gelegentlich Geschichten hörte, dass sie sich erst auf den Weg nach Kuba gemacht hatten und dann über Mexiko nach Florida oder Los Angeles eingereist waren. Einige Familien brachen völlig auseinander und sahen sich jahrzehntelang nicht wieder. Zerbrochene Familien und Seelen, die erneut aufgebaut werden mussten. Emigranten, die versuchten, ein neues Leben, eine neue Sprache und ein neues Land zu verstehen und sich neu erfinden mussten. Die Kleidung und die englische Sprache wirkten fremd und verstörend. Niemand wusste, was er mit einer österreichischen Lodenjacke aus dickem Tweed in der Hitze von Los Angeles anfangen sollte. Einst berühmte deutsche Filmschauspieler wurden zu Bedienungen und gefeierte europäische Autorenfilmer bekamen B-Filme oder Filmtrailer zugeteilt.

Diese Vertriebenen bildeten eigene Gemeinschaften und trafen sich jede Woche im Schnellrestaurant oder Teehaus in der Nachbarschaft, um sich gegenseitig zu bemitleiden und an ihren früheren Ruhm und Reichtum in Berlin oder Wien zurückzudenken. Doch sie alle wussten um ihr Glück, überhaupt eine Arbeit zu haben. Die meisten von ihnen waren Juden, einige reich – oder ehemals reich – und adelig, wie die Rothschilds und die Ableger der Familie de Gunzburg. Es gab unterdrückte Intellektuelle aller Couleurs und Religionen, katholische und protestantische Homosexuelle sowie hochgewachsene Rumänen und Ungarn mit Zahnlücken. Eine spezielle Gruppe, die Russen, war nicht nur ein-, sondern gleich zweimal entwurzelt worden. Zuerst waren sie während ihrer eigenen Revolution 1917 nach Paris geflohen, und nun hatten sie Paris verlassen und nach New York flüchten müssen. Diesen weißrussischen Aristokraten mit ihren altmodischen Abendkleidern und Medaillen brachte man in den meisten Fällen viel Mitgefühl entgegen, um ihr zerstörtes Selbstvertrauen zu stärken. Die Amerikaner liebten Titel, und wenn ein ehemaliger Prinz oder eine ehemalige Prinzessin eine Abendgesellschaft besuchte, klingelte es noch immer in der Prestigekasse. Es gab auch jene seltsamen, im Ausland lebenden Amerikaner, die nach Hause in den sicheren Hafen zurückkehrten.

Dieser neue Zustrom von Elite-Emigranten mit seiner Flut an arbeitslosen Künstlern, Schriftstellern und Filmregisseuren, der eine wilde Energie, ungeschliffene Talente und Visionen in Film, Theater, Musik und Tanz mit sich brachte, würde auch die kreative Kultur von New York und Los Angeles neu definieren.

Sie waren für ihre Weitsicht belohnt worden, Macher zu sein, die klug genug gewesen waren, aus dem Kaffeesatz zu lesen und sich selbst zu entwurzeln.

Josephine begrüßte diese schicke Gesellschaft jede Woche in ihren Salons und empfand eine besondere Verwandtschaft mit jenen Menschen auf der Suche nach Freiheit, die sich wie sie neu erfinden mussten. Es war auch gut für ihr Geschäft. Die Creme der europäischen Schickeria verlieh den sturen Amerikanern, die jede Woche wegen der exotischen Blinis und Wodka auftauchten, einen raffinierten Beigeschmack. Es gab nichts, was Josephine lieber mochte als ein vielseitiges Publikum. Und sie wusste, dass ein Abend umso erfolgreicher sein würde, wenn eine verloren wirkende weißrussische Prinzessin, eine jüdische Baronin oder ein berühmter deutscher Theaterdirektor wie Max Reinhardt dazustießen. Sie war Gast auf Schloss Leopoldskron gewesen, seiner Residenz in Salzburg mit unzähligen Räumen, und wusste, welcher Abstieg New York für ihn war. Sie bot ihm sogar ein Gästezimmer in der Fifth Avenue an. Dank der vielen Talente auf der Straße verstärkte sie zudem die Position ihres Unternehmens mit fähigen Leuten, die für weniger Geld zu haben waren.

Claudine Lelong, die vor der Invasion das Atelier für Chanel geleitet hatte, war vor einem Jahr nach einer schwierigen Scheidung nach New York gezogen. Sie war Mitte vierzig, brünett, elegant und klug und mit einem französischen Grafen verheiratet gewesen, bevor er sie für eine deutsche Filmschauspielerin verlassen hatte. Nach ihren Erfahrungen mit ihrem Ex-Mann, der eine Affäre mit diesem deutschen Weibchen hatte, und Coco Chanel, die mit Hans Günther von Dincklage, einem hochrangigen Nazi-Geheimdienstoffizier, liiert war, erwies sich Claudine als klug genug, ihre Lage richtig einzuschätzen. Diese sah nicht besonders rosig aus, vor allem, nachdem Coco Chanel ihr Geschäft geschlossen hatte und mit ihrem Geliebten ins Ritz gezogen war. Josephine stellte sie kurzerhand ein und überließ ihr die Aufsicht über ihren Salon und die Soireen. Innerhalb weniger Monate wurde Claudine zu einer vertrauenswürdigen Beraterin. Chanel war nicht einfach gewesen. Insofern wusste Claudine, was mächtige, rätselhafte Frauen brauchten – und gab es ihnen. Nach einigen wenigen Geschäftstreffen spürte Josephine eine Seelenverwandtschaft zu Claudine und vertraute sich ihr an. Sie war inzwischen bereit, einen geeigneten Mann zu treffen, da amerikanische Männer eine begrenzte Wertschätzung für Josephines Vorzüge hatten – abgesehen vielleicht für ihren Reichtum. Bisher hatte sie Einladungen zum Abendessen von einem Arzt, einem Strafverteidiger und einem vornehmen Erben angenommen, der sein Vermögen verloren hatte. Doch es gab immer eine kulturelle Kluft und wenig Verständnis dafür, wer sie war und wie sie ihren Alltag lebte.

»In New York haben alle eine bürgerliche Mentalität«, beschwerte sie sich bei Claudine und zündete sich mit ihrem goldenen Cartier-Feuerzeug eine Zigarette an. »Am Ende wollen sie doch nur, dass ich zu Hause bleibe und Hausfrau werde.«

»Dann suchen Sie sich einen Europäer. Die Stadt ist voll von ihnen, und wer würde Sie nicht wollen, wo Sie doch so … schön, erfolgreich und wohlhabend sind.« Claudine lachte und schaute vielsagend auf die zahlreichen glitzernden Diamantarmbänder an Josephines Arm, die jeden Pascha beeindrucken würden.

»Nicht nur wohlhabend, meine Liebe, sondern vermögend. Was meinen Sie, Claudine? Was sollte Josie tun?« Josephine lächelte, als sie über sich selbst in der dritten Person sprach. Sie spürte, dass sie Claudine gegenüber ehrlich sein konnte.

»Machen Sie es wie die Französin. Sie brauchen keinen erfolgreichen oder reichen Mann.« Claudine rauchte eine geschmuggelte Gitanes in der Plaza Bar und blies Rauchringe in die Luft, die an Musiknoten erinnerten. »Tun Sie, was Männer tun. Treffen Sie sich mit einem hübschen jungen Mann, der nichts hat. Sie können seinen Geist, seinen Körper und seine Seele besitzen. Ich habe selbst einen und würde ihn Ihnen abgeben«, sie hielt kurz inne und lachte, »aber er ist verheiratet.«

»Wissen Sie, Claudine, Sie sind schlauer, als ich dachte.«

»Wie bitte? Sie haben mich nicht für schlau gehalten?« Die Französin blickte sie fragend an.

»Das habe ich nicht gemeint. Ich sagte, ich glaube, dass Sie schlauer sind, als ich dachte. Nehmen Sie es als Kompliment.« Josephine wusste, dass die wohlerzogene französische Salonlöwin ihren Geschäftstreffen und Soireen zusätzlichen Glanz und Elan verlieh.

»*C'est bon.* Ich könnte den einen oder anderen für donnerstagabends einladen … Ducalet zum Beispiel. Ein beeindruckender Dichter, düster und nachdenklich.«

»Ich habe gehört, dass er junge Frauen mag. Und Jungen.« Josephine sah sie aufmerksam an.

»Wer tut das nicht?«, erwiderte Claudine mit einer Resignation, die aus Enttäuschung und Alter resultierte.

»Wen haben Sie noch auf Ihrer Liste?« Josephine musterte voller Bewunderung Claudines marineblaue Chanel-Hose. So eine musste sie auch haben.

»Wie wäre es mit Ludwig Grunewald?« Die Französin ging in Gedanken ihre Liste durch.

»Der Künstler? Er ist weder jung noch gut aussehend, und er stinkt wie eine Mottenkugel. Der Nächste.« Es war, als kommentiere sie eine neue Produktserie.

»Seien Sie nicht so pingelig. Er ist ziemlich berühmt. Bei der letzten Biennale in Venedig fand seine Installation viel Beachtung.« Claudine zog an ihrer Gitanes.

»Mir gefiel Ihre erste Idee von dem jungen, gut aussehenden Mann. Wer noch? Irgendeiner mit einem Titel?« Sie blies die Luft aus den Mundwinkeln aus, während sie nachdachte: ein Prinz, ein Graf oder ein Baron. Constance Gardiner würde durchdrehen, wenn sie einen Titel bekäme.

»Hm …« Claudine trug eine dünne Schicht Puder aus der runden, goldenen Herz-Dose auf und beobachtete sich und Josephine mit einem wissenden Lächeln in dem kleinen Spiegel. »Ich denke, ich habe vielleicht jemanden für Sie.« Claudines Augen funkelten.

»Erzählen Sie weiter.« Josephine wirkte bei dieser Aussicht etwas übereifrig.

»Nein, ich werde nicht mehr verraten. Ich bringe ihn einfach zu einer der Soireen am Donnerstagabend mit.« Sie schwieg einen Moment. »Er ist neu in der Stadt.«

»So wie alle anderen.« Sie seufzte. »Kommt er direkt vom Schiff? Schlagen Sie mir etwa einen richtigen Grünschnabel vor?«

»Keine Sorge, Josephine. Sie sagten doch, dass ich schlauer sei, als Sie dachten.«

»Ja, und dafür bezahle ich Sie gut, Darling.« Josephine taxierte sie. »Denken Sie daran, ich will jemanden, der jung ist, gut aussieht und Befehle entgegennimmt.«

»Vielleicht wollen Sie gar keinen Mann, sondern nur einen Gigolo.«

»Ich habe keine Zeit für Verabredungen und Affären. Ich will lediglich einen Mann in meinem Bett und bei Veranstaltungen an meiner Seite, der meinen Drink und die Handtasche hält. Das ist es, was ich will.«

»Und das werden Sie auch bekommen. Haben Sie etwas Geduld.«

»Ich habe keine Geduld für solche Dinge. Aber denken Sie daran, er muss jünger und gut aussehend sein. Vielleicht mit einem alten Titel.«

»Das ist es, was ich so an Ihnen bewundere, Madame Herz. Sie sind eine Frau, die genau weiß, wer sie ist und was sie will.«

»Eines ist sicher. Ich wäre lieber ein Kindermädchen, als jeden Tag der Woche ältere Menschen pflegen zu müssen«, scherzte sie, während sie ihr Chanel-Kleid der letzten Saison glättete.

Obwohl die Woche wie im Flug vergangen war, war sie äußerst strapaziös und erschütternd gewesen. Dabei hatte sie ganz anders angefangen. CeeCee war voller Begeisterung darüber zurückgekehrt, einen erstklassigen Standort in einer aufstrebenden Einkaufsgegend von Beverly Hills gefunden zu haben. Doch die Verhandlungen für den Rodeo Drive Store waren erst ins Stocken geraten und dann abgebrochen worden, nachdem man Josephines Kaufangebot für die Immobilie abgelehnt hatte. Noch nie hatte jemand ein Angebot für eines ihrer Geschäfte abgelehnt, und sie konnte nicht verstehen, warum. Es war mehr als großzügig gewesen. Also setzte sie ihren Anwalt, Felix, auf den Fall an, damit er herausfand, was passiert war.

Als er sie ein paar Tage später aufsuchte, sah er alles andere als erfreut aus. Er legte nur eine Akte auf ihren Schreibtisch und gab ihr ein Zeichen, einen Blick hineinzuwerfen. Ihr Gesicht würde immer länger, während sie das Dokument las. Er hatte tatsächlich einen antisemitischen Bund aufgedeckt, der Juden und anderen Minderheiten den Kauf der Immobilie untersagte. Felix erklärte ihr, dass Kalifornien bereits in den 1880er-Jahren Pionierarbeit bei diesen Rassebestimmungen geleistet habe, um zunächst Amerikaner mit asiatischem Hintergrund am Kauf von Immobilien zu hindern. Obwohl man nur eine Briefkastenfirma gründen musste, die sie erwarb und dann an Herz Beauty weiterverkaufte, störte es sie, die Worte schwarz auf weiß zu sehen: »Die genannten Räumlichkeiten dürfen zu keinem Zeitpunkt an Personen verkauft, übertragen, verpachtet, untervermietet oder bewohnt werden, die keine reinrassig Weißen sind, einschließlich Asiaten, Juden, Negern …« Und der Bund bestätigte die furchtbaren Berichte, die sie von befreundeten Emigranten aus Europa hörte. Juden wurden systematisch angegriffen, ihrer Rechte und Besitztümer beraubt und in Gettos zusammengetrieben oder in sogenannte Konzentrationslager verschleppt.

In den letzten zwei Jahren hatten Josephine und ihre Schwestern alles versucht, um ihre jüngste Schwester Chana aus Polen zu holen. Nachdem man ihren Pass und ihre Papiere sichergestellt hatte, hatten sich ihr 1937 und 1938 mehrere Gelegenheiten geboten, nach London und New York zu fliehen. Doch Chana blieb stur und wollte nicht gehen. Sie schrieb, dass sie sich in einen nichtjüdischen Studenten verliebt hätte, den sie auf der höheren Schule kennengelernt hatte. Jedes Mal, wenn sie sagte, sie ginge, zögerte sie. Bis zu einem gewissen Grad konnte Josephine das Gefühl, nicht gehen zu wollen, verstehen und erinnerte sich an den Tag zurück, an dem sie ihre eigene Reise antreten sollte. Sie hatte hemmungslos geweint und mit ihrer geliebten Mutter um die Abreise gekämpft. Chana hatte mit ihren sechzehn Jahren keine derartige Unterstützung. Und nun war die letzte Möglichkeit vertan. Trotz ihres Geldes und ihrer Verbindungen war Chana nur ein jüdisches Mädchen von vielen im von den Nazis besetzten Polen. Josephine zitterte bei dem Gedanken. Das war so böse und deprimierend. Außerdem sorgte sie sich um ihre eigene Zukunft und die von Miles. Was war nur aus der Welt geworden?

Später am Abend versuchte sie, ihre Ängste zu zerstreuen. Sie betrat ihren geräumigen Kleiderschrank und wählte ein schwarz-weißes Taftkleid für die von ihr veranstaltete Soiree. Schwarz und Weiß. Genauso fühlte sie sich auch. Nachdem Max, der Chefstylist ihres Salons, angekommen war und sie frisiert und geschminkt hatte, zog sie ihren Umhang aus und das Kleid an. Maria, ihr Dienstmädchen, half ihr mit den

Haken, Ösen und Knöpfen. Das Kleid hatte ein schulterfrei geschnittenes Mieder, einen schönen, a-förmig geschnittenen Rock mit Krinoline und eine kleine weiße Schleife am Rücken. Aus ihrer beeindruckenden Schmuckkassette wählte sie eine Diamanthalskette in Form eines sich wiederholenden Bogenmusters aus. Sie prüfte ihren Anblick in dem dreiteiligen Spiegel. Der Stress der Woche hatte dazu geführt, dass sie ein paar Mahlzeiten ausgelassen hatte, und sie hatte dank ihres fehlenden Appetits einige Pfund abgenommen. Ihrem von Natur aus kurvigem Körperbau hatte das jedoch nicht geschadet. Das Korsett hob ihr Dekolleté ein wenig an, das sich nun eindrucksvoll von ihrer schmalen Taille absetzte. Die Schnürung betonte tatsächlich ihre Vorzüge. Sie sah zehn Jahre jünger aus als ihre vierzig Jahre.

Nachdem sie ihr Herz-Make-up noch einmal nachgebessert hatte, legte sie Lippenstift und Puder in die Abendtasche, zog die weißen, opernlangen Satinhandschuhe an und schritt langsam die glamourös geschwungene Treppe hinunter in das ovale, mit schwarz-weißem Marmor ausgelegte Foyer. Sie kam oft etwas früher herunter, um die Dekoration der Räume zu überprüfen und zu kontrollieren, ob für die Feierlichkeiten des Abends alles perfekt war. Es war Punkt neunzehn Uhr fünfzehn. Die ersten Gäste trafen bereits ein.

»Darling, ich nehme ein Glas Champagner mit einer kleinen Cocktailserviette. Danke«, sagte sie zu dem smarten, dunkelhaarigen Kellner am Ende der Treppe.

»Gern, aber wo ist die Bar?«, entgegnete dieser mit angenehmer Stimme, in der ein leichter Akzent mitschwang.

»Das wissen Sie nicht? Das ist Ihr Job.« Sie war nicht erfreut darüber, dem Personal erklären zu müssen, wo sich die Bar oder das Service befand.

»Es ist die Aufgabe eines jeden Mannes, einer schönen Frau einen Drink zu besorgen. Aber ich bin zum ersten Mal hier«, erwiderte er leise und lächelte die glamouröse Erscheinung an, die die Treppe hinunterstolzierte.

»Das ist also Ihre Ausrede?«, schäumte Josephine.

»Entschuldigen Sie, das ist die Wahrheit.« Er sah sie mit durchdringenden, tief liegenden, meerblauen Augen an, die von sehr heller Haut und langen blauschwarzen Haaren umrahmt wurden.

Josephine war verblüfft, denn sie hätte schwören können, dass er Lashmatic trug. Seine Wimpern waren so lang, dunkel und glänzend. Er hätte feminin ausgesehen, wäre er nicht groß und gut gebaut gewesen und hätte er nicht diese Bartstoppeln gehabt. Sie hatte noch nie einen Mann mit so glänzenden Wimpern gesehen. Sie trat einen Schritt auf ihn zu, um sie genauer zu betrachten. Sie waren echt. Typisch, dachte sie. Frauen mussten dafür bezahlen, und ein Kellner hatte sie umsonst.

»Wenn Sie einen Auftrag haben, kommen Sie gefälligst früher her und sorgen Sie dafür, dass Sie wissen, wo alles ist.« Sie schüttelte den Kopf über ihn und seine üppigen Wimpern.

»Es ist neunzehn Uhr fünfzehn«, wandte er ein und schaute sie ein wenig schief an.

»Ich dulde keine Widerrede in meinem Haus.« Josephine öffnete ihre Abendtasche und hielt ihm das Cartier-Feuerzeug hin, um ihm anzuzeigen, dass sie Feuer brauchte, während sie nach einer Zigarette fingerte.

»Oh, wie ich sehe, habt ihr euch schon kennengelernt.« Claudine Lelong eilte auf sie zu und küsste den hübschen jungen Mann auf beide Wangen.

»Alexei, was hast du zu Madame Herz gesagt?«

»Madame Herz?« Verwirrt legte er den Kopf schräg. »Oh. Nichts. Überhaupt nichts. Ich wusste nur nicht, wo die Bar ist.« Er schaute beschämt zu Boden, als er erkannte, dass sie die Gastgeberin war.

»Er ist kein Kellner?«, fragte Josephine schroff und erkannte sofort ihren Fehler.

»Nein, das ist mein Freund Alexei, von dem ich Ihnen erzählt habe. Alexei Orlove?«, sagte Claudine in einem fragenden Tonfall. »Prinz Orlove?«

»Oh, mein Lieber, ich dachte, Sie wären ein Kellner.« Josephine lachte laut.

»Josephine, wirklich!« Claudine schüttelte den Kopf.

»Gibt es hier eine freie Stelle?« Orlove lächelte breit, sein schelmisches Grinsen ließ den Blick auf seine weißen, leicht schief stehenden Zähne frei.

»Das war doch nur, weil er so jung und attraktiv ist. Und wenn sie jung und attraktiv sind und Abendkleidung tragen, gehe ich immer davon aus, dass sie zum Personal gehören.« Josephine zuckte mit den Achseln und erwiderte das Lächeln.

»Keine Sorge, Madame Herz. Es ist mir ein Vergnügen. Lassen Sie mich Ihre Abendtasche tragen, und ich bin gleich wieder mit Ihrem Champagner zurück.« Er küsste ihre behandschuhte Hand und wandte sich zum Gehen. Doch dann hielt er inne und drehte sich abrupt um.

»Ich muss Ihnen auch etwas gestehen.« Er lächelte.

Josephine war fasziniert. »Ja?«

»Ich hatte ebenfalls keine Ahnung, wer Sie sind. Ich nahm an, dass meine Gastgeberin eine viel ältere Frau wäre, keine junge Schönheit wie Sie«, erklärte er.

Sie errötete. »Sie sind zu freundlich. Nicht wahr, Claudine?«

»Absolut. Also wirklich, Josephine. Ein Kellner?« Sie schüttelte erneut den Kopf, als er sich mit ihrer Abendtasche in der Hand auf die Suche nach ihrem Sekt machte.

»Haben Sie ihm gesagt, dass er auch meine Tasche tragen soll?«, Josephine sah sie forschend an.

Claudine schüttelte ihre rotbraune Mähne. »Nein, ich habe kein Wort gesagt.«

»Wirklich.« Josephine blinzelte. »Claudine, habe ich Ihnen schon mitgeteilt, dass ich Ihr Gehalt erhöhe?« Sie grinste verschlagen. »Orlove. Er ist ein echter Prinz?«

»Ja. Aus einer sehr vornehmen weißrussischen Familie. Sein Vater war beim Militär, aber seine Großmutter war eine Cousine des Zaren. Irina Yureivskaya.«

»Und ist er arm?«

»So arm wie eine Kirchenmaus. Er kam hier nur mit einem Smoking, ein paar Medaillen und einem Siegelring an.«

»Sehr gut.« Ihre Augen begannen zu strahlen.

»Wirklich?«

»Ja, ich glaube, der junge Prinz Orlove ist genau das, was der Doktor verschrieben hat.« Sie blies einen Rauchkringel in Form eines Kusses aus.

Kapitel 41

SCHACH

New York City, 1941

Das imposante Stadthaus aus dem 18. Jahrhundert in der Dreiundsiebzigsten Straße zwischen Madison und Fifth Avenue war von jeher kühl und beeindruckend gewesen, ganz wie Constances Persönlichkeit. Nachdem sie einige Wochen unterwegs gewesen war, erschien es ihr im Gegensatz zu den vielen sterilen Hotelzimmern, die sie ertragen hatte, riesig und leer. Constance war erleichtert, wieder zu Hause zu sein. Sie nickte Gerta, ihrem ernsten, deutschen Dienstmädchen, kurz zu.

Gerta erwiderte ihren Gruß wortlos, als sie mit geübtem Griff Constance den Mantel von den Schultern nahm, ihn zum Garderobenschrank trug und auf einen Holzbügel hängte, während ihr Mann, Gunter, die Koffer in ihr Schlafzimmer brachte. Deutsche Effizienz – genau so, wie es Constance gefiel und wie sie sie in ihrem ersten Gespräch angewiesen hatte. Schneller und leiser Service – und das wortlos.

Nun, da Van junior die Milton Academy besuchte, schienen dem Haus die Misstöne und das Chaos zu fehlen, die einst dort geherrscht hatten, und das war der Himmel für Constance. Endlich war es ruhig genug, dass sie nachdenken konnte. Es gab keine lästigen Spielzeugzüge mehr, über die man steigen, oder hässliche Fingerabdrücke, die das Personal von den Wänden wischen musste. Keine aufdringlichen, unattraktiven Kindermädchen mehr, die in ihre Privatsphäre eindrangen. Sie ging seufzend in ihr Schlafzimmer und freute sich, dass Van nicht zu Hause war.

Sie griff nach ihren neuen Gardiner Duftbadeölen und ließ sich ein heißes Schaumbad einlaufen. Die Lavendel- und Rosendüfte hatten sich besonders gut verkauft. Sie beschloss, die beiden zu mischen. Sie war gerade in die frei stehende Badewanne geschlüpft und genoss das warme Wasser und die luxuriösen Schaumblasen, als sie die bekannten Schritte hörte. Selbst seinen Schritten fehlte es an Kraft und Vitalität, stöhnte sie innerlich.

»Kann ich hereinkommen?« Van klopfte leise an die Tür und steckte seinen kahlen Kopf hinein. Das war ungewöhnlich, denn eigentlich wusste er, dass er sie nicht stören durfte.

»Ja, natürlich.« Sie legte einen Frotteewaschlappen über ihre entblößten Brüste. Die Schaumblasen verbargen den Rest.

»Hallo, Van, wie geht es dir?«, erkundigte sie sich seufzend.

»Gut. Wie war deine Reise?«

»Hektisch, aber erfolgreich. Wir haben die Salons in Rekordzeit eröffnet. Die Leute standen um den Block herum Schlange. Ich hasse Chicago, aber dort verkauft es sich am besten. Offensichtlich haben sie im Mittleren Westen nichts Besseres zu tun. All diese zuverlässigen Farmer. Erinnerte mich an Kanada. Ich konnte es kaum erwarten abzureisen«, nörgelte sie. »Du siehst gut aus. Die Bräune steht dir«, lobte sie ihn. »Wie war Palm Beach?«

»Sehr gut, danke. Viel Aufregung wegen Toppers und Lallys Scheidung. Alle reden nur davon.« Er lehnte sich gegen die mit einer Marmorplatte bedeckte Kommode und zündete sich eine Zigarette an. Sie bemerkte, dass seine Hände leicht zitterten.

»Nur ein weiterer typischer Palm-Beach-Skandal.« Sie gähnte.

»Hör zu, Constance, ich wollte schon lange mit dir reden.« Er suchte ungeschickt nach Worten. »Aber da du immer auf Reisen oder im Büro bist, läuft es zwischen uns irgendwie nicht gut. Besonders jetzt, wo Van junior im Internat ist.« Er hielt inne und suchte nach den richtigen Worten. »Es war ziemlich einsam hier.« Er wirkte verloren, und sie wusste nicht, worauf er mit seinem weitläufigen Vortrag hinauswollte. »Ich denke immer noch, dass er viel zu jung ist, um weggeschickt zu werden.«

»Er kann froh sein, dass er adoptiert wurde. Er wird vom Milton und später vom Groton profitieren, genau wie du.«

»Ja, aber jetzt bin ich die meiste Zeit ganz allein.«

»Das verstehe ich, aber manche von uns müssen arbeiten, weißt du.«

»Das weiß ich nur zu gut.« Er rieb sich nervös die roten, rissigen Hände.

»Und was hast du auf dem Herzen, Van? Du scheinst immer um den heißen Brei herumzureden.«

»Wir sind nicht alle so direkt wie du, Constance.«

»Offensichtlich …«

»Ich verlasse dich«, erklärte er leise.

Constance richtete sich in der Badewanne auf und musste tatsächlich lachen, während sie den Schock verarbeitete.

»Verlassen? Du *mich*?«, fragte sie ungläubig.

»Ja. Das hier ergibt doch keinen Sinn mehr. Wir sehen uns kaum noch.«

»Ich arbeite jeden Tag, um unseren Lebensstil zu bezahlen, mein *Lieber*.« Ihre Worte waren voller Bosheit.

Er seufzte leise. »Ich bin selbst recht wohlhabend.«

»Es gibt einen Unterschied zwischen recht wohlhabend und reich, Van, und das weißt du. Die Villa in Palm Beach, die

Jacht, die Pferde, die Klubs. Das alles ist Gardiner-Geld.« Sie sah ihn giftig an.

»Ja, aber ich habe das Geld aus meinem Fonds investiert und war dabei ziemlich geschickt. Ich habe mich entschieden. Ich muss gehen.«

»Wirklich? Und wo, glaubst du, wirst du hingehen?« Sie lachte bitter.

»Ich werde Lally heiraten«, platzte er heraus.

»Lally? Das ist ein Witz, oder?« Sie konnte es nicht glauben.

»Nein, Topper lässt sich von ihr scheiden, um Jacqueline de Cuevas, die Konservenerbin, zu heiraten.« Er löschte seine Zigarette in dem massiven Aschenbecher aus geschliffenem Kristall. »Ich habe mit ihm gesprochen und er ist damit einverstanden. Er meinte, alles wäre sauber und freundschaftlich und er müsse keinen Unterhalt zahlen.«

»Ihr spielt also Reise nach Jerusalem, oder wie? Alles ist so mustergültig und bequem und die reinste Inzucht bei euch.«

»Vielleicht«, nickte Van.

»Und warum muss jedes Mal, wenn jemand den Namen dieser verdammten Frau erwähnt, der Begriff ›Konservenerbin‹ folgen?«, knurrte Constance wütend, während sie krampfhaft versuchte, eine Zigarette aus der Schachtel auf dem weißen Hocker neben ihr anzuzünden.

»Vielleicht, weil sie eine ist. Und glaub bloß nicht, dass sie dasselbe nicht über dich sagen, Liebes. Constance Gardiner, ›die Kosmetikkönigin‹. ›Sind Sie nicht mit der Kosmetikkönigin verheiratet?‹« Er verdrehte die Augen. »Nun, Lally und ich haben viel Zeit miteinander verbracht, und wir verstehen uns. Eigentlich passen wir sehr gut zusammen. Sie ist auch nicht gern allein«, meinte er nüchtern.

»Aber Lally ist meine engste …«

»Lally hat mir einige beunruhigende Dinge erzählt.«

»Was willst du damit sagen, Van?« Constance stand völlig nackt in der Badewanne auf, die Seifenblasen schwebten über ihren wunderschön gebräunten Körper wie flüssige Wolken. Hier war sie, berühmt, erfolgreich und schön, und diese Kröte von Mann verließ sie? Und obendrein noch wegen ihrer besten Freundin und Geliebten. Vor Wut verschlug es ihr einen Moment die Sprache.

»Ich weiß, was los ist, Constance.«

»Wie, was los ist?«

»Lally hat mir erzählt, dass du dich an sie ranmachst.«

»Ich glaube, es ist genau umgekehrt, Van«, sagte sie mit großen Augen und voller Angst, dass sie entlarvt wurde.

»Sie sagte, dass du das behaupten würdest. Willst du wirklich, dass ich deine Veranlagung laut ausspreche? Muss wohl in der Familie liegen.« Er zündete sich nervös die nächste Zigarette an. Sie bemerkte, dass seine Hand zitterte.

»O bitte, das war nicht mehr als eine Schulmädchenschwärmerei.« Sie senkte den Blick.

»Es ist illegal, Constance. Und es wurde über dich geredet, seit wir geheiratet haben. Ich denke, wir sollten die Scheidung durchziehen und schlafende Hunde … schlafen lassen. Findest du nicht auch?« Er rang nach Luft und sammelte sich. »Ich will wirklich nicht mit deinen Neigungen an die Öffentlichkeit gehen müssen, ich meine, vor Gericht. Du bist mir keine Ehefrau, und ich habe zu lange mit dir zusammengelebt, obwohl du mich verachtest. Also wirst du mir fünfhunderttausend Dollar zahlen, und wir teilen uns das Sorgerecht für Van. Das wird eine sehr zivilisierte Scheidung werden.«

»Du hast einen Ehevertrag unterschrieben «, erinnerte sie ihn.

»Es liegt ganz an dir.«

»Also« – sie zog sich ihren Morgenmantel an –, »Lally und du, ihr scheint über alles nachgedacht zu haben. Einschließlich Erpressung.«

»Das hat nichts mit Lally zu tun, sondern damit, dass du mich getäuscht hast.«

»Jetzt weiß ich wirklich, dass die meisten Leute für Geld alles tun würden.«

»Und du würdest alles für dein Image tun.« Er schwieg einen Moment. »Sieh mal, Lally und ich sind aus demselben Holz geschnitzt.«

»Was soll das heißen?«

»Das soll heißen, dass du nicht in unserer Welt aufgewachsen bist. Bei uns gibt es eine Art Code.«

»Glaubst du, ihr seid beide etwas Besseres als ich?«

»Das habe ich nicht gesagt. Aber denk nicht, dass ich nicht weiß, dass es dir gefallen hat, Mrs Van Wyke zu sein.«

»Ich scheiß auf dich und deinen Namen.«

»Weißt du was, Constance? Du bist ein Emporkömmling. Wie Josephine Herz.«

Constance trat auf ihn zu und schlug ihm ins Gesicht.

Van zuckte kaum zusammen.

»Wenigstens hat sie Sex-Appeal.« Endlich erhob er seine Stimme. »Und weißt du was? Ich habe gehört, dass sie sich mit Prinz Orlove trifft. Sie hat sogar einen besseren Namen gefunden als du.«

»Raus hier!«, kreischte sie. »Geh zu deiner Lesbe.« Sie hob ihr Glas, in dem noch ihr Aperitif war, und warf es nach ihm. Es streifte seinen Kopf und traf das Waschbecken, wo es in tausend Scherben zersprang.

»Ich habe Kopien von James' Verhaftungen, um zu beweisen, dass es in der Familie liegt. Akzeptiere einfach die Scheidungsvereinbarung.«

»Das würdest du niemals tun.« Ihr Lachen klang nicht überzeugend.

»Du hast mich all die Jahre zum Narren gehalten. Ich habe an mir selbst gezweifelt, dachte, es läge an mir. Vielleicht wäre ich zu hässlich, zu dumm, zu wertlos. Doch dann habe ich herausgefunden, dass du einfach Frauen bevorzugst. Glaub nicht, dass ich deshalb nicht wütend wäre, und glaub nicht, dass ich für eine halbe Million Dollar nicht direkt zur Presse gehen werde. Du wirst nie wieder einen Fuß nach Locust Valley oder Palm Beach setzen können. Und was die Gardiner Girls betrifft …« – er holte zu seinem letzten Schlag aus –, »wie würden sie sich wohl fühlen?«

Constance erstarrte. Sie stand einfach da und hatte nichts mehr zu sagen. Schließlich hatte der Mann, von dem sie so wenig gehalten hatte, sie mit ihren eigenen Waffen geschlagen. Sie war wütend, und doch – sie hasste es, das zuzugeben – war sie beeindruckt.

Kapitel 42

LAVENDELFARBENE TÜREN

New York City, 1941

Das Land stand nach dem Angriff auf Pearl Harbor unter kollektivem Schock. Der Überraschungsangriff der Japaner, der die Pazifikflotte zerstören sollte, hatte so viele junge Menschen getötet und einen patriotischen Eifer ausgelöst, der die Vereinigten Staaten sofort in das hineingezogen hatte, was zuvor als unerwünschter Krieg propagiert worden war. Constance war bestürzt, denn sie war ein stolzes, eingetragenes Mitglied des America First Committee, der größten Vereinigung des Nicht-Interventionismus, deren berühmtestes Mitglied, Charles Lindbergh, wegen faschistischer und antisemitischer Tendenzen angeklagt worden war.

Wie viele andere Mitglieder auch glaubte Constance nicht nur an die isolationistische Bühne, sondern sie wusste auch, dass es für sie eine bequeme und nicht allzu subtile Möglichkeit war, Außenstehende – Menschen wie Josephine Herz – zu kritisieren und sie als Kriegshetzer und undankbare Einwanderer zu delegitimieren. So wie Chanel im selben Jahr versuchen würde, die Vorteile der neuen antisemitischen Gesetzgebung in Paris zu nutzen, um ihren jüdischen Partnern die Kontrolle über ihr

Parfumgeschäft zu entziehen. Als der Überraschungsangriff den nationalen Stolz und Patriotismus aufweckte, mussten Constance und ihre Freunde ihre Geschichte überarbeiten. Außerdem war es ihr peinlich, die falsche Seite gewählt zu haben. Sie hasste es, auf den Verlierer zu setzen.

Unten in der Fifth Avenue, in ihrem prächtigen und femininen lavendelfarbenen Schlafzimmer, stand Josephine unter Schock. Pearl Harbor hatte die Welt und die Achsenmächte nach Hause gebracht. Wie die meisten anderen Amerikaner stellte sie sich nun auf den Zweiten Weltkrieg ein. Ihr war bewusst, dass es nicht nur um die Demokratie, sondern auch um ihre Zukunft ging – und um die ihres elfjährigen Sohnes.

Nur eine Woche zuvor hatte Felix ihr die Nachricht überbracht, dass ihr Salon in der Avenue Montaigne in Paris von den Nazis beschlagnahmt und alle seine Produkte an die Offiziersfrauen nach Deutschland geschickt worden waren. Anschließend hatten sie die Kalksteinvilla in eine französische Außenstelle der Luftwaffe umgewandelt. Als amerikanische Staatsbürgerin und Jüdin stand ihr nach dem Eintritt der Vereinigten Staaten in den Krieg der Rechtsweg nicht mehr offen. In der Nazi-Propaganda wurde viel Wirbel darum gemacht, dass das jüdische Unternehmen Herz Beauty nun unter ihrer Kontrolle stand. Käme London als Nächstes?

Ihr wurde tatsächlich übel, als sie darüber nachdachte, wie viel Zeit, Geld und Arbeit sie in den Pariser Salon gesteckt hatte. Und welche Ironie lag darin, dass die Ehefrauen der Nazis nicht genug vom Parfum Empress Josephine und ihren begehrten Pudern und Lippenstiften bekommen konnten, die in schmalen, schicken Goldhüllen steckten. Noch ironischer war, dass ihr meistverkauftes »Chinois Rouge« die beliebteste Farbe bei den Nazi-Frauen war.

Und um dieser Verletzung noch eine Beleidigung hinzuzufügen, hatte ihre Erzfeindin, Constance Gardiner, nur wenige Tage vor Pearl Harbor ihren eigenen subtileren Angriff geplant und drei Lavender-Door-Salons in New York, Chicago und Los Angeles eröffnet – und damit ihre Farbwahl geklaut, so wie Josephine es bei Lashmatic getan hatte. Schachmatt.

Josephine war wütend, gleichzeitig aber auch beeindruckt. Das Ganze hatte sie deprimiert und heruntergezogen, als sie eigentlich vor Freude hätte übersprudeln müssen. Josephine wusste, dass Gardiner nicht nur ihre Idee gestohlen hatte, sondern auch eine kostengünstige Version für die breite Masse geschaffen hatte … Sie zweifelte nicht daran, dass sie erfolgreich sein würde, vor allem in Kriegszeiten, in denen das Geld knapp war. Josephine ging davon aus, dass ihre eigenen Spitzensalons darunter leiden würden. Scheinbar versetzte sie alles, abgesehen von ihrem jungen Prinzen, in üble und mürrische Stimmung.

Während die Außenwelt verrücktspielte, war Josephines inneres Heiligtum, ihr Schlafzimmer und ihr Boudoir, ein abgeschiedenes Versteck aus Seide, Satin und Daunen. Sie hatte es so entworfen, dass es die ultimative Weiblichkeit reflektierte und eine greifbare, entspannte und intime Sinnlichkeit bot. Josephine wusste viel über Beleuchtung, und das sanfte goldene Licht zeigte sie von ihrer besten Seite. Normalerweise war sie nach dem Sex entspannt, doch heute Abend war sie nervös.

»Was ist los, Josephine?« Alexei strich über ihr volles Haar.

»Ich hatte eine schwierige Woche. Warte, ich massiere dir den Nacken.« Sie knetete seine straffen, wohlgeformten Schultern.

»Nein, lass mich das für dich tun. Du bist diejenige, die eine harte Woche hatte.« Er rutschte an den Rand der Bettkante und begann, ihren Fuß zu massieren, was Josephine sogleich in einen Zustand der Glückseligkeit versetzte. Niemand war jemals zuvor so vertraut mit ihr gewesen und ahnte genau, welche Stellen er berühren musste. Es war, als hätte er einen sechsten Sinn dafür, was sie brauchte. Danach rollte Alexei sich neben sie, küsste ihren Hals und schmeckte ihre Haut.

Josephine musterte ihn aufmerksam an und staunte über ihren wunderschönen jungen Freund. Er war ein Prachtexemplar von Mann. Ein 1,95 m großer Adonis, die Muskeln perfekt ausgebildet, der Körper ohne ein Gramm Fett. Alles an ihm war wunderschön, von seinen hübschen, gut proportionierten Ohren bis zu seinen weichen, haarlosen Füßen. Ganz zu schweigen von den üppigen dunklen Wimpern, die sie immer wieder in Erstaunen versetzten. Obwohl sie Nacktheit in der Vergangenheit als unangenehm empfunden hatte, war das bei ihm nicht der Fall: Sie war Kunstliebhaberin und er war eine gut gebaute Version der Davidstatue. Das war es. Die florentinische Davidstatue war in ihr Leben und in ihr Bett gekommen. Ganz zu schweigen davon, dass er höflich und freundlich war und ihr das Gefühl gab, wunderschön zu sein, was das Beste von allem war.

Die Chemie und die Reibung zwischen Josephine und Alexei war unvermeidlich und vulkanisch zugleich. Sie war nach ihrem ersten Abendessen im russischen Teesalon ausgebrochen, der 1927 von Mitgliedern des russisch-kaiserlichen Balletts gegründet worden war. Es war das perfekte erste Date, denn Josephines slawische Züge wurden durch die opulente Ausstattung betont, und Alexei erwies sich als vornehmer Gentleman. Er hielt ihr die Tür auf, nahm ihr den Zobelmantel ab und kümmerte sich darum, zog ihren Stuhl heraus und bestellte für sie. Er schien ihre Gedanken lesen zu können.

»Wir mögen an entgegengesetzten Enden stehen … aber wir treffen uns in der Mitte beim Borschtsch«, scherzte Josephine über ihre Gemeinsamkeiten. Er lachte über ihre Witze und Eigenarten. Sie konnte an dem Funkeln in seinen Augen ablesen, dass er von ihr völlig verzaubert war. Nachdem er für sie bestellt hatte – Hähnchenbrust nach Kiewer Art (»Natürlich, woher wusstest du, dass ich das wollte?«) –, beugte er sich vor und küsste sie sanft im Kerzenlicht. Sie spürte sowohl eine Anziehungskraft als auch einen Trost, wie sie beides noch nie bei einem Mann empfunden hatte. Es war fast so, als ob sie Zwillinge gewesen, dann getrennt und schließlich wieder vereint worden wären.

Am Ende des Abendessens hatte er darauf bestanden, die Rechnung zu bezahlen. Er sagte ihr nicht, dass es mehr war, als er sich leisten konnte. Sie wusste es trotzdem und war gerührt, doch er wollte keinen Cent von ihr annehmen. Später sollte sie herausfinden, dass er sich Geld geliehen hatte, um sie auszuführen, und es wöchentlich von seinen Einnahmen als Zeichner und Illustrator zurückgezahlt hatte.

Nach dem Abendessen fuhr er sie zu ihrer Wohnung, und sie lud ihn ein. Und als wäre es das Natürlichste der Welt, kamen sie zusammen, als hätte das Schicksal sie getrennt und dann wieder zusammengebracht, als sie einander am meisten brauchten. Sie feierten ihr seelisches Wiedersehen, indem sie sich langsam und leidenschaftlich liebten. Normalerweise war sie immer in Eile und hatte meistens alles unter Kontrolle. Nun erlaubte Josephine zum ersten Mal in ihrem Leben einem Mann, die Führung zu übernehmen, sich Zeit zu lassen und echtes Vergnügen zu genießen. Es stimmte, sie hatte viele Male Sex gehabt, aber sie hatte noch nie jemanden geliebt. Es war eine andere Erfahrung, mit Liebe und Ehrfurcht berührt zu werden. Danach öffnete sich Josephine wie nie zuvor. Sie sprach über ihre Probleme, Hoffnungen und Träume. Alexei hing an jedem Wort, begeistert davon, sich in ihrer Umlaufbahn zu bewegen.

»Diese Frau, meine Konkurrentin …«, Josephine zog sich die Seidenlaken bis ans Kinn. »Wir führen Krieg gegeneinander, einen erbitterten Konkurrenzkampf. Manchmal habe ich sie besiegt, und jetzt hat sie mich einfach besiegt.« Ihre blasse Haut errötete und wirkte taufrisch durch den leichten Schweißglanz, als sie die Situation erklärte. »Sie hat meine Idee gestohlen und sie für ihre Kundinnen besser und billiger gemacht.«

»Und wie du sagtest, hast du ihr das Gleiche angetan?«

»Natürlich, aber ich bin eine schlechte Verliererin.«

Er zuckte mit den Schultern. »Ich denke, ihr braucht euch gegenseitig.«

»Du bist so clever. Ich sage das auch oft.« Verwundert küsste sie ihn sanft.

»Ich denke, du solltest die Situation aus einem anderen Blickwinkel betrachten.«

»Wie das?«

»Betrachte sie weniger als Feindin und eher als Freundin … Sie gibt dir etwas, lässt dich besser werden.«

»Du bist reifer als ich. Das ist nicht einfach, aber ich verstehe es.«

Er stand aus dem Bett auf und streckte sich. Er hätte ein Olympiateilnehmer sein können, vielleicht Diskuswerfer. Wie konnte jemand so ein Glück mit seinen Genen haben, dachte Josephine.

»Wohin gehst du?« Sie wollte nicht, dass ihre Träumerei aufhörte. Zu ihrer Bestürzung zog er sich an und verhüllte seinen prächtigen Körper.

»Es ist Sonntag. Ich muss die Zeichnungen für die neue Serie von Puderquasten fertigstellen«, antwortete er ernst. Alexei war ein talentierter Künstler und Illustrator, und Josephine hatte ihn dem Leiter der Kunstabteilung vorgestellt, damit er bei der Verpackung half. Zuerst hatte das Team bei dem Gedanken die Augen verdreht, aber innerhalb weniger Tage waren sie alle von seinem unglaublichen Talent und seiner Arbeitsmoral beeindruckt gewesen. Josephine wusste immer, wie man einen Gewinner aussuchte.

»Geh noch nicht.« Sie streckte den Arm nach ihm aus.

»Ich bin neu im Team, Josephine, und ich will mit meinen Zeichnungen nicht zu spät kommen. Alle werden morgen Ideen für die Verpackung und den Namen vorstellen. Ich will, dass meine Ideen gewinnen. Das ist wichtig für mich.« Er sah sie bittend an.

»Also, was hast du? Zeig es mir und ich werde dir helfen«, sagte sie wie ein eifriges Kind bei dem Anblick von Schokolade und schob sich auf die Ellbogen.

»Auf keinen Fall. Ich werde das allein machen und sie dir dann zeigen. *Nach* dem Treffen.«

»Ich verstehe.« Sie nickte enthusiastisch. »Das ist einer der Gründe, warum ich dich bewundere. Du bist stolz. Du nimmst nicht, du gibst, anders als die anderen Männer, die ich kenne.« Sie blickte ihn voller Bewunderung an.

»Ich will nicht nur dein Freund sein. Ich bin dankbar für die Arbeit. Ich will, dass du stolz auf mich bist.« Er sah sie mit Tränen in den Augen an.

»Aber natürlich bin ich stolz auf dich«, rief sie. »Ich werde dir eine Gehaltserhöhung geben, um es dir zu beweisen.«

»Bitte nicht.« Er schaute sie flehend an. »Ich will keine Gehaltserhöhung. Nicht von dir.«

Josephine konnte einen Mann nicht wirklich verstehen, der kein offenes Scheckbuch von ihr wollte.

»Dass du mir den Job besorgt hast, war mehr als genug. Ich will hart arbeiten und aus eigener Kraft erfolgreich sein«, erklärte er sachlich. »Ich will, dass du weißt, dass dein Geld dein Geld ist und mein Geld dein Geld ist.«

»Was?«, rief sie voller Bewunderung aus. »Wo hast du das gehört?«

»Nirgends. Warum?«

»Es ist nur etwas, dass ich vor langer Zeit zu jemandem gesagt habe.« Sie berührte seine Wange. »Wir sagen oft die gleichen Dinge.«

»Ich weiß.« Er strich über ihre Wange. »Ich liebe dich, Josephine.«

»Wie kannst du das wissen? Wir kennen uns erst ein Jahr.« Sie musterte sein Gesicht und machte sich auf eine Lüge gefasst.

»Ich wiederhole es noch einmal. Ich liebe dich, Josephine. Ich will nichts von dir. Nur dich«, beteuerte er ernst.

»Und wenn ich dich heiraten würde, würdest du ein Dokument unterschreiben, in dem steht, dass du nichts von mir oder Miles bekommst, rein gar nichts?«, fragte sie herausfordernd.

»Natürlich. Du verstehst es nicht, ich will nur dich. Dinge bedeuten mir nichts. Ich habe Russland verlassen, um nach Paris zu gehen, und habe mit nichts Paris verlassen, um nach New York zu gelangen. Jetzt habe ich alles. Dich, einen Job, Miles. Sag mir einfach, wo ich unterschreiben muss.«

»Du bist wirklich ein Prinz, Alexei Orlove.« Sie küsste ihn.

»Und wenn es nach mir geht, wirst du meine Prinzessin sein …«

»*Our love*, Orlove, unsere Liebe«, flüsterte sie, als er aus dem Zimmer und zur Arbeit ging.

Kapitel 43

DIE NEUIGKEITEN

Harlem, 1941

Aufheulende Sirenen eines Krankenwagens. Spitze Schreie. Zartes Lachen, quietschende Autobremsen und dröhnende Busse, das Rumpeln der Straßenbahn in der Third Avenue und der Hundertfünfundzwanzigsten Straße. All der Lärm, wie Zutaten in einem Eintopf, klang wie viele bekannte Freunde vor ihrem Fenster. CeeCee hatte sich so sehr an den Missklang der Stadtgeräusche in ihrer kleinen Wohnung in dem Haus ohne Aufzug gewöhnt, dass sie tatsächlich beruhigend auf sie wirkten und sie in den Schlaf wiegten. Ihre Wohnung war nichts Besonderes, aber es war ihre. Momentan lebte sie in einer Einzimmerwohnung im dritten Stock, hatte aber ihrer Vermieterin eine Anzahlung auf eine größere Zweizimmerwohnung gegeben, die demnächst frei werden sollte, da sie bald im vierten Monat schwanger war. Sie hoffte und betete, dass sie das Baby dieses Mal austragen würde, nachdem sie kurz nach ihrer ersten Reise an die Westküste eine Fehlgeburt erlitten hatte. Als sie Mickey das letzte Mal in New York getroffen hatte, hatte sie alle Vorsicht in den Wind geschlagen. Sie hatten sich wild und leidenschaftlich geliebt, ohne zu verhüten. Es schien unvermeidlich, und als ihre Periode ausblieb, wusste sie es. Diesmal fühlte sie sich anders, als ob sie spüren könnte, wie das Baby sie festhielt. Sie schien schneller müde zu werden, fühlte sich abends benommen und verwirrt. Nach einem vollen Arbeitstag lag sie auf dem Bett und glitt in den Schlaf, ohne dass sie sich die Strumpfhosen und den Slip ausgezogen hätte.

Als das Telefon weit nach Mitternacht klingelte, wusste CeeCee genau, wer es war. In Los Angeles war es drei Stunden früher, und Mickey hatte selten ein Zeitgefühl. Sie lächelte angesichts seines irgendwie kindlichen Verhaltens. Sie hob den Hörer ab und sprach ein wenig benebelt, ohne sich die Mühe zu machen nachzufragen, wer am anderen Ende der Leitung war.

»Hi, Baby«, hauchte sie in den Hörer.

»Hab ich dich geweckt?«, fragte Mickey.

Sie stellte sich vor, wie er mit einer Flasche Whiskey in der Hand durch sein Haus ging, nackt bis auf den seidenen Kimono, den sie ihm geschenkt hatte. Sie rollte sich zusammen und wünschte, er wäre da, um ihren Rücken im Mondlicht zu streicheln, wie er es oft tat. Sie griff nach unten und spürte ihren straffen Bauch.

Sie hatte niemandem etwas gesagt, außer Josephine. Sie war nervös gewesen, als sie ihr die Nachricht mitgeteilt hatte – und dankbar, dass sie kaum Fragen gestellt hatte, obwohl CeeCee andeutete, dass sie mit dem Vater verlobt sei, der in Los Angeles lebte. Josephine war unglaublich sachlich und hilfsbereit gewesen. Sie hatte ihr verraten, dass sie und ihr Mann sich getrennt hatten, als sie feststellte, dass sie mit Miles schwanger war. Sie verstand, wie es war, eine alleinerziehende Mutter zu sein. »Natürlich«, hatte sie hinzugefügt, »habe ich bis zum letzten Tag gearbeitet und war gerade im Labor, als die Wehen einsetzten.«

»Das werde ich auch«, hatte CeeCee versprochen und es zu schätzen gewusst, dass Josephine so persönlich und ehrlich zu ihr gewesen war. Und damit war das Thema zwischen ihnen erledigt gewesen.

Heute Abend würde sie Mickey die Nachricht überbringen. Sie lächelte und stellte sich vor, wie glücklich er sein würde.

»Hör zu, Cee, ich muss mit dir über etwas reden, bevor es in der Zeitung steht.«

»Ein neues Produkt? Ich habe mir einen guten Namen für einen deiner Düfte ausgedacht, ›Heroine‹ von Heron«, flüsterte sie.

»Hey, das gefällt mir, Cee. Das ist wirklich gut.«

»Ich muss dir auch unbedingt etwas sagen«, meinte CeeCee und klang wie ein kleines Mädchen, das gerade ein Stofftier auf der Kirmes gewonnen hatte und es kaum erwarten konnte, es seinen Eltern zu zeigen.

»Du zuerst?«, fragte Mickey.

»Nein, du!« CeeCee streckte sich im Bett wie eine Katze.

»Als Erstes möchte ich dir sagen, wie sehr ich dich liebe. Das weißt du, Cee … Das weißt du, oder?« Seine Stimme schien brüchig.

»Ja, natürlich. Ich liebe dich auch, Mick.« Sie wurde stutzig. »Warte, stimmt etwas nicht? Es geht nicht um ein neues Produkt, oder?« Ihre Brust zog sich zusammen.

»Ich habe mich hier in ein paar Schwierigkeiten gebracht, Cee.«

»Das überrascht mich nicht«, sagte CeeCee, um sich zu schützen.

»Na, vielen Dank.«

»Erzähl weiter.« Sie saß aufrecht da und rieb sich den Schlaf aus den Augen.

»Hier gibt es diesen mächtigen Typen, Moe Stein. Er leitet ein Wettbüro. Ich meine, er leitet ein richtig großes Wettbüro, verstehst du? Er ist der Typ …« Seine Stimme brach. »Die meisten Typen sind Italiener, aber einige von uns Minderheiten sind …«

»Okay, Moe. Ich verstehe schon. Erzähl weiter …«

»Und Moe hat eine Tochter. Du weißt schon, eine dieser molligen jüdischen Bräute. Hübsches Gesicht, aber nichts im Vergleich zu dir, Cee, und … na ja, eins führte zum anderen. Sie hat sich mir an den Hals geworfen. Ich … ich hätte das nicht tun sollen … Aber ich … Und jetzt … Sie ist schwanger. Anfangs tobte Moe vor Wut …« Die Worte sprudelten nur so aus ihm heraus.

»Und …« Ihr Herz schlug so schnell, dass sie um das Wohlergehen ihres Babys fürchtete.

»Und jetzt muss ich sie heiraten, oder …«, flüsterte er.

»Oder was, Mick?«, schrie sie.

»Oder ich werde nicht nach Santa Anita gehen, um auf Pferde zu setzen, sondern um unter der Rennstrecke begraben zu werden.« So. Er hatte es ausgesprochen.

»Wie heißt sie?«

»Myra«, flüsterte er.

»Liebst du diese Myra?« Sie war wütend.

»Ich mag Myra nicht einmal. Aber sie ist Moe Steins Tochter und sie ist schwanger. Ich muss das Richtige tun, oder ich bin ein toter Mann. Mich macht das total fertig, Cee.«

Sie war fassungslos, ihre Welt brach zusammen. Der Raum drehte sich, während sie versuchte, ihre Gedanken zu ordnen, die in ihrem Kopf durcheinanderwirbelten.

»Ich werde dir nicht noch unter die Nase reiben, dass du ein Versager und ein Schwein und ein Idiot bist. Oder dass du mein Leben ruiniert hast. Stell dir einfach vor, was hätte sein können.« Sie schluchzte.

»Ich weiß nicht, was ich mir dabei gedacht habe.«

»Du hast mit deinem besten Stück gedacht, du Mistkerl.« Sie rang nach Luft. »Warum musstest du alles kaputtmachen?«

»Es tut mir so leid, Cee, mehr, als du dir je vorstellen kannst.«

Sie schwieg einen Moment. »Wann?«

»Wir fliegen dieses Wochenende nach Las Vegas. Dann gibt es einen Hochzeitsempfang in der Stadt.«

»Wenigstens ist sie Jüdin.« CeeCee lachte bitter.

»Es gibt nur ein Mädchen auf der Welt für mich, und das bist du, Cee. Es tut mir so leid. Ich bin so ein Versager.«

CeeCee versuchte, ihre Tränen wegzuwischen. »Warum musstest du es vermasseln, Baby? Ich habe nie gesagt, dass du nicht mit anderen Frauen zusammen sein kannst. Ich habe dich nur gebeten, vorsichtig zu sein.«

»Ich war betrunken.«

»Das ist deine Ausrede für alles. Sieh mal, du spielst mit diesen Leuten, du lebst oder stirbst nach den Regeln.« Wenn sie etwas war, dann realistisch.

»Ich wollte nicht, dass du es aus der Zeitung erfährst.«

»Es gibt nichts mehr zu sagen, Mick. Ich wünsche dir und dieser Myra – wie sagt ihr Leute dazu – *mazel tov*?«

»Sag das nicht, Baby. Es bricht mir das Herz.«

»Meins auch.«

»Worüber wolltest du mit mir reden?«

Sie strich über ihren Bauch. »Nichts Wichtiges, aber … Mickey …«

»Ja, Cee?«

»Bitte ruf mich nie wieder an. Bitte. Vielleicht eines Tages, wenn du älter und weiser bist und Myra fett ist und du mit ihr fertig bist und die Kinder erwachsen sind – dann ruf mich wieder an. Aber ruf mich niemals an, solange du nicht mit mir zusammen sein kannst, und ich meine damit, richtig zusammen zu sein. Hast du das verstanden, du dämlicher, muskelbepackter

Mistkerl? Ich liebe dich mehr als mein Leben. Ich kann nicht mit dir im selben Raum sein, weil dein Geruch mich schwach macht. Bitte, Mickey. Tu mir einen Gefallen und ruf mich nie wieder an. Bitte. Ich könnte es nicht ertragen.« Dann kamen die Tränen.

»Sag niemals nie«, antwortete auch er unter Tränen.

Kapitel 44

SCHMERZ UND VERGNÜGEN

New York City, 1943

Es mochte ein weiterer trostloser, grauer Tag in New York City sein, aber für Constance war er so sonnig wie ein Tag in Palm Beach.

»Vierzig Cent, Ma'am«, sagte der hagere, dreizehnjährige Kioskjunge, als er Constance die beiden gewünschten Exemplare des *Glamour of Hollywood* reichte.

»Ja, natürlich.« Sie griff in die kleine Ledergeldbörse in ihrer Handtasche, nahm vier kleine Silbermünzen heraus und legte sie nacheinander auf die Theke. Ihr gefiel das klirrende Geräusch, das sie auf der weißen Marmortheke erzeugten.

»Sind Sie …?« Er sah die Frau auf dem Titelblatt des Magazins an und dann wieder Constance.

»Ja«, nickte sie. Ihr eleganter Hut mit dem winzigen Spitzenschleier verhüllte ihr Gesicht nur wenig, und sie blickte den Zeitungsjungen voller Stolz an.

»Nun, herzlichen Glückwunsch, Ma'am. Ich habe noch nie einen Prominenten getroffen.«

»Ich bin kein Prominenter.« Sie lächelte. »Ich bin eine Geschäftsfrau.« Sie nahm die Zeitschriften, eilte durch die Lobby ihres Bürogebäudes und drückte den Knopf für den fünfzehnten Stock. Sie war begeistert, mit ihren Lavender-Door-Salons auf der Titelseite zu sein, die sich sofort zu einem anhaltenden Erfolg entwickelt hatten. Als sich die Aufzugtüren schlossen, begutachtete sie ihr Gesicht auf dem Cover.

Genau die richtige Menge an Lippenstift, dachte sie. Sie blätterte durch das Magazin und sprühte nur so vor Energie. Die Geschichte und die Fotos waren perfekt. Die Schlagzeile lautete: »NEUES SCHÖNHEITSKONZEPT DER SCHÖNHEITSPIONIERIN ERÖFFNET: DIE LAVENDER-DOOR-SALONS.«

Im Untertitel hieß es: »Nun kann *jede* Frau schön sein.« Perfekt, das war ein direkter Schlag gegen Josephines gehobene und teure Salons. Sie stolzierte hocherhobenen Hauptes und mit der Haltung einer siegreichen Heldin in ihr Büro und winkte ihren drei Sekretärinnen mit dem Magazin zu. »Wir haben das Cover!«, rief sie in deren Beifall hinein.

Von allen Seiten hagelte es Glückwünsche, während sie in ihr neues Privatbüro schritt. Marjorie, ihre Assistentin, hängte ihren Nerzmantel auf und eilte dann hinaus, um ein Tablett mit Tee, Milch und Honig zu holen. Sie legte die üblichen Morgenzeitungen auf ihren Schreibtisch, während Constance sich zurücklehnte und erfreut den Bericht las. *Glamour* schrieb: »Das Lavender-Door-Konzept wird das Selbstbild der amerikanischen Frau verwandeln.« Constance Gardiner habe »die amerikanische Kultur verändert, in der jede Frau für ihre Schönheit und ihren Verstand zum günstigen Preis gefeiert wird«. Sie war begeistert! Die Tatsache, dass jeder Lavender-Door-Salon ein Schulungsprogramm haben würde, wurde ebenfalls erwähnt. Die Schulungen ermöglichten es jungen Frauen, sich weiterzubilden und einen Beruf auszuüben. Constance hatte im Alleingang eine sich selbst auswählende und ausbildende, kostengünstige Arbeiterschaft erschaffen. Das war genial, beglückwünschte sie sich.

»Darf ich?« Marjorie griff nach der zweiten Ausgabe des *Glamour*.

»Natürlich, Marjorie. Was halten Sie von dem Foto?«, wollte Constance wissen, obwohl sie die Antwort bereits kannte.

»Sie sehen wunderbar aus, Mrs Wyke. Einfach wunderschön.« Sie bewunderte die klassische Schönheit und Eleganz ihrer Chefin.

»Bitte nennen Sie mich ab sofort Miss Gardiner.«

»Natürlich. Ich finde es fantastisch, dass Sie ein lavendelfarbenes Kleid vor den lavendelfarbenen Türen tragen. Das ist so schick und so einprägsam.«

»Danke«, meinte Constance lächelnd. Sie konnte sich nur vorstellen, was Josephine Herz sagen würde, wenn sie die Geschichte und das Foto entdeckte. Sie war überglücklich. Doch die gute Laune sollte ihr bald vergehen.

Als sie den *Daily Mirror* überflog, fiel ihr Blick auf die Klatsch- und Gesellschaftskolumne von Walter Winchell. Schockiert las sie die Schlagzeile: »ZWEI BERÜHMTE SCHÖNHEITEN HEIRATEN EIN ZWEITES MAL.« Der Untertitel schrie ihr entgegen: »Josephine Herz wird Prinzessin Orlove!« Das Foto von Josephine, die diamantenbehangen mit ihrem hübschen jungen Prinzen bei ihrem Hochzeitsempfang im russischen Teehaus tanzte, ließ sie in sich zusammensinken. Und um Salz in die Wunde zu streuen, hielt die Kolumne noch einen weiteren Dolchstoß für sie bereit, als es im nächsten fett gedruckten Absatz hieß: »Und es gibt noch eine zweite Nachricht aus der Welt der Schönen. Der ehemalige Mr Constance Gardiner, der famose Mr Van Wyke, heiratet die Ölerbin Lally Stanton, ehemals Lally Seward. Eine ideale Verbindung blauen Blutes.«

Constance warf die Zeitung auf den Tisch. Wieder besiegt! An dem Tag, an dem man ihre Covergeschichte veröffentlicht hatte. Scheinbar war ihr nie der Durchbruch vergönnt. Sie ging mit ihrer Teetasse zur Bar und füllte sie mit zitternden Händen randvoll mit Gin.

Marjorie erschien in der Tür. »Miss Gardiner, die *Daily News* sind am Telefon. Sie hätten gern einen Kommentar zu Mr Wykes Wiederheirat.«

»Danke, Marjorie. Sagen Sie ihnen, ich sei verhindert. Nein, sagen Sie ihnen, dass ich mein neues *Glamour*-Cover feiere und nicht gestört werden darf.«

»Ja, natürlich.«

»Oh, und Marjorie …« Sie zwang sich zu einem starren Lächeln, während sie versuchte, Haltung zu bewahren.

»Ja, Miss Gardiner?«

»Heute keine weiteren Anrufe mehr. Ich bin nicht erreichbar. Ich habe einen Termin in der Stadt«, sagte sie, während sie nach einer Ausgabe ihres Magazins und ihrem Mantel griff. Sie wollte nur noch nach Hause. Ihr Bett schien die einzige Lösung zu sein.

***

Weiter unten in der Stadt, auf der anderen Seite der Gleise, hatte das deprimierende Büro in einer Wohnung ohne fließend warmes Wasser in der Lower East Side nichts vom glamourösen Putz von Herz oder Gardiner. Keine Kalksteinfassade, keine Adresse in der Fifth Avenue oder parfümierte Luft. In der Luft lag tatsächlich ein Geruch, aber einer von Corned-Beef-Sandwiches mit Senf auf Wachspapier. Ganz zu schweigen vom feuchten Körpergeruch der jungen und alten Männer, die Schulter an Schulter in einem engen, dunklen Raum arbeiteten. Josephine und Alexei wurden in das schlecht getäfelte provisorische Büro geführt, an dessen Decke ein Ventilator surrte.

»Prinzessin Orlove, Prinz Orlove, bitte nehmen Sie doch Platz.« Eduarde Finkelsteins Eile und die Unmenge an Akten auf dem Schreibtisch, die so hoch gestapelt waren, dass sie seine fleckige Krawatte verdeckten, deuteten darauf hin, dass er trotz der bescheidenen Bürolage und des melodischen argentinischen Akzents ein erstklassiger Einwanderungsanwalt mit engen Verbindungen nach Europa und Südamerika war. Josephine registrierte den schmerzerfüllten Blick in seinen Augen und wusste sofort, dass seine ständige Suche nach Josephines Schwester Chana wieder einmal vergebens gewesen war. Mit Sybil in London und Rachel in Australien, die jeweils die Geschäfte vor Ort leiteten, drängten sich andere beunruhigende Gedanken auf. Nach den letzten Informationen ihres Anwalts hatte die zwanzigjährige Chana ihre Papiere und einen Reisepass zwei Jahre zuvor in Warschau erhalten. Als sie zuletzt gesehen wurde, war sie auf dem Weg nach Danzig gewesen, bevor sie plötzlich wie vom Erdboden verschwunden war.

»Es tut mir schrecklich leid, Ihnen mitteilen zu müssen, dass wir angesichts der Kriegswirren bestenfalls Informationen aus zweiter Hand haben und keine davon gut ist.« Finkelstein schaute zu Josephine hinüber, die niedergeschlagen auf ihrem Stuhl saß. Ihr frisch angetrauter Ehemann, der attraktive Prinz Orlove, berührte zärtlich ihre Hand. Josephine zog ein kleines Spitzentaschentuch hervor und begann zu weinen. Hier saß sie, die reichste Frau der Welt, und hatte keine Möglichkeit, ihre jüngste Schwester zu finden oder ihr zu helfen.

»Wie konnte sie denn einfach verschwinden? Ich verstehe das nicht. Menschen verschwinden nicht einfach so.« Josephine wollte nicht zuhören, und ihr glitzernder Fünfzehn-Karat-Diamant war in der Lower East Side etwas fehl am Platz.

»Josephine, ich … ich wollte es Ihnen nicht sagen. Aber ich habe eine Verantwortung, nicht nur Ihnen, sondern auch allen anderen gegenüber, und sicherlich sind Sie und Prinz Orlove einflussreiche Personen, die die Nachricht verbreiten können. Die Berichte derjenigen, die das Glück hatten, aus Polen fliehen zu können, sind unvorstellbar. Viel schlimmer, als wir dachten. Soeben wurde uns berichtet, dass die Nazis das gesamte Krakauer Getto liquidiert und die Juden in Konzentrationslager geschickt haben. Und diejenigen, die nicht gehen konnten, wurden in ihren Häusern oder auf den Straßen getötet. Wir sprechen von siebentausend Menschen. Diese Zahlen sind der reine Wahnsinn. Der größten Massenerschießung, so heißt es, sind in Lublin dreiundvierzigtausend Menschen zum Opfer gefallen.«

»Ich … ich verstehe das nicht. Wie kann man so viele Menschen töten?«

»Einen nach dem anderen, es tut mir leid, das berichten zu müssen. Sie mussten ihre eigenen Gräber in den Schützengräben ausheben. Es ist unvorstellbar, aber wahr. Wir haben Augenzeugen.«

Josephine schüttelte entsetzt den Kopf. Es war ein Albtraum, der wahr geworden war.

»Und Chana?«, flüsterte sie.

»Wir wissen es nicht. Vielleicht hat sie diesen jungen Mann geheiratet und steht unter dem Schutz eines Nichtjuden. Vielleicht wurde sie verhaftet. Oder vielleicht hatte sie Glück und gelangte auf eines der letzten Schiffe. Wir haben keine Ahnung. Es gibt wirklich keine weiteren Informationen. Wir werden unsere Suche fortsetzen, aber ich habe keine Hoffnung mehr.«

»Ich verstehe.« Sie weinte.

»Ich bin mir nicht sicher, ob ich Ihnen weiterhin die neuesten Nachrichten in Rechnung stellen kann. Das wäre nicht fair.« Er sah traurig und blass aus, weil er ihr die Wahrheit sagen musste.

»Nein, ich bestehe darauf. Betrachten Sie es als eine Spende für das, was Sie tun. Sie helfen den Leuten zu fliehen«, meinte Josephine mit tränenerstickter Stimme.

»Danke, das ist sehr freundlich von Ihnen. Wenn ich ehrlich bin, sind wir überarbeitet und unterbesetzt und auf die Arbeit, die wir leisten, überhaupt nicht vorbereitet.«

»Außerdem werde ich eine größere Summe spenden.« Sie ließ den Kopf hängen, und Alexei half ihr schweigend auf. Nachdem er Finkelstein gedankt und zum Abschied die Hand geschüttelt hatte, führte er sie aus dem Büro hinaus zur wartenden Limousine. Er wusste, was sie als Nächstes tun und wohin sie fahren würden. Früher redselig und glücklich, waren die Samstage inzwischen ernst geworden. Der Wagen fuhr die Essex Street hinunter ins Zentrum der lebendigen Lower East Side. Jedes Wochenende begleitete er Josephine, wenn sie die gequälten Gesichter der Immigranten schweigend nach Chana absuchte. Sie fuhr mit ihren Blicken das Meer an jungen, mittelalten und alten Frauen ab, während ihre Limousine langsam an ihnen vorbeiglitt. Sie alle starrten auf das glänzende schwarze Auto und hatten noch nie etwas so Großes oder Außergewöhnliches gesehen. Dann machten sie sich an die Arbeit: die Obststände, der koschere Fleischladen, die Karren mit den Töpfen, Pfannen und Haushaltswaren. Und sie würde suchen. Nach einem vertrauten Gesicht in der Menge, nach jemandem mit ungewöhnlich hohen Wangenknochen, großen schwermütigen Augen, einer Ähnlichkeit, irgendetwas. Sie suchte nach einem zwanzigjährigen Mädchen, das vielleicht herübergekommen war, vielleicht in der glücklichen Flut von Einwanderern, bevor die Türen zugeschlagen wurden. Partys und Soireen am Abend, Arbeit am Tag, an den Wochenenden … und dann samstags die Suche nach Chana. Sie würde auch am Sonntag herkommen. Sie musste das tun, bevor sie in die Flitterwochen aufbrachen, die wegen der Arbeit mehrmals aufgeschoben worden waren. Schließlich hatte sie zugestimmt, sich die Zeit zu nehmen. Sie freute sich tatsächlich darauf, nun, wo die Reise nicht mehr nach Miami gehen würde, sondern nach … Palm Beach.

Kapitel 45

QUEEN CEECEE

Harlem, 1943

Tor Nummer 6 verkündete diskret, aber stolz: »PRIVATSTRASSE – Pferde sind zu führen.« CeeCee freute sich immer, wenn sie durch das stattliche Tor in die elegante und private Strivers' Row einbog, die für viele die Fifth Avenue von Harlem war. Ihr neu erworbenes gelb-braunes Sandsteinhaus im föderalen Renaissance-Stil nahe der Hundertneununddreißigsten Straße war die Heimat der aufstrebenden afroamerikanischen Elite wie Bill »Bojangles« Robinson und dem zukünftigen Kongressabgeordneten Adam Clayton Powell jr. Sie war jedoch die einzige Frau in dieser Runde. Für alle Bewohner war es interessant und ergreifend, dass die Häuser zum Zeitpunkt ihrer Errichtung in den späten 1800er-Jahren nicht an Schwarze verkauft werden durften. CeeCee genoss ihre elegante und prestigeträchtige Adresse so sehr wie Josephine es getan hatte, als sie die Gegenwehr der Bewohner der Fifth Avenue hatte bezwingen können. CeeCee eilte jeden Abend nach der Arbeit voller Vorfreude auf ihr Baby, Layla, nach Hause. Trotzdem wusste sie, dass Layla Lopez dank ihres Opfers, ihrer harten Arbeit und ihrem Geschäftssinn ein anderes Leben führen würde als ihre Mutter. Sie marschierte an dem kunstvollen, schmiedeeisernen Geländer vorbei und betrat das Gebäude.

»Gardenia, ich bin zu Hause«, rief sie, während sie ihren stahlgrauen persischen Lammfellmantel an die Garderobe hängte, ihre Aktentasche auf die Kommode legte und nach oben in das Zimmer der kleinen Layla lief. Der himmlische Duft von frisch gebackenem Gebäck schien das ultimative Parfum zu sein.

»Jetzt geh und wasch dir die Hände, hörst du?«, befahl Gardenia Ray Gordon, als sie CeeCee sah, und blockierte mit ihrer stattlichen Figur die Wiege wie ein Footballspieler. Sie wischte ihre Hände an der weißen Spitzenschürze ab und schüttelte den Kopf. Sie war es gewohnt, dass junge Mütter hereinstürmten, und sie duldete keinen ihrer städtischen Keime. CeeCee winkte der kleinen Layla in ihrer Wiege zu, ging widerspruchslos und pflichtbewusst ins Badezimmer, um sich die Hände mit der französischen Lavendelseife von Herz so zu schrubben, wie es Gardenia verlangt hatte. Gardenia war die fünfte Frau, die sich als Säuglingsschwester beworben hatte. Und in dem Moment, als sie in ihr Haus kam, mit ihrem flotten schwarzen Samthut und dem breiten, sonnigen Lächeln, hatte CeeCee gewusst, dass sie der Herr im Haus war. Gardenia trug ihren Lebenslauf mündlich vor: Sie hatte während ihrer Arbeit als Säuglingsschwester, Kindermädchen und Haushälterin viele Kinder großgezogen und kannte jedes Hausmittel – von den verschiedenen Teesorten mit genau der richtigen Menge an braunem Zucker, um das Baby zu beruhigen und zum Gurren zu bringen, bis hin zur Zubereitung frisch pürierter Babynahrung. Zu ihren Aufgaben gehörte auch das Kochen später Mahlzeiten für die arbeitende Mutter, da sie ihre Kraft brauchte, um die Rechnungen zu bezahlen.

Ihr in Honig getauchtes, gebratenes Huhn und ihre Steaks waren unübertroffen. Einige ihrer Nachbarn kamen zum

Abendessen vorbei, um Layla zu sehen, in der Hoffnung, ein verirrtes Keulchen oder einen kleinen Teller Kartoffelpüree, das mit frischer Bauernbutter aufgeschlagen worden war, oder noch warme Kekse mit süßer Sahne abzustauben.

Gardenia war eine dominante Persönlichkeit, mit einem ausgelassenen Lachen und großen, liebevollen Armen, um Layla zu halten. Und das Beste war, wenn CeeCee bei der Arbeit war, musste sie sich nie Sorgen um ihre Tochter machen, da sie wusste, dass die gläubige Gardenia die beste Lösung für alles haben würde, was passieren könnte.

An dem schmerzhaften Tag, an dem Mickeys Hochzeit in Winchells Klatschkolumne angekündigt worden war, hatte CeeCee sich geschworen, sich von nun an nur noch auf die Arbeit und die Erziehung ihres Kindes zu konzentrieren. Sie hatte wenig Interesse daran, sich von enttäuschenden Männern und deren Dummheiten ablenken zu lassen. Sie versprach sich selbst und ihrem ungeborenen Kind, härter und länger denn je zu arbeiten. Josephine war entsprechend beeindruckt, als CeeCee noch entschlossener am Aufbau ihres Unternehmens arbeitete. Sie überließ ihr weitreichendere Verantwortung für die neuen Produkte von Herz Beauty. Nach ihrer ersten Woche bat CeeCee Josephine um ein persönliches Gespräch, da sie ihren scharfen und prüfenden Geschäftsgeist auf eine Weise respektierte, wie sie es bei Constance nie getan hatte.

CeeCee ging mit einem Stift und einem Block in Josephines Büro, um sich Notizen zu machen. Sie wusste, dass sie in der Gegenwart eines unternehmerischen Genies war, und war dankbar dafür. Josephine war ebenso sorgfältig wie taktisch und stellte gezielte Fragen über schwarze Frauen, ihre spezifischen Bedürfnisse und Wünsche. Sie war ein Schwamm, der begierig darauf war, alles zu erfahren und zu teilen. Da Schwesternschaft und Gemeinschaft eine wichtige Rolle für die Marke spielten, beschlossen sie, Queen CeeCee so aufzubauen, wie Constance

Gardiner ihr Unternehmen aufgebaut hatte: mit einem Tür-zu-Tür-Verkauf, der Frauen in ihrer Gemeinde die Möglichkeit gab, Geld zu verdienen, indem sie Botschafterinnen wurden, die sich »CC Prinzessinnen« nannten. Josephine hielt das für eine wunderbare Idee. Allein die Startsets würden im Laufe der Zeit einen hohen Umsatz garantieren. CeeCee hielt sie über das aktuell bestehende Programm auf dem Laufenden.

Als sie Anfang des Jahres jemanden gebraucht hatte, der das neu gegründete CC-Prinzessinnen-Programm leiten konnte, hatte sie sich an die Frau ihres Cousins Rudy gewandt, Lorene. Lorene war eine hübsche und temperamentvolle junge Frau aus South Carolina und eine gefeierte Sängerin im Orchester von Cab Calloway gewesen. Doch als sie Zwillinge bekommen hatte, wusste sie, dass das Leben im Chitlin' Circuit nichts für eine junge Mutter war, und rang sich zur Kündigung durch. Wie CeeCee hatte jedoch auch Lorene die Freiheit geschmeckt, und die Idee, nach einer glamourösen, aber schwierigen Karriere lediglich noch Hausfrau und Mutter zu sein, erschien ihr nur bedingt verlockend. Als CeeCee mit ihr darüber sprach, die Franchise-Abteilung zu leiten, ergriff sie die Chance. Schließlich warf Queen CeeCee bereits Profit ab, da CeeCee selbst ein Netzwerk von kleinen, aber einflussreichen schwarzen Salons aufgebaut hatte, deren Kundinnen von ihrem Produkt begeistert waren. Mit der Unterstützung des Herz-Imperiums, das die Produkte herstellte und über eine enorme Kaufkraft verfügte, benutzte man für Queen CeeCee's Hair Relaxer nur die hochwertigsten Öle und Sheabutter, um die Kopfhaut mit Feuchtigkeit zu versorgen und die Locken zu zähmen. Alle Frauen erzielten sofort Ergebnisse. Niemand litt mehr unter trockenem Haar und gereizter Kopfhaut, wozu es bisher bei den minderwertigen Produkten gekommen war. Da sie auch Erfahrung mit dem Vertrieb sowie Aufbau des Gardiner-Girl-Programms hatte, setzte CeeCee viele grundlegende Konzepte um, die sich bewährt hatten. Josephine gefiel die Idee, eine Marke für Außenseiter aufzubauen. Sie beschloss, in das Konzept zu investieren. Außerdem war sie stolz darauf, CeeCee als Mentorin zur Seite zu stehen.

CeeCee wollte außerdem das Leben jener Frauen verbessern, die wenig Gelegenheit zur Weiterbildung hatten. Wurde eine Frau CC-Prinzessin, bekam sie eine Ausbildung und ein Starterset, das zehn Dollar kostete. Konnte sie sich die Anzahlung des Sets nicht leisten, bot CeeCee an, ihr das Geld zu leihen. Josephine gefiel die Idee so gut, dass sie das Kreditprogramm persönlich finanzierte. Sie war sehr zufrieden, als die Frauen die Kredite dank ihrer Beteiligung an den Unternehmensgewinnen zurückzahlen konnten. Darüber hinaus hatte CeeCee ein Konzept entwickelt, mit dem ein Mitglied sowohl eine Provision für seinen eigenen Umsatz als auch einen gewissen Prozentsatz des Gesamtumsatzes für das Anwerben neuer Frauen erhielt.

Es war eine zukunftsweisende Idee, die Queen CeeCee schließlich als eine der ersten modernen mehrstufigen Marketing-Unternehmen positionieren würde, bei denen Mitarbeiter, die kein Gehalt erhielten, mittels Direktvertrieb und Provisionen für die Rekrutierung neuer Repräsentanten Geld verdienen konnten. Diejenigen mit den höchsten Einnahmen würden auch Preise erhalten, angefangen bei einem Waschbärmantel bis hin zu einem maßgeschneiderten Ford-Coupé. Dank dieser großzügigen Anreize rissen sich die Frauen darum, CC-Prinzessin zu werden. Lorene würde die Bewerberinnen befragen und nur die Besten in das Programm aufnehmen.

Die Zusammenarbeit mit Lorene war eine Freude. Außerdem steuerte sie von Anfang an eigene Ideen bei. Zum Beispiel war sie der Meinung, dass CC-Prinzessinnen Hüte und Handschuhe tragen und die ultimativen damenhaften Botschafterinnen sein sollten. Sie erstellte ein Handbuch, das Hygiene, Sauberkeit und gute Manieren betonte, also die Dinge, die wichtig für die Förderung des Selbstwertgefühls und eines respektablen öffentlichen Images waren. Bald gab es zwölf CC-Prinzessinnen, die in verschiedenen Regionen tätig waren und von Tür zu Tür sowie zu den Salons vor Ort gingen, die Farbigen gehörten, die für die Gemeinschaft von zentraler Bedeutung waren. Diese Salons boten einen Ort, an dem sich arbeitswillige Frauen treffen und sich gegenseitig bei ihren Haarpflegebedürfnissen helfen konnten. Constance mochte gedacht haben, dass diese ethnisch unterschiedlichen Kundinnen unter ihrer Würde waren, aber Josephine erkannte eine Chance sowohl für den Verkauf als auch für die Stärkung der Frauen. Im ersten Jahr nahm Queen CeeCee mehr als hundertfünfzigtausend Dollar ein.

Nach der Geburt von Layla und als Anerkennung der soliden Verkäufe ihres Produkts überraschte Josephine CeeCee mit einer großen Gehaltserhöhung und einem Bonus, der es ihr ermöglichte, das Stadthaus in der Strivers' Row zu kaufen und Gardenia als Vollzeitkraft einzustellen. CeeCee Lopez war auf dem Weg, Harlems führende Geschäftsfrau zu werden, und inspirierte die Menschen um sie herum. Die Nachricht verbreitete sich schnell, und wohlmeinende Freunde und Nachbarn versuchten, sie zu Verabredungen mit geeigneten Männern zu überreden.

Sie wurde es bald leid, von allen Seiten wegen einiger der attraktivsten und schneidigsten Junggesellen Harlems angesprochen zu werden. Jeder war glatter als der andere, überschüttete sie mit Komplimenten, die wie Perlen von der Zunge glitten, und hatte ein starkes Interesse an ihrem Unternehmen und vor allem an ihren Einnahmen. Sie wusste, dass solche Männer eine zeitraubende und fruchtlose Ablenkung, eine Energieverschwendung waren. Jeder Einzelne enttäuschte sie schließlich oder versuchte, sie an die Kandare zu legen. Welche Taktik sie auch wählten, von lässigen Anmachsprüchen bis hin zu hartnäckigen Anrufen, CeeCee Lopez sprang auf keine an. Denn jetzt genoss sie es, die Königin ihres Schlosses zu sein. Eine ohne König.

Kapitel 46

DER SANDKASTEN

New York City, 1944

Trotz des gesellschaftlichen Ärgers und des Geredes über Van und Lallys Beziehung – oder selbst des Gedankens daran – musste Constance zugeben, dass sie glücklicher war als je zuvor. Ihr Ex-Mann hatte ihr tatsächlich einen großen Gefallen getan. Sie brauchte nicht mehr länger mit einem unattraktiven Langweiler zusammenzuleben und Zeit mit ihm sowie seinem Kreis adliger und arroganter Freunde zu verbringen, die sie vorgeben musste zu mögen. Nun konnte sie kommen und gehen, wie sie wollte, ohne lahme Ausreden erfinden zu müssen.

Der Luxus der Stille, die sie zu Hause genoss, erlaubte es ihr, sich ganz auf ihre einzige wahre Leidenschaft zu konzentrieren: ihr Geschäft. Sie musste außerdem zugeben, dass sie zwar geschieden, technisch gesehen aber immer noch Mrs Wyke war. Und es bestand kein Zweifel, dass dieser Familienname nach wie vor einige Kreise beherrschte und sich als nützlich erwies, ob es sich nun um Bankverbindungen oder die Ausbildung ihres Sohnes handelte. Im Großen und Ganzen war alles in Ordnung, und sie mochte alles, was ordentlich war.

Brauchte sie eine männliche Begleitung für eine Abendveranstaltung oder ein kulturelles Ereignis, war ihr Bruder James zur Stelle. Er war charmant sowie kultiviert und wuchs zunehmend in seine Rolle als Veranstaltungsplaner bei Gardiner hinein, und er war mit Sicherheit eine einnehmendere und witzigere Dinnerbegleitung als Van. Er hatte einen blassen jungen Mann kennengelernt, den er gelegentlich mit nach Hause brachte. Gregg Stephens war ein ehemaliger Broadway-Tänzer, der seit einer Knieverletzung in einem Antiquitätenladen arbeitete. Constance war sehr froh darüber. Er schien nach zwei weiteren unglücklichen Zusammenstößen mit der Sittenpolizei endlich sesshaft zu werden. Seine früheren Fehleinschätzungen hatten sie Zeit, Geld und Peinlichkeiten gekostet. Sie hatte schließlich ein Machtwort gesprochen und ihm erklärt, dass er etwas Stabilität brauche, einen festen Partner. Irgendeinen.

Gregg, ein schmaler, aber muskulöser und geisterhaft blasser Mann mit aschblondem Haar aus Richmond, Virginia, schien eine passende Lösung zu sein. Obwohl er ein wenig fade und unscheinbar wirkte, war er stets sehr zuvorkommend und stand als zusätzlicher Begleiter für ein Galadinner oder beim Baumschmücken zur Weihnachtszeit zur Verfügung. »Die Beziehung muss nicht perfekt sein«, erläuterte sie James, »nur bequem und effizient.« Sie betonte stets das Wort »ordentlich«. »Bring es in Ordnung, James«, riet sie ständig.

Constance ihrerseits hatte die zweite Jahreshälfte allein verbracht und nur gelegentlich an einer Gala oder einem Galadinner teilgenommen. Sie fand viele dieser Abende langweilig, wusste aber, wie wichtig es war, mit den richtigen Leuten gesehen zu werden, und akzeptierte die bedeutendsten Einladungen.

Eines Abends – sie war gerade für das Santa Anita Handicap in Los Angeles – verließ sie ihre sorgfältig inszenierte Komfortzone. Während der Pferderennen nahm sie eine zwanglose Einladung zum Nachmittagstee im Haus der bekannten

Dichterin und Autorin Mercedes de Acosta an, der nachgesagt wurde, die Geliebte der bisexuellen Marlene Dietrich und von Greta Garbo zu sein. Sie kannte natürlich die Gerüchte, dass dies Hollywoods diskreter und elitärer Lesbenkreis sei, der als »Nähkreis« bezeichnet wurde, hatte aber die Einladungen zu diesen Veranstaltungen immer abgelehnt, wenn sie mit Van und seinem Clan in der Stadt war. Nun, da er von der Bildfläche verschwunden und wieder verheiratet war, und sie selbst sich in Los Angeles ziemlich selbstbestimmt fühlte, beschloss sie, das Risiko und den Sprung zu wagen.

Mercedes war eine Gleichgesinnte, die ihrer Zeit voraus war. Ihre Ideen waren so revolutionär wie die von Constance. Es wurde gemunkelt, sie sei nach der Scheidung die Geliebte von Isadora Duncan und Alla Nazimova gewesen, liebäugelte mit dem Hinduismus, war inzwischen Vegetarierin und weigerte sich, aus Respekt vor Tieren einen Pelz zu tragen. Ihre Treffen in ihrem im spanischen Stil erbauten Haus am Sunset Boulevard waren eine Mischung aus den freidenkerischsten Frauen ihrer Zeit.

Constance fühlte sich in dieser vielschichtigen Gesellschaft aus Schauspielerinnen, Autorinnen und Schriftstellerinnen sofort wohl. Sie waren sehr freundlich, ohne übermäßig zudringlich zu sein. Constance wusste, dass sie als eine der führenden Unternehmerinnen der Welt mit ihnen mithalten konnte. Ihr New Yorker Status, ihre Größe, ihre schlanke Figur und das blonde Haar machten sie zudem zu einer attraktiven Zutat zur Teestunde am Sonntagnachmittag.

Es war warm, aber windig, als sie am mexikanisch gefliesten Pool vorbeiflanierte und an einem Cocktail nippte, ihre Sonnenbrille zurechtrückte und mit ihrem goldenen Armband spielte. Sie war allein zu dem Treffen gegangen und gerade auf den Weg nach draußen, um in einem Sessel die Sonne und ihre Umgebung zu genießen. Eine jüngere blonde Schauspielerin im gegenüberliegenden Stuhl unterhielt sich höflich mit ihr, doch Constance fand sie flatterhaft und nervig. Sie entledigte sich ihrer ganz beiläufig, als ihr Blick auf einen Hepburn-Verschnitt fiel.

Die Frau führte gerade ein angeregtes Gespräch über die Frauenrechtsbewegung. »Als ich das erste Mal nach Los Angeles zog, schrieb ich manchmal ›Marvin Rollins‹ auf das Drehbuch, denn wenn sie ›Marilyn‹ lasen, boten sie mir nur ein Viertel des Honorars an«, erzählte sie mit geröteten Wangen. »Als ich meinen ersten Agenten bekam, riet er mir, nur ›M. Rollins‹ zu schreiben, weil er nicht wollte, dass ich log. Deshalb unterschreibe ich alles mit ›M. Rollins‹.« Die anderen Frauen kannten die Sachlage und schüttelten den Kopf. Sie verstanden die ungleiche Behandlung der Geschlechter und die unterschiedlichen Löhne, mit denen sie alle zu kämpfen hatten.

Marilyn Rollins war weder schüchtern noch unaufdringlich und vielleicht auch nicht traditionell, aber sie vertrat stets ihre Meinung, hatte immer eine geistreiche Bemerkung auf den Lippen und tolerierte Narren nur ungern. Als etablierte Dramatikerin und Drehbuchautorin war sie genau die Art von Frau, die Constance gefiel und bewunderte. Sie war groß, schlaksig und eine auffallende Erscheinung, ein von der Columbia University ausgebildeter Wildfang wie sie selbst. Sie rauchte, fluchte, trank und schoss, sie trug Hosen und zweifarbige Schuhe ohne Socken, was ihre langen, wohlgeformten Beine und ihre hohe, schlanke Taille betonte. Obwohl sie nicht schön, aber ziemlich attraktiv war, verschwendete sie keinen Gedanken an ihr kurz geschnittenes rotbraunes Haar. Sie besaß eine angeborene Intelligenz und wunderschöne haselnussbraune Augen, die sowohl hart als auch verletzlich, herablassend und funkelnd wirkten. Sie verzichtete auf Make-up, was Constance ebenfalls ein wenig amüsant fand. Und als Marilyn sich ihren

Tee mit einem Spritzer Whiskey auffüllen wollte und an ihrem Sessel vorbeiging, schob Constance ihre Sonnenbrille hoch.

»Ich hätte einen Rat für Sie«, meinte Constance lächelnd.

»Normalerweise nehme ich von Blondinen keinen Rat an«, witzelte die andere. »Nur Küsse.« Marilyn legte die Hand auf die Hüfte ihrer cremefarbenen Hose und kratzte sich an der Stupsnase. »Ich weiß aber, wer Sie sind, Constance Gardiner. Von *Ihnen* werde ich einen Rat annehmen, Miss Make-up. Schießen Sie los«, forderte Marilyn sie heraus.

Constance erhob sich. »Ich habe Ihr Gespräch gehört«, meinte sie, während Marilyn sich eine Zigarette anzündete. »Zu Ihrem Vorteil.« Sie holte tief Luft.

»Das ist schön zu hören.«

Als Constance nicht weiterredete, fragte Marilyn: »Ihr Ratschlag? Zeit ist Geld.«

»Gründen Sie Ihre eigene Produktionsfirma. M. Rollins Productions. So, wie ich es getan habe, als ich mit Gardiner Cosmetics angefangen habe. Als eingetragenes Unternehmen können Sie mehr Geld verlangen.«

»Sie sind nicht wirklich blond, oder?«

»Warum fragen Sie?«

»Weil Ihr Rat gut ist. Können wir uns darüber beim Dinner im Brown Derby weiter unterhalten? Ich sterbe für ein Corned-Beef-Haschee.« Sie führte Constance am Arm hinaus, begleitet von wissenden und anerkennenden Blicken. Marilyn und Constance. Beeindruckend, dachten die anderen Frauen. Ein frühes Abendessen führte zu mehreren Drinks und einem Nachtisch in einem französischen Bistro, was wiederum zu einem Besuch in Marilyns Cottage in Santa Monica und dann in ihr Bett führte, wo sie sich stürmisch liebten. Abgesehen von ihren unterschiedlichen politischen Ansichten – Constance war ein eingetragenes Mitglied der Republikaner und Marilyn vertrat eher marxistische Ansichten – war Marilyn ihr perfektes

Ideal: intelligent, frech, unverschämt, klug und rätselhaft. Sie beschlossen sofort, nicht über Politik zu sprechen, da dies nur zu Schwierigkeiten führen würde. Und das Beste war, Marilyn stellte keine Ansprüche. Tatsächlich war sie in den nächsten Wochen nicht lange genug da, um nervig zu werden, da sie ständig zwischen den Leuten in Los Angeles und dem Broadway in New York hin- und herpendelte, wo sie das Drehbuch für ein neues Musical schrieb.

Es war eine wunderbare und erwachsene Freundschaft, mit gelegentlicher hitziger Akrobatik und sehr wenigen Bedingungen. Sie war praktisch und zweckdienlich, genau so, wie Constance es liebte, ihre Zeit aufzuteilen. Und immer, wenn sie einen Schuss brauchte, schien Marilyn anzurufen. Um dann zu verschwinden und später wieder anzurufen. Verschwinden und anrufen. Kaum zurück in New York hatte Marilyn sich gemeldet: Sie war für die Proben in der Stadt und schlug ihr vor, gemeinsam ein langes Wochenende im Wochenendhaus von Tallulah Bankhead in Pennsylvania zu verbringen.

Constance hatte gezögert, obwohl sie von der Einladung begeisterter war, als sie zugeben wollte. Sie bewunderte die Avantgarde-Bühne und den Filmstar, den sie in ihrem Meisterstück *Die kleinen Füchse* am Broadway gesehen hatte. Die Schauspielerin war für ihren derben Sinn für Humor und unverschämte Mätzchen hinter der Bühne bekannt. Bankhead war der Inbegriff von Glamour. Sie porträtierte die bösen feinen Mädchen aufs Trefflichste. Constance wurde von ihr angezogen wie eine Motte vom Licht. Sie sagte eine Produktbesprechung am Freitagnachmittag ab und ließ sich von ihrem Fahrer über die Nebenstraßen ins ländliche Pennsylvania chauffieren.

»*Dahling*!«, begrüßte Tallulah sie mit ihrer legendären heiseren Stimme und einem fertigen Martini direkt an der Tür. »Willkommen in Bankheads, wo jede Frau ein Mann ist … und jeder Mann eine Frau.«

Constance wurde schwindlig angesichts der gewagten Menge und beobachtete Marilyn auf der anderen Seite des Raumes, die in einem bequemen, zweireihigen Männeranzug fantastisch aussah. Marilyn kam mit einem strahlenden Lächeln auf Constance zu und wollte sie auf die Lippen küssen, bekam aber nur die Wange hingehalten.

»Keine Sorge, Gardiner. Hier ist jeder homosexuell … oder will es sein.«

»Ah, die beiden Turteltauben.« Tallulah zog eine Augenbraue hoch. »Weißt du, *Dahling*, ich stamme aus einer langen Reihe von demokratischen Senatoren in Alabama und kann die Roten nicht ertragen. Aber ich vergebe Marilyn ihre politischen Ansichten, weil sie da unten nicht wirklich rot ist, sondern *pink*.« Sie gab ein kehliges Lachen von sich.

»Gegensätze ziehen sich anscheinend an. Ich habe die Republikaner noch nie geduldet, geschweige denn flachgelegt«, schoss Marilyn zurück.

Constance schürzte die Lippen. »Diese Art von Gesprächen gefällt mir nicht.«

»Dann ruf deinen Fahrer zurück, *Dahling*. In Bankheads wird nur dummes Zeug gequatscht. Dazu wird man nicht nur ermutigt, das wird erwartet.« Tallulah rollte mit den Augen.

»Seht euch doch einmal an. Ihr seid so wunderschön.« Ein junger Mann mit hübschen Gesichtszügen mischte sich in das Gespräch ein. »Miss Gardiner, nehme ich an?«

»Constance, kennst du Keith McKeith? Den Choreografen?«

»Ich hatte bisher noch nicht das Vergnügen. Sehr erfreut, Sie kennenzulernen.« Constance reichte ihm eine blütenweiße Hand.

»Ich bewundere einfach Ihr ›Sehr erfreut, Sie kennenzulernen‹. Das ist so typisch Palm Beach. Marilyn, du triffst wirklich immer *bessere* Verabredungen.« Er hob eine Augenbraue. »Und ich habe das Gefühl, als würde ich Sie bereits kennen, da ich einer Ihrer besten Kunden bin.« Er lächelte.

»Kunden?«, fragte Constance verwirrt.

»Keith ist eine unserer berühmtesten Dragqueens, *Dahling*«, erklärte Tallulah. »Er macht mich besser nach als *ich*! Alle Dragqueens benutzen Gardiner-Produkte, weißt du … Sie ziehen sie den Herz-Produkten vor.«

»Ja, sie sind billiger und halten nach einem Quickie länger.« Er lachte.

»Ich weiß nicht, was ich sagen soll.« Constance geriet ins Wanken.

»Sag einfach Danke. Er kauft deine Produkte, *Süße*.«

»Ich *kaufe* sie nicht. James, Ihr Bruder, gibt sie mir. Er schenkt allen Dragqueens etwas, nachdem wir ihn bedient haben.« Er lachte laut und stolzierte davon.

Constance errötete und fühlte sich sichtlich unwohl.

»Constance, bitte! Das hier ist nicht Palm Beach, das ist Bankheads«, flüsterte Marilyn ihr zu. »Du musst das doch gewusst haben.«

»Es tut mir leid, ich bin das einfach nicht gewohnt.«

»Hier, nimm einen Martini« – sie angelte ein Glas von einem Tablett, das herumgereicht wurde –, »und nimm den sprichwörtlichen Stock aus dem Hintern. Was? Glaubst du, die Leute hier wissen nicht, dass ich mit dir schlafe?«

»Es ist einfach so … öffentlich?« Sie suchte nach den richtigen Worten, um ihr Unbehagen auszudrücken.

»Tja, daran solltest du dich gewöhnen, Süße. Wir teilen nun mal das Bett miteinander.« Marilyn drückte ihr einen Kuss auf den Mund.

Constance gab schließlich nach und lachte.

»Siehst du? Ich wusste, dass du wie alle anderen auch lockerer werden kannst. Es gibt eine berühmte Geschichte über unsere Gastgeberin. Als sie das erste Mal nach Hollywood kam, ging sie zu Thalberg und fragte: ›Wie kann man an diesem schrecklichen Ort Sex haben?‹ Und er sagte …«

Tallulah fiel ihr ins Wort, um die Anekdote selbst zu Ende zu erzählen. »Und er sagte: ›Ich bin sicher, dass du damit kein Problem haben wirst. Frag *irgendwen*!‹« Ihr kehliges Gelächter war ansteckend, ihre Gäste stimmten mit ein.

Obwohl sie es nicht zugeben wollte, fühlte sich Constance seit geraumer Zeit weder geistig noch körperlich durch irgendetwas herausgefordert oder beflügelt. Sie versuchte, sich trotz ihrer angeborenen Verklemmtheit anzupassen. Doch so sehr sie sich auch bemühte, zu lachen, unbeschwert zu sein und intelligent zu wirken, die anfängliche Begeisterung schwand, seitdem sie dort war. Nun wusste sie, warum sie Wochenendeinladungen niemals annahm. Sie hatte immer das Gefühl, in der Falle zu sitzen und für ihr Abendessen singen und ihre Gastgeber unterhalten zu müssen. Ganz zu schweigen von der Tatsache, dass ihre Gefühle für Marilyn zu ihrem Entsetzen ständig stärker wurden.

Nach eineinhalb Tagen witziger Schlagfertigkeit, Landluft und mehr Gin Tonic, als sie zählen konnte, spürte Constance die Klaustrophobie des Zusammenseins, obwohl sie die Nähe der anderen aufwühlte. Und als Marilyn sie auf einem Waldspaziergang an sich zog und meinte: »Ich habe mich in dich verknallt, du verdammte Jungfrau«, erstarrte Constance, lief ihr voraus und entschuldigte sich anschließend, aber am nächsten Morgen stünde eine Produktbesprechung an und sie müsse früher abreisen.

Marilyn war verärgert und verwirrt, da sie im Bett so leidenschaftlich waren, dass die Chorknaben im Nebenzimmer zu ihrem Entsetzen gegen die Wand klopften, damit sie Ruhe gaben.

Nachdem Constance sich am Abend bei Tallulah bedankt und bei Marilyn entschuldigt hatte, das Taxi sie abgeholt hatte und die lange, von Bäumen gesäumte Auffahrt hinunterfuhr, war sie erleichtert und glücklich, den zickigen Chorknaben, den schmutzigen Bettlaken und der scheinbar wachsenden offenen – und beunruhigenden – Zuneigung zu Marilyn zu entkommen.

Als sie am Montag ihr Büro betrat, nickte Marjorie ihr schweigend zu und stellte Teeservice und Zeitungen auf ihren Schreibtisch. Zu ihrer anhaltenden Bestürzung musste sie die fett gedruckte Schlagzeile über Roosevelts Sieg über Dewey lesen, den sie unterstützt hatte. »Eine vierte Amtszeit mit ihm!«, fluchte sie. Marilyn hatte sich über das Ergebnis gefreut und mit den Wochenendgästen darauf angestoßen, während Constance zu diesem Thema eisern geschwiegen hatte. Je mehr sie Roosevelt lobte, desto mehr schien sich Constance zurückzuziehen. Hatte sie das absichtlich getan, um irgendeine Reaktion zu provozieren?

Marjorie meldete sich über die Sprechanlage. »Miss Gardiner, Mr Wyke ist am Telefon. Was soll ich ihm sagen?«

Constance zögerte einen Moment, bevor sie nach dem Hörer griff. Wenn Van anrief, ging es entweder um Geld oder um irgendein ärgerliches Problem, das wusste sie. Und sie irrte sich nicht.

»Ich nehme das Gespräch an.« Sie seufzte dramatisch. »Ja, Van …« Sie schwieg kurz. »Wie kann ich dir helfen?« Ängstlich spielte sie mit ihrer mehrreihigen Perlenkette.

»Hallo, Constance. Das Wichtigste zuerst. Ich möchte wissen, wer von uns beiden Van junior in den Weihnachtsferien zu sich holt. Ich gehe davon aus, dass wir das machen«, sagte er leise.

»Wir?« Ihre Stimme war eisig.

»Na ja, Lally und ich. Wir würden ihn an den Weihnachtstagen gern in Palm Beach haben.«

»Eigentlich hatte ich geplant, dass er dieses Jahr zu mir kommt. Wir werden über Neujahr in Palm Beach sein, und du kannst ihn dann ja zu dem ein oder anderen Lunch oder Dinner treffen. Ich ziehe es vor, wenn Lally nicht dabei ist, falls es dir nichts ausmacht.«

»Natürlich.« Er schwieg einen Moment. »Trotzdem denke ich, dass du dich an den Gedanken gewöhnen musst, Constance. Lally ist jetzt meine Ehefrau, und sie hat eigene Kinder.« Er versuchte, das als Vorteil zu verkaufen. »Van junior genießt vielleicht die Gesellschaft Gleichaltriger.«

»Dessen bin ich mir durchaus bewusst. Was kann ich sonst noch für dich tun, Van? Ich bin sehr beschäftigt.« Sie lief neben ihrem Schreibtisch auf und ab.

»Ich denke, es ist an der Zeit, dass du mir die restlichen zweihundertfünfzigtausend schickst, die du mir noch schuldest«, brach es schließlich aus ihm heraus. »Ich habe bisher nur die erste Hälfte erhalten.«

»Nun, ich habe im Moment nicht so viel Bargeld übrig, also werde ich es dir in Raten schicken. Fünftausend jeden Monat.«

»Constance, ich denke, das solltest du dir noch einmal überlegen«, erwiderte er mit fester Stimme.

»Und warum sollte ich das tun? Du bekommst dein Geld, nur nicht auf einmal.«

»Lally und ich haben gerade eine Einladung von den Louis Kaufmans zum Dinner erhalten. Sie veranstalten ein festliches Galadinner im Everglades Club für Prinz und Prinzessin Orlove, die zufällig im Breakers ihre Flitterwochen verbringen.« Er schwieg einen Moment. »Wir denken darüber nach, sie anzunehmen.« Er hatte die Bombe fallen lassen und wartete auf die Explosion.

»Ich verstehe«, antwortete sie. »Also veranstaltet das einzige jüdische Mitglied ein Dinner für sie. Ihr kleines Völkchen hält anscheinend zusammen.«

»Bitte, Constance. Ich bin mir sicher, dass Kaufman sie berät. Er war Präsident der Chatham Phenex National Bank, im Vorstand von General Motors und ist eines der Mitglieder, die den Klub in den Zwanzigerjahren vor der Zwangsvollstreckung bewahrt haben. Seine Tochter Joan, die du kennengelernt hast, war mit George Drexel Biddle verheiratet. Und außerdem sitzt Mrs Biddle im Gastgeberausschuss, also wird die Gesellschaft dort sein, das kann ich dir versichern.«

»Ich verstehe. Nun, das ist alles sehr praktisch.«

»Sollen Lally und ich nun teilnehmen … oder unser Bedauern äußern?«

»Ja. Ich denke, du solltest … euer Bedauern äußern.« Sie wählte ihre Worte mit Bedacht. »Die nächste Zahlung in Höhe von hundertfünfundzwanzigtausend Dollar geht diese Woche raus.«

»Das dachte ich mir. Es ist immer ein Vergnügen, Geschäfte mit dir zu machen, Constance. Ich sehe dich dann in Palm Beach über die Feiertage und werde dafür sorgen, dass Van junior und ich eine gute Vater-Sohn-Zeit haben werden.«

»Danke, Van. Grüße an Lally.« Sie knallte den Hörer auf die Kabel.

Natürlich war *sie* in Palm Beach! Es kostete diese Frau keine fünf Minuten, einen zweitklassigen Titel zu ergattern und damit um sich zu werfen – und das auf ihrem Rasen. Und dieses hinterhältige Duo Van und Lally brauchte auch keine zwei Sekunden, um sie mit ihrer Rivalin zu erpressen. Wieder hatte man sie überlistet, schäumte sie. Trotzdem hatte es sie auf eine Idee gebracht.

»Marjorie …« Constance rief nach ihrer Sekretärin.

»Ja, Miss Gardiner.«

»Holen Sie mir bitte Avery Fisher ans Telefon? Ich denke, es ist an der Zeit, dass sich Gardiner Cosmetics an einigen kulturellen Veranstaltungen in New York beteiligt. Ich denke, wir sollten dieses Jahr die Oper fördern. Sie haben meine Mitarbeit im Benefizkomitee zugesagt?«

»Ja, und ich habe klargestellt, dass Sie das nur in Betracht ziehen würden, wenn, na ja, wenn *sie* dieses Jahr nicht dabei ist.«

»Perfekt.« Sie lächelte vor sich hin. »Wenn sie in meinem Sandkasten spielen will, dann ist es höchste Zeit, dass ich im Sandkasten von *Herz* spiele.« Sie lachte laut.

Kapitel 47

DIE FRISCHVERMÄHLTEN

New York City, 1945

Das triumphale Strahlen von Josephines Flitterwochen in Palm Beach hielt noch lange an, nachdem ihr leichter Sonnenbrand verblasst und die Frischvermählten nach Manhattan zurückgekehrt waren. Insgeheim gefielen Josephine die Regsamkeit und das Nachtleben von Miami besser, doch sie war mit den freundlichen Mitarbeitern im imposanten Breakers und der Aufmerksamkeit der High Society von Palm Beach mehr als zufrieden gewesen. Diese war mehr als erfreut, über bestimmte Vorurteile hinwegzusehen, wenn genügend Geld und ein exotischer Titel im Spiel waren. Die Männer waren sicherlich von Josephines Geschäftssinn und ihrem dunklen Teint, ihren angeborenen Kurven und ihrem Sex-Appeal beeindruckt. Schließlich hob sie sich damit von den kühlen Eigenschaften der gelangweilten Blondinen ab, die die Rasentennisplätze und Wohltätigkeitsbälle des Inselparadieses in Beschlag nahmen. Die Frauen, junge und alte, erröteten und verblödeten bei Alexei Orloves schneidigem Aussehen und dem weißrussischen Titel. Niemand war mehr für einen Smoking geboren als der jugendliche Prinz mit seinen breiten Schultern und der schmalen

Taille. Und nur wenige Frauen hatten ein so beeindruckendes Dekolleté und berühmte Smaragde und Diamanten, die einst Kaiserin Josephine gehört hatten und nun von der modernen Kaiserin getragen wurden. Die meisten mussten zugeben, dass trotz ihrer Vorbehalte der absolute Glamour auf die blütenweißen Inselbewohner herniedergekommen war. Während viele tuschelten, sie hätte ihn wegen des Titels geheiratet und er sie wegen ihres Reichtums, erkannte man schon nach wenigen Augenblicken, wie glücklich die beiden waren. Manche gelangweilten Mitglieder der feinen Gesellschaft von Palm Beach versuchten sogar, sich bei Josephine einzuschmeicheln, um eine Einladung zu ihren berühmten wöchentlichen Soireen in Manhattan zu ergattern. An diesen zeigten jene, die nach mehr Abwechslung und Nervenkitzel suchten, großes Interesse. »Wussten Sie, dass sie sogar schwarze Tänzer aus dem Cotton Club begrüßt?« Die Frauen hoben eine gezupfte Augenbraue, die Männer warfen sich wissende Blicke zu und sabberten bei dem Gedanken an einen interessanteren und lockereren Bekanntenkreis.

Josephine ihrerseits war schon immer gerannt, gerannt und gerannt … um im Privatleben wie im Beruf erfolgreich zu sein, ohne jemals stehen zu bleiben, um an den Rosen zu riechen. Während ihrer mehrmals verschobenen Flitterwochen, zu denen Alexei sie überredet hatte, entspannte sie sich endlich mit ihm an ihrer Seite. Die allgegenwärtige Angst und Leistungsbereitschaft nahmen ab. Sie fühlte sich ruhig, zentriert und irgendwie vollständig. Während ihn seine Jugend, sein gutes Aussehen und der Titel offensichtlich attraktiv machten, sorgte sein lockeres und zurückhaltendes Auftreten dafür, dass Josephine milder wurde. Alle fanden, dass sie jünger, attraktiver und entspannter wirkte.

»Ein neues Schönheitsserum?«, fragten diejenigen, die sie kannten, und lächelten die ausgeruhte und jünger wirkende

Madame Herz mit einem Hauch von jugendlicher Begeisterung an. Sie lächelte nur zurück. Letztlich würde es sie aber zu einer neuen Produktreihe und einem Duft namens »Our Love by Princess Orlove« führen.

»Darling, sieh mal, was ich dir gekauft habe.« Josephine schlang ihre schönen, hellen Arme um ihren gut aussehenden Ehemann, der an seinem Zeichenbrett saß. Ihre Kristall- und Diamantarmreife klirrten, als sie ihm eine kleine Tüte von Gimbels überreichte.

»Wenn es das ist, was ich denke, dass es ist …« Eifrig öffnete er das Geschenk, und seine Augen strahlten. »Ich kann nicht glauben, dass du das für mich gekauft hast … es ist so teuer, Josephine.« Seine meerblauen Augen sahen sie schmachtend an.

»Du musstest einfach einen haben. Das ist die neueste Erfindung«, schwärmte sie, als er staunend den ersten Kugelschreiber, den man kaufen konnte, in der Hand hielt.

»Aber« – er warf einen Blick auf die Quittung in der Tasche – »zwölf fünfzig … für einen Stift?!« Er schaute sie an, als wäre sie verrückt.

»Ich weiß, aber glaubst du, ich könnte es mir nicht leisten, dir einen Stift zu kaufen? Du wirst nichts anderes mehr nehmen … und schließlich ist der Stift mächtiger als das Schwert.«

Er drehte sich auf seinem Stuhl um und küsste sie.

»Du bist verrückt, weißt du das?«

»Nun, wir müssen feiern, jetzt, wo der Krieg vorbei ist. Woran arbeitest du gerade?« Sie warf über seine Schultern einen Blick auf die Zeichnungen. Er beschäftigte sich gerade mit einer neuen Lippenstiftserie namens »Victory Rouge«. Ihre Nuancen setzten sich aus den Farben Rot und Gold zusammen und waren angesichts der deutschen Kapitulation sehr lebhaft und aufregend. Der Feind war besiegt, die Stimmung im Land zuversichtlich und freudestrahlend.

»Die sind wirklich schön«, lobte sie, als sie seine Produktzeichnungen und leuchtenden Aquarelle betrachtete, während sie mit ihren gepflegten Händen durch sein dunkles, glänzendes Haar fuhr. »Ich habe dich das nie gefragt. Wo hast du eigentlich so gut zeichnen und malen gelernt?« Sie schmiegte sich an ihn. Ihre Zuneigung war tief und ungewöhnlich geworden. Er legte lächelnd seinen angespitzten Bleistift beiseite, um den neuen Kugelschreiber zu untersuchen.

»Ich bin mir nicht sicher, ob ich es dir erzählt habe, aber als Kind hatte ich rheumatisches Fieber und lag monatelang im Bett. Ich hatte wochenlang nichts zu tun. Also gab mir meine Mutter einen Zeichenblock und ein paar Aquarellstifte. Kaum hielt ich sie in den Händen, verbesserten sich meine Gesundheit und meine Stimmung. Das hat mein Leben verändert.«

»Das wusste ich nicht. Nun, inzwischen bist du sehr stark. Mein hübscher Prinz …« Sie bestaunte seinen kräftigen Körperbau.

»Sie dachten, ich hätte nicht mehr lange zu leben, also habe ich mir meinen eigenen Ausweg gesucht.« Er lächelte schwach.

Josephine verarbeitete die Nachricht von seiner frühen Krankheit, ohne viel zu sagen, umarmte ihn aber noch fester. Sie ahnte, dass dies Auswirkungen auf sein Herz gehabt haben musste, beschloss aber, nichts zu sagen, sondern schob den Gedanken beiseite.

»Komm. Ich habe beschlossen, Miles und dich zum Abendessen ins Lüchow einzuladen.« Ihr war nach Schnitzel und Kartoffelpuffer, und außerdem wollte sie Miles mästen, der mit seinen fünfzehn Jahren noch immer so dünn wie eine Bohnenstange war.

»Das klingt gut. Ich muss das hier nur noch zu Ende bringen, dann ziehe ich mich um.« Er küsste sie. Josephine selbst war nie eine übermäßig engagierte Mutter gewesen und vertraute Alexei, wenn es um Miles ging.

Miles war ein schüchterner und zurückhaltender Junge, den seine herrschsüchtige Mutter und die Scheidung der Eltern stark beeinflusst hatten. Mit dreizehn Jahren hatte er zu stottern begonnen. Er besaß nur wenig Selbstvertrauen. Josephine hatte kein Verständnis für seinen Zustand gehabt und ihn oft angeschrien, mit dem Stottern aufzuhören, was die Situation nur noch verschlimmerte. Nun, wo Alexei ein fester Bestandteil des Haushalts war, versuchte er, Miles' Selbstvertrauen aufzubauen und dem sensiblen Teenager ein guter Zuhörer zu sein. Seine mahnenden Worte über die gefühllose Behandlung ihres Sohnes hatten seine Ehefrau verändert. Sie gab ihm nach, besonders angesichts des mangelnden Interesses von Jon Blake, der inzwischen eine neue Frau und zwei eigene kleine Kinder hatte, worüber sie sehr verärgert war, nachdem sie so gut für ihn gesorgt hatte.

Miles seinerseits war anfangs sehr misstrauisch gegenüber dem gut aussehenden jüngeren Mann gewesen, der ihm die Zuneigung seiner Mutter gestohlen hatte.

Kurz nach der Heirat hatte er eines Sonntagabends beim Essen einen seltenen Moment der Rebellion, indem er eine scharfe Bemerkung in Richtung Alexei losließ. Wutentbrannt hatte Josephine ihn in ihr Büro gezerrt und ihm befohlen, sich hinzusetzen, während sie zu dem Safe hinter Picassos Porträt von Dora Maar gegangen war. Nachdem sie an dem Zahlenschloss gedreht hatte, öffnete sie die Tür und warf ihm ein Bündel Dokumente zu.

»Weißt du, was das ist?« Sie wurde lauter, als er sichtlich in seinem Sitz zusammenschrumpfte. »Das ist ein Ehevertrag, den Alexei vor unserer Hochzeit unterschrieben hat. Es schützt dich und mich davor, dass er etwas bekommt, hörst du mich? Er kriegt nichts, wenn es zu einer Scheidung kommt oder mir etwas passiert. Du verzogener junger Mann, du bekommst alles nur deshalb, weil du mein Sohn bist. Er will nichts als dein

Freund sein und dir helfen. Wenn du unhöflich zu ihm bist, bist du unhöflich zu mir. Jetzt entschuldigst du dich bei ihm, und wenn ich höre, dass du wieder unhöflich zu ihm warst, kannst du dir sicher sein, dass ich meinen letzten *Villen* ÄNDERN *verde* und er alles erhält. Hast du mich verstanden?«

»Ja … M-M-M-Mama«, stotterte er und starrte auf den Boden.

»Jetzt hör auf zu stottern und geh und entschuldige dich«, rief sie wütend.

Der dramatische Ausbruch und die Kopfwäsche schienen zu funktionieren. Vielleicht musste Miles schwarz auf weiß sehen, dass doch er der Erbe der Zuwendungen seiner Mutter war. Er beruhigte sich in den nächsten Wochen zusehends.

Innerhalb eines Monats waren sich Miles und Alexei zu Josephines Freude nähergekommen und zu Mitverschwörern geworden. Und obwohl Alexei nie einen Penny annehmen würde, würde am nächsten Tag eine neue Uhr von Cartier oder ein Paar goldene, mit Saphiren besetzte Manschettenknöpfe von Verdura auf seinem Zeichenbrett liegen. Es war ihre Art, ihn zu beschenken und sicherzustellen, dass er wusste, wie er geschätzt und geliebt wurde – und dass ihm eine wachsende Liste von Vermögenswerten gehören würde.

Sie saßen im Fond der Limousine, als sie sich auf dem Weg ins Lüchow machten. Miles erzählte ihnen von seinen Prüfungen und Studien. Zu Josephines Freude besserten sich seine Noten allmählich.

»Gut. Für mich kommt nur eine Eliteuni infrage!«, rief sie.

Am kunstvoll verzierten Eingang wurden sie vom Besitzer, Victor Eckstein, begrüßt, und alle Köpfe drehten sich zu ihnen um. Josephine war so etwas wie eine lokale Berühmtheit. Sie und Alexei waren ein atemberaubendes Paar. »Ah, Prinz und Prinzessin Orlove. Ich freue mich, Sie begrüßen zu dürfen.«

»Sag Hallo zu Mr Eckstein. Das ist mein Sohn, Miles.«

Miles schüttelte ihm fest die Hand.

»Ein gut aussehender Junge.« Victor beäugte den gepflegten Privatschüler.

»Wir brauchen dringend ein Schnitzel, um ihn zu mästen«, witzelte Josephine, und alle lachten.

»Ich schicke Ihnen sofort den Kellner, Madame Herz. Es ist mir ein Vergnügen.« Er küsste ihre Hand und führte sie zu seinem schönsten Tisch.

Das Abendessen verlief sehr angenehm. Die unangenehme Stille, die einst zwischen Mutter und Sohn geherrscht hatte, war nun mit angeregten Gesprächen und Lachen gespickt. Und die wöchentlichen Mahlzeiten waren viel entspannter, wenn Alexei das Gespräch führte.

»Er wird nur noch zwei Jahre zu Hause sein, bevor er an die Universität geht«, sagte Alexei immer wieder. »Also genieße es, solange er noch hier ist. «

Man schob den opulenten Dessertwagen an ihren Tisch, in dem sich die Torten wie Leckereien auf einem türkischen Basar stapelten. Josephine bestellte ein Stück Linzer Torte und löffelte dann Unmengen an Apfel-Crêpes mit Schlagsahne und Zimt auf den Teller des Jungen.

Plötzlich näherte sich ein dünner, kahlköpfiger Mann dem Tisch und verbeugte sich kurz. Obwohl er ein Fremder war, besaß er das vertraute Aussehen eines Landsmanns, und sein polnisch-jüdischer Blick beruhigte Josephine auf einladende Weise.

»Sind Sie Madame Herz? Ich hörte, wie der Besitzer Ihren Namen erwähnte.« Er war zaghaft und unruhig, sein abgemagerter Körper versank in einem Anzug, der ihm mehr als eine Nummer zu groß war.

Josephine wusste nicht, warum er an ihren Tisch gekommen war, hielt es aber für möglich, dass sie sich aus der Kindheit kannten.

»Ich freue mich, Sie kennenzulernen. Ich bin Izaak Frydman. Es tut mir leid, Ihr Abendessen zu stören, aber ich *vollte* Ihnen diese Nummer geben«, sagte er mit polnischem Akzent. »Ich bin mir sicher, dass Sie sie haben *vollen.*« Er reichte Josephine ein kleines, zerknittertes Stück Papier, auf der mit schwacher blauer Tinte eine Telefonnummer notiert war.

»Ja, und was kann ich für Sie tun? Worum geht es denn?« Sie sah ihn verwirrt an.

»Meine Schwester Sarai *var* mit Ihrer Schwester Chana im Lager. Sie *varen* bis zum Schluss zusammen. Es tut mir so leid …«, stotterte er mit Tränen in den Augen.

»Im Lager?« Josephine sprach das Unvorstellbare aus.

»Sie *varen* zusammen in Bergen-Belsen, als Ihre Chana an Typhus starb. Es tut mir so leid. Ich bin mir sicher, dass Sie mit Sarai sprechen möchten, die sich immer noch erholen muss. Sie sagte, Chana *var* ein Engel.« Er legte ihr sanft die Hand auf die Schulter, als er merkte, wie Schock und Trauer sie übermannten. Das war natürlich, bevor Josephine Herz, die reichste Frau der Welt und Prinzessin Orlove, in Ohnmacht fiel.

Kapitel 48

ZERBROCHENES GLAS

New York City, 1946

Die opalisierende Lalique-Vase schlug mit solcher Wucht auf, dass ein Stück Glas in der Wand stecken blieb. Trotzdem waren die Scherben nicht so durchbohrend wie die Schreie.

»Du mieser Lügner, du *Hurensohn*!«, schrie Myra Heron. »Ich habe die Nase voll von deinen Lügen! Du bist ein Mistkerl, weißt du das?«

Entschlossen stand sie da und funkelte Mickey an. Alles, was er sehen konnte, waren große, glänzend rote Lippen, als wären ihre Lippen und ihr Mund ein schreiender Apparat, der sich von ihrem Körper gelöst hatte. Ihre Stimme war schon laut, wenn sie nur sprach, aber wenn sie schrie, war es ein weltkriegswürdiges Ereignis. Mickey gab sein Bestes, um sie zu beruhigen. Er erinnerte sie daran, dass sie sich in einem schicken Hotel im Central Park befanden, die Nachbarn sie hören und »sie rausgeschmissen werden« könnten. Das schien sie nur noch wütender zu machen.

»Du bist nichts anderes als ein einfacher Obsthändler! Wie konnte ich dich bloß heiraten, du Scheißkerl! Sieh dich an. Lippenstift auf deinem T-Shirt, und du versuchst nicht einmal, das zu verstecken.« Sie wurde immer wütender und ihre Stimme lauter. Und noch lauter.

»Myra, der Fleck ist von einem neuen Lippenstift, den wir auf den Markt bringen. Etwas davon ist mir auf den Anzug gekommen. Ich verdiene nun mal mit den verdammten Lippenstiften mein Geld!« Er versuchte, mit ihr zu reden, obwohl das Kind inzwischen auch zu brüllen begann. »Jetzt hast du schon das Kind mit deiner großen Klappe geweckt!«

»Welcher echte Mann verdient überhaupt mit Lippenstiften sein Geld?« Sie kam ihm immer näher, kreischte ihm ins Gesicht und überfiel ihn mit ihren Anschuldigungen. »Vielleicht bist du ja in Wirklichkeit eine Tunte?« Sie stieß ihm mit dem Finger in die Brust. »Du solltest dich schämen. Meine Cousine Essie hat einen Arzt geheiratet, Sarah Kaplan einen Anwalt und du … der große *Macher* Mickey Heron … der König der Lippenstifte. Du bist so was von peinlich. Da ist ein Gangster respektabler. Du rennst mit deinen Models und Huren durch die Gegend, und ich habe gehört, dass du sogar Schwarze magst.«

»Wag es nicht …« Er konnte nicht glauben, dass sie Leute wie CeeCee erwähnte. Woher wusste sie das?

»*Was* soll ich nicht wagen? Oder vielleicht stehst du ja auf Jungs, wo du dir so viele Gedanken um Make-up machst. Vielleicht kommst du mir *deshalb* nicht mehr nahe, weil du eine *Schwuchtel* bist.« Ihre Stimme zitterte, als sie die verrückten Anschuldigungen wie Tennisbälle abschoss, obwohl sie wusste, dass keine von ihnen zutraf.

Mickey versuchte, sich zu beherrschen, aber sie provozierte ihn weiter. Und sie konnte nicht anders, als eine Beleidigung nach der anderen abzufeuern, um ihn fertigzumachen.

»Du machst wohl Witze, was? Ich liebe Frauen, aber glaubst du, ich fühle mich zu jemandem wie *dir* hingezogen? *Schau dich doch mal an*!«, schrie er gehässig zurück. »Du siehst aus wie ein Pottwal, Myra. Das Kind ist vor über vier Jahren auf die Welt gekommen, und alles, was du machst, ist, dich vollzustopfen. Glaubst du, ich hätte Lust, mit *dir* zu schlafen? Selbst deine Mutter ist attraktiver als du. Iss weiter deine Donuts.« Er zeigte auf die halb leer gegessenen Schachteln mit Donuts und Pralinen, die im Hotelzimmer herumlagen.

»Mein Vater hatte recht. Er hätte dich fertigmachen sollen, als du mich geschwängert hast. Wie konnte ich nur so enden?« Sie warf die Hände in die Luft und beklagte ihr Schicksal, während das Fett an ihren Armen wackelte.

»Du kannst von Glück sagen, dass er den Löffel abgegeben hat, bevor er zusehen musste, wie du immer fetter wirst!«, verhöhnte Mickey sie, das Gesicht zu einer Fratze verzogen. Ihr Vater, der mächtige und stetig dicker werdende Moe Stein, war nicht von einer Gangsterkugel getroffen worden, sondern vor einem Jahr einem Herzinfarkt erlegen, nachdem er in einem Delikatessenladen von Los Angeles ein paar Extraportionen gestopfte Entenbrust gegessen hatte. Mickey hätte am nächsten Tag seine Koffer gepackt, wäre Mickey junior nicht gewesen.

»Mein Vater war ein Heiliger. Wag es nie wieder, so über ihn zu reden.« Sie schlug ihm ins Gesicht und zerkratzte ihm dabei mit ihren rasiermesserscharfen roten Fingernägeln die Wange. Mickey junior weinte bei ihrem Geschrei immer lauter.

Da Mickey unglaublich eitel war, wurde er noch wütender, als er das Blut an seiner Hand wahrnahm.

»Hier, nimm noch einen Donut.« Er griff nach einem mit Glasur überzogenen Gebäck, trat auf sie zu und schlug es ihr wütend ins Gesicht. »Und weißt du, was er mir erzählt hat? Er sagte mir, wie froh er sei, dass ich dich ihm abgenommen habe.« Mickey lachte. »Du … du fette Wachtel.«

»Nimm deine Hände von mir!« Sie rannte ihm nach und schlug auf ihn ein. Mickey war beeindruckt. Ihre Schläge fühlten sich an wie die eines Preisboxers, und er musste tatsächlich lachen, als sie ihm in den Bauch schlug.

»Du könntest die Golden Gloves gewinnen. Welche Frau hat einen solchen Schlag? Du fettes Biest!«

»Ich esse, weil ich dich *hasse*!«, brüllte sie aus vollem Hals. »Und ich hasse dich mehr als mich selbst. Ich werde so fett werden, wie ich kann, damit du der gut aussehende Mick mit der fetten, hässlichen Frau sein kannst. Das ist mein Plan!« Ihr Gesicht war wutverzerrt.

»Nun, du machst deine Sache gut, weil ich dich nicht mal mit der *Kneifzange* anpacken würde!« Er nahm einen schweren Kristallaschenbecher und schleuderte ihn in den offenen Kamin.

»Glaubst du, ich will mit dir verheiratet sein, du haariges, hässliches Monster? Und außerdem bist du dumm wie Stroh.« Sie stieß ihn ein Stück vorwärts.

»Ich bin dumm? *Ich* bin dumm?« Er schob sie zurück. »Du hast nicht mehr als einen verdammten Bagel zwischen den Ohren. Du bist einfach nur abstoßend. Ich bin *raus* aus der Nummer.«

»Raus aus der Nummer? Wenn du gehst, wirst du Mickey junior nie wiedersehen. Nie wieder!«

»Droh mir nicht.«

»Siehst du das hier …« Sie zog den runden, fünfkarätigen Diamantring von ihrem Finger. »Er bedeutet nichts. Weißt du, was ich damit machen werde?« Sie rannte zu den Fenstern, die in den Central Park gingen.

»Bist du *verrückt*?« Mickey sprang zu ihr. »Dieser Ring hat mich fünfundzwanzigtausend gekostet. Du bist zwar verdammt hässlich, aber … doch nicht auch noch dämlich, oder?« Er packte ihren Arm und drehte ihn um. Sie wimmerte vor Schmerz.

»Du bist dumm, du verdammter Idiot. Glaubst du, ich interessiere mich für deinen minderwertigen Diamanten, der wahrscheinlich heiß und vom LKW gefallen ist? Es ist eine

Fälschung, so wie du. Bestimmt aus Glas. Glaubst du, ich interessiere mich für deinen beschissenen, minderwertigen Schrott? Hier siehst du, was ich davon halte«, schluchzte sie. Sie hatte es bis zum Fenster geschafft, als er sie am Ellbogen packte … und ihr erneut den Arm verdrehte und ihr mit dem Handrücken eine Ohrfeige verpasste. Sie schlug gegen die Fensterscheibe und stöhnte vor Schmerz.

»Hilfe, Polizei! Er schlägt mich!«, heulte sie. Mit einer Hand gelang es ihr, die Metallverriegelung des Fensters zu öffnen.

»Wag es ja nicht!«, schimpfte er.

Sie sah ihn nur hasserfüllt an, als sie den Verlobungsring aus dem Fenster zwölf Stockwerke tiefer in den Central Park South schleuderte.

Er schlug sie noch einmal … bevor die Polizei die Tür aufbrach.

***

Der Wind war ziemlich stark und heulte wie ein streunender Hund, der den Mond anjaulte. Die Bäume zitterten unter dem grau verhangenen Himmel, der aussah, als hätte man ihn schwarz grundiert. Mickey zog den Kragen seines dunkelblauen Kaschmirmantels bis ans Kinn, um sich vor der Kälte zu schützen. Er hatte sich nicht rasiert, und als er die Salbe auf der Wunde an seiner Wange berührte, zuckte er zusammen. Sie war tief und rau. Der Gedanke an Myras Nägel, die sich in seine Wange bohrten, machte ihn noch wütender. Der Central Park lag wie eine Höhle dunkel und leer vor ihm, obwohl es erst neunzehn Uhr war. Offensichtlich wollte niemand den Elementen trotzen. Mickey lief einfach weiter. Nach wie vor war er schockiert von dem, was er gesehen hatte. Was er nun wusste. Und was er zu tun hatte.

Er wusste, dass es zur Scheidung von Myra kommen würde. Er ahnte, dass es schmerzhaft und teuer werden würde und dass Mickey junior als Pfand benutzt werden würde – quasi ein Opfer im Tauziehen der beiden kämpfenden Parteien. Dass sein eigener Sohn von seiner harten und unerbittlichen Mutter gegen ihn aufgehetzt werden würde, davon ging er aus. Er wusste auch, dass er seit Moes Tod nichts mehr zu befürchten hatte. Jeder in seinem Netzwerk akzeptierte Mickey als loyalen Mann, der seiner Verpflichtung nachgekommen war. Bei Moes Beerdigung hatten ihm die Männer voller Mitgefühl auf den Rücken geklopft, als sie gesehen hatten, wie fett Myra geworden war. Von keinem Mann wurde erwartet, dass er bei so einer blieb oder zumindest nicht die Freiheit und den Segen hatte, jede sich bietende Chance zu nutzen. Besonders nicht der gut aussehende Mick. Sie hatten sogar darauf gewettet, wie lange Mick es mit der Sumoringerin in seinem Bett aushalten würde. Sie alle grinsten nur und zuckten mit den Schultern. »Armer Mickey, und das bei seinem Talent.«

Was er bisher nicht gewusst hatte, hatte er am Vorabend gesehen – und es traf ihn tief ins Mark. Er wusste, dass es eine Reißleine gab, und er hatte sie gezogen. Er hatte CeeCee mitten in der Nacht angerufen und sie gebeten, herzukommen und ihm aus der Klemme zu helfen. Er hatte ihr erzählt, dass Myra und er sich geprügelt hätten und sich scheiden lassen würden.

Er dachte, sie würde vielleicht kleinkariert, schadenfroh oder böse reagieren, aber sie war einfach nur traurig und sehr still gewesen. Sie würde kommen, versprach sie, und für ihn tun, was er damals für sie getan hatte: ihr aus der Klemme helfen. Aber sie hatte ihm erklärt, dass er nichts erwarten solle und sie ihm jemanden vorstellen würde. Er solle weder schockiert noch überrascht sein. Und dann hatte sie aufgelegt.

Er wartete in der Zelle. Und als sie kamen, um ihn freizulassen, hatte er einen gut aussehenden Freund oder Ehemann erwartet, der wütend, eifersüchtig oder stinksauer war, weil man ihn geweckt und zur Polizeistation gerufen hatte. Doch er sollte bald feststellen, dass es nichts dergleichen war. Es war ein wunderschönes viereinhalbjähriges Mädchen mit heller Haut, grünen Augen und einem Wust an lockigen schwarzen Haaren, das die Hand seiner Mutter hielt. »Layla, das ist mein Freund Mickey. Mickey Heron, Layla Lopez.«

»Schön, dich kennenzulernen.« Er nahm ihre kleine Hand in seine und versuchte, charmant zu sein, obwohl er wusste, dass seine Augen blutunterlaufen waren, sein Gesicht zerkratzt war und an seinem Kinn Bartstoppeln sprossen. Er wusste auch, dass er nicht gut roch. Es war ihm sehr peinlich, CeeCee so gegenüberzutreten. Wie ein Taugenichts. Wie ein Penner. Welcher Mann, egal wie wütend, würde eine Frau schlagen und eingesperrt werden? Er hätte sich in den Hintern treten können. Und da stand CeeCee, so elegant und schön wie immer, mit einem Kind an der Hand. Und als er in Laylas kleines Gesicht sah und ihr sagte, wie hübsch sie sei, bemerkte er es und war sich ganz sicher.

»Layla, du bist so schön wie deine Mutter, und mein Gott, du hast Grübchen.« Er schwieg einen Moment. »Oh, und du hast auch ein Grübchen am Kinn. Genau wie ich.« Und in diesem Moment wusste Mickey es. Und er schwor sich, alles in seiner Macht Stehende zu tun, um CeeCee und Layla zurückzugewinnen.

Kapitel 49

MIRIAM

New York City, 1947

Constance schüttelte ihr perfekt frisiertes blondes Haar und stöhnte, während sie die Nachrichten in der Morgenzeitung las. »Was ist nur aus der Welt geworden?«, fragte sie sich entsetzt, als ihr das Schwarz-Weiß-Foto der Hollywood Ten – der zehn Drehbuchautoren, Schauspieler und Regisseure aus Hollywood, die sich geweigert hatten, vor dem Ausschuss für unamerikanische Umtriebe über Mitgliedschaften in der kommunistischen Partei auszusagen – in der *New York Times* entgegensprang. Daneben prangte eine Liste jener, die Sympathien für und Verbindungen zu den Kommunisten hatten. Sie las die Namen von mehr als hundertfünfzig Schauspielern, Schriftstellern und Regisseuren, die vom Ausschuss für unamerikanische Umtriebe angeklagt und auf die Schwarze Liste gesetzt worden waren. Und natürlich prangte der Name ganz oben auf der Liste. Und zwar nicht M. Rollins, sondern die gute alte Marilyn Rollins, ihre gelegentliche Liebhaberin, die nun ein eingetragenes Mitglied der kommunistischen Partei war. Constance wurde blass angesichts des möglichen Skandals auf allen Ebenen, sollte sie mit einer solchen Person in Beziehung gebracht werden. Insgeheim wusste sie, was sie zu tun hatte. Sie schüttelte den Kopf und runzelte die Stirn.

Die Nachrichten schienen eine sich ständig verändernde Welt widerzuspiegeln und brachten widersprüchliche Probleme mit sich. Es war das gleiche Gefühl, das sie schon Monate zuvor bei den Schlagzeilen von Jackie Robinson gehabt hatte, der als erster afroamerikanischer Baseballspieler in die Major League aufgenommen worden war. Die umstrittene Entscheidung ließ sie an CeeCee denken. Es schien, dass sie trotz der konservativen Ansichten, die sie nach außen an den Tag legte, ihren inneren Leidenschaften nicht entkommen konnte. Doch ihre Beziehung zu Marilyn war noch beunruhigender. Es hatte einen alarmierenden Anruf in der Nacht gegeben, gefolgt von einer Phase absoluter Stille, in der Marilyn nahezu verschwunden blieb, bevor sie die Nachricht erhielt. Constance wusste nicht, wo sie war, bis Mercedes de Acosta sie anrief und ihr berichtete, dass man Marilyn offiziell auf die Schwarze Liste gesetzt hatte. Außerdem war sie zu einer Anhörung vor den Ausschuss in Washington geladen worden. Sie versteckte sich in ihrer Stadtwohnung in der Zwölften Straße. Mercedes gab ihr die Telefonnummer. Constance beschloss abzuwarten. Sie wusste, dass Marilyn sich bei ihr melden würde, wenn der richtige Zeitpunkt gekommen war.

Schließlich rief Marilyn am folgenden Montag an und fragte, ob sie sich in einer kleinen Bar in Greenwich Village treffen könnten. Constance wollte nicht, aber sie spürte, dass sie in dieser potenziell explosiven Situation umsichtig vorgehen musste. Um die Dinge »in Ordnung zu bringen«. Während der Autofahrt in Richtung Innenstadt verspürte sie ein wenig Angst, gepaart mit Nostalgie, als sie an James' Wohnung in der Neunten Straße dachte. Wie jung, naiv und hoffnungsvoll war sie damals gewesen. Jetzt hatte sie das Gefühl, zu einer Totenwache zu gehen, als würde sie sich nicht mit ihrer Geliebten treffen, sondern mit einer zum Tode verurteilten Frau.

Marilyn saß bereits in einer Nische in der Cedar Tavern am University Place und trank mit den Jungs. Sie trug ihre Uniform – einen fusseligen schwarzen Rollkragenpulli, eine umgeschlagene Jeans und schwarze Ballerinas – und zog an einer Zigarette wie ein verdurstender Beduine, während sie mit zwei New Yorker Künstlerfreunden, die sie gesammelt hatte – Willem de Kooning und Franz Kline –, aus schmutzigen Gläsern Whiskey trank.

»Moderne Abfallkunst.« Constance schüttelte den Kopf, als sie sich an die Leinwände erinnerte, die sich in Marilyns Cottage in Santa Monica gestapelt und die Wände geschmückt hatten. »Ein Kind könnte so etwas malen«, hatte sie erklärt, als sie erfuhr, dass Marilyn sie von der Gruppe griesgrämiger Männer erworben hatte, die als abstrakte Expressionisten bekannt waren. Marilyn war immer auf dem neuesten Stand und begeistert von den neuen, zukünftigen Meisterwerken. Sie kaufte sie für hundert Dollar pro Bild oder für ein paar Drinks, wenn die Truppe die Rechnung in der Bar nicht zahlen konnte und sie gerade ein Drehbuch veräußert hatte. Besonders wütend machte Constance ihre absurde riesengroße Leinwand voller Farbtropfen von einem wenig bekannten Künstler namens Jackson Pollock. »So was könnte auch eine Kindergärtnerin hinkriegen!«, hatte sie geschimpft.

»Und nur jemand mit einem *infantilen Geschmack* würde es nicht zu schätzen wissen, Miss Ich-mag-nur-Kunst-mit-Obstschalen«, hatte Marilyn geantwortet. Sie hatten erst gestritten und waren dann ins Bett gefallen.

Das Cedar, dachte Constance, war ebenso abgelegen wie jede andere Bar im ausgesprochen heruntergekommenen Village. Sie war sich sicher, dass sie dort keinen ihrer feinen Freunde treffen würde. Hoffentlich! Constance nickte Marilyn zu und dachte, dass sie in ihrer abgetragenen Kleidung noch attraktiver aussah. Sie stand auf, als sie Constance erblickte, und ging zu ihr. Constance war ihr formales Selbst und gab ihr einen oberflächlichen und unbefriedigenden Kuss auf die Wange. Sie wollte sich nicht mehr länger zu dieser Frau hingezogen fühlen. Nachdem Marilyn sie kurz den Künstlern vorgestellt hatte, von denen Constance wusste, dass sie sie nie wiedersehen würde, und als der betrunkenste von ihnen, Pollock, »Die Debütantinnen marschieren ein« rief, zogen sie sich an einen Tisch in einer Nische zurück. Als Constance ihren Nerz wie ein zerknülltes Wäschebündel neben sich deponierte, stierten sie alle von oben bis unten an, als käme sie mit ihrem Chanel-Anzug und der dreireihigen Perlenkette von einem anderen Stern.

»Danke, dass du dich dazu herabgelassen hast, hierherzueilen«, spottete Marilyn. »Wie ich sehe, hast du dich für die Veranstaltung *leger* gekleidet.«

»Ich sollte vielleicht erwähnen, dass ich früher in der Neunten Straße gewohnt habe. Nur zwei Blocks weiter.« Fast überwältigt vom Geruch von abgestandenem Bier und Zigaretten ließ Constance den Blick über die Schar entarteter Künstler und Schriftsteller gleiten, um zu prüfen, ob sie jemanden kannte. Sie war erleichtert, als sie feststellte, dass dem nicht so war.

»Ja … in deinen unschuldigen Jugendtagen!« Marilyn zog eine Augenbraue hoch, während sie an ihrem Whiskey nippte. »Ich habe mir erlaubt, dir einen Gin Tonic zu bestellen, da sie hier keinen Aperitif oder Kaviar servieren.«

»Aha, sind wir heute schnippisch, oder was?«, warf Constance den Ball zurück. »Nun, hier ist es besser als in der Monkey Bar.«

»Ja, besser für *dich*.«

»Vielleicht. Wie geht es dir?«

»Du weißt, dass ich nicht gerade in bester Stimmung bin. Schließlich wurde ich gerade aus dem Gable-Film gefeuert und stehe offiziell auf der Schwarzen Liste. Ich bekomme keine Arbeit mehr. Niemand ruft mich zurück, selbst mein Agent nicht. Ich bin das, was man in Hollywood ›Kassengift‹ nennt. Und nicht zu vergessen, dass ich nach Washington bestellt wurde, wo ich in aller Öffentlichkeit zur Rechenschaft gezogen werde: ›Sind Sie oder waren Sie jemals Mitglied der kommunistischen Partei?‹«

»Und, warst du?« Constance tupfte sich die Lippen mit einer Serviette ab.

»Du hast verdammt recht. Ich bin so rot wie ein Hummer an einem Sommertag. Mit *zerlassener* Butter. Und Tallulah auch. Das Einzige, was an mir pink ist, ist meine Muschi.«

»Sei nicht so vulgär«, schnaubte Constance. »Ich habe dir gesagt, dass dich deine politische Einstellung in Schwierigkeiten bringen würde, aber du wolltest ja nicht hören.«

»Okay, Mrs Lindbergh 1939. Was hast du sonst noch für mich? Lindbergh bekommt von Roosevelt wegen seiner Kriegsansichten einen Tadel und lebt das vornehme Leben in Darien, und ich kann nicht verhaftet werden. Nun, vielleicht kann ich das!« Sie lachte bitter. »Jetzt sperren sie uns ins Gefängnis, weißt du.«

»Hier.« Constance warf ihr ein Gardiner-Täschchen zu. »Da sind Lippenstifte, Rouge und Lidschatten drin. Vielleicht solltest du versuchen, ein wenig femininer zu wirken, wenn du vor den Ausschuss trittst. Sie werden es dir mit Sicherheit leichter machen, wenn du ein Kleid und Lippenstift trägst. Nicht aber, wenn du aussiehst wie eine abgehalfterte Dichterin oder eine Lesbe.«

»Oh, du willst also, dass ich die Lipstick-Lesbe gebe, ist es das?«

»Marilyn, ich bewundere dich und mir gefällt dieser Begriff. Er ist sehr passend. Und offensichtlich bist du eine der klügsten Frauen, die ich je getroffen habe. Aber du bist ein stures Biest und gibst keinen Deut nach. Du musst deine Strategie überdenken, wenn du jemals wieder arbeiten willst.«

»Vielleicht werde ich das nicht tun. Vielleicht, aber nur vielleicht, will ich nicht in einer Welt leben, in der ich nicht ich selbst sein kann.« Sie schwieg einen Moment.

»Sag so etwas nicht, Marilyn. Trag einfach etwas Lippenstift und Rouge auf, zieh ein Kleid an, sei höflich und schluck deine Wut runter. Dann wirst du bald wieder arbeiten können.«

»Ja, vielleicht, wenn ich so wäre wie du, blond, republikanisch und Christin.« Sie blies den Rauch ihrer Zigarette aus den Mundwinkeln heraus.

»Moment …« Constance starrte sie mit großen Augen an. »Sag mir nicht, dass du auch noch obendrein eine … Jüdin bist?«

»Ja, wie Maria. Die erste berühmte jüdische Mutter. Was geht dich das an?«

»Nichts, du hast es mir nur nie gesagt.« Constance versuchte, ruhig zu bleiben, während sie diese Enthüllung verarbeitete. Ihre Welt brach gerade zusammen. Nach all der Zeit hatte sie sich in eine Jüdin verliebt!

»Geboren als« – sie unterstrich ihre Worte mit den Händen – »Miriam Goldstein. Hast du damit auch ein Problem?«, fragte Marilyn geradeheraus.

»In der Tat, das habe ich.« Constance paffte an ihrer Zigarette. »Ich mag keine Lügner.«

»Und was ist mit dir? Miss Palm Beach mit deiner Ehe, die nur auf dem Papier bestand, und deinem adoptierten arischen Sohn, den du nie siehst. Hältst du dich etwa für ehrlich? Ich nehme noch einen Whiskey«, rief sie dem Kellner zu, der gerade an ihr vorbeilief. »Probleme mit der Wahrheit?«

»Solche Gespräche führen wir nicht in Kanada.« Sie musste schlucken.

»Und du glaubst, dass du wirklich so viel anders bist? Miss Blondgefärbt, der Teppich passt nicht zu den Vorhängen, Miss Gardiner mit einem ›i‹ und nicht mit einem ›e‹. Geht's noch? Du wolltest Palm Beach und Locust Valley, und du hast es bekommen. Alles mit dem geschickt eingefügten, aristokratischen ›i‹. Und ich wollte ernst genommen werden und in Los Angeles arbeiten. Glaubst du, man hätte mich für *The Gentle Path* für einen Oscar nominiert, wenn das Drehbuch von Miriam Goldstein und nicht von M. Rollins geschrieben worden wäre? Glaubst du das wirklich?« Ihre Stimme wurde lauter.

»Woher weißt du das?«, wollte Constance wissen und nippte an ihrem Drink.

»Nun, es ist nicht allzu schwer zu erkennen, dass du von Natur aus brünett bist, wenn ich da unten bin, Süße …«

»Nein, ich meine die Sache mit meinem Namen.«

»Oh, jeder weiß es und spricht darüber. Der Freund deines Bruders James kann über nichts anderes mit den Chorknaben reden … Die Welt ist klein, Constance. Und nur weil deine Verwandlung, sagen wir … *subtiler* war, heißt das nicht, dass du es nicht aus den gleichen Gründen getan hast, aus denen ich mir die Nase korrigieren und meinen Namen ändern ließ. Richtig? G-a-r-d-i-n-e-r?«

Constance schwieg.

»Richtig?«, drängte Marilyn.

»Richtig. Touché. Du hast gewonnen. Fühlst du dich jetzt besser, Miss Goldstone?«

»Goldstein.« Sie lachte laut. Sie lachten beide.

Dann saßen sie mit ihren Enthüllungen und der ungeschönten Wahrheit da und schwiegen.

»Sieh mal«, meinte Marilyn schließlich, nachdem sie noch einen Whiskey bestellt hatte, »trotz unserer Unterschiede … Ich wollte, dass du weißt, dass ich deinen Verstand und deinen Körper liebe. Er ist sehr *liebenswert, Liebling.*« Sie zog an ihrer Zigarette. »Aber du kommst nicht mit der Wahrheit klar.«

»Vielleicht nicht.« Constance zog an ihrer eigenen Zigarette. »Aber du solltest wissen, dass ich … auch Gefühle habe!«

Marilyn brach in schallendes Gelächter aus und unterstrich ihre Worte erneut mit den Händen. »Eilmeldung … die große Constance Gardiner hat« – sie imitierte die dramatische Tallulah Bankhead und breitete ihre Arme in einer großen Broadway-Geste aus – »*Gefühle*!«

»Natürlich findest du das lächerlich, aber die habe ich wirklich.«

»Nun, die Gefühle scheinen zwischen Park und Fifth Avenue heutzutage dünn gesät zu sein.«

»Weil du die Gegend hasst und nie dort gelebt hast. Hier …« Constance griff in ihre Handtasche und zog einen dicken Umschlag voller Geldscheine heraus.

»Was ist das, Schweigegeld?« Marilyn lachte wieder.

»Es ist Geld, um meiner Freundin Miriam Gold*stein* durch eine schwierige Zeit zu helfen. Nimm es, du wirst es brauchen.«

»Es ist gleichzeitig auch ein Abschiedsgeschenk, nicht wahr?«

Constance sah schweigend nach unten.

»Nicht wahr? Sprich ausnahmsweise mal die Wahrheit laut aus, du blöde Kuh.«

»Ja«, antwortete sie, und ihre Stimme wurde immer lauter. »Es ist ein Abschied, weil du so stur und brillant bist und dich nie, niemals ändern würdest.«

»Meine Farbe wechseln? Rote, Kommunisten, Juden, Marxisten, Linke, Lesben, die Medienelite«, zischte sie und warf den Umschlag zurück. »Ich verstehe. Es ist eine Hexenjagd, und sie sind hinter dem Hexenzirkel her.«

»Das ist nicht meine Welt. Ich muss gehen.« Constance kamen die Tränen.

»Oh. Eine Besprechung wegen eines neuen Produkts. Vielleicht eine *Abdeckcreme*?«

»Ich muss gehen.« Constance stand auf. »Hier, nimm es.« Sie schob den Umschlag in ihre Richtung.

»Behalt es! Ich würde es nur den Bolschewiki spenden ...«, gackerte Marilyn.

Constance stand da und schüttelte den Kopf.

»Bevor du gehst, habe ich nur noch eine Frage.« Marilyn spülte ihren dritten Whiskey hinunter.

»Ja, red weiter.«

»Red weiter? Ich bin keine Angestellte ... Würdest du einmal in deinem perfekt arrangierten Leben ehrlich sein? Nur einmal? Ist das möglich?«

»Ja. Das kann ich.« Sie versuchte, Haltung zu bewahren.

»Hatte die coole, blonde Göttin Constance Gardiner mit ›i‹ jemals Gefühle für Miriam Goldstein, echte Gefühle für die bissige, sarkastische, *rote* Marilyn Rollins? Als wir zusammen im Bett waren, war das nur Sex oder hattest du jemals echte Gefühle für mich? Wirklich intime, intensive Gefühle für mich, so wie ich sie für dich hatte? Liebevolle und leidenschaftliche Gefühle? Diese Gefühle, die nicht oft vorkommen, sondern auf dem Physischen und Intellektuellen basieren. Wie damals, als wir uns geliebt und zusammen gelacht haben und du mir alles über deine dummen Produkteinführungen erzählt hast und ich so tat, als wäre ich an Rouge interessiert ...« Plötzlich schluchzte sie und zerdrückte ihre Zigarette im Aschenbecher. »Ich ... ich muss es einfach wissen. War es ... wirklich das, was ich gedacht habe, was es sei, oder war ich ein verdammter *Idiot* und habe mir alles nur eingebildet?«

Constance zögerte, bevor sie langsam antwortete: »Du wirst es vielleicht nicht glauben können, Miriam *Goldstein*, aber ich liebe dich. Ich habe dich geliebt. Und ich werde dich immer lieben.« Sie sah nach unten und stand auf. »Aber ich *mag* dich einfach nicht. Ich mag nicht, wer du bist.«

Und dann küssten sie sich zwischen all den abstrakten Expressionisten so zärtlich wie noch nie. Als sie sich voneinander lösten, gab Marilyn den Umschlag zurück. Constance schüttelte den Kopf und steckte ihn auf ihre gewohnt ordentliche Art in ihre schwarze Hermès-Tasche aus glänzendem Krokoleder zurück.

Constance und ihr Nerz stürmten an der Theke vorbei, während sie versuchte, alles zu verarbeiten. Die Einzelteile waren klar, doch nichts davon ergab für sie Sinn.

In den beiden folgenden Wochen nahm sie ein Dutzend Mal den Hörer ab, am Tag wie mitten in der Nacht, um Marilyn anzurufen. Sie wollte ihre Stimme, ihre bissigen Bemerkungen hören und ihr sagen, dass alles gut werden würde, sie beruhigen. Doch jedes Mal hinderte die Angst sie daran, die Nummer zu wählen. Sie wollte, konnte nicht öffentlich mit einer *linken* Lesbe in Verbindung gebracht werden, sagte sie sich immer wieder. Trotz ihrer Gefühle gab es in ihrem Leben keinen Platz für sie.

Es war ein klarer Dienstagmorgen. Sie kam früher als sonst ins Büro, um sich auf ein Treffen mit den Architekten vorzubereiten, in dem es um die Eröffnung eines neuen in Detroit geplanten Lavender-Door-Salons ging. Sie las immer zuerst den Wirtschaftsteil der *New York Times* und dann die erste Seite, während sie ihren Tee trank. Diese Morgenroutine hatte etwas Tröstliches für sie. Doch heute würde es anders kommen.

Sie griff nach der *Times*, und die Schlagzeile sprang ihr ins Auge.

> BEKANNTE DREHBUCHAUTORIN
> STIRBT AM TAG IHRER ANHÖRUNG
> VOR DEM AUSSCHUSS FÜR
> UNAMERIKANISCHE UMTRIEBE.

Ihr Verstand konnte nicht verarbeiten, was sie las: »Marilyn Rollins, die angesehene Oscarpreisträgerin und Drehbuchautorin von achtzehn Filmen und fünf Broadway-Stücken, geboren als Miriam Goldstein und aufgewachsen in der Bronx, hat am Tag ihrer geplanten Aussage vor dem Ausschuss für unamerikanische Umtriebe in Washington Selbstmord begangen. Sie ist vor eine entgegenkommende U-Bahn gesprungen.«

Jede Farbe wich aus ihrem Gesicht, und zum ersten Mal seit Jahren weinte Constance Gardiner.

Wochen später hörte sie von den Chorknaben, die es wiederum vom schwulen Gerichtsmediziner erfahren hatten, dass sie wie ein Engel ausgesehen hatte, als man sie auf den Schienen fand. Sie hatte ein schönes Chiffonkleid getragen und war perfekt geschminkt gewesen, mit Lippenstift, Lidschatten und Rouge. Die perfekte Dame.

Kapitel 50

OUR LOVE

New York City/Palm Beach, 1948

Das Wetter war so klar und erfrischend wie ihre Geschäftsentscheidungen. Josephine war sicher und entschlossen wie ein General, der einen Schlachtplan befolgte. Sie würde bald »Our Love by Princess Orlove« auf den Markt bringen, und Alexei sollte alle Gewinne aus dem Verkauf erhalten. Sie wachte eines Morgens in ihrem neuen mauvefarbenen, satinbezogenen Schlafzimmer aus einem Traum auf, in dem Alexei den neuen Duft auf eine weiß geäderte Marmorstatue der Aphrodite gespritzt hatte, bevor viele grüne Dollarscheine von den Bäumen fielen. Dieses Zeichen genügte ihr.

Seitdem sie ihn getroffen hatte, wollte sie unbedingt, dass er selbst reich wurde und Sicherheiten besaß. Und da er niemals Geld von ihr direkt annehmen würde, schien dies die perfekte Lösung zu sein. Besonders, da es der Name seiner *Familie* war.

Anfangs hatte ihm das Konzept sehr gut gefallen, als sie die Idee zum ersten Mal erwähnt hatte. Doch dann hatte er gezögert, seinen Titel für kommerzielle Zwecke einzusetzen. Außerdem ahnte er, dass sie dadurch als Paar in die Kritik geraten könnten, wenn man ihr vorwarf, sie hätte ihn nur wegen des Titels geheiratet.

Josephines Augen wurden sofort grau und wütend. Sie wedelte mit dem Finger vor ihm hin und her. »Wenn ich mich darum kümmern würde, was die Leute über mich denken, wäre ich immer noch in Melbourne und würde für meinen Onkel, diesen Bastard, arbeiten.« Sie schwieg einen Moment. »Und ich werde in der Presse sehr deutlich machen, dass *du*, mein lieber Ehemann, Eigentümer der Marke bist und nicht ich.«

Um die Idee zu untermauern, lud Josephine eine alte Freundin zu einem ihrer Salons am Donnerstagabend ein: Norina Matchabelli, die georgische Prinzessin, die zusammen mit ihrem Ex-Mann Ende der 1920er-Jahre die erfolgreiche Parfummarke Prince Matchabelli gegründet hatte. Nachdem er die elegante und königliche Prinzessin kennengelernt und festgestellt hatte, dass das kommerzielle Unternehmen ihr Leben und ihren Ruf nur verbessert hatte, war Alexei schließlich überzeugt. Er wusste auch, dass Josephine, sobald sie sich entschieden hatte, ein Nein als Antwort nicht akzeptieren würde.

Sie ließ Felix ein juristisches Dokument aufsetzen, das besagte, dass Alexei Besitzer der Marke und des Markenzeichens werden und sie nur im Falle seines Todes und falls sie keine Kinder hätten an die Muttergesellschaft Herz zurückgehen würde. Es würde seine Marke sein, die er entwerfen und vermarkten und von der er profitieren würde, während Herz die Produktreihe finanzieren, herstellen und vertreiben würde.

Am Morgen ihres Jahrestages wachte Alexei früh auf und bereitete für Josephine ein Frühstück im Bett vor – Pfannkuchen in Form von Herzen –, das er ihr auf einem silbernen Tablett servierte, nachdem sie sich leidenschaftlich geliebt hatten. Josephine war ganz aufgeregt, als sie darauf bestand, ihm die Augen zu verbinden, um ihm ihre Überraschung zu schenken.

»Das ist mein Geschenk an dich, mein hübscher Prinz«, sagte sie, als der Liftboy sie beide in die Lobby brachte und sie ihn hinaus auf den Gehweg führte. Langsam nahm sie ihm die Augenbinde ab, und er sank sprachlos auf den Bürgersteig. Sie wusste, dass er den Maserati A6 1500 Pininfarina nur zögernd annehmen würde, den sie mit dem Schiff aus Europa herüber hatte bringen lassen, und machte ihm klar: »Ich kann ihn nicht zurückgeben … Es gibt keine Rückgabe für diesen Maserati A6 1500 Pininfarina … Also genieße ihn.« Der Wagen stand wie ein silbernes UFO mit einer riesigen roten Schleife vor dem Gebäude.

Er war begeistert von dem Triumph von Form und Design. So etwas zu besitzen hatte er sich niemals vorstellen können. Er nahm das Geschenk schließlich an. Er küsste und umarmte sie, von Gefühlen überwältigt, und überreichte ihr sein Geschenk, das er in seiner Tasche versteckt hatte. Er strahlte seine schöne und erfolgreiche Ehefrau an, während sie beim Anblick der marineblauen Schmuckschatulle mit den Tränen kämpfte. Er hatte seinen Freund Fulco di Verdura einen besonderen Ring in seinem eigenen Design für das bald erscheinende Parfum anfertigen lassen. Der Herzog von Verdura hatte seinen Entwurf – eine Krone aus dem Wappen der Orlove-Familie über einem Rubinherz – erfolgreich umgesetzt. Und dieses Design würde bald auf allen Parfumflakons prangen und auf die cremefarbene Verpackung geprägt werden.

Our Love by Princess Orlove würde mit einer Reihe dekorativer Kosmetik starten. Wunderschöne Farbnuancen, inspiriert von russischen und europäischen Königsporträts im Metropolitan Museum of Art. »Czarina« würde der Name ihres Verkaufsschlagers lauten, ein königliches Rot, das von einem Porträt von Katharina der Großen stammte.

Am meisten genoss Alexei den Gestaltungsprozess. Er saß wochenlang an seinem Schreibtisch, um die Flasche für ihren Duft namens »Princess Orlove« zu perfektionieren.

Josephine war begeistert von seinem Talent und davon, wie schön und erfolgreich das Parfum werden würde. Insgeheim wusste sie, dass Princess Orlove ein sehr viel größerer Erfolg werden würde als das Parfum Empress Josephine. Sein Duft – eine Mischung aus Iris, Vanille, Sandelholz, Jasmin und Orangenblüten – war ebenfalls einzigartig und modern. Er hatte etwas Reines, Frisches und war so herrlich, dass man die Person, die ihn trug, einfach nur küssen und »schmecken« wollte. Er war genau das, was Josephine für ihren hübschen jungen Mann empfand.

Beide arbeiteten in den nächsten Monaten fieberhaft, und die »Our Love by Princess Orlove«-Kosmetik wurde am Sonntag vor Weihnachten im Herz Beauty Salon in der Fifth Avenue, dem Flaggschiff des Unternehmens, der Öffentlichkeit vorgestellt. Die im russisch-kaiserlichen Stil gehaltene Eröffnung war eine große Presseveranstaltung mit einer Who's-who-Gästeliste, die mit lokalen Prominenten und ortsfremden Berühmtheiten gespickt war.

Zur Krönung wurden Josephine und Alexei von einer kaiserlichen Pferdekutsche vor dem roten Teppich abgesetzt. Prinz Orlove trug die Medaillen seines Urgroßvaters am Revers seines Smokings. Josephine hatte sich für ein Empirekleid aus goldfarbener Spitze und die alte Diamantentiara der ehemaligen Kaiserin Josephine entschieden, die sie nach den ersten Gewinnen durch Lashmatic in einem hitzigen Bieterkrieg auf einer Auktion erworben hatte.

Fast tausend Menschen hatten sich vor dem Salon versammelt, um den Einzug und die Prominenten auf dem roten Teppich zu sehen. *Town & Country* schrieb in seiner aktuellen Monatsausgabe, Princess Orlove sei »die Krönung von Herz Beauty«, und die *New York Times* titelte: »Prinzessin Orlove selbst, die Kosmetiktitanin Josephine Herz, ist der P. T. Barnum der Kosmetikbranche. Jede Produkteinführung erregt einzigartiges Interesse und kommerziellen Aufruhr.«

Das Parfum war innerhalb weniger Stunden ausverkauft. Es wurde eine Warteliste für ihre wichtigsten Verkäuferinnen erstellt. Der einzige Dorn in Josephines Auge war, dass sie Alexei nur auf fünf der zehn Werbereisen begleiten konnte. Seitdem sie zusammen waren, waren sie noch nie getrennt gewesen. Doch ihre Werbe- und Öffentlichkeitsabteilungen hatten im Zusammenhang mit der Einführung der neu entwickelten wasserfesten Lashmatic-Mascara mit Inhaltsstoffen wie etwa Bienenwachs drei weitere wichtige Auftritte für sie geplant.

Bevor er zum Flughafen fuhr, küssten und liebten sie sich leidenschaftlich, bis sie schließlich zu ihren getrennten und streng geplanten Reiseterminen aufbrachen.

Weiter südlich hatte Constance in den Weihnachtsferien in Palm Beach ein wachsames Auge auf den Verkaufsstart von Princess Orlove, während sie in der Loggia mit Blick auf den Pool zu Mittag aß.

»Diese Frau würde ihre tote Mutter in ein Parfum verwandeln, wenn sie glaubt, sie könnte es verkaufen … Das ist es!« Sie machte vor der Gruppe von Prominenten und reichen Erben, die sie zu einem Mittagessen unter freiem Himmel eingeladen hatte, eine kunstvolle Pause. »Der Name ihres nächsten Parfums lautet« – sie unterstrich ihre Worte mit den Händen – »Babuschka«. Ihre Gäste brüllten vor Lachen.

Prinzessin Paley meldete sich zu Wort. »Nun, *Dahling*, dem muss ich widersprechen. Alexei, den ich sehr gut kenne, sagte mir, dass sie ihm das Parfum geschenkt hat. Es gehört also ganz und gar ihm«, verteidigte sie ihren Freund.

»Das stimmt.« August Wheeler, der Gummireifenerbe, zog an seiner Zigarette. »Wissen Sie, bankrotte Prinzen müssen immer noch von etwas leben, neben ihren … Diensten«, rief er schadenfroh.

»Wer weiß, ob der Titel überhaupt echt ist? Soweit ich weiß, ist man in Georgien schon ein Prinz, wenn man drei Schafe besitzt.«

Eine andere Dame fügte hinzu: »Obwohl er ziemlich attraktiv ist.«

»Na, meine lieben Freunde. Ich bin mit einem Weißrussen verheiratet«, meinte Prinzessin Paley. »Und die Großmutter von Prinz Orlove war eine Cousine des Zaren. Der Titel ist echt. Und es ist nicht zu übersehen, dass Alexei Orlove einer der attraktivsten Männer seiner Generation ist.«

»Verräterin!«, kreischte Constance lachend. »Sie wissen doch, dass ich mir nur etwas Spaß auf Kosten dieser Frau erlaube. Sie ist ziemlich clever. Sie wissen ja, wie *sie* sind.« Sie hielt plötzlich inne, als sie bemerkte, dass ihre Worte etwas zu schroff klangen. »Obwohl es ziemlich grässlich ist, was im Krieg passiert ist«, fügte sie hinzu, um etwas mitfühlender zu wirken. Die öffentliche Stimmung veränderte sich allmählich durch die schrecklichen Berichte über die Gefangenenlager, die täglich in den Zeitungen erschienen.

»Oh, sehen Sie« – sie wechselte schnell das Thema –, »die Jungs!« Sie versuchte, die Rolle der engagierten und vernarrten Mutter zu spielen, und zeigte auf die Jungen, die gerade vom Schwimmen zurückkehrten.

Sie beherbergte Van junior und seine Freunde aus dem Internat für ein paar Tage. Sie waren alle sehr groß, schlank, braun gebrannt und legten die Lässigkeit und das Selbstbewusstsein der Reichen und Privilegierten an den Tag. Seit der Scheidung und Marilyns Tod hatte sich Constance ein wenig beruhigt. Sie wusste, dass sie tief verletzt war, und spürte, dass sie toleranter werden musste. Sie versuchte sogar noch etwas mehr, Van junior näherzukommen. Obwohl sie beide merkten, dass es ein wenig gezwungen war, wusste er ihre Bemühungen zu schätzen. Er war auch dankbar, dass sie ihm erlaubte, Freunde einzuladen, wenn er in den Weihnachts- und Frühjahrsferien nach

Palm Beach kam, ohne sich zu sehr über die Unordnung und das Chaos in der Villa zu beschweren.

Tatsächlich herrschte eher ein Gefühl der Normalität und weniger der Einsamkeit vor, wenn sie aufwachte, weil eine Gruppe Jugendlicher auf der Terrasse frühstückte oder zu Mittag aß. Sie saß da und trank Kaffee mit der Gruppe, verließ sie aber bald, um sich die Haare frisieren zu lassen. Sie hatte eine Einladung der Winston Milfords zum Abendessen in ihrer geschichtsträchtigen, am Meer gelegenen Villa Lysis angenommen. Es wurde für den Herzog und die Herzogin von Windsor gegeben, die bald nach Frankreich aufbrechen sollten. Obwohl sie die Konversation stets als so nichtssagend empfand wie die fade Zitronensauce und den gebackenen Alaska-Seelachs, fühlte sie sich geehrt, eingeladen zu werden, besonders als alleinstehende Frau. Sie wusste, dass immer wieder dasselbe Gespräch mit der Herzogin geführt wurde – nichts als Möpse, Mode und Geschwätz –, und dass von allen erwartet wurde, an jedem ihrer Worte zu hängen und einen Wirbel zu veranstalten, als besäße sie den Esprit von Oscar Wilde. Doch der ehemalige König und die Frau, für die er abgedankt hatte, besaßen eine derartige Anziehungskraft, dass diese Einladung ihren sozialen Status festigen würde.

Und außerdem genoss sie die Tatsache, dass *sie* eingeladen worden war und nicht Lally und Van. Sie genoss es, die Erbin von Seward Oil und den unscheinbaren Wyke geschlagen zu haben. Sie hatte etwas, das sie nie besaßen: Erfolg und Glamour! Es war ihre eigene gesellschaftliche Ehrenrettung, denn sie wusste, dass man die Gästeliste im *Shiny Sheet*, der Tageszeitung von Palm Beach, veröffentlichen würde. Der stets elegante James würde sie an diesem Abend begleiten und sie abholen, da er im Colony, dem neu eröffneten Hotel in Palm Beach, wohnte, wo Gregg ein separates Einzelzimmer bezogen hatte. So waren kein homosexueller Onkel oder dessen *Freund* auf dem Grundstück, wenn Van junior während seiner Ferien dort wohnte!

Ihre Garderobe hatte sie für das Abendessen mit großer Sorgfalt ausgesucht: ein One-Shoulder-Kleid aus weißem Chiffon aus dem Hause Mainbocher mit geschnürter Taille. Ihr hatte schon immer die Kombination von Aquamarinen und Diamanten gefallen, da sie ihre blauen Augen und ihr blondes, zum Chignon zusammengebundenes Haar optimal zur Geltung brachten. Und mit ihren langen weißen Handschuhen erinnerte sie an eine zum Leben erwachte griechische Göttin. Hervé, ihr Friseur, überzeugte sie, etwas mutig zu sein, und steckte ihr eine frische Gardenie ins Haar.

Sie wartete in dem großen, in Muschelstein gehaltenen Eingangsbereich, bis sie das Knirschen der Reifen auf dem Kies hörte, als James' Fahrer vorfuhr. Dann reichte ihr Gerta, ihr Dienstmädchen, mit ihrer gewohnten deutschen Effizienz die Nerzstola. Sie wusste, dass sie fabelhaft aussah, und war glücklich, unter den wenigen Auserwählten zu sein, die zum Teil des Windsor-Kreises gehörten, wenn dieser in Palm Beach Urlaub machte. Das den Faschisten freundlich gesinnte Königspaar war ein gesellschaftlicher Triumph für ihre Gastgeber auf der Insel, von denen erwartet wurde, dass sie sie für das Privileg ihrer Gesellschaft unterbrachten, beköstigten und unterhielten.

»Nun …« James wirkte nach fünf Tagen ununterbrochener »Junggesellen«-Partys etwas benommen. Er musterte sie bewundernd. »Du siehst aus wie ein Filmstar, liebste Schwester. Aber ich muss dir etwas sagen. Ich fühle mich schrecklich, das zu tun, weil es mich ein wenig traurig macht, während du vielleicht vor Freude tanzen wirst.«

»Raus mit der Sprache, Bruderherz.« Sie rutschte neben ihn und suchte in ihrer Abendtasche nach einer Zigarette, während der Fahrer die Autotür schloss.

»Nun, es ist zwar in allen Nachrichten, aber ich nehme an, du hast es noch nicht gehört?«

»Was gehört? Spann mich nicht so auf die Folter.«

»Ihr Prinz ist tot.« Jetzt war es raus.

»Wer ist tot? Von welchem Prinzen sprichst du? Auf dieser Insel wimmelt es nur so von Prinzen, echten wie unechten.«

»Orlove, der Träumer. Er war zur Einführung seines Parfums in Chicago und starb wohl an einem Herzinfarkt. Wie ich gelesen habe, litt er als Kind an rheumatischem Fieber und fing sich eine Halsentzündung oder so etwas ein, was dann zu etwas Ernsterem wurde. Und er ist einfach … na ja, *gestorben*.«

»Das kann nicht sein! Wir haben heute Morgen noch über sie gesprochen und Scherze gemacht.« Sie war sichtlich fassungslos. Es kam ihr so unwirklich vor und brachte die Erinnerung an Marilyn zurück.

»Schäm dich, Schwesterherz. Ich hoffe, du hast ihm nichts Böses gewünscht«, meinte er kopfschüttelnd. Schließlich kannte er ihre scharfe Zunge.

»Nein, ganz im Gegenteil. Du denkst doch hoffentlich nicht, dass ich darüber glücklich wäre.«

»Bist du nicht?«

»Ich weiß, wie es ist, jemanden zu verlieren …« Sie hatte James mehr als gewöhnlich über Marilyn erzählt, da ihre Beziehung ein offenes Geheimnis gewesen war.

»Du meinst jemanden, den du geliebt hast?« Er erkannte einen Riss in der Eiskönigin.

»Das könnte man so sagen, oder jemanden, den ich sehr mochte. Ich kann nur erahnen, was sie gerade durchmacht.«

»Weißt du, was wirklich verrückt ist?« James kurbelte die Heckscheibe herunter und blies den geisterhaft grauen Rauch in die feuchte Luft.

»Was?«, fragte sie und starrte mit versteinerter Miene nach vorn.

»Ihr beide scheint immer alles paarweise zu machen.«

Kapitel 51

DIE KONFRONTATION

New York City, 1950

Es war Josephines fünfzigster Geburtstag. Und obwohl sie diesen Tag weder mit einer großen Party noch überhaupt feiern wollte, beschloss sie, mit Miles ins Le Pavillon zu gehen, Henri Soulés gefeiertes französisches Restaurant in der Fünfundfünfzigsten Straße. Miles war über die Weihnachtsfeiertage von der University of Pennsylvania in die Stadt gekommen. Mit zwanzig Jahren war er zu einem gut aussehenden, blonden jungen Mann herangewachsen. Doch er zeigte eine gewisse Charakterschwäche und wenig Ambitionen, was Josephine an seinen Vater erinnerte und was sie nur schwer akzeptieren konnte. Trotzdem liebte sie ihren Sohn und war gespannt, beim Abendessen die neuesten Informationen zu erfahren.

Henri führte Josephine und Miles persönlich zu einem seiner besten Tische des vorderen und mittleren Restaurantbereichs. Mit seinen strategisch angeordneten Sitzplätzen betonte er die Who's-who-Liste des Abends, da alle anderen Gäste, also die breite Masse, zur Bar oder in den Hauptspeisesaal manövriert wurden. Henris Sitzplatzphilosophie war einfach: Die Reichen und Berühmten kamen in die erste Klasse, das allgemeine

Publikum in die zweite, das im Zwischendeck reisende Gesindel an die Bar und die sibirischen Hinterwäldler in den Hauptspeisesaal.

Henri war sehr erfreut, seine »Prinzessin wieder draußen« zu sehen, nachdem sich Josephine nach Alexeis Tod quasi ans Haus gefesselt und es nur verlassen hatte, um zur Arbeit zu gehen. Es gab keine festlichen Salons mehr am Donnerstagabend und auch keine Dinner in der Stadt. Über den beiden letzten Jahren hatte eine Art düsterer Schleier gelegen. Alles hatte so surreal gewirkt, und sie war gerade erst dabei, sich aus dem Nebel zu befreien. Josephine kam ohnehin nicht gut mit Verlusten klar. Doch Alexeis Tod war so überraschend und schmerzhaft gewesen, dass sie das Gefühl hatte, man hätte ihr einen Arm oder ein Bein abgehakt – als wäre sie nun eine Art emotional Amputierte.

Sie dachte oft an den Tag zurück, an dem Alexei sie frierend und hustend aus dem Hotelzimmer angerufen hatte. Chicago hatte damals unter einer extremen Kältewelle gelitten. Er hatte bis spät in die Nacht eine Sitzung abgehalten und Kunden sowie Presse empfangen. Die Eröffnung ihres neuen Salons in der North Michigan Avenue hatte bereits eine Rekordzahl von Besuchern verzeichnet. Er war in seinem Smoking, mit den Medaillen und ohne Mantel nach draußen in die Kälte gegangen, damit die Presse vor dem Laden ein Foto machen konnte.

Am nächsten Tag war er mit Halsschmerzen und Husten aufgewacht. Josephine hatte ihn gedrängt, zum Arzt zu gehen, was er aber nicht getan hatte, da er seinen Pressetermin mit der *Chicago Daily Tribune* am frühen Morgen nicht absagen wollte. Der Mittlere Westen war verrückt nach dem smarten jungen Prinzen. Die Frauen kamen in Scharen, um Princess Orlove zu kaufen, und innerhalb weniger Stunden war der gesamte Bestand ausverkauft. Der kommerzielle Erfolg und die persönliche Begegnung mit seinen Kundinnen hatten ihn so stolz und glücklich gemacht.

Und dann hatte man zwei Tage später in der Notaufnahme Streptokokken bei ihm diagnostiziert. Er rief Josephine aus seinem Krankenzimmer an und versicherte ihr, dass es ihm gut gehe, und sagte ihr, dass er sie liebe.

Vierundzwanzig Stunden später wurde er für tot erklärt, nachdem die Infektion sein Herz angegriffen hatte, das durch seine Krankheit in Kindheitstagen bereits geschwächt gewesen war. Josephine war im Büro gewesen, als der Anruf kam. Sie hatte geschrien, ein einzelner, verzweifelter, durchdringender Schrei: »*Nein*!« Jeder, der ihn hörte, *wusste* es.

Josephine weinte hemmungslos und konnte drei Tage nicht aus dem Bett aufstehen. Sie war so von Trauer überwältigt, dass sie während der Beerdigung kaum stehen konnte und mehrmals ohnmächtig wurde. Bei der Beisetzung in der russisch-orthodoxen Kirche in der Neunzigsten Straße wurde dermaßen viel geweint und mit den Händen gerungen, dass die Zeitungen schrieben, eine derartige Hysterie hätte es seit dem Tod der Zarenfamilie nicht mehr gegeben.

Alles, was danach kam, verschwand in einem monotonen, entsetzlichen Nebel, in dem die Stunden, Tagen und Wochen vergingen, mechanisch und grau. Kontinuierlich und doch nicht erfüllend.

Josephine würde später in ihren Memoiren schreiben, dass ihr Geschäft sie buchstäblich gerettet hatte. Und da Miles in der Schule war, fühlte sie sich noch einsamer.

An diesem Abend ging es ihr etwas besser, als sie am besten Tisch in dem berühmten französischen Restaurant saß, in schwarze Seide gekleidet und ihre Diamanten tragend. Die Bedienung, die ihnen vor dem Menü ein Glas Champagner reichte, machte einigen Wirbel um sie.

Sie war überrascht, dass Miles so aufmerksam gewesen war, ihr bei Tiffany's eine Diamantbrosche in Form eines Sterns zu kaufen. »Weil du immer strahlst«, hatte er in sauberer Schrift auf die Karte geschrieben.

Gerührt gab sie ihm einen ihrer seltenen Küsse, griff liebevoll nach seiner Hand und sah ihm in die schönen blauen Augen. Wie konnte er nur so schnell erwachsen werden? Es schien, als hätte sie ihn erst gestern in London zur Welt gebracht. Sie betrachtete ihn prüfend und versuchte, objektiv zu sein. Er war reizend, klug, hübsch und hatte gute Manieren, und sie liebte ihn. Aber sie erkannte auch seine Schwäche, diesen mangelnden Antrieb. Er hatte ein schmales Kinn, wie sein Vater, dieser Taugenichts.

Doch heute Abend wollte sie das Negative ausblenden und das Positive betonen, wie es eine Frau beim Schminken tat. Sie würde bei ihrem Sohn ihre eigene Philosophie anwenden. Sie nickte den wenigen Industriekapitänen und den Damen der höheren Gesellschaft quer durch den Raum zu. Alle erwiderten ihren Gruß oder sprachen mit gedämpfter, ehrfürchtiger Stimme, die nun voller Respekt war.

Und in den unteren Regionen Sibiriens im Hauptraum und an der Bar flüsterten die Touristen und Unbekannten und zeigten auf die Frau, die sie in den Zeitungsannoncen gesehen hatten. »Da ist Josephine Herz, Prinzessin Orlove, die arme Frau.« Sie nickten alle. Diejenigen, die Bescheid wussten, freuten sich, sie wieder unter den Lebenden anzutreffen.

Plötzlich drehten sich alle Köpfe um, als eine große blonde Frau in einem schicken, maßgeschneiderten Chanel-Anzug das Restaurant betrat und einen eiskalten Luftzug mit sich brachte. Im Schlepptau hatte sie einen jungen Mann Anfang zwanzig. Die Garderobiere nahm ihr den Zobel mit einer einzigen, schnellen Bewegung ab, was darauf hinwies, dass sie ein wichtiger Stammgast war.

Josephine brauchte nur Sekunden, um zu erkennen, dass *sie* die glamouröse Blondine war. Sie war wenig gealtert, aber zu einer attraktiveren Version ihrer selbst erstarrt.

»Mrs Gardiner-Wyke, wie schön, Sie zu sehen. Und wer ist dieser attraktive junge Mann?« Das Personal machte viel Aufhebens, als man sie zu einer burgunderfarbenen Sitzbank geleitete, die Josephines Tisch direkt gegenüberlag. Was für eine perfekte Symmetrie. Die beiden vorn und in der Mitte in einer Machtposition sitzend.

Wie passend, dachte Josephine. Sie schaute kurz auf und bemerkte die Reaktion in *ihren* Augen, als sie sie erkannte und *wusste*, dass sie im Raum war. Der eisige Blick der Enttäuschung und Verlegenheit, dann das gezwungene Lächeln. Josephine wusste, dass der blonde junge Mann ihr Sohn war, ihr Adoptivsohn. CeeCee hatte ihr alles erzählt.

Sie vermieden jeden Augenkontakt, waren aber beide angespannt, weil die eine um die Anwesenheit der anderen wusste. Den gleichen Raum zu teilen, voller Eifersucht, weil sie die gleiche Luft einatmeten. Von den gleichen Kellnern bedient zu werden und sich zu fragen, wer den besseren Service, den besseren Tisch, das bessere Soufflé hatte. Wessen war höher und mit mehr *Fromage* beladen? Wessen war goldener, köstlicher?

Irgendwann bemerkten sie, dass sich die anderen Gäste umsahen und leise flüsterten. Ihre Fehde war inzwischen legendär. Jetzt, wo sie älter und reicher waren und ihr Ruf gesichert, was würde passieren? Alles oder nichts?

Der Raum stieß einen kollektiven Seufzer aus, nachdem Constance und Van junior Platz genommen hatten. Das war Henris Begabung. Er wusste, wie man allen Gästen im selben Raum das Gefühl gab, etwas Besonderes zu sein, selbst bitteren Rivalinnen. Doch diejenigen, die in dieser Nacht dort aßen, wussten, dass sie etwas Besonderes erlebten. Die beiden reichsten, berühmtesten Geschäftsfrauen der Welt, die sich öffentlich nicht anerkennen konnten, nicht anerkennen wollten.

Im Laufe des Abends verließen die Gäste nach und nach das Restaurant. Einige gingen von einem Tisch zum anderen, um sich zu verabschieden, andere lächelten und winkten kurz. Hauptraum und Bar leerten sich nach Schokoladenmousse, Kaffee und Tee.

Keiner von beiden würde die Erste sein, die ging oder sich rührte.

Plötzlich beugte sich Miles nach vorn und flüsterte seiner Mutter etwas zu, nachdem er zweimal auf seine goldene Patek-Uhr gespäht hatte. Er musste den Zug nach Philadelphia erreichen, weil er am nächsten Morgen eine Prüfung hatte.

»Nun geh schon, Darling. Ich weiß doch, dass du eine Prüfung hast«, verkündete Josephine wirkungsvoll. Sie sah auf, küsste ihn und bedankte sich für die Sternbrosche, die sie stolz an ihrem Kleid befestigt hatte. Er erhob sich und küsste sie, sie fuhr ihm durch das seidige Haar.

»Herzlichen Glückwunsch zum Geburtstag, Mutter. Wir sehen uns nächstes Wochenende.«

Er warf ihr einen Kuss zu, während er den Saal verließ.

Nun saß sie allein da, als der Oberkellner ein weiteres kostenloses Glas Champagner brachte. Es war ein schöner Abend gewesen, obwohl *sie* im selben Raum war. Trotzdem gab sie nicht nach.

Plötzlich bemerkte sie, dass der junge Mann auf der anderen Seite des Raumes ebenfalls aufstand, und spürte so etwas wie eine Gnadenfrist. Er musste ebenfalls eine Prüfung oder eine Verabredung haben. Er gab seiner Mutter einen etwas frostigen, flüchtigen Kuss auf die Wange. Sie bemerkte, dass auch er gut erzogen war und wie der perfekte Eliteschüler aussah.

Nachdem er gegangen war, nahm sie sie aus dem Augenwinkel hinter einem blonden Schleier wahr.

Der Oberkellner brachte auch ihr ein Glas Champagner. »Mit besten Grüßen von Monsieur Soulé, Madame«, hörte sie ihn sagen.

Nun saßen sie in dem leeren vorderen Raum. Beide öffneten ihre Puderdose: Josephines war rund, dünn und golden, Constances rechteckig und platinfarben. Sie überprüften ihr Make-up, zuerst den Lippenstift, dann Lidschatten, Wimperntusche und Rouge. Beide waren zufrieden, als sie ihre Waffen in die Taschen zurücksteckten. Sie schauten sich um und bewunderten die Details, die vergoldeten Leisten und die opulenten Blumenarrangements, die man dezent aufgefrischt hatte. Sie waren die Einzigen, die nun noch übrig waren, nach der Aufmerksamkeit der Mitarbeiter zu schließen, die Reiche, die Mächtige und die Salonlöwin. Beide griffen nach dem Glas mit der goldenen, sprudelnden Flüssigkeit vor ihnen. Und wie so viele Male in ihrem Leben hoben sie ihr Glas zur gleichen Zeit an. Bevor sie einen Schluck tranken, sahen sie sich zum ersten Mal direkt an, direkt in die Augen. Und dann, mit der subtilsten und anmutigsten Geste, hob jede ihre Flöte etwas hoch, Josephines Cabochon-Smaragd und Constances Diamantring glitzerten, und … prosteten sich zu.

Epilog

Palm Beach, 1993

Die Tage in Palm Beach können wunderschön und träge, aber auch monoton sein. Tag für Tag Perfektion zu sehen, kann einem den Nerv rauben: Die königlichen Palmen, die sich im Wind wiegen, die strahlend hellen Sonnenstrahlen auf dem weißen, gelben oder lachsfarbenen Stuck und die perfekt gepflegten Hecken können sich als geradezu deprimierend erweisen. Ganz zu schweigen von den langsamsten Ampeln und Autofahrern auf der Welt. Gibt es *irgendetwas*, das einen noch mehr in den Wahnsinn treiben kann, als einer fünfundachtzigjährigen gefärbten Blondine in einem verbeulten, zitronenfarbenen Rolls Royce auf dem South Ocean Boulevard zu folgen, die zehn Meilen pro Stunde fährt? Solche Dinge können den Alkoholkonsum ankurbeln, aber ich versuche, das Glas als halb voll anzusehen, da es nur mein Martini-Programm steigert. Drei Uhr ist das neue fünf Uhr. *Bien sûr.*

Natürlich gibt es schlimmere Orte. Auf der Suche nach einem Winterasyl entflieht man dem eisigen, matschigen Februarmorgen in New York, wie Charlene unentwegt in ihrer Singsangstimme betont. Ich stehe natürlich schon seit einigen Jahren auf dem Reiseplan der Familie – New York,

Southampton, Palm Beach und im Sommer … Cap d'Antibes. Alles in allem ist es hier nicht allzu schäbig, wie wir im Bayou zu sagen pflegten.

Nach Madames unglücklichem Dahinscheiden spähte ich in den Spiegel und starrte auf ein gezeichnetes, müdes und leeres Gesicht. Und in diesem Moment beschloss ich, etwas zu tun, was ich noch nie gemacht hatte: drei Monate Urlaub in Bali, Thailand und Singapur. Begleitet wurde ich von einem jüngeren Trainer, der gelegentlich als Unterwäschemodell jobbte, ebenfalls Bobby hieß und dessen Figur eine Zehn, sein IQ aber nur eine Eins bekam. Ich muss sagen, dass es nichts Lästigeres gibt als zwei gleichnamige »Junggesellen«, die zusammen verreisen. Bobby und Bobby. Oder »die beiden Bobbys«, wie uns einige wenige Kratzbürsten in meinem Kreis nannten. Gibt es etwas Schrecklicheres, frage ich Sie. Ich habe es natürlich wegen seines offensichtlichen Charmes ertragen, bis Bobby in Phuket (am Pool, wo sonst?) einen jüngeren und reicheren Partner fand und mich einfach sitzen ließ. Anna ohne den König von Siam. Ich hing lustlos und deprimiert herum und feierte Pad-Thai-Orgien, bis ich ein Fax von Miles erhielt. Es lautete ungefähr so:

> Lieber Bobby und Bobby,
> viele Grüße aus Palm Beach. Wir alle hoffen, ihr genießt Thailand und den Urlaub, den ihr nötig und euch verdient habt. Ich habe eine Weile gezögert, euch anzuschreiben, weil ich eure Idylle nicht stören wollte, aber um Josephine zu zitieren: »Ein Urlaub ist nur ARBEITEN an einem schöneren Ort.« Also bitten wir dich, in Mutters Sinne und in dem Wissen, wie sehr du sie geliebt hast, in die USA zurückzukehren, um uns und der

Rechtsabteilung bei der Vorbereitung auf das bevorstehende Verfahren zu unterstützen. Unsere teuren Anwälte glauben nicht, dass Constance Beweise hat, aber ich traue der schlauen alten Füchsin nicht. Wer weiß, welches Ass sie in ihrem Hermelinärmel hat. Solltest du bereit sein, eure Reise abzubrechen, würde der Vorstand dein Gehalt verdreifachen. Und als Zeichen meiner Wertschätzung würde ich dir für deine Dienste und dein Engagement für unsere Familie Josephines Van-Dongen-Porträt schenken, das aus der Ausstellung im Jüdischen Museum zurückkommen wird. Du hast mir immer gesagt, wie sehr es dir gefällt, weil es ihr einzigartiges Profil zeigt, und ich weiß, dass sie wollte, dass du es bekommst. Ganz zu schweigen, dass ein Sieg gegen die böse Constance etwas ist, das Josephine sehr am Herzen lag. Aber das weißt du besser als jeder andere. Ein Wort genügt und schon wartet ein Erste-Klasse-Ticket auf dich.
Bis dahin.

Viele Grüße,
Miles

Natürlich brauchte ich für die Entscheidung nicht so lange wie für die Frage »*Thea hir shrab kar nwd?*« (Was kostet die Massage?), bevor ich mich auf den Weg in die Erste-Klasse-Lounge von Thai Airways machte und nach New York zurückkehrte.

Sonderbarerweise kam Constances Klage trotz aller Dramatik und Aufregung nie vor Gericht, weil sie drei Monate vor den eidesstattlichen Aussagen an Gebärmutterkrebs starb.

Ihre Rechtsabteilung gab so gut wie zu, dass sie keine Beweise und es nur wegen der Show und ihres Vermächtnisses getan hatte – und vor allem, was noch wichtiger war, um Geld auszugeben und alle unglücklich zu machen. Ihr Sohn, dieser Idiot Van Gardiner-Wyke jr., war zu sehr damit beschäftigt, den Röcken in Saint-Tropez hinterherzujagen, als sich darum zu kümmern. Der Fall wurde eingestellt, bevor man das Wort »Anwaltskosten« nur aussprechen konnte.

Das Rechtssystem hat eindeutig versagt, wenn verrückte alte Lesben wie Constance Gardiner nur so zum Spaß Menschen verklagen können. Das heißt, bevor die Sache im Sande verlief, hatte ich tatsächlich eine harte Zeit gehabt. Ich hatte Miles dazu gebracht, mich nach Los Angeles fliegen zu lassen, um die inzwischen legendäre CeeCee zu besuchen, die in ihrem Haus im noblen Pacific Palisades mit Layla, ihrer und Mickeys Tochter, ganz in der Nähe lebte. Ihre Enkelin Lonnie ist heute ein aufstrebendes Mannequin und eine angehende Schauspielerin.

CeeCee, die im Alter wie die Schauspielerin Diahann Carroll aussah, empfing mich in ihrer sonnenverwöhnten Oase. Sie war mehr als glücklich, uns die blutigen Details über ihre Beziehung mit Constance zu verraten.

»Die Frau war eine erbärmliche Kreatur. Sie war mit Mitte dreißig noch schön, als sie hinter mir her war. Heute würde man das für sexuelle Belästigung halten, aber was sollte so eine arme junge Mulattin wie ich damals tun? Ich habe die Aufmerksamkeit als Ausweg aus der Armut und der Ungewissheit gesehen. Außerdem war ich auch ein bisschen wild, und sie konnte nicht genug von meiner *Muschi* bekommen.« Sie lachte kehlig. »Sie hatte einen maßgeschneiderten Dildo in Pastellpink«, erzählte sie völlig ungeniert.

»Ich weiß, dass sie etwa zur gleichen Zeit wie Josephine an einer Wimperntusche gearbeitet hat«, fuhr sie fort.

»Woher wissen Sie das?«, hakte ich nach.

»Es war meine Idee. Sie hat sie mir gestohlen. So war Constance eben. Und sie dachte tatsächlich, es wäre ihre, oder glaubte es zumindest. Allerdings haben diese beiden alten Mädels immer zur gleichen Zeit das gleiche Produkt auf den Markt gebracht. Wie zwei Filme, die gleichzeitig in Hollywood erscheinen. Wenn Sie über etwas wirklich Verrücktes reden möchten, mit Mickey zusammen zu sein war so, wie mit den Rat Pack zusammen zu sein. Vierundzwanzig Stunden Sex, Martinis und Glücksspiel. Und alles, was er tat, war, sich zurückzulehnen und abzuwarten, ›was die alten Weiber taten‹. Wenn ich konnte, erzählte ich ihm, was sie planten. Er lachte nur und besorgte es in Asien für die Hälfte des Preises. Es war alles ein abgekartetes Hütchenspiel. Mickey ist ein lustiger Typ. Und jahrelang wusste kaum jemand, dass Layla Mickeys Tochter ist. Wie sich die Dinge verändert haben. Jetzt ist meine Enkelin Lonnie ein ›It-Girl‹. Schwarz, weiß und jüdisch, sie ist Schauspielerin und eine Dame der Gesellschaft! Ich liebe es einfach. Niles, ihr Bruder, übernimmt das Geschäft. Queen CeeCee wird nie so groß sein wie Herz Beauty, aber wir gehören zu den Top Ten, haben einen eigenen Markt und bereiten uns auf den Börsengang vor! Sehen Sie, wir alle müssen irgendwem in den Hintern kriechen, um nach oben zu kommen.« Wieder lachte sie heiser. Alles in allem besaß CeeCee etwas, das Josephine und Constance nie besessen hatten – einen fabelhaften Sinn für Humor!

Als sie mich zu meinem Auto brachte, gab sie mir einen Kuss und sagte: »Ich möchte, dass Sie es als Erster erfahren. Nach all den Jahren werden Mickey und ich heiraten.«

»Heiraten?« Ich war ein wenig schockiert, gratulierte ihr aber. »Viel Glück!«

»Das werde ich brauchen!« Sie lachte.

Ich lachte. Es war ein wunderbares Geschenk.

Und es war alles so schlüpfrig-pikant, dass sich die Reise allein dafür gelohnt hatte.

Kurz nachdem die Klage fallen gelassen wurde, starb Miles an Blasenkrebs. Miles war von jeher sehr nett gewesen, aber, um Josephine zu zitieren, auch »ein bisschen erbärmlich«. Schwäche konnte sie einfach nicht ertragen, und ihre Beziehung war immer angespannt gewesen, obwohl er sie beerbt hatte.

Die Szene ist natürlich typisch für Josephine und tief in meinem Kopf eingeprägt: Sie trug ein Ballkleid und saß auf einem Louis-Quatorze-Canapé, rauchte ihre Lark-Zigaretten und schaute sich Lawrence Welk im Fernsehen an.

»Ich *liebe* dieses Tanzpaar, Cissy und Bobby.« Sie blies perfekte blaue Rauchringe in die Luft. »So viel Talent für solche Leute. Ich *vollte* immer tanzen, hatte aber zwei linke Füße«, beschwerte sie sich bitterlich.

Und dann würde sie wehmütig werden und ihre Diamanten richten. Entsprang das meiner Fantasie oder trug sie ihr Diadem? Vielleicht.

»Ich bin eine jüdisch-amerikanische Prinzessin wie Diane«, würde sie rufen und die jüdische, in Belgien geborene Diane von Fürstenberg meinen. »Nur, dass sie hübscher und jünger ist und einen von Fürstenberg geheiratet hat. Sie hat zwar einen höheren Titel, aber dafür macht mein Unternehmen mehr Umsatz«, würde sie mit einem Achselzucken sagen. »Und Orlove war die Liebe meines Lebens.« Tränen würden in ihren Augen schimmern.

»Wenn Miles nur einen Beruf wie Bobby und Cissy finden würde«, würde sie murmeln und auf dem Sofa Popcorn aus der Dose essen und ihre Diamanten streicheln. »Du lachst.« Sie zeigte mit dem Finger auf mich. »Aber mir wäre es lieber, er wäre ein Tänzer im Fernsehen als ein … Faulpelz.« Sie würde seufzen. »Armer Miles. Er kommt ganz nach seinem Vater, möge er in der Hölle schmoren. Er war attraktiv, aber weißt du … ich hätte es besser wissen müssen. Er hatte ein schmales Kinn. Und ich kann Männer mit schmalem Kinn nicht ertragen.«

»Bobby De Vries«, sie sah mich prüfend an, »dein Kinn geht so einigermaßen, aber zum Glück hast du einen kräftigen Kiefer.« Sie seufzte. »*Ich vill, dass du das veißt*«, erklärte sie eindringlich. »Ich hätte dich *nie und nimmer* eingestellt, wenn du ein *fliehendes Kinn* hättest!« Sie schlug mit der Faust auf den Tisch.

***

Als Miles starb, dachte ich darüber nach, in den Ruhestand zu gehen. Kurz nachdem ich bei der Planung und Durchführung *seiner* Beerdigung geholfen hatte, die ebenfalls im Tempel Emanu-El stattgefunden hatte, erhielt ich einen Anruf von Jonny und Charlene. Sie wollten wissen, ob ich weiterhin im Vorstand bleiben würde (das Eis zwischen Jonny und mir war zu diesem Zeitpunkt bereits geschmolzen), und außerdem wollte Charlene mich als ihren persönlichen Assistenten. Charlene, die ich inzwischen sehr verehre, ist in vielerlei Hinsicht eine in Nevada geborene Version von Josephine. Und ihr Erfolgsdrang ist bewundernswert.

Ich ergriff die Chance sofort, weil sie sich gerade in einer Lebensphase befindet, in der sie nach einer Leitung sucht, anstatt mir Befehle zu erteilen, weshalb das Ganze ziemlich befriedigend ist. In den letzten vier Jahren habe ich meinen Teil dazu beigetragen, sie zu formen und anzuleiten, und das beträchtliche Herz-Vermögen genutzt, damit sie neu anfangen konnte, und, ja, um ihr eine *neue Verpackung* zu verleihen. Meine Wenigkeit unterstützt jeden Aspekt ihrer Kampagne, indem ich ihr helfe, die besten und schicksten Dekorateure und Modeschöpfer zu erkennen. Außerdem achte ich darauf, dass sie ihren wunderschönen Las-Vegas-Hintern nicht zu sehr betont, und rate ihr, nicht so viel Dekolleté zu zeigen, weil es die Damen verärgert, die zum Mittagessen einladen. Dank Madames wunderbarer Schmuckschatulle wurde Charlene Blake-Herz schließlich zum Aushängeschild der Nouvelle Society. Seien wir doch ehrlich, es ist schwierig, mit dem Namen und der Figur zu konkurrieren, ganz zu schweigen von dem geöffneten Scheckbuch. Obwohl es in Palm Beach noch immer Klubs gibt, die nur Weißbrot und kein Roggenbrot anbieten.

Ich selbst bin, obwohl ich es nur ungern zugebe, zum ultimativen Fußgänger geworden. Ich denke, ich stelle sogar meinen lieben Freund Jerome in den Schatten, da niemand im Smoking eine bessere Figur macht, bessere Manieren hat oder dafür bekannt ist, ein amüsanterer Begleiter beim Abendessen zu sein als ich. Manchmal erfreue ich die Damen sogar mit Geschichten darüber, welchen Hollywoodstar ich bedient habe oder welches (jüngste) Mitglied der Gesellschaft meine großzügige Aufmerksamkeit zwischen den Squashrunden genossen und mich in die Sauna eingeladen hat. Hmm … das nenne ich eine gute Unterhaltung. Oder wie Josephine sagen würde: »Das ist Tratsch und Klatsch! Das ist wahre Unterhaltung!«

Trotzdem fühle ich mich in Palm Beach einsam. Es ist nicht so, dass ich keinen jungen Dekorateur zum Freund habe oder es langweilig finde, im Ta-boo zu Abend zu essen, aber das Stadtleben macht mir mehr Spaß.

In diesem Jahr konnte ich Charlene und Jonny dabei unterstützen, einen letzten großen Coup an Land zu ziehen, einen Coup, der uns allen viel Genugtuung bereitet hat und von dem wir wissen, dass ihn Josephine, wo auch immer sie ist, mit Beifall begrüßt.

Dank einem meiner cleversten Schachzüge konnte ich Charlene und Jonny helfen, das ehemalige Anwesen von Constance Gardiner zu kaufen, eines der berühmten Mizner-Gebäude, das niemals auf den freien Markt kam, sondern durch geheime Kanäle veräußert wurde.

Das Geschäft wurde über das diskrete »Junggesellen«-Netzwerk abgewickelt und das Haus wurde unter einem Firmennamen erworben. Niemand ahnte etwas, bis die Presse die Nachricht verbreitete, dass nun Mr und Mrs Jonny Blake-Herz, der Enkel von Josephine Herz, der Erzrivalin von Constance Gardiner, die geschichtsträchtige Immobilie der ehemaligen Schönheitsmagnatin respektive Salonlöwin gekauft hatten. Unnötig zu erwähnen, dass dies ein gesellschaftlicher Triumph für die Familie Herz war, was auch von den Sozialhistorikern und Denkmalschützern nicht übersehen wurde. Besonders jetzt, wo der gestreifte Wintergarten in Palm Beach in rosa-grünen Lashmatic-Farben mit Lilly-Pulitzer-Muster dekoriert ist. Das Anwesen wurde sofort von Constant Gardens in den schicken und klugen Namen »Malmaison« umgetauft.

Wenn man sich die Zeit für Nachforschungen nimmt, erfährt man, dass das Château de Malmaison die Heimat von Kaiserin Josephine de Beauharnais war, und der Umbenennung wohnt ein gewisser Witz inne, wenn ich so sagen darf, da ich ihn ausgesucht habe. Und dass Lashmatic weiterhin Geld druckt und wie ein Geldautomat Banknoten auswirft, ist an sich schon ein Triumph, denn von dem Erlös wird der opulente Unterhalt bezahlt.

Natürlich gab es einen Aufruhr, als das Gerücht aufkam, Jonny und Charlene würden die Statue von Constances wertvollstem Rennpferd, Constant Gardiner, entsorgen. Ich hatte das Gerücht gleich wieder zerstreut und Jonny und Charlene geraten, etwas viel Interessanteres zu tun: Wir stellten Josephines

Bronzebüste aus der Hand von Jacques Lipchitz direkt gegenüber der Pferdeskulptur im Kunstgarten auf.

Wenn nun Gäste ankommen und herumgeführt werden, bemerkt Jonny oft: »Dieser Garten ist ein Zeugnis für die beiden Frauen, die die Schönheitsbranche gegründet haben: meine Großmutter Josephine, die der Kopf der Branche war, und die ehemalige Besitzerin dieses Hauses«, dabei zeigt er mit dramatischer Geste auf die Pferdeskulptur, »die ein Pferdearsch war.« Damit sorgt er jedes Mal für einen Lacher oder nervöses Gekicher.

Es war alles *très amusant* und idyllisch, bis wir letzten Monat erfuhren, dass Van Gardiner-Wyke jr., der fünfundzwanzig Jahre in Frankreich gelebt hatte, mit seiner neuen Ehefrau, der Schauspielerin Nicole Moiret, in die USA zurückziehe. Ihre Einweihungsparty am kommenden Samstagabend wird die Gesellschaftssaison eröffnen. Die Leute gieren nach einer Einladung in ihr neues Haus, Gardiner's Bay. *La tout* Palm Beach wurde eingeladen. Meine Einladung wurde mir persönlich von ihrem Hausdiener zugestellt. Allerdings gab es für Jonny und Charlene keine. Jetzt, wo die Gardiner-Wykes wieder in der Stadt sind, habe ich das Gefühl, dass es an den Palmenstränden vielleicht nicht mehr so ruhig und monoton zugehen wird, wie ich einst dachte. Es wird wohl interessanter werden …

Danksagung

Im Sommer 2015 erhielt ich in meinem Büro einen überraschenden Anruf von der unvergleichlichen Liz Smith, die ich bis dahin noch nicht kannte. Sie erklärte mir, dass sie ein Fan einer umstrittenen Kolumne sei, die ich damals für den *The New York Observer* über die oberen Zehntausend schrieb, und dass wir uns unbedingt zum Mittagessen treffen müssten. »Aber Sie müssen sich beeilen«, erklärte sie mir, »ich bin zweiundneunzig.« Unser Essen im Michael's war unglaublich aufregend, besonders, als sie mir erklärte: »Sie haben die Erfahrung. Ich kannte sie alle – Truman, Dominick und Tom – und Sie sind ein guter Beobachter.« Liz bot mir das Beste, was ein angehender Schriftsteller je erhalten kann: ein Zitat für mein Buch und Vertrauen. Also, liebe Liz, wir hatten nicht viel Zeit, aber ich habe dich geliebt.

Ich möchte auch meiner Agentin Laura Yorke danken, die sich überall für mich eingesetzt hat und die ich bewundere, liebe und respektiere. Ich bin der wunderbaren Elizabeth Beier, Chefredakteurin bei *St. Martin's Press*, auf ewig dankbar. Vielen Dank für deinen außergewöhnlichen Blick und deinen Anstoß. Du bist ein Vorbild für die Kunst des Editierens. Mein Dank gilt auch Sona Vogel für das wirklich großartige Lektorat. Vielen Dank an die sagenhafte Sally Richardson, Vorsitzende der *St. Martin's Press,* dafür, dass sie an mich geglaubt hat. Mein großer Dank geht auch an meine großartige Presseagentin und Freundin Dini Von Mueffling für all deine wunderbaren Bemühungen.

Ich bin so glücklich über das Team der einflussreichsten und talentiertesten Autoren, Direktoren und Produzenten, die diesem Mann durch ihre Großzügigkeit, ihren Rat und ihre Inspiration hoffentlich geholfen haben, ein Schriftsteller zu werden: Galt Niederhoffer, unendlicher Dank für deine unschätzbare Beratung; Adriana Trigiani, ich liege dir zu Füßen; Marisa Acocella Marchetto, ich weide mich an deinen Talenten; Wendy Finerman, deine Mitwirkung ehrt mich. Wednesday Martin, Risa Mickenberg, Emanuele Delle Valle, die wunderbare Venus Williams und mein ehemaliger Chef James Patterson, ihr alle seid eine Inspiration für mich. Danke auch an meinen Geschäftspartner und Freund, den legendären Chris Blackwell, dessen Kreativität mich regelmäßig inspiriert.

Ich möchte meinen lieben Freunden danken, deren Ermutigung mir die Kraft gab, diesen Roman zu schreiben. Meine Wahlfamilie: Mark Glimcher und Fairfax Dorn, Jay und Amy Kos, Jamie und David Mitchell, Jordan und Stephanie Schur, Patty und Danny Stegman. Danke an: Muffie Potter und Sherrell Aston, Bruce und Maura Brickman, Dustin Cohen, Kevin und Susie Davis, Shoshana und Kenny Dichter, Alexis und Erik Ekstein, Chip und Susie Fisher, Mark und Karen Hauser, Susan Krakower, Stephanie und Ron Kramer, Joseph Klinkov, David Lauren und Lauren Bush Lauren, Agatha und Steve Luczo, Jennifer Miller und Mark Ehret, Rabbi Adam und Sharon Mintz, Joyce und Michael Ostin, Mark E. Pollack, Meg Blakey und Glen Pagan, Robert und Serena Perlman, Ali und Jason Rosenfeld, Lizanne und Barry Rosenstein, Steven und Ilene Sands, Bippy und Jackie Siegal, Andy Spade, Tim Stephenson, Michelle und Howard Swarzman, Charlie und Lauran Walk, Lois Robbins und Andrew Zaro und allen, die mich auf dieser unglaublichen Reise begleitet haben. Ich danke David und Chip, die mir gestattet haben, ihre sagenhaften Väter zu erwähnen: Jan Mitchell und Avery Fisher. Dank an meine Schwester, Susan Kirshenbaum Perry, und Rob Perry, Marcia Geier und Fred Geier. Und an meine Tanten Paulette Kirschenbaum und Jackie Kalajian.

Dank an meine Assistentin, Carol O'Connell, die weltbeste Feedbackgeberin, und meinen Partnern bei NSG/SWAT, Gerland van Ackere, Joseph Mazzaferro und Woody Wright.

An meine wunderbaren Kinder, Talia, Georgia und Lucas. Arbeitet hart und folgt euren Träumen – und hört niemals auf Negatives. Und an meine Ehefrau, beste Freundin, Geliebte und Muse, Dana. Dieses Buch ist deiner unglaublichen Intelligenz, deinem Humor, deiner Schönheit und deiner Stärke gewidmet. Du hast mich zu dem besten Mann gemacht, der ich sein kann, und dafür liebe ich dich.

Ein Großteil dieses Romans wurde an meinen Lieblingsorten geschrieben: GoldenEye in Jamaika, wo ich an Ian Flemings Schreibtisch gesessen und diesen Roman begonnen habe, The Beverly Hills Hotel Bungalows and Cabanas, The Quisisana und der La Fontelina Beach Club in Capri, das Hotel de Russie in Rom, das Claridge's in London, das Hotel du Cap-Ferrat, der Edition Pool in Miami, das Ashford Castle in Irland und Mozzarella & Vino, Nerai, Nicola's, Nobu, Candle 79, Cipriani, The Thirsty Scholar, und Via Quadronno in New York City. Ich wurde von meinen »Orten«, einem guten Essen und all den wunderbaren Menschen inspiriert, die mir auf diesem Weg begegnet sind. Alles bietet »Material«, wie ich gern sage.

FSC
www.fsc.org
MIX
Papier aus verantwortungsvollen Quellen
Paper from responsible sources
FSC® C141904

Druck:
Customized Business Services GmbH
im Auftrag der
KNV Zeitfracht GmbH
Ein Unternehmen der Zeitfracht - Gruppe
Ferdinand-Jühlke-Str. 7
99095 Erfurt